Noël au refuge des amoureux

SARAH
MORGAN

Noël au refuge des amoureux

ROMAN

Traduit de l'anglais (Royaume-Uni) par
CATHERINE BERTHET

Titre original :
ONE ENCHANTED MOMENT

Ce livre est publié avec l'aimable autorisation de HarperCollins Publishers, LLC, New York, U.S.A.

HARPERCOLLINS FRANCE
83-85, boulevard Vincent-Auriol, 75646 PARIS CEDEX 13.

www.harlequin.fr

ISBN 978-2-2804-7480-1 — ISSN 2271-0256

À Jill Shalvis, qui est chaleureuse, généreuse et drôle, et qui écrit des livres passionnants.

1

Skylar Tempest sortit de l'hôtel et leva le visage vers le ciel d'un bleu sombre. De gros flocons tombaient en tourbillonnant sur ses épaules et se confondaient avec la laine blanche de son manteau. Elle eut l'impression de se trouver dans une boule à neige.

Elle tendit la main, recueillit un flocon au creux de sa paume et regarda cette beauté éphémère se dissoudre lentement.

Une vague de froid sévissait à Londres, et la météo promettait un Noël blanc pour la première fois depuis des années. Il neigeait depuis deux heures et une fine couche de givre couvrait les rues. Ce qui était un plaisir pour les yeux, mais favorisait dangereusement les chutes. C'est pourquoi elle avait décidé de prendre un taxi pour traverser Knightsbridge et se rendre à la galerie.

Cette soirée était la plus importante de sa vie, et il n'était pas question d'arriver avec un hématome ou un poignet cassé.

Souriant au portier, elle monta dans le taxi qui attendait.

Dans le cocon douillet de la voiture, elle regarda les passants dans les rues encombrées. Ils marchaient tête baissée, emmitouflés dans des couches de laine pour se protéger du froid. Les vitrines étaient décorées de guirlandes lumineuses qui projetaient des rayons scintillants sur la neige.

Absorbant les couleurs et la lumière, elle résista à la tentation de sortir le carnet de croquis qu'elle gardait toujours dans son sac. Dans un monde qui se présentait souvent sous son aspect le plus laid, Skylar cherchait la beauté et savait la capturer dans ses œuvres. Elle travaillait sur divers supports, s'amusait volontiers avec la céramique, mais la création de bijoux restait sa grande passion.

Le collier qu'elle portait ce soir était un exemple de son travail et la seule touche de couleur dans sa tenue. Elle avait créé cette pièce pour sa dernière collection, mais elle en était tombée amoureuse et l'avait gardée. Cocktail de différentes nuances de bleus et de verts, les pierres translucides évoquaient la chaleur de la Méditerranée en cette froide soirée de décembre.

Pour elle, c'était le grand soir. Elle se trouvait dans une de ses villes préférées, c'était le moment de l'année qu'elle adorait, et Richard allait la rejoindre.

Ils étaient en couple depuis plus d'un an. Pendant toute cette année, Richard s'était concentré sur sa carrière politique. Depuis qu'il avait remporté son siège au Sénat, la pression s'était intensifiée. C'est à peine s'ils s'étaient vus pendant les mois précédant l'élection. Le peu de temps qu'ils avaient passé ensemble avait été gâché par son humeur détestable. Sky s'était donc résignée à se rendre seule à la présentation privée de sa collection. Aussi avait-elle été surprise par l'appel qu'il lui avait passé de l'aéroport.

Et maintenant, elle était sur des charbons ardents.

À partir de ce soir, tout allait être différent. Le stress de l'élection était derrière eux, et ils allaient enfin pouvoir passer du temps ensemble et réaliser leurs projets.

Il avait fait allusion à un cadeau de Noël un peu spécial.

Peut-être un voyage à Florence ?

Il savait qu'elle en rêvait depuis toujours.

Ou bien Paris. Une visite au Louvre, puis au musée d'Orsay.

Le moral de Sky remonta.

Ils boiraient un verre ensemble au vernissage, et un peu plus tard ils célébreraient leurs retrouvailles de manière plus intime.

Seuls tous les deux dans la luxueuse suite de son hôtel, avec une bouteille de champagne. Demain, ils visiteraient la patinoire de Somerset House. Elle l'avait découverte la veille et avait passé une heure à regarder les gens. Son esprit avait absorbé le kaléidoscope de couleurs et de visages souriants. Elle avait tout capté. Ceux qui étaient hésitants, ceux qui chancelaient sur les patins, et ceux qui glissaient gracieusement sur la glace. Des adolescents tournoyaient, des parents tenaient la main d'enfants enthousiastes, des amoureux s'enlaçaient. Après cela, ils iraient faire un tour de nuit sur la grande roue du Millennium. Sky avait regardé les capsules s'élever lentement et tourner au-dessus du ruban sombre de la Tamise. Elle voulait absolument essayer cela.

Ce serait un moment romantique. Richard et elle devaient consacrer plus de temps à leur relation.

Elle réfléchit, en regardant à travers la vitre.

Était-ce l'amour ?

Elle avait toujours pensé que lorsqu'elle tomberait enfin amoureuse, elle saurait si elle avait vraiment trouvé l'homme de sa vie. Elle ne s'attendait pas à autant de doutes et de questionnements.

— Vous allez à une fête de Noël, mon chou ?

Le chauffeur de taxi lui lança un coup d'œil dans le rétroviseur et Skylar lui sourit, contente d'être distraite de ses pensées.

— Pas vraiment. Je me rends à un vernissage. Des bijoux, des pots de céramique et quelques tableaux.

Elle exposait une série d'aquarelles qu'elle avait faites en Grèce, lors d'une visite à Brittany. Sa meilleure amie était archéologue, ce qui lui avait permis d'élargir ses horizons. Ce voyage avait été une source d'inspiration pour sa collection *Bleu Océan*.

— D'où êtes-vous ?

— De New York. Il fait très froid là-bas, en ce moment.

Elle continua de bavarder. Les chauffeurs de taxi étaient toujours très accueillants à Londres.

— J'espère que vous avez pris votre carte de crédit. Les prix sont très élevés dans cette partie de Londres. Quoi que vous achetiez, cela vous coûtera très cher.

— Mais c'est ma collection ! répondit-elle avec fierté.

Il la regarda de nouveau dans le rétroviseur.

— Je suis impressionné. Avoir son travail exposé dans ce quartier serait flatteur pour n'importe qui. Mais pour quelqu'un d'aussi jeune que vous… Visiblement, vous irez loin. Votre famille doit être fière de vous.

La bonne humeur de Sky fondit aussi vite que le flocon qu'elle avait tenu au creux de sa main.

Ses parents n'étaient pas fiers. Ils étaient exaspérés de la voir persister dans ce domaine, qui pour eux ne pouvait être qu'un « passe-temps ».

Elle leur avait envoyé une belle invitation sur papier glacé, ainsi qu'un catalogue de l'exposition.

Elle n'avait pas reçu de réponse.

Tournant la tête, elle contempla par la fenêtre les rues enneigées. Il ne fallait pas que cela gâche sa soirée. Rien ne devait gâcher la soirée.

Le chauffeur continuait de bavarder :

— Vous allez rentrer chez vous pour passer les fêtes en famille ?

— C'est ce qui est prévu.

Mais ce n'était pas la réalité. Un « Noël en famille » évoquait des scènes douillettes et chaleureuses, paraissant tout droit sorties d'un conte de fées. Elle imaginait de jolis paquets enveloppés de papier brillant, entassés sous un grand arbre garni de guirlandes lumineuses et de décorations peintes à la main, et des enfants surexcités sautillant d'impatience.

Noël chez ses parents ressemblait plus à un test d'endurance qu'à un conte de fées. C'était une sorte de réunion professionnelle qui n'avait rien de chaleureux. « L'arbre » était une présentation artistique constituée de brindilles argentées et scintillantes au cœur d'une exposition plus importante, réalisée chaque année par le décorateur d'intérieur de sa mère. Austère, et placé à l'écart car il ne fallait à aucun prix y toucher. Les « cadeaux » disposés de façon à faire de l'effet n'étaient en réalité que des boîtes vides enveloppées de rubans.

N'importe quel enfant s'attendant à découvrir quelque chose de magique sous le sapin familial aurait été déçu.

Ces faux cadeaux donnaient une très bonne idée de ce qu'était sa famille.

Tout devait être brillant et parfaitement empaqueté. Les apparences comptaient plus que tout.

Appuyant la tête contre la vitre froide de la voiture, elle regarda un couple chargé de paquets avançant lentement dans la neige, avec deux enfants qui sautillaient d'impatience à leurs côtés. Elle les imagina rentrant chez eux, et décorant ensemble le sapin. Ensuite, les enfants écriraient au Père Noël, accrocheraient leurs chaussettes devant la cheminée, et iraient se coucher en comptant les jours qui les séparaient de Noël.

La chose la plus importante, songea-t-elle avec mélancolie, ne pouvait être enveloppée de papier décoré.

La famille disparut dans une petite rue transversale, et elle détourna les yeux, agacée.

Elle était trop vieille pour rêver d'un Noël magique. Avec l'arrivée de Richard et son vernissage, elle avait d'autres événements à célébrer.

Son téléphone sonna et elle le sortit de son sac, s'attendant à voir le nom de Richard s'afficher.

C'était sa mère. L'appel la surprit et lui réchauffa le cœur.

Elle n'avait donc pas oublié.

— Maman ? Je suis heureuse que tu m'appelles.

La voix froide et distinguée de sa mère lui parvint.

— Je ne devrais pas avoir à le faire. Nous voudrions savoir quand tu seras là.

Elle éprouva un choc. Il y avait un gouffre entre ses espoirs et la réalité.

— Tu m'appelles pour connaître mon programme ?

— Stéphanie t'a envoyé un mail. Tu n'as pas répondu.

Stéphanie était la secrétaire de sa mère. Sky savait que le message était sans doute dans sa boîte avec tous ceux qu'elle avait ignorés tandis qu'elle travaillait d'arrache-pied pour préparer l'exposition.

— J'étais occupée, maman. Le vernissage a lieu ce soir, et…

— Nous sommes tous occupés, Skylar, et j'aimerais ne pas être obligée de courir après ma propre fille pour obtenir une réponse. D'autant plus que tu es la seule à ne pas travailler.

Sky songea à toutes les commandes qu'elle avait reçues. Elle avait de quoi s'occuper toute l'année.

— J'ai un travail.

— Je veux parler d'un véritable emploi. Je suis en train de faire le plan de table pour la veille de Noël. Nous serons quatre-vingts. Le déjeuner sera plus modeste, nous n'avons que quarante invités. Quand arriveras-tu ?

Sky appuya la tête contre le siège de cuir, hésitant entre le rire et les larmes.

Un déjeuner modeste ? Avec quarante personnes ?

Elle qui rêvait d'un Noël en famille.

— Je ne l'ai pas encore décidé.

— Eh bien, dépêche-toi.

Skylar imagina sa mère, assise derrière son bureau de style Reine Anne, cochant une liste de tâches à accomplir avant Noël.

Fille rêveuse et capricieuse.

— Le soir de Noël, répondit-elle.

Autrement dit, le plus tard possible.

— J'arriverai le soir de Noël, mais j'ai déjà d'autres projets. Tu peux me rayer de ta liste. J'en parlerai à Richard et je verrai ce qui lui convient.

— Richard nous a déjà envoyé son emploi du temps.

Sans lui en parler auparavant ?

— Il t'a envoyé un mail ? Je pensais que nous ferions le voyage ensemble.

— Il serait temps que tu cesses de penser, Skylar, et que tu gardes les pieds sur terre. La carrière de Richard est en plein essor, mais il a trouvé le temps de me répondre personnellement. Ton père est très impressionné, et comme nous le savons tous, on ne l'impressionne pas facilement.

Les doigts de Sky se crispèrent sur le téléphone.

Elle le savait. Pendant des années, elle avait essayé d'impressionner son père. Sans succès.

Quelque chose se noua au plus profond d'elle-même.

Quand elle était au collège, elle avait fait un tableau pour lui. Il lui avait fallu des jours et beaucoup de travail pour obtenir quelque chose qui soit susceptible de lui plaire. Et finalement, elle avait été contente du résultat.

« Regarde, papa. J'ai peint ce tableau pour ton bureau. »

Il avait à peine jeté un coup d'œil à la toile, et le lendemain elle l'avait trouvée dans la poubelle, sous un amas de canettes vides et de cartons de jus de fruits.

Elle n'avait plus jamais dessiné pour lui.

Elle regarda les flocons tourbillonner, en s'efforçant d'ignorer le fait que Richard avait réussi, là où elle avait échoué.

— Il est intelligent, continua sa mère. Persuasif. Charmant.

Sauf lorsqu'il était sous pression. Alors, il se montrait irritable, et n'avait plus rien de charmant. Mais c'était un aspect de sa personnalité qu'il ne montrait pas aux électeurs, ni à sa famille.

Elle se renfonça dans son siège, en se reprochant de ne pas être plus compréhensive.

Elle savait pourtant ce que c'était, d'avoir un rêve.

Richard Everson rêvait depuis l'enfance de se présenter aux élections. Ses accès d'irascibilité occasionnels pouvaient se comprendre.

Sa mère parlait toujours.

— Tu as de la chance d'avoir trouvé un homme tel que lui, mais tu ne le garderas pas si tu es trop rêveuse et romantique. Conserver une relation exige du travail, une attention constante.

C'est ainsi que Skylar avait toujours considéré le mariage de ses parents. Un travail. C'était plus une association professionnelle qu'une union amoureuse.

Était-ce donc cela, l'amour ?

Elle espérait que non.

— Quand doit-il arriver ?

— La veille de Noël, à l'heure du déjeuner. Il sera excellent, pour ce genre d'événement.

— Un événement ? Mais maman, c'est Noël.

— Je pensais que tu étais trop grande pour idéaliser les fêtes de Noël, répliqua sa mère avec agacement. Ton père a longuement réfléchi à la liste d'invités. Des gens influents seront là. Des gens qui pourront soutenir la carrière de Richard.

Elle ne parlait pas d'amis, ou de famille. Seulement de gens influents.

— Je connais certains d'entre eux ?

— Stéphanie t'a envoyé la liste en pièce jointe de son mail. J'espère que tu prendras le temps de te préparer.

C'est-à-dire de prendre connaissance de cette liste et de mémoriser toutes les notes correspondant à chaque personne. Ce qu'elles aimaient, ce qu'elles détestaient, les sujets à éviter à tout prix.

Même en période de Noël, l'essentiel était de gérer ses relations.

Une idée folle lui vint à l'esprit. Passer Noël dans un cottage à Puffin Island. Un feu de bois, du bon vin, et ses amis. Richard et elle, loin des pressions du monde extérieur.

C'était un rêve.

C'était aussi une folie pure. Cela n'arriverait jamais.

— Je suis désolée que tu n'aies pas pu venir, maman.

— Tu n'aurais pas pu choisir un pire moment que celui-ci. Richard subit une énorme pression à cause de toi. Comme l'a dit ton père quand il en a parlé avec lui, il était totalement déraisonnable de l'obliger à se rendre à Londres maintenant.

— Richard a parlé avec papa ?

— Il l'a appelé ce matin.

Sa mère observa une légère pause, et reprit :

— Choisir cet homme est ce que tu as fait de mieux dans ta vie. Tâche de ne pas commettre d'erreur ce soir, Skylar.

Une erreur ? À quel sujet ?

— Attends une seconde… de quoi parles-tu ?

— J'en ai assez dit. Le reste te regarde. Fais le bon choix.

Sa mère raccrocha, et Skylar demeura interloquée, le regard dans le vide.

« Fais le bon choix. »

Sa famille n'avait jamais compris que pour elle, l'art et le processus de création ne représentaient pas un choix. Qu'elle façonne un pot de céramique ou fabrique un collier, la création était un besoin, et même une obsession. Cela provenait du plus profond d'elle-même. Des idées surgissaient, envahissaient son esprit. L'inspiration était partout. Certains jours, elle était étourdie par les possibilités infinies qui tourbillonnaient dans sa tête.

Elle n'avait pas le choix.

Elle ne pouvait pas renoncer à ce qu'elle faisait. La création lui était aussi essentielle que le fait de respirer. Sa famille n'avait jamais compris cela. Ils voyaient tous la vie sous un angle analytique. Pour eux, l'art se limitait à la valeur financière d'un objet.

Quand elle était petite, elle s'était parfois demandé si elle n'avait pas été échangée avec un autre bébé, à la maternité. Elle avait l'impression de ne pas se trouver dans la bonne famille.

Le téléphone sonna de nouveau. Cette fois, c'était un appel de Brittany et Emily, qui se trouvaient à Puffin Island, dans le Maine.

— Dis-nous comment tu es habillée, demanda Brittany.

Skylar sourit. Sans ses amies, elle serait devenue folle.

Elles lui apportaient de la chaleur et de la lumière, quand la vie lui paraissait sombre.

— J'ai mis ma robe argentée avec un manteau blanc. La tenue la moins pratique qu'on puisse imaginer.

— Pas de burgers, pas de ketchup, et je te déconseille le vin rouge. Tu dois ressembler à la Reine des Neiges. Nous voulions te souhaiter bonne chance ce soir, car à partir de demain tu seras trop célèbre pour nous adresser la parole. Tu dois être surexcitée !

Skylar s'efforça d'oublier la conversation avec sa mère.

— Oui, je crois.

— Tu crois ? s'exclama Emily. Sky, cette exposition est énorme. Tu devrais être fière. Nous le sommes pour toi.

— Bois du champagne, et prends des photos. Nous fêterons

cela quand tu seras rentrée, ajouta Brittany. Nous aimerions être avec toi. Tu ne devrais pas être seule.

Skylar hésita, puis se décida à annoncer :

— Je ne serai pas seule. Richard va venir.

Il y eut un bref silence, puis Emily reprit la parole.

— C'est génial, dit-elle d'un ton un peu trop enjoué. Nous pensions qu'il ne viendrait pas.

— C'est une décision de dernière minute.

— Qu'est-ce qui l'a fait changer d'avis ?

Pourquoi cette question la mettait-elle mal à l'aise ? Elle se l'était elle-même posée.

— Il a modifié son emploi du temps. C'est une preuve d'amour, je suppose.

— Très bien. Nous sommes contentes qu'il soit là pour toi, répondit Brittany d'une voix chaleureuse. J'espère que grâce à lui cette soirée sera encore plus extraordinaire pour toi.

Elles ne dirent rien de plus. C'était inutile.

Sky savait que sa relation avec Richard les inquiétait.

Maintenant qu'il avait remporté son siège au Sénat, il fallait qu'elle le persuade de passer plus de temps avec elle, et avec ses amies. S'il les connaissait mieux, il finirait par les apprécier aussi.

— Je dois vous laisser.

— Rappelle-nous un peu plus tard. Et si tu vois Lily et Nik, embrasse-les pour moi.

Elle raccrocha en souriant, et continua de sourire en descendant du taxi.

La galerie était nichée entre un magasin d'antiquités et une boutique de luxe. Une de ses créations préférées trônait à la place d'honneur dans la vitrine. Il s'agissait d'un vase dont la forme évoquait une amphore grecque. Des oiseaux ornaient le verre bleu et lumineux.

Les créations Tempest.

Ce qui avait commencé comme un passe-temps était devenu une affaire lucrative. Sky avait une clientèle internationale, limitée en nombre, mais très sélecte. C'était la première fois qu'elle exposait à Londres. Elle gagnait sa vie en faisant ce qu'elle aimait, et son rêve était devenu réalité.

Mais alors, pourquoi les paroles de sa mère résonnaient-elles encore dans sa tête, dominant toutes ses pensées ?

« Tu es la seule à ne pas travailler. »

Elle paya le chauffeur, en se disant que Richard croyait en elle. Il avait décidé de passer le week-end avec elle. C'était un geste romantique, et la preuve qu'il prenait au sérieux son choix de carrière.

Ce que pensaient ses parents importait peu.

C'était un grand soir pour elle, et rien ne gâcherait son plaisir.

Alec Hunter sortit du National Maritime Museum de Greenwich, la tête rentrée dans les épaules pour se protéger du vent glacial et de la neige. Il avait prévu une promenade le long du fleuve en fin d'après-midi, mais sa conférence s'était terminée tard et le jour tombait déjà.

La Tamise remontait en sinuant comme un ruban sombre vers les lumières de la ville. Il remonta le col de son manteau, sortit son téléphone de sa poche et suivit le cours de la rivière.

Il avait quatre messages.

Un de la BBC, à la suite du rendez-vous qu'ils avaient eu dans la semaine, afin de discuter de son éventuelle participation à un documentaire sur l'Antarctique. Un autre de sa mère lui demandant d'acheter du champagne, et un de sa petite sœur l'avertissant que s'il ne lui avait pas acheté un superbe cadeau, il ferait mieux de ne pas rentrer à la maison.

Celui-ci le fit sourire.

Il répondit à sa sœur, et reçut un déluge d'émoticones.

Le dernier message provenait de ses amis des États-Unis, lui rappelant que l'exposition VIP de Skylar avait lieu ce soir.

Il les imagina tous réunis à Harbor House, à Puffin Island, autour d'une bouteille de vin.

Il faut que tu y sois, Alec. Son cafard de petit ami a décidé d'assister à la soirée et Skylar a besoin d'être soutenue par ses amis.

Un cafard ?

Plusieurs pensées lui traversèrent l'esprit. Pour commencer, on ne pouvait pas dire que Skylar et lui étaient amis. Dans le meilleur des cas ils toléraient la présence l'un de l'autre pour ne pas mettre une mauvaise ambiance dans le groupe. La plupart du temps, ils parvenaient à peine à être polis. Ensuite, Skylar ne semblait pas faire de meilleurs choix que lui dans ses relations. Et pour finir, Brittany ignorait visiblement la distance qui séparait Greenwich de Knightsbridge.

Il jeta un coup d'œil à sa montre et en conclut qu'avec le trafic intense du centre-ville il arriverait sans doute après la fermeture de la galerie. Mais s'il ne faisait pas un effort pour montrer le bout de son nez, sa vie ne vaudrait plus le coup d'être vécue.

Brittany et Emily le tueraient, et Ryan ne lui offrirait plus de bière au bar du Club Océan.

Il leur envoya un SMS en leur promettant d'y aller, et rempocha son téléphone.

Skylar risquait de ne pas être contente de le voir, mais il aurait fait son devoir. Et avec un peu de chance, l'invitation à passer Noël à Harbor House tiendrait toujours.

Skylar, de son côté, devait retourner dans sa famille à Long Island, pour les fêtes.

Quittant les rives de la Tamise, il se dirigea vers la rue et héla un taxi.

Il allait falloir une éternité pour traverser Londres, mais il espérait arriver avant la fin de la réception.

Il féliciterait Sky, elle sourirait poliment, et il pourrait repartir.

Avec le sentiment du devoir accompli.

L'effervescence régnait dans la salle.

Judy, la propriétaire de la galerie, en était à sa deuxième coupe de champagne.

— La soirée est géniale. Vous avez vu qui est là ? Cristiano Ferrara. C'est un Sicilien qui possède une chaîne d'hôtels de luxe. Il est très sexy, ajouta-t-elle en baissant la voix.

— Et très marié. Il m'a commandé un bijou pour sa femme, Laurel. Elle est enceinte.

C'était tellement romantique ! Le mariage, ce n'était pas une simple feuille de papier vous déclarant mari et femme. C'était une série de gestes d'amour, d'attentions, qui prouvaient votre attachement mutuel.

Le genre de commande qu'elle adorait.

Un cadeau destiné à exprimer son affection.

Et il n'y avait aucun doute, Cristiano aimait sa ravissante épouse. Quand les gens l'abordaient, il était poli. Mais de toute évidence il voulait faire plaisir à sa femme, et concentrait son attention sur elle. Il regardait Laurel avec adoration, comme si elle était à la fois le soleil, la lune et les étoiles.

Skylar les observa avec un brin de mélancolie.

Voilà ce qu'elle voulait. Cette passion intense. Mais aussi quelqu'un qui la considérait comme la plus belle personne du monde.

Perplexe, elle regarda Richard, qui faisait le tour de la salle. Éprouvait-il ce genre de sentiments pour elle ?

Et pouvait-elle l'aimer de cette façon ? Son amour était-il assez fort ? Son esprit était plein de questions auxquelles elle ne trouvait pas de réponse.

Elle avait toujours cru que si elle tombait amoureuse, elle reconnaîtrait instantanément le sentiment. Mais ce n'était peut-être pas aussi simple.

Richard était arrivé le dernier, et avait à peine pris le temps de lui dire bonjour avant de disparaître dans la foule. À présent il parlait avec Nik Zervakis, un riche Grec-Américain propriétaire de ZervaCo. Il était venu avec sa fiancée Lily, une archéologue amie de Brittany, qui avait donné de bonnes idées à Sky pour sa nouvelle collection.

— Nik m'a donné carte blanche, avoua-t-elle. Je peux acheter tout ce que je veux. J'ai choisi ces magnifiques boucles d'oreilles en forme d'étoiles de mer, et ce vase, dans le coin, qui ressemble à celui qu'il a chez lui, en Grèce.

— C'est maintenant chez toi aussi.

— Oui, c'est ma maison ! C'est incroyable, n'est-ce pas ? Je dois me pincer tous les jours pour me prouver que je ne rêve pas.

— Comment as-tu compris que c'était le bon ? demanda Sky, la gorge nouée. Que c'était vraiment l'amour ?

— C'est une question difficile, répondit lentement Lily, les yeux fixés sur Nik. Comment dire ? Quelquefois, j'ai l'impression que mon cœur est si gros qu'il va éclater, expliqua-t-elle avec un demi-sourire avant de s'approcher du vase. Il est vraiment magnifique.

— Je devrais te l'offrir car rien de tout ceci n'aurait pu avoir lieu sans ton aide. Tu es l'experte en céramiques grecques.

— Plus maintenant. Désormais je serai une épouse, par choix.

Elle reporta son attention sur Nik, les yeux brillants.

— Embrasse Brittany pour moi quand tu la verras. Tu vas passer Noël à Puffin Island ?

— Non. Je vais retrouver ma famille pour les fêtes.

Sa famille et cent-vingt inconnus.

Des gens influents.

Ce serait aussi amusant qu'une visite chez le dentiste.

Elle serra Lily dans ses bras en essayant de ne pas y penser, puis alla saluer les invités, acceptant gracieusement les compliments et répondant aux questions sur son travail.

Soudain, elle se rendit compte que Richard était la seule personne qui ne l'avait pas encore félicitée.

Les deux invités les plus fortunés venaient de partir pour assister à une autre réception de Noël, mais il continuait de faire le tour de la salle en serrant des mains et en donnant des tapes sur l'épaule dans l'espoir d'agrandir son réseau de relations.

Sky commençait à se demander pourquoi il s'était donné la peine de faire ce déplacement. Puis elle le vit échanger quelques mots avec la propriétaire de la galerie, s'éclaircir la gorge et s'apprêter à prononcer un discours.

Son cœur sombra. Allait-il la féliciter en public ?

Elle aurait préféré quelque chose de plus intime, quelques mots lui prouvant qu'il était fier d'elle. Mais Richard n'agissait pas ainsi. Ce qu'il voulait par-dessus tout, c'était avoir un public. Pourquoi charmer une seule personne, s'il pouvait en charmer dix ?

Il leva la main pour obtenir le silence et l'attention des invités.

— Je veux vous remercier d'être là ce soir, déclara-t-il avec son sourire le plus engageant.

Le même sourire qui l'avait propulsé jusqu'à Capitol Hill quelques semaines plus tôt.

— Nous sommes tous des gens très occupés, mais comme

vous je ne voulais à aucun prix rater la petite soirée de Skylar. Je tiens à vous remercier de sa part.

Il y eut quelques exclamations admiratives, mais Skylar se rembrunit. Sa petite soirée ?

Il lui donnait l'impression d'être retournée à la maternelle. Et elle n'avait pas besoin qu'il remercie les gens à sa place. Elle l'avait déjà fait, et il l'aurait su s'il était arrivé plus tôt. Il avait expliqué son retard par une circulation dense, et Sky s'était sentie mesquine de penser qu'il aurait dû prévoir plus de temps pour son déplacement.

Un courant d'air glacial s'engouffra dans la galerie lorsque la porte s'ouvrit, et elle se retourna pour voir si elle connaissait le retardataire.

Elle aperçut des cheveux d'ébène, un long manteau noir et de larges épaules saupoudrées de flocons argentés.

Plusieurs femmes lancèrent un regard en coin au bel inconnu. Puis Skylar découvrit qu'il n'était pas inconnu du tout.

C'était Alec Hunter.

Ami de Brittany et historien maritime. Son expertise et son rayonnement à l'écran lui avaient valu une brillante carrière dans les médias, et dans le monde universitaire. On le surnommait le Chasseur d'Épaves, et il avait la réputation de rendre à lui tout seul l'Histoire sexy. Grâce à ses exploits devant la caméra, il avait une cohorte d'admiratrices.

Skylar n'en faisait pas partie.

Que venait-il faire ici ?

Certes ils se rencontraient parfois, mais à vrai dire ils ne se toléraient mutuellement que pour faire plaisir à leurs amis communs. Alec la trouvait fantaisiste et superficielle, et il ne s'en cachait pas. Comment l'avait-il surnommée, l'été dernier ? Ah, oui. La princesse de conte de fées.

Si elle avait été un chien, elle se serait mise à grogner.

Mais elle se moquait de ce qu'il pensait, et lui tourna le dos.

Faire un effort pour plaire à ses parents et préserver l'harmonie familiale, c'était une chose. Mais s'efforcer de gagner l'approbation d'un homme cynique et endurci comme Alec, c'était hors de question.

Il était au milieu d'une procédure de divorce difficile, ce qui n'avait rien d'étonnant. Ce qui la surprenait le plus, c'est qu'une femme l'ait épousé.

Il n'aurait certainement pas décidé spontanément de venir au vernissage. Donc, Brittany avait dû le menacer, ou le soudoyer, pour qu'il le fasse.

Elle demeura un instant sans broncher, en se promettant intérieurement de tuer sa meilleure amie. Puis elle se rendit compte que Richard s'adressait à elle.

— Skylar…, disait-il d'une voix forte, qui portait dans toute la salle. Rejoins-moi ici, ma chérie. J'ai quelque chose à te dire.

Ma chérie ?

C'était nouveau, ça !

Peu désireuse de faire une scène en public, Skylar avança.

Du coin de l'œil, elle était consciente de l'immobilité d'Alec, qui le distinguait du reste de la foule. Il y avait chez lui quelque chose d'inaccessible. Ses traits masculins et parfaitement réguliers masquaient une vive intelligence et une langue acérée. La plupart des femmes le trouvaient follement séduisant. Elle était rebutée par ses airs supérieurs et condescendants.

Va-t'en, songea-t-elle. *Rentre chez toi. Je ne veux pas que tu gâches ma soirée, avec ton air renfrogné.*

Mais il ne partait pas. Il la regardait si fixement, qu'elle avait l'impression de se sentir à l'étroit dans sa robe.

Elle éprouva un drôle de picotement, et sa peau s'enflamma.

Elle le salua d'un bref signe de tête, et oublia aussitôt sa présence, car Richard lui prit la main.

Songeant aux paroles de Lily, Sky le regarda dans les yeux, et se demanda si son cœur était sur le point d'exploser.

Mais non.

Il battait à un rythme tout à fait normal. Rien ne sortait de l'ordinaire.

Richard sourit.

— Il y a quelques semaines, j'ai atteint le but de ma vie. Cette réussite était encore plus importante pour moi, car tu étais là, à mes côtés.

Oubliant son cœur, Skylar battit des paupières, un peu étourdie. C'était son vernissage, sa grande soirée, et Richard parlait de lui ?

— Richard…

— Je m'étais promis qu'une fois que j'aurais atteint un certain niveau dans ma vie professionnelle, je me concentrerais sur ma vie personnelle. Le moment est venu. J'ai quelque chose à te dire, et il ne pourrait y avoir meilleur moment pour le faire que maintenant, devant tous nos amis.

Les seuls amis de Sky présents ce soir étaient Lily et Nik, et ils étaient déjà partis.

Les autres personnes présentes étaient de vagues relations, des clients importants, et des journalistes.

Et Alec.

Sa présence la dérangeait un peu.

Les bonnes manières exigeaient qu'elle aille lui parler, mais que pouvait-elle lui dire ?

Rentre chez toi, ne gâche pas ma soirée.

Je comprends pourquoi tu es divorcé…

Aucune des idées qui lui venaient en tête n'était acceptable, et elle savait que quand elle se trouverait face à lui, elle le remercierait d'être venu. Elle lui offrirait une coupe de champagne, et ils échangeraient quelques paroles polies au sujet de leurs amis communs.

Des paroles bidon, fausses, hypocrites.

Elle ne dirait pas qu'elle savait qu'il était venu par obligation, et il n'y ferait certainement pas allusion non plus. Ils seraient courtois, même s'ils n'en avaient pas envie. Elle était capable de sauver les apparences. Après tout, elle avait été élevée par des experts en la matière. Elle pouvait passer des heures à parler de tout et de rien.

Richard lui prit la main et la porta à ses lèvres.

— J'attendais le meilleur moment pour te le demander…

S'efforçant d'oublier Alec, Skylar dut faire un effort pour se concentrer.

— Me demander quoi ?

— Je veux que tu deviennes ma femme.

Richard avait suivi des cours de coaching vocal et s'était entraîné à parler en public. Cela s'entendait à la façon dont il s'adressait à la salle.

— Je veux passer le reste de ma vie à tes côtés. À partir de maintenant, nous poursuivrons nos objectifs ensemble.

Sky ouvrit la bouche, mais aucun son n'en sortit.

Avait-elle bien entendu ?

— Tu es sous le choc.

Il était sûr de lui. Tel un homme ébloui par la lumière de sa propre étoile. Il était enfant unique, et ses parents avaient placé en lui toutes leurs ambitions. Contrairement à elle, il était allé au-delà de leurs attentes.

— Je n'ai pas acheté de bague. Je me suis dit que tu en ferais une, et que tu m'enverrais la facture.

La plaisanterie s'adressait aussi à la foule, qui le gratifia d'un rire appréciateur.

Skylar ne riait pas. Et n'appréciait pas du tout.

Le mariage ?

Elle songea aux conversations qu'ils avaient eues au cours de l'année. Des échanges intimes, au cours desquels elle lui avait révélé ses rêves.

N'avait-il rien retenu de ce qu'elle avait dit ?

Apparemment, non. Sinon, il aurait su que le mariage ne l'intéressait pas.

L'amour ? C'était une autre histoire. Elle voulait de l'amour. Ce qu'elle ne voulait pas, c'était une déclaration en public. Il s'intéressait plus aux invités qu'à elle. Elle avait presque envie d'agiter les bras en criant : *Hello, je suis là !*

Par-dessus l'épaule de Richard, elle aperçut Alec Hunter. Il ne riait pas non plus. Il se tenait toujours au même endroit, le col de son manteau noir remonté contre ses joues. Si elle avait dû le dessiner, cela aurait été sous les traits d'un vampire, ou d'un spectre. Une créature de la nuit. Même immobile et silencieux, il avait du charisme. Une qualité qui avait certainement contribué à son succès en tant que présentateur de télévision. Et qui expliquait le nombre de ses admiratrices.

Avait-il demandé la main de sa femme en public ?

Non. Car s'il était un personnage connu, il tenait beaucoup à préserver sa vie privée. Elle le savait.

— Skylar ? demanda Richard avec un sourire légèrement nerveux. Nous attendons tous ta réponse.

Tous ? À quel moment une demande en mariage était-elle devenue une activité de groupe ?

Tu te moques de moi, eut-elle envie de répondre. Mais elle ne désirait pas que ces paroles figurent dans les articles du lendemain sur le vernissage. Elle remercia intérieurement ses parents pour les années qu'ils avaient passées à l'entraîner à sourire quand elle n'en avait pas envie.

— Quelle surprise, dit-elle, avec un enthousiasme artificiel. J'espère que vous voudrez bien nous excuser, ajouta-t-elle en se tournant vers la foule. Richard et moi avons besoin de quelques minutes en tête à tête.

Elle traversa la galerie et gagna l'arrière-salle qui voisinait avec un bureau.

Ses talons claquaient sur les lattes de parquet. Ses genoux tremblaient.

Elle espéra qu'il allait la suivre, car elle ne voulait pas dire ce qu'elle avait à dire en public.

Elle entendit la porte se refermer derrière eux avec un clic.

— Sky ? Que diable es-tu en train de faire ?

— Richard, je te retourne la question. Que fais-tu ?

— Je t'ai demandée en mariage. Tout ce que tu avais à faire, c'était de répondre oui. Tu aurais bénéficié d'une considérable couverture médiatique pour ta petite réception. Au lieu de quoi, tu fais une scène, lança-t-il avec un regard exaspéré. C'est toujours pareil avec toi, tu dramatises tout.

Sky demeura muette de stupeur.

— Je… sincèrement, je ne sais pas quoi dire.

— Le mot que tu cherchais était *oui.* Tu as manqué d'inspiration, répliqua-t-il entre ses dents.

Puis il eut ce sourire éclatant qui l'avait attirée lors de leur première rencontre.

— Tu étais sous le choc. C'est un grand soir pour toi, je peux le comprendre.

Elle se détendit un peu. Ils étaient ensemble depuis longtemps, et personne n'était parfait.

— Tant mieux. Je n'étais pas sûre que tu en aies conscience.

Le téléphone de Richard sonna.

— Excuse-moi une seconde, c'est peut-être important.

Elle croisa les bras, en se demandant ce qui pouvait être plus important que de parler de leur avenir.

Balayant la petite pièce du regard, elle s'efforça de rester calme. Cette arrière-salle était une caverne d'Ali Baba. Des toiles étaient entassées contre le mur, plusieurs statuettes de bronze étaient rangées sur des étagères, et un tapis enroulé était posé à côté d'une table sur laquelle des boîtes étaient empilées.

Ce n'était pas le plus romantique des décors.

Richard consulta le numéro qui s'affichait sur le téléphone, puis l'éteignit.

— Cela peut attendre, dit-il en rempochant l'appareil. Où en étions-nous ?

— Tu te demandais si cet appel avait la priorité sur une conversation concernant notre avenir, répondit-elle d'un ton plat. Et tu disais que tu comprenais que cette soirée soit importante pour moi.

— Bien sûr, je le comprends. Une demande en mariage est un grand moment dans la vie d'une femme.

— Pardon ? C'est ce que tu considères comme mon grand moment ?

— Naturellement. Se fiancer est une grande décision à prendre.

— Nous ne sommes pas fiancés, Richard.

— Nous le serons quand tu auras répondu à ma question.

Il lui adressa un sourire enjôleur qui la laissa de marbre. Elle n'éprouvait que de l'agacement.

Il ne l'écoutait pas.

Apparemment, il ne l'avait jamais écoutée. Il avançait tel un rouleau compresseur, uniquement préoccupé par ses propres objectifs.

Il avait établi un plan sur cinq ans, et elle en faisait partie.

— Je n'ai pas entendu de question. Tu as dit que tu voulais

que je devienne ta femme. Un peu comme un enfant aurait dit qu'il voulait un bonbon. D'après toi, combien de temps avons-nous passé ensemble, au cours de l'année écoulée ?

Trop nerveuse pour rester immobile, elle se mit à arpenter la pièce.

— Ça a été une année folle, je ne le nie pas. Mais bien sûr, nous aurions eu plus de temps ensemble si tu n'avais pas insisté pour passer autant d'heures dans ton atelier ou à Puffin Island. Mais tout cela changera quand nous serons mariés.

— Je croyais avoir dit clairement que le mariage ne faisait pas partie de mes projets. Tu ne m'as pas entendue ?

— Bien sûr que si, mais nous savons tous les deux que tu ne le pensais pas vraiment. Pourquoi refuserais-tu de te marier ? s'exclama-t-il avec un brin d'impatience. Tes parents sont mariés depuis trente-cinq ans, et ils n'ont jamais la moindre dispute.

Ni le moindre geste d'affection.

Elle ne les avait jamais vus exprimer de l'affection l'un envers l'autre.

Ils ne se tenaient jamais par la main.

Ils ne s'embrassaient pas.

Ils n'échangeaient jamais de regards complices, rien ne semblait les lier l'un à l'autre.

Elle voulait plus que cela.

— Que fais-tu ici ? Je veux dire, pourquoi es-tu vraiment venu ?

Le sourire de Richard perdit un peu de sa chaleur.

— Je suis venu t'encourager. Mais vu ton humeur, je me demande pourquoi je me suis donné cette peine. Je n'ai pas encore trouvé mes marques au Capitole. Venir te retrouver à Londres était bien la dernière chose dont j'avais besoin en ce moment.

— Merci.

— Je ne voulais pas dire… Tu es décidée à ne pas comprendre ce que je dis, marmonna-t-il en se massant la nuque.

— Peut-être que je ne comprends pas. Tu m'avais dit que tu ne viendrais pas ce soir. Alors, qu'est-ce qui a changé ?

Comme il gardait le silence, elle répondit à sa place :

— Tu as vu la liste des invités, et tu as pensé que certains pourraient t'être utiles. Sois franc. Tu n'es pas là pour moi.

Mais elle aurait voulu qu'il vienne pour elle. Son esprit créatif avait imaginé un scénario qui la réconfortait.

Sa mère avait raison.

Elle n'était qu'une rêveuse stupide.

Richard soutint son regard.

— J'admets que j'attache une grande importance aux relations. Tu veux que je sois franc ? Je vais l'être. Ton hobby est bien joli, mais tu perds ton temps. Tu peins des tableaux, et tu fabriques des bijoux. C'est très bien, mais tu es intelligente et tu pourrais te rendre plus utile. Faire des choses qui me rendraient fier de toi.

Elle eut un vertige.

— Tu n'es pas fier de moi ?

— Honnêtement, Sky, tu n'es pas en train de sauver la planète. Même toi, tu ne peux prétendre que ce que tu fais est important.

En quelques mots, il venait de balayer tout son travail d'un revers de la main. Il jetait ses rêves à la poubelle, comme son père l'avait fait des années auparavant avec son tableau.

Elle eut l'impression de sortir d'un long sommeil.

— Ma dernière commande, c'était un collier fait à partir d'une broche léguée à ma cliente par sa grand-mère. La broche était restée au fond d'un tiroir pendant une dizaine d'années, et elle voulait un bijou contemporain qu'elle puisse porter. Un objet qui lui rappellerait la personne qu'elle avait beaucoup aimée. C'était important pour elle. Les sentiments sont importants.

Tout en parlant, elle se dit qu'il ne pouvait pas comprendre cela. Pour lui, seuls l'argent, le pouvoir et l'influence comptaient.

Il était comme ses parents. C'était même pour cela qu'il s'entendait si bien avec eux.

Il fit un geste vers elle.

— Cette conversation est inutile. Nous devons avancer.

— Mon travail n'est pas inutile. Et je pense que tu fais passer tes ambitions avant les miennes.

— Non. Mais tu ne peux nier que je rends service à beaucoup de gens.

— Vraiment ? C'est à toi-même que tu rends service. Richard, je me dis parfois que tu es poussé uniquement par l'ambition personnelle. Et non par le désir de te consacrer au service public.

Richard fronça les sourcils.

— Tu veux parler d'égoïsme ? D'après toi, que fais-tu ressentir à tes parents ? Il serait temps que tu cesses de penser à toi, et que tu les rendes fiers de leur fille.

Une pensée un peu dérangeante s'insinua dans la tête de Skylar.

— Depuis quand mes parents ont-ils quelque chose à voir avec notre relation ? Au fait… pourquoi as-tu appelé mon père ?

— Je l'ai prévenu que j'allais te demander en mariage. Ta mère et lui étaient enthousiastes. Ils ont hâte de fêter cet événement avec nous, le soir de Noël.

Avait-il vraiment fait tout cela pour se rapprocher de ses parents ? Souhaitant désespérément se tromper, elle fit un pas en avant.

— Et si je te disais que cette année, je ne veux pas passer Noël avec mes parents ? Nous pourrions fêter Noël tous les deux, en tête à tête. Louer un petit cottage à Puffin Island et passer le temps en jouant à des jeux de société, et en bavardant. Faire du feu dans la cheminée, décorer un vrai sapin coupé dans la forêt, marcher dans la neige, faire l'amour devant les flammes.

Elle disait cela pour le tester, mais plus elle y pensait, plus elle en avait envie.

— Faisons cela, Richard. Oublions les demandes en mariage, les objectifs, nos carrières. Pour une fois restons seuls tous les deux, avec nos amis. Nous ferons un pacte. Interdiction de parler travail. Emily et Ryan organisent une belle fête de Noël à Harbor House, spécialement pour la petite Lizzy. Zach et Brittany seront là, et j'adorerais que nous passions plus de temps avec eux. Ce sera parfait.

— Parfait ? répéta-t-il, consterné. Je ne peux rien imaginer de pire qu'un Noël à Puffin Island. À quoi cela servirait-il ? Tes parents ont invité des gens qui me seront utiles.

— C'est Noël, Richard. Ce n'est pas une opportunité d'affaires, ou un prétexte pour se faire des relations. C'est Noël.

Comment avait-elle pu se tromper à ce point ? Ils avaient passé plus d'un an ensemble. Elle avait cru qu'elle avait un avenir avec lui.

— Si Puffin Island ne te plaît pas, nous pourrions aller en Europe ? Nous avons souvent parlé de Paris, ou de Florence. Partons !

— Ce n'est pas le bon moment.

— Ce n'est jamais le moment.

Dans un éclair de lucidité, elle se rendit compte qu'elle s'était menti. Quand elle chassait les nuages créés par sa propre imagination et qui lui obscurcissaient la vue, la dure réalité lui apparaissait clairement.

— Quand nous nous sommes rencontrés, j'étais émerveillée que nous ayons autant de choses en commun. La première nuit… nous sommes restés éveillés jusqu'à 4 heures du matin pour préparer un voyage à Florence. Tu t'en souviens ?

— Sky…

— Cela paraissait trop beau pour être vrai. Rencontrer un

homme qui partageait mes rêves… Nous devions faire tant de choses, et nous n'avons jamais rien fait. Cela me paraissait trop beau, justement parce que ce n'était pas vrai.

La gorge serrée, elle redoutait de regarder la vérité en face. Elle avait été complètement idiote.

— Mes parents t'avaient parlé de moi, n'est-ce pas ? Tu avais étudié les sujets qui m'intéressaient, afin de capter mon attention.

— Il n'y a rien de mal à vouloir mieux connaître quelqu'un.

— Ce qui est mal, c'est de ne pas être sincère. L'amour n'est pas un contrat d'affaires, Richard, c'est une émotion. C'est une question de sentiments, et non d'ambition. Les sentiments doivent être authentiques, et non fabriqués pour manipuler quelqu'un.

— Voilà, tu recommences ! Tu voudrais vivre un conte de fées, et quand tu découvres la réalité, tu es déçue. C'est comme ta conception de Noël. Tu as toujours idéalisé Noël, mais c'est juste un jour comme les autres.

Il parlait comme sa mère, et elle savait que ce n'était pas une coïncidence.

L'idée qu'ils avaient parlé d'elle était horrible. Presque aussi horrible que la terrible erreur qu'elle avait commise.

Elle se sentait humiliée, trahie, idiote, gênée… Mais au moins, elle avait sa réponse.

Elle n'était pas le soleil, la lune et les étoiles pour lui. Elle n'était même pas un brin de poussière sur ses chaussures.

— Ce n'est peut-être qu'une journée, mais c'est important. Et cette année, j'aimerais passer cette journée avec mes amis.

— Justement, ce sont tes amis. Ils ne me servent à rien.

— Les amis ne sont pas censés servir à quelque chose, dit-elle d'une voix plus stridente qu'elle ne l'aurait voulu. L'amitié, ce n'est pas ça.

— Que peuvent-ils t'apporter ? Ta situation n'a rien à voir avec la leur. Tu as une famille, ils n'en ont pas. La mère d'Emily était alcoolique, celle de Brittany n'avait aucun sens des responsabilités, et je préfère ne pas parler de Zachary Flynn. Je ne veux pas mettre ma réputation en danger en me retrouvant dans la même pièce que lui. Tu imagines ce que la presse pourrait écrire à ce sujet ?

Elle eut l'impression de se trouver face à un inconnu. Jusqu'à maintenant il ne lui avait montré que la facette de sa personnalité qu'il souhaitait qu'elle voie. Il avait prudemment contrôlé son image quand il était avec elle. Sauf quelques rares fois, quand il était en colère.

— Si tu m'obliges à choisir entre mes amis et toi, je n'hésiterai pas.

Il se détendit un peu.

— C'est bon à savoir. De toute évidence, c'est moi que tu choisirais.

— Non. Je les choisirais, eux. J'adore mes amis.

Et elle était furieuse contre lui. Outrée, indignée, profondément blessée. Furieuse contre elle-même de s'être trompée aussi lourdement.

— Un ami ne ferait jamais ce que tu viens de faire.

C'était fini, il n'y aurait pas de retour en arrière. Impossible de réparer ce qui venait de se casser.

— Je sais que tu aimes tes amis, et cette affection t'aveugle. C'est à cause d'eux que tu as perdu de vue ce qui est important dans la vie. Nous irons chez tes parents pour Noël. Ils veulent ce qu'il y a de mieux pour toi. Et moi aussi.

Elle était hébétée. Stupéfaite.

Comment avait-elle pu croire qu'il y avait de l'amour entre eux ?

— Je suis seule à pouvoir décider ce qu'il y a de mieux pour moi.

— En théorie. Mais tu fais toujours les mauvais choix.

Elle éprouva un brusque accès de colère.

— Je te remercie de me faciliter la tâche, et de me permettre de répondre non à la question que tu n'as pas posée.

— Oh ! pour l'amour...

Il se ressaisit, et inspira longuement.

— Skylar Tempest, veux-tu m'épouser ?

— Non, répondit-elle d'un ton neutre. Je ne peux pas croire que tu me le demandes encore, après la conversation que nous venons d'avoir. Tu voulais que je choisisse, c'est fait. Et maintenant, sors d'ici.

Il jura entre ses dents.

— Mon vol est réservé pour demain, et je dois être à Washington DC lundi. Je n'ai pas le temps de jouer à tes petits jeux. Je veux passer les prochaines heures à me détendre, et non à me battre. Tout ce que je te demande c'est de prononcer deux petits mots, rien de plus. *Oui, Richard.*

— Je ne joue pas. Nous ne voulons pas les mêmes choses. Je m'en rends compte maintenant. Et même si nous avions une seule petite chose en commun, je ne pourrais pas rester avec quelqu'un qui méprise autant mes amis. Ils sont trop importants pour moi. C'est fini, Richard.

Ses mots résonnèrent dans le silence.

Elle le vit changer d'expression, et son cœur fit un bond. Elle le connaissait depuis assez longtemps pour déceler chaque changement d'humeur. C'était un peu comme voir le ciel s'assombrir au-dessus de Puffin Island, annonçant un prochain orage.

Elle détestait ses accès de colère.

— Je te demande ta main en public, et pour toute réponse tu veux rompre avec moi ? Non, ce n'est pas possible, dit-il d'une voix sourde. Je ne me laisserai pas humilier. Nous allons sortir d'ici ensemble, et tu as intérêt à sourire. Pour une fois, tu vas prendre la bonne décision.

— Si tu me connaissais vraiment, tu saurais que cette demande en public était la dernière chose à faire. Je ne crois pas aux contes de fées, Richard. Je pense que deux personnes doivent être ensemble parce qu'elles s'aiment, et non parce que cela sert leur plan de carrière.

Il fit un pas dans sa direction, mais elle ne se laissa pas intimider.

— Il faut que tu t'en ailles, à présent. Si tu ne veux pas être vu, tu peux passer par l'issue de secours.

— Je fais pratiquement partie de ta famille, gronda-t-il. Ton père m'adore.

— Dans ce cas, épouse mon père. J'espère que vous serez très heureux ensemble.

Elle était calme et s'efforçait de contrôler la situation. Mais il était trop tard. Elle vit l'instant où sa colère lui échappa.

Par le passé, elle avait toujours manœuvré prudemment dans ces moments-là. Ils n'en étaient jamais arrivés là. Elle l'apaisait, l'amadouait, et parfois sortait pour mettre un peu de distance entre eux.

Mais il était trop tard pour avoir recours à ces stratagèmes.

La grenade était dégoupillée.

Il rentra la tête dans les épaules. Ses traits étaient déformés. En une fraction de seconde, elle se demanda comment elle avait pu le trouver beau. En apparence il était parfait, mais à l'intérieur…

— Richard, il faut te contrôler, dit-elle d'un ton sec. Respire.

— Tu es une sale enfant gâtée.

Elle tressaillit comme sous l'effet d'une gifle. Puis elle se rendit compte, avec incrédulité, qu'il était sur le point de la frapper.

Il leva la main, et instinctivement elle recula pour esquiver le coup. Son talon buta contre une caisse et elle tomba à la renverse. Sa tête heurta le coin de la table.

Une douleur fulgurante lui transperça le crâne. Sa vision se brouilla, et un bourdonnement envahit sa tête. Un liquide tiède coula sur son visage, et elle entrouvrit les yeux, essayant de voir malgré la douleur.

Il se tenait au-dessus d'elle, les mains tendues devant lui, comme pour nier, visiblement paniqué à l'idée d'être accusé.

— Je ne t'ai pas touchée. Pas du tout.

Il ne fit pas mine de l'aider à se relever.

Ne manifesta aucune inquiétude pour elle.

Elle se sentit profondément trahie.

— Si tu ne sors pas sur-le-champ, je ruinerai ta carrière et bien plus encore, dit-elle d'une voix étrange, lointaine.

Le monde lui semblait flou. Seigneur, elle allait s'évanouir. Elle choisissait pile le moment où elle devait être assez forte pour lui botter les fesses, pour tomber dans les pommes.

— C'était un accident, Sky. Un accident stupide. Tu n'as pas regardé où tu mettais les pieds. Tu es toujours dans la lune…

— Tu voulais deux mots ? Eh bien les voilà : casse-toi ! Tout de suite.

Elle posa deux doigts sur sa tempe, et sentit un liquide visqueux. *Zut.* Elle allait mettre du sang sur sa robe neuve.

— Il y a des journalistes dans la salle, grommela-t-il, l'air égaré.

Il imaginait déjà le cauchemar si les médias s'emparaient de l'affaire.

— Ils étaient censés faire un reportage sur nos fiançailles. Et tu te donnes en spectacle ! Bon sang, Skylar. C'est toi la responsable de ce gâchis, occupe-toi d'eux. Ce coup sur la tête t'aidera peut-être à te réveiller. Quand tu auras repris tes esprits, appelle-moi. En attendant, je vais réfléchir. Tu n'es peut-être pas celle qu'il me faut.

Sans un regard en arrière, il sortit par l'issue de secours et disparut, alors que Skylar baignait dans son sang.

Que diable faisaient-ils dans cette pièce ?

Alec fit le tour de la salle en ignorant les autres invités. La foule était moins dense, les gens se dispersaient. Quelques-uns imaginaient tout haut la scène romantique qui devait se jouer derrière cette porte fermée.

Il ne s'attendait pas à cette demande en mariage en public.

Brittany avait traité le petit ami de Sky de *cafard*. Ce qui ne donnait pas l'impression qu'ils étaient sur le point de convoler.

La scène l'avait mis mal à l'aise. Mais à en juger par les exclamations ravies des femmes présentes, il était le seul à avoir eu cette réaction. Ce qui expliquait sans doute pourquoi il était célibataire. Que comprenait-il à l'amour ? Selon son ex-femme, rien. Elle aurait voulu des gestes romantiques, et des démonstrations d'affection en public.

Ses exigences incessantes lui donnaient l'impression d'avoir écopé d'une sentence de prison à vie pour un crime qu'il n'avait pas commis.

Mieux valait oublier ces pensées toxiques. Il s'empara d'une coupe de champagne en se demandant dans combien de temps il pourrait s'échapper.

Dès que les fiancés auraient réapparu, il irait féliciter Skylar, et s'éclipserait.

Il répéta en son for intérieur les formules qu'il était censé prononcer. *Félicitations, je suis content pour toi, j'espère que vous serez très heureux…* Alors qu'en réalité, son instinct le poussait à dire : *Vous êtes tous les deux complètement fous.*

Il fit une pause, le regard attiré par un collier d'argent artistiquement exposé sur une soie aussi bleue qu'un ciel méditerranéen. Le style du bijou était attrayant et original. En bon historien, il reconnut une allusion aux formes caractéristiques de l'âge du bronze en Grèce.

Une femme s'approcha de lui en souriant. Il était impossible de se méprendre sur ses intentions.

Alec lui tourna le dos, sans lui rendre son sourire.

Elle allait le trouver mal élevé, mais c'était le dernier de ses soucis. Mieux valait paraître grossier maintenant, que de devoir échapper à ses griffes plus tard.

Il avait gardé de son mariage une aversion pour les femmes trop sophistiquées. Sa relation avec Selina se divisait en plusieurs périodes. Six mois de sexe effréné, suivis par une cérémonie de mariage très compliquée et deux ans de disputes acerbes qui avaient abouti à un divorce plein d'aigreur.

Sur son insistance, il avait suivi deux sessions complètes avec un conseiller conjugal pour « apprendre à se connaître ». Et ce qu'il avait appris, c'est qu'il n'aimait pas sa femme, pas plus qu'elle ne l'aimait.

Il avait aussi appris qu'il était mieux tout seul.

Il était trop égoïste pour s'engager avec une femme.

Il aimait trop sa vie pour la sacrifier à cause d'une femme.

Alec jeta un nouveau coup d'œil à l'autre bout de la salle. La porte était toujours fermée. Skylar et son petit ami vivaient sans doute un moment follement romantique, se promettant un amour éternel.

Pour tuer le temps, il continua d'arpenter la salle. Comme il le savait, Skylar s'exprimait à travers divers supports. En examinant les différents objets exposés il commença, un peu à contrecœur, à apprécier l'étendue de son talent.

Il fit une pause devant une large toile sur laquelle il reconnut la côte rocheuse de Puffin Island. Il était loin d'être expert en peinture, mais il voyait bien que le tableau était excellent. Elle avait parfaitement capturé l'esprit du lieu, l'étendue de la plage de sable, le mouvement des vagues, et l'orage qui menaçait. Il crut sentir les embruns sur son visage et entendre le cri plaintif des mouettes.

Une vague de nostalgie le submergea. Son cottage sur la côte nord de Puffin Island lui manquait. Il retournerait dans l'île dans quelques jours, et il y resterait un mois entier. Assez longtemps, espérait-il, pour terminer le premier jet de son livre. Il avait hâte de retrouver la solitude.

Une petite étiquette rouge était collée sur le tableau, ce qui signifiait que quelqu'un l'avait acheté.

Bon choix, se dit-il. Puis il vit le grand vase d'un magnifique bleu céruléen, placé sous la lumière, contre un mur blanc.

Il fut instantanément transporté en Grèce. Il pouvait presque sentir la chaleur, et le parfum du thym et du jasmin.

De tous les objets exposés, c'était celui-ci qu'il aurait choisi. On voyait au premier coup d'œil que l'artiste s'était inspirée de la mythologie grecque et des plus anciennes céramiques minoennes. À partir de ces éléments, elle avait créé un objet moderne, d'une beauté saisissante.

Les invités partaient, mais il ne voyait toujours aucun signe de Skylar.

Du mouvement dans la rue capta son attention, et il vit un homme grand, aux cheveux bruns, monter dans une voiture.

Alec se rembrunit. Pourquoi Richard Everson repartait-il seul ?

Il s'attendit à voir Skylar courir derrière lui, vêtue de cette incroyable robe moulante à la couleur argentée, avec un sourire éblouissant. Mais la voiture s'éloigna avec son unique passager.

Une petite voix lui souffla de se mêler de ses affaires. Il l'ignora et se dirigea sans hésiter vers la porte qu'il l'avait vue franchir un moment plus tôt.

Il toqua doucement, ne reçut aucune réponse, et poussa le battant.

La pièce était vide.

De toute évidence, il s'agissait d'un entrepôt. Il y avait des toiles posées contre le mur, des cartons entassés sur une table, et…

Un corps.

Merde.

En deux enjambées, il fut près d'elle.

— Que s'est-il passé, ici ? Parle-moi. Tu es…

Il lui prit le visage pour l'orienter vers lui, et vit du sang sur ses doigts. Ses beaux cheveux blond platine étaient striés de rouge, ses lèvres étaient blêmes et son visage avait perdu ses couleurs.

Le cœur d'Alec se mit à battre plus fort. Il s'attendait à tout, sauf à ça.

— Sky ? Ouvre les yeux.

Il voulut la soulever, et esquiva de justesse le coup de poing qu'elle lui lança.

— Si tu me touches, je t'envoie mes talons aiguilles dans les testicules.

Sa voix était pâteuse. Jurant tout bas, Alec lui saisit le poignet avant qu'elle ait pu le frapper.

— Il va falloir réviser ta technique de drague, princesse.

Elle posa les yeux sur lui et au bout de trois secondes sembla le reconnaître.

— Que fais-tu là ? Tu es venu me narguer ?

— J'ai vu Richard monter en voiture, et je suis venu voir comment tu allais. Bien m'en a pris. Je t'emmène à l'hôpital.

Des questions surgirent dans sa tête. Que s'était-il passé ? Pourquoi Richard Everson était-il parti en la laissant ainsi ? Il chercha son téléphone dans sa poche.

— J'appelle une ambulance. Et la police. C'est lui qui t'a fait ça ?

— Non. Je suis tombée. N'appelle personne.

Elle fit un effort pour s'asseoir, exposant sans le vouloir ses longues jambes et des dessous de soie.

Son corps est la plus belle œuvre d'art dans cette salle !

Il détourna les yeux, s'en voulut de la trouver attirante.

— Tu es blessée à la tête. Il ne faut pas que tu bouges.

— Quand les gens vont-ils cesser de me dire ce que je dois faire ? Je sais de quoi j'ai besoin. *Merde.*

Il se retourna vers elle et vit qu'elle avait fermé les yeux.

— Que se passe-t-il ?

— Tu as un frère jumeau ? Je vois double.

— Ce n'est pas bon signe.

— À qui le dis-tu. Un seul Alec Hunter, ce n'est déjà pas drôle. Mais deux, c'est un cauchemar.

Le bon côté de l'histoire, c'est qu'elle le reconnaissait.

— Je suis soulagé de voir que tu es encore capable de plaisanter.

— Ce n'est pas une plaisanterie.

— Je sais que je ne suis pas ton sauveteur préféré, mais malheureusement pour toi je suis le seul disponible, répliqua-t-il avec un rire bref.

— C'est une chance, je n'ai pas besoin d'être secourue.

Alec se demanda si elle avait conscience d'être gravement blessée.

— Laisse-moi regarder ta plaie avant de te lever.

Il la repoussa doucement contre le pied de la table et lui souleva les cheveux pour l'examiner. Ses expéditions l'avaient conduit dans les parties du monde les plus démunies, et il avait toutes les compétences pour dispenser les premiers soins.

— Tu n'auras pas besoin de points de suture, mais l'hématome est important. Il se peut que tu aies une commotion. Je t'emmène à l'hôpital.

— Je n'irai pas. Je ne veux pas me montrer dans cet état. Les journalistes risquent de prendre des photos.

Alec éprouva une brusque impatience.

— Ne t'inquiète pas, tu es belle quand même, et je suis sûr qu'ils ne prendront que ton meilleur profil.

Elle le fusilla du regard.

— Ce n'est pas mon apparence qui m'inquiète, crétin. Ce sont les questions que les journalistes vont se poser. Et je n'ai pas envie de voir leurs théories exposées au public. Mais il est toujours bon de savoir que tu as une bonne opinion de moi. Tu peux partir. J'apprécie ta sollicitude, et j'espère que tu te casseras le nez en sortant.

Alec inspira profondément.

— Je n'aurais pas dû dire cela, je suis désolé.

— Wouah. Pour le coup, je suis vraiment inquiète. J'hallucine. Ou bien j'entends des voix. Tu t'es vraiment excusé ? Je suppose que tu ne recommenceras pas ? ajouta-t-elle avec un petit rire. Non, je plaisante. Va-t'en, Alec. Tu n'as plus rien à faire ici. Tu es libre.

— Je n'irai nulle part.

— Pourquoi ? Pour toi, je ne présente aucun intérêt, je suis nulle. Tu te moques de ce qui m'arrive.

Elle ferma les yeux et reprit :

— Flash info ! Quand une fille traverse une mauvaise passe, elle a besoin d'avoir ses amis autour d'elle. Pas quelqu'un qui lui donne l'impression d'être encore plus nulle.

Alec ignora la remarque.

— Tu as mal au cœur ?

— Oui, mais ça me passera dès que tu seras parti. Ne le prends pas mal. Mais tu n'es pas mon genre d'homme.

— C'est bon à savoir. Allons, princesse, sortons d'ici.

— Princesse ? Tu m'as encore appelée « princesse » ? s'exclama-t-elle en entrouvrant un œil. Tu veux me mettre en colère ?

— Oui. Si tu piques une crise de colère, au moins je saurai que tu n'as pas de lésion cérébrale.

— Tu ne crois même pas que j'ai un cerveau. Comment pourrais-je avoir des dommages cérébraux, si je n'ai pas de cerveau ? marmonna-t-elle.

Cette réponse lui ressemblait tellement, qu'Alec fut un peu rassuré.

— Au cas où tu en aurais un, il vaudrait mieux faire des examens. Si tu ne veux pas d'ambulance, nous pouvons prendre un taxi.

— Pourquoi tiens-tu à m'aider ? Tu me détestes. C'est d'ailleurs pour cette raison que tu me traites de princesse.

— La dernière fois que nous nous sommes vus, tu m'as traité d'enfoiré, ce qui n'était pas exactement un compliment.

— J'ai dit que tu étais une tête à claques, pas un enfoiré.

— Tu m'as appelé « Professeur Tête-à-Claques », rectifia-t-il en se redressant. Ne bouge pas. Je vais passer par l'issue de secours pour appeler un taxi, ainsi personne ne te verra.

Qui essayait-elle de protéger ? Richard Everson, ou elle-même ?

Il se posa la question en sortant dans la rue enneigée. Pour une fois la chance était de son côté, et il fit signe à un taxi qui s'arrêta tout de suite à sa hauteur. Il demanda au chauffeur d'attendre et retourna dans l'arrière-salle de la galerie. Skylar était debout et se cramponnait à la table pour ne pas tomber.

Il n'en crut pas ses yeux.

— Je t'avais dit de ne pas bouger. Je vais t'aider.

— Je n'ai pas besoin de toi. Mais ma robe est fichue. Elle est couverte de sang.

La voyant frissonner, Alec enleva son manteau et le lui posa sur les épaules.

— Cela devrait être le dernier de tes soucis.

— Tu te trompes. Les princesses sont très soucieuses de leur apparence. On ne sait jamais. Un prince pourrait passer par là, par hasard.

— Pour l'instant, tu ressembles plus à une héroïne d'un film d'Hitchcock qu'à une princesse, répondit-il en regardant sa blessure.

Ses cheveux blond pâle rappelaient le sable fin d'une plage des Caraïbes au soleil. Même maculée de sang, sa chevelure demeurait sa plus belle parure.

— Est-ce que je fais peur ?

Avec l'ombre d'un sourire, elle lâcha la table. Elle chancela, il la prit dans ses bras, et l'emporta vers le taxi sans plus de cérémonies.

— Oh ! Pour l'amour… pose-moi ! Je peux marcher.

— Tu risques de tomber, et cela pourrait attirer l'attention.

Il fit en sorte de ne pas respirer son parfum, et d'ignorer ses courbes.

— Comme tu voudras. Mais si tu glisses sur le verglas et que tu te casses le dos, ce ne sera pas ma faute. En principe, tu devrais me répondre que je suis légère comme une plume.

Il laissa passer une seconde ou deux avant de rétorquer :

— À première vue, tu pèses le même poids qu'un bébé hippopotame.

— Tu n'imagines pas à quel point je te hais.

— Je le sais parfaitement, dit-il en la déposant délicatement sur la banquette du taxi. Attends ici un instant.

Elle se cala confortablement, et demanda :

— Tu vas où ? Chercher un chiropracteur ?

Il ne chercha pas à dissimuler son sourire.

— Je vais juste répandre quelques mensonges sur la situation.

Alec s'engouffra dans la galerie, trouva la propriétaire, inventa une excuse plausible, puis s'empara du sac et du manteau de Skylar, avant de repartir vers le taxi.

Le chauffeur lui lança un coup d'œil interrogateur.

— Où allons-nous ?

Il n'avait pas encore réfléchi à la question. Sky avait fermé les yeux, des cernes sombres se dessinaient sur ses joues.

— Sky ?

Elle ne fit pas un geste.

Il aurait pu demander au chauffeur de les déposer aux urgences, mais elle l'avait supplié de ne pas le faire. Sans doute parce qu'elle ne voulait pas que l'incident de ce soir s'ébruite.

Il ne savait même pas où elle logeait. Avait-elle réservé une chambre dans un hôtel, avec Richard Everson ?

— Sky…

Il lui donna un petit coup de coude et elle ouvrit lentement les yeux, comme si cela lui coûtait un effort surhumain.

— Va-t'en. Je vais dormir pendant cent ans, et si tu m'embrasses pour me réveiller, je te tuerai.

Ses paupières s'abaissèrent de nouveau, et Alec se laissa aller contre la banquette. Qu'avait-il fait pour mériter ça ? Il était toujours aimable avec les vieilles dames, n'oubliait jamais l'anniversaire de sa mère… Mais apparemment, quelqu'un considérait tout de même qu'il devait être puni.

Incapable de trouver une autre solution, il donna l'adresse de son hôtel.

Le chauffeur effectua un demi-tour, et la tête de Skylar bascula contre son épaule. Alec essaya de la repousser, mais elle se blottit contre lui.

Il n'y avait qu'un seul moyen de l'empêcher de glisser sur le sol. Il passa un bras autour de ses épaules. Avec à peu près autant d'enthousiasme que lorsqu'il avait dû compléter sa déclaration d'impôt.

Le manteau qu'il lui avait prêté était ouvert, et il vit que le tissu argenté de sa robe collait à son corps. *Un cadeau de Noël parfaitement emballé.*

Elle avait le visage et le corps d'un mannequin de lingerie de luxe.

Il imagina un instant qu'il faisait glisser la fermeture Eclair et dénudait ces courbes délicieuses. Et il détourna vivement les yeux.

Pas question.

Non seulement elle était blessée, et fiancée à quelqu'un d'autre, mais leur relation frôlait l'hostilité.

Non, c'était faux. Ils n'avaient pas de relation du tout.

Alors pourquoi avait-il soudain envie de la déshabiller ?

Que diable lui arrivait-il ?

Étant donné les circonstances, n'importe qui l'aurait trouvé dépravé. Mais cela ne faisait aucune différence. Son corps était enflammé. Il essaya une fois de plus de s'écarter, mais elle se blottit encore plus contre lui. Il fut aussitôt submergé par un délicieux parfum fleuri.

Il posa les yeux sur ses ongles scintillants et sur la manchette argentée qui recouvrait son poignet. Visiblement, c'était une de ses créations. Il dut se résigner à admettre la vérité. Il était séduit par une femme qui déclenchait en lui toutes les sonnettes d'alarme. Le genre de femme ultra-sophistiquée, qu'il évitait à tout prix.

Et il la ramenait dans sa chambre d'hôtel.

La dernière fois qu'il avait voulu aider une femme, cela s'était très mal terminé.

Il fallait espérer que le mini-bar était bien rempli. Car il allait avoir besoin de toutes les bouteilles pour surmonter les prochaines heures.

Joyeux Noël, Alec.

2

Le sang battait dans ses tempes, comme si tous les lutins du Père Noël avaient donné des coups de marteau contre son crâne. Dans un demi-sommeil, Skylar garda les yeux fermés. Quelque chose lui chatouillait le front. Elle était bercée par le ronflement du moteur et le murmure de voix masculines.

Elle reconnut celle d'Alec. Alec Hunter.

Sa tête reposait sur son épaule solide, et il la maintenait d'un bras contre son torse musclé.

C'était un intellectuel. Un homme qui passait six mois de l'année à donner des conférences et à étudier des documents. Il n'était pas censé avoir un corps de sportif.

Elle aurait dû s'écarter, mais elle manquait d'énergie.

Si elle avait été en forme, elle se serait moquée d'elle-même.

De tous les gens qui désapprouvaient ce qu'elle faisait, y compris Richard et ses parents, Alec Hunter était le plus mordant. Il la trouvait frivole et superficielle, et ne s'en cachait pas.

Princesse.

Et par une cruelle ironie du destin, c'est lui qui s'était trouvé près d'elle au moment le plus critique.

Elle le sentit bouger et pensa qu'il allait la repousser. Puis il appliqua quelque chose de doux sur son front, et elle se rendit compte que c'était le sang coulant de sa blessure qui la chatouillait.

Il lui avait donné son manteau, c'est-à-dire que sa tête était appuyée contre sa chemise blanche.

Qui n'était donc plus d'un blanc impeccable.

Malgré tout, elle ne parvint pas à s'écarter.

Elle serait volontiers restée éternellement dans ce taxi, pour tenir ses problèmes à distance.

La voiture finit tout de même par s'arrêter.

Alec l'écarta légèrement de lui, et repoussa ses cheveux en arrière.

— Sky ? Nous y sommes.

Ses doigts étaient d'une douceur surprenante. Elle ouvrit la bouche pour demander où ils étaient, mais il se pencha en avant pour payer le chauffeur. La portière s'ouvrit et un vent glacial s'engouffra à l'intérieur, lui coupant le souffle.

Elle était sur le point de dire qu'elle pouvait marcher. Mais sans lui demander son avis, il la souleva dans ses bras et la transporta dans ce qui ressemblait à un hôtel.

Éblouie par les lumières vives, elle plissa les paupières. Elle avait toujours trouvé qu'Alec Hunter avait quelque chose d'un homme préhistorique.

De près, elle vit l'ombre d'une barbe naissante sur ses joues. Un parfum délicieux émanait de lui. Un mélange de citron, de forêt en hiver, et d'homme viril.

Il ne s'arrêta pas à la réception, n'adressa la parole à personne, et se contenta de traverser le hall de marbre et d'entrer dans l'ascenseur avec cet air autoritaire qu'il avait toujours, quoi qu'il fasse.

— Je suis stupéfaite que personne ne t'ait interpellé. Tu aurais pu m'avoir droguée, ou kidnappée.

— Ils ont dû comprendre en te voyant qu'aucun homme sain d'esprit ne t'aurait enlevée.

Il s'arrêta devant une porte, glissa une carte dans la serrure, et entra dans la chambre.

— Tu as tout faux, répondit-elle en luttant contre la nausée. Je suis adorable quand on me connaît bien.

— Je ne veux pas te connaître.

— Tu ne sais pas ce que tu perds.

Avec une exclamation agacée, il la déposa délicatement sur le lit et rajusta la compresse sur sa tête.

— La plaie recommence à saigner. J'aurais dû t'emmener à l'hôpital.

— Mais je t'ai demandé de ne pas le faire, et tu m'as écoutée. Tu as des médicaments contre la douleur ?

Elle avait l'impression qu'une tempête se déchaînait dans sa tête.

Alec disparut dans la salle de bains, et revint quelques secondes plus tard avec une boîte.

— J'ai du paracétamol, dit-il en déposant la boîte à côté du lit. Regarde derrière moi.

Il sortit son téléphone de sa poche et s'en servit comme d'une torche, pour examiner ses pupilles.

— Combien d'Alec vois-tu ?

— Un seul. Et c'est amplement suffisant, nous n'avons pas besoin d'un clone.

La remarque ne lui arracha pas le moindre sourire.

— As-tu perdu conscience quand tu es tombée ?

— Je ne crois pas.

Elle grimaça en le voyant prendre une photo.

— Tu vas la publier sur Instagram ?

— Non. Je vais la garder, au cas où nous aurions besoin d'une preuve.

— Une preuve de quoi ? Que je suis magnifique avec un coquard ?

— Une preuve contre ton petit ami, dit-il d'une voix dure. Te rappelles-tu ce qui s'est passé ?

En proie à un vertige, elle repensa à Richard. À ce qu'il avait dit, à son expression au moment où il avait prononcé ces mots.

— Oui, malheureusement. Je donnerais cher pour être amnésique.

Elle se sentait humiliée, et d'une fragilité irritante.

À vrai dire, elle s'était bercée d'illusions pendant des mois. Pour une fois, son imagination et sa créativité avaient joué contre elle.

Alec eut une brève hésitation.

— Tu as envie d'en parler ?

De toute évidence il espérait qu'elle répondrait par la négative. Elle fut touchée qu'il lui ait posé la question.

— Non. J'ai envie de me doucher et de fermer les yeux quelque temps. Je suis désolée de te causer des soucis.

— Il n'y a pas de problème.

— Menteur.

Il dirigea la lumière du téléphone vers sa tête.

— Cet hématome ne me plaît pas. Tu te rappelles qui tu es ? Quel jour sommes-nous ?

— Je suis la fille non prodigue, et aujourd'hui est le jour où j'ai taché ma robe préférée et compris que je sortais avec un crétin. En plus je me retrouve dans la chambre d'hôtel d'un homme qui me déteste. Je me console en me disant que ça ne peut que s'améliorer.

Elle étouffa un rire hystérique. Maintenant au moins, elle savait qu'elle n'avait pas trouvé l'amour avec Richard. Il n'y avait plus aucun doute à ce sujet.

Alec lui tendit la boîte de comprimés.

— Si tu as envie de vomir, dis-le-moi.

Malgré leurs petites divergences, elle se sentit presque désolée pour lui. Elle connaissait l'attitude de Richard quand quelqu'un était malade. Il n'éprouvait aucune compassion, et pensait aussitôt vaccination et quarantaine.

— Je me sens bien. Prends une autre chambre pour toi, je paierai.

— C'est inutile. Je t'ai amenée ici pour pouvoir te surveiller.

— Mais tu veux être prévenu si j'ai envie de vomir ?

— C'est mauvais signe quand on a une blessure à la tête, expliqua-t-il patiemment. Si cela arrive, je t'emmènerai à l'hôpital.

— Oh. J'ai cru…

Elle ne lui dit pas ce qu'elle avait cru. Les longs mois passés avec Richard avaient sans doute déformé sa vision du monde.

— Je n'ai pas besoin d'aller à l'hôpital, mais je te remercie.

Elle porta la main à sa bouche, mais elle tremblait et un des comprimés glissa entre ses doigts avant de disparaître sous le lit.

— Désolée.

Alec ne dit rien. Il lui déposa un autre comprimé au creux de la main, et guida celle-ci jusqu'à sa bouche. Puis il lui tendit un verre d'eau.

— Que s'est-il passé, Sky ? Pourquoi t'a-t-il laissée là, comme ça ?

— Parce que c'est un pauvre type. Il se soucie plus des médias et de son image que de moi. Je n'ai pas fait et dit ce qu'il voulait. Il est amoureux de mon père.

L'idée lui parut si ridicule, qu'elle se mit à rire.

— De ton père ? répéta Alec, perplexe.

— N'y pense plus. C'est compliqué. Tu n'imagines pas à quel point c'est compliqué.

Elle-même ne pouvait démêler le vrai du faux. Combien de leurs conversations avaient été complètement fausses ? Si leur relation avait été un film, elle l'aurait revu avec des sous-titres pour décrypter les passages qu'elle avait manqués.

— Sommes-nous obligés d'en parler ?

— Non. Reste là. Je vais nettoyer la plaie.

Sky ferma les yeux et entendit l'eau couler dans la salle de bains. Puis il revint avec un gant et une serviette.

— Je vais essayer de ne pas te faire mal.

Elle ne lui dit pas que c'est à l'intérieur qu'elle souffrait. Réprimant une grimace de douleur, elle se tint tranquille tandis qu'il lui essuyait doucement le front.

— Je suis sûre que je suis très belle. Le rouge, le noir et le bleu me vont merveilleusement bien.

— Le crâne est très vascularisé, dit-il en souriant. La blessure est spectaculaire, mais c'est moins grave que ça n'en a l'air.

Il était rare de le voir sourire, et elle eut du mal à détourner les yeux. C'était comme un rayon de soleil perçant de gros nuages sombres.

— Tu devrais sourire plus souvent. Tu es moins intimidant.

Le sourire s'évanouit.

— Tu as du sang séché dans les cheveux, mais je ne peux rien faire. Si je les lave, la plaie risque de se rouvrir.

De nouveau, il sembla mal à l'aise.

Elle avait envie de se doucher mais elle n'était pas sûre de pouvoir le faire sans l'aide de quelqu'un. Et il n'était pas question de se déshabiller devant Alec Hunter. Elle avait vécu assez d'humiliations en une journée.

— Tu as pris mon sac ? Je vais appeler un taxi et te débarrasser de ma présence.

— Où veux-tu aller ?

— Dans ma chambre d'hôtel. Une bouteille de champagne m'y attend et il serait dommage de ne pas en profiter.

— Du champagne ? Richard devait partager ta chambre ?

— C'est ce qui était prévu. Mais je suppose que je boirai seule.

Elle repensa à ses projets. La fameuse visite de Londres à l'époque de Noël. Elle irait seule à la patinoire, et monterait en solo sur la grande roue du Millennium. Génial. Elle allait bien s'amuser.

— Tu ne peux pas retourner dans ton hôtel. Il risque de t'y rejoindre. Et s'il ne le fait pas, tu seras seule. Ce ne serait pas prudent. Pas avec une blessure à la tête. Il faut que quelqu'un reste avec toi.

Il ôta sa cravate, et déboutonna le col de sa chemise.

Sky remarqua une toison brune entre les boutons, et détourna prestement les yeux.

Elle n'avait pas besoin d'en savoir davantage sur Alec Hunter.

— Du calme. Ce quelqu'un ne sera pas toi. Tu n'es pas obligé de changer tes plans pour moi.

— Je n'ai pas de plan.

— Tu portes une cravate. Je suppose que tu avais un rendez-vous ?

— J'ai donné une conférence dans l'après-midi.

Cette remarque ne fit rien pour lui remonter le moral.

Encore quelqu'un qui avait un vrai métier.

Elle n'était qu'une fantaisiste.

Démoralisée, elle se laissa retomber sur le lit et se couvrit le visage de son bras. La douleur et la fatigue la submergèrent. Elle aurait dû partir, mais elle n'en avait pas la force.

— Dès que ces comprimés auront fait de l'effet, je retournerai dans ma chambre d'hôtel.

Un téléphone sonna dans le lointain, et une voix grave répondit. Alec…

Quels que soient ses défauts, il fallait reconnaître qu'il avait une voix très sexy.

Elle demeura allongée, les yeux fermés. Elle aurait pu écouter cette voix à l'accent britannique pendant des heures.

— Oui, je l'ai fait. Non, pas vraiment... Il y a eu des complications. Oui... Eh bien, tu avais raison.

Une pause, puis il reprit :

— Elle est avec moi. Dans ma chambre d'hôtel... Non, elle dort. Non, non, ce n'est pas la peine. Je sais que vous êtes très proches, mais ne venez pas. Je contrôle la situation. Oui, je te promets de ne pas la laisser seule. Je te rappellerai, Brittany.

La voix s'éloigna, et elle se rendit compte qu'il était entré dans la salle de bains, pour ne pas la déranger.

Et maintenant, elle savait à qui il s'adressait.

Brittany et Emily avaient dû l'appeler pour savoir comment s'était passée la soirée. À en juger par les bribes de conversation qu'elle avait saisies, elles voulaient venir. C'était ce qu'elle aurait fait, si l'une d'entre elles avait eu des ennuis. Mais cette fois ce n'était pas nécessaire.

Il contrôlait la situation.

C'est fou, comme les gens pouvaient vous surprendre.

Alec Hunter était la dernière personne sur laquelle elle aurait cru pouvoir compter.

Cette idée en tête, elle sombra dans le sommeil et fut éveillée par le bruit d'une violente averse.

Il lui fallut plusieurs secondes pour se rendre compte que c'était le bruit de la douche, et non de la pluie. Et encore quelques secondes pour prendre conscience de la douleur dans son estomac. Elle avait envie de vomir.

Espérant qu'Alec n'avait pas fermé la porte à clé, elle se leva en chancelant.

Groggy, elle se débarrassa du manteau qu'il avait posé sur ses épaules et entra d'un pas vacillant dans la salle de bains alors qu'il sortait de la douche. Complètement nu.

— Bon sang.

L'espace d'un instant elle le regarda, fascinée par son impressionnante musculature et la toison sombre qui couvrait son torse. Les tempes douloureuses, elle se dit qu'Alec Hunter était peut-être un cynique endurci, mais qu'il avait un corps diablement sexy. Son regard suivit la toison qui finissait en pointe sur son ventre, et elle élargit les yeux. Son sexe dressé était impressionnant. Elle l'entendit jurer tout bas. Puis il s'empara d'une serviette, juste au moment où son propre corps la rappelait à l'ordre.

Elle eut tout juste le temps d'atteindre les toilettes pour vomir. Son humiliation était complète.

Avait-elle déjà vécu une pire journée dans sa vie ? Non, si c'était le cas, elle s'en souviendrait.

Partagé entre l'exaspération et l'inquiétude, Alec noua la serviette autour de sa taille, et alla se pencher au-dessus d'elle. Il s'efforça d'oublier les quelques secondes troublantes, pendant lesquelles elle avait posé les yeux sur une partie intime de son anatomie. Une partie qui tenait à exprimer, malgré lui, l'admiration qu'il éprouvait pour elle.

— Sky ? Je vais appeler un médecin, murmura-t-il en ramenant doucement ses longs cheveux blonds sur sa nuque.

Elle secoua la tête, et marmonna :

— Va-t'en. Je t'en prie. Laisse-moi tranquille.

Elle était pitoyable. Il ne fallait pas être un génie pour deviner qu'elle détestait être malade devant lui.

Mais il n'avait pas le choix. Il ne pouvait pas la laisser seule, dans cet état.

Il lui massa le dos, la tint contre lui, et quand il fut évident qu'elle n'avait plus rien dans l'estomac, il se leva et alla prendre la bouteille d'eau sur la table de chevet.

Elle se redressa et se laissa tomber contre le mur carrelé. Puis elle s'assit, les yeux fermés, les genoux ramenés devant elle. Ses cheveux blond platine étaient répandus sur sa robe tachée de sang.

Alec mouilla un gant et s'accroupit à côté d'elle.

— Tiens, dit-il en lui tendant la bouteille d'eau.

Il pressa le gant frais contre son front. Elle avala quelques gorgées, puis lui ôta le gant des mains.

— Arrête d'être gentil. Je te déteste, et j'ai du mal à me rappeler que je te déteste, quand tu es aussi attentionné.

— Ne t'inquiète pas, je ne te laisserai pas l'oublier. Il faut que tu retournes te coucher. Tu te sentiras mieux.

Il se leva et lui tendit la main, mais elle l'ignora.

— Je peux me débrouiller seule.

Elle déplia ses longues jambes, et vacilla tel un faon faisant ses premiers pas.

— Je suis sûre que tu n'avais pas passé une aussi bonne soirée depuis longtemps. S'occuper d'une femme à peine consciente et qui vomit, doit être au sommet de la liste de tes occupations préférées pour un vendredi soir.

Alec lui souleva le menton, l'obligeant à le regarder.

— Je sais que tu ne veux pas aller à l'hôpital, mais je vais appeler un de mes amis. Il est médecin et travaille aux urgences.

— Je n'ai pas besoin d'un médecin.

— Je te laisse le choix, Sky. Soit tu vois mon ami, soit je t'emmène à l'hôpital.

— Tyran.

Alec la regarda, vêtue de son étroit fourreau argenté. Ses pieds étaient nus, ses cheveux retombaient sur ses épaules.

L'hématome avait toutes les couleurs de l'arc-en-ciel, et ses cheveux étaient pleins de sang séché. Et malgré tout cela, elle était belle.

Elle croisa son regard.

— Je ne dois pas trop ressembler à une princesse de conte de fées, en ce moment. Qu'en penses-tu, Chasseur d'Épaves ?

— Tu ressembles à l'un des sept nains.

— Lequel ?

— Le plus laid de tous, répondit-il avec une vague lueur amusée dans les yeux.

— Je peux prendre une douche, avant de retourner à mon hôtel ? Je ne voudrais pas attirer l'attention.

Impossible qu'elle aille quelque part sans attirer l'attention. Même blessée, elle restait la plus belle femme qu'il ait jamais vue. Et c'était une des raisons pour lesquelles il ne la toucherait pas. D'après son expérience, les très belles femmes étaient les plus pénibles.

— Tu n'iras nulle part. Et tu n'es pas en état de prendre une douche. Tu pourrais t'évanouir.

— Non. Mais si tu ne m'entends plus chanter, je t'autorise à entrer pour me secourir.

Elle serait nue et trempée. Il risquait de se noyer.

— Sky…

— Je t'ai déjà vu nu. D'ailleurs, je dois avouer que tu as un beau corps, ajouta-t-elle avec un faible sourire. Pas mal, pour un intellectuel. Je suppose que c'est à force de te battre contre les alligators… ou à cause de tout ce que tu fais pour impressionner tes admiratrices. Je suis peut-être maniaque, mais je déteste avoir du sang dans les cheveux. Nous savons tous les deux que nous n'avons rien en commun et que tu me détestes. Alors, si tu es obligé d'entrer pour me sauver la vie, nous ne courons aucun risque.

Il pensait que leur rencontre un peu plus tôt dans la salle de bains lui avait fait comprendre qu'il ne la détestait pas tant que ça.

— Très bien. Prends une douche. Je reste devant la porte

Il sortit et laissa la porte entrouverte, en s'efforçant de ne pas l'imaginer nue et trempée.

Puis il enfila un jean, une chemise, et appela son ami.

Il avait eu l'intention de le faire de toute façon, mais pas du tout dans de telles circonstances.

Alors qu'il reposait son téléphone, il entendit la voix de Sky.

— Alec ? dit-elle d'une voix étouffée. Je suis coincée.

Jurant tout bas, il entra dans la salle de bains et la trouva les bras levés, la robe couvrant sa tête. Le reste de son corps était complètement exposé, et seul un soupçon de soie couvrait son intimité.

Alec détourna le regard.

— Que fais-tu ?

— J'essaye d'enlever ma robe, dit-elle en s'agitant, ce qui fit onduler ses hanches. Mes bras sont pris dans le tissu, et je ne vois rien. J'ai la tête qui tourne et je ne veux pas vomir sur ma robe. Elle a déjà assez souffert.

— Ne bouge pas.

Les dents serrées, il agrippa le vêtement et effleura au passage sa peau nue. Elle sentait les roses, et la pluie d'été.

— Il n'y a pas de fermeture Eclair ?

— Non, le tissu est extensible. C'est censé se retirer d'un coup.

Il eut l'impression de s'enflammer comme une torche.

— Tu aurais dû l'enlever par le bas.

— Oui, maintenant je le sais. Mais c'est la première fois que je la porte et je n'avais pas de blessure à la tête quand je l'ai essayée.

La situation aurait été comique, si Alec n'avait pas été aussi tendu. Prenant le bord de la robe entre ses doigts, il fit doucement glisser le tissu sur la tête de Sky. Il éprouva un sentiment de triomphe, qui fut de courte durée. Elle ne portait pas de soutien-gorge.

Il eut amplement le temps d'admirer ses seins blancs aux pointes roses, avant qu'elle ne saisisse une serviette pour se couvrir.

— Nous sommes à égalité.

Il recula, et son dos effleura le sèche-serviettes brûlant.

— Mon ami médecin est en chemin. Par chance, il finissait justement son service.

Plus vite Michael serait là, mieux cela vaudrait. Il préférait ne pas rester en tête à tête avec Skylar une minute de trop.

— Je te laisserai seule avec lui, ajouta-t-il en gagnant la porte.

— Très bien. Bonne idée.

Elle tourna le robinet de la douche, et cria :

— Oh ! zut, ça fait mal ! Comment fais-tu pour couper ? Alec, aide-moi. Je vais me noyer.

Que diable avait-il fait pour mériter une telle punition ? Alec s'arrêta avant de franchir la porte et se retourna.

Elle était nue sous la douche, se protégeant la tête de ses mains.

— Alec ?

— Oui, je suis là, grommela-t-il d'une voix enrouée.

— Tu as une drôle de voix.

— C'est parce que tu as de l'eau dans les oreilles. Ne bouge pas. Je ne veux pas tremper mes vêtements, ma valise ne contient presque rien, à part les cadeaux de Noël. Ferme les yeux.

Il prit le shampoing, réduisit le jet de la douche, et lui savonna les cheveux aussi vite qu'il le put.

— C'est ta faute. Si tu n'avais pas des cheveux de princesse, ce serait plus facile. Tu aurais dû les teindre autrement et les couper court.

— Je ne me teins jamais les cheveux.

Il les rinça en protégeant la plaie, et regarda l'eau couler sur son corps. Elle glissa sur ses hanches, et dans les endroits sombres et secrets entre ses jambes. Un bref coup d'œil lui confirma qu'en effet elle était blonde naturellement.

Sa peau s'enflamma. Il dut lutter contre l'envie de poser les lèvres dans son cou. Il aurait voulu tracer chaque courbe du bout de la langue, goûter à son corps tout entier.

— Alec ? Tu es toujours là ?

Elle fermait les yeux, et les gouttes d'eau s'accrochaient à ses cils.

Il fut pris de vertige. Ce n'était pourtant pas lui qui s'était cogné la tête.

— Oui, répondit-il d'une voix rauque. Je suis là.

— Tu peux me passer une serviette ?

Aux prises avec un brutal accès de désir, il tourna le robinet et saisit les serviettes qu'il avait posées à portée de main. Elle en prit une, qu'elle drapa autour d'elle comme un sarong. Il se servit de l'autre pour lui sécher les cheveux, en évitant de toucher la plaie.

— Je me dis parfois que les gens me prendraient plus au sérieux si je me teignais en brun, l'entendit-il dire à travers la serviette. Il existe des études à ce sujet, tu sais.

— Non, ne teins pas tes cheveux.

— Ce qui est bizarre, c'est que tous mes frères sont bruns. Quand j'étais petite, je me disais qu'une méchante sorcière avait dû m'enlever à ma vraie famille, et me déposer par mégarde dans la mauvaise maison. Je pense que mes parents m'auraient rendue, s'ils avaient eu une adresse à laquelle me conduire. Ils trouvent que je perds mon temps en étant artiste. Richard est du même avis. Et toi, qu'en penses-tu ?

Son cerveau avait cessé de fonctionner à l'instant où il avait mis les pieds dans la salle de bains. Mais s'il avait été en état de réfléchir, il aurait décidé qu'il ne voulait rien savoir de plus à son sujet.

Moins il la connaissait, mieux c'était.

— Ce que j'en pense ? dit-il en reculant hors de la zone de

danger. Je trouve que tu vends ces objets à des prix ridiculement élevés.

— Vraiment ?

Non, pas vraiment. Mais il y avait dans ses superbes yeux bleus quelque chose de triste et de vulnérable, qui renforça sa détermination.

— Oui, vraiment.

Il remit la serviette à sa place et chercha les mots qui la persuaderaient qu'il était toujours un grand méchant loup. Cela valait mieux pour eux deux. Il ne devait surtout pas suivre son instinct, qui lui soufflait de la ramener dans le lit et de l'y rejoindre.

— Ton clin d'œil à la mythologie grecque est charmant pour quelqu'un qui n'y connaît pas grand-chose. Mais les inexactitudes sont flagrantes.

Des gouttes d'eau s'attardaient sur les joues de Skylar. Sans réfléchir, il les essuya du bout du doigt. Sa peau était aussi douce que des pétales de rose, et il la sentit se figer à son contact.

— Tu as pris la peine de faire le tour de l'exposition ?

— Je tuais le temps, en attendant de pouvoir te parler.

— Bien sûr. Tu avais prévu de t'éclipser dès que possible. Ne sois pas gêné. J'espérais aussi que tu partirais vite. Maintenant, je suis contente que tu ne l'aies pas fait.

Il ne savait plus très bien lui-même ce qu'il pensait.

Ils se dévisagèrent un moment, puis quelqu'un toqua à la porte et il recula, soulagé d'avoir un prétexte pour s'éloigner.

— Ce doit être Michael.

Il agrippa un peignoir en éponge accroché à une patère, le lui lança et sortit de la salle de bains envahie de buée.

Tout en gagnant la porte, il retroussa ses manches trempées. Avec quelqu'un d'autre dans la chambre, il était moins susceptible de commettre un outrage à la pudeur.

Malgré les circonstances il était heureux de voir son ami, et ils bavardèrent un moment avant que Michael ne s'approche du lit pour jeter un coup d'œil à Skylar.

Alec aurait aimé être ailleurs. Cette situation le gênait.

Cela devenait trop intime, trop personnel.

Skylar et lui se connaissaient à peine.

Michael risquait de lui poser une question qu'il n'avait pas envie d'entendre. Il voulait en savoir le moins possible.

Pendant que son ami examinait la jeune femme, il alla à la fenêtre et leur tourna le dos. Mais il aperçut le reflet de Sky sur la vitre. Il pressa donc le front contre la fenêtre et contempla la rue au-dessous d'eux.

La neige continuait de tomber. Les passants et les voitures avançaient lentement.

Il entendit Michael demander à Sky ce qui s'était passé. Elle répondit d'un ton vague que c'était un accident stupide.

Était-ce vrai ? Peut-être. Mais quelque chose lui disait que Richard Everson avait joué un rôle dans cet accident.

Et même si ce n'était pas le cas, le gars n'était pas resté pour l'aider.

— Vous n'avez vomi qu'une fois ? dit Michael en sortant une feuille de papier de son sac. Alec ?

— Oui ?

Michael lui tendit le papier.

— Ce sont des instructions pour les blessures à la tête. Tu sais sans doute déjà tout cela, mais lis-le quand même. Si tu es inquiet, il faudra l'emmener à l'hôpital passer un scanner. J'y serai demain, tu n'auras qu'à m'appeler et j'arrangerai tout.

— Merci, répondit Alec en regardant le papier.

Le lendemain, il était censé partir dans la campagne anglaise, retrouver sa famille et fêter Noël en avance avec eux. Il avait combiné cette visite avec ses autres rendez-vous, car il devait regagner le Maine avant Noël pour tenir sa deadline.

Son ami referma son sac de cuir.

— Il ne faut pas qu'elle reste seule, bien entendu. Mais puisque tu es là, ce n'est pas un problème.

Alec comprit que Michael se méprenait sur leur relation. Il ouvrit la bouche pour protester, mais son ami se dirigeait déjà vers la porte.

— Je dois filer. Je suis invité à dîner chez mes beaux-parents et May me tuera si je suis en retard. La prochaine fois que tu viens, préviens-moi. Il faudra que tu passes à la maison avec Skylar.

Il ouvrit la porte et baissa la voix :

— Je suis soulagé de voir que tu es avec quelqu'un. Après tout ce qui s'est passé avec Selina, nous craignions que tu ne veuilles plus prendre de risques. Et je comprends pourquoi tu t'es laissé tenter. Skylar est une bombe, et elle a un très beau sourire. Tu l'emmènes chez tes parents pour Noël ?

— Non ! Je…

— La prochaine fois, préviens-moi à l'avance de ton passage. Nous prendrons une bière tous les deux. Mes amitiés à ta famille. Nous allons passer le nouvel an chez eux. J'ai hâte de savourer la cuisine de ta mère. J'adorerais qu'elle donne quelques cours à la mienne.

Il donna une tape sur l'épaule d'Alec et sortit avant que ce dernier ait eu le temps de corriger cette accumulation de malentendus.

Il demeura un moment sur le seuil, digérant le fait que ses amis et sa famille continuaient de s'interroger sur son divorce et sa vie sentimentale.

Pour lui, le sujet était clos, et il était passé à autre chose.

Il pensait le moins possible à son mariage. Et il n'avait pas du tout envie que les autres y pensent.

Prenant conscience du silence qui régnait dans la chambre, il referma la porte et revint vers le lit.

Skylar était profondément endormie.

Ses cheveux formaient une auréole blonde autour d'elle, comme si quelqu'un avait renversé sur l'oreiller un pot de miel pâle et crémeux.

Alec la regarda, et éprouva une pointe d'inquiétude.

Il aurait aimé qu'elle se réveille et redevienne elle-même, bavarde et énergique. Être avec Skylar, c'était un peu comme se retrouver en plein air et sans ses lunettes de soleil, par un jour de grand beau. En général, il se sentait un peu étourdi par sa présence. Sans doute parce qu'il évoluait depuis des années dans un monde gris et sombre.

La Belle au bois dormant, songea-t-il en remontant la couverture sur elle.

Il n'était pas question qu'elle retourne à son hôtel. Du moins, pas ce soir.

Il éteignit quelques lampes, en se demandant ce qu'il devait faire pour sa famille.

Sa mère travaillait le jour de Noël, et lui-même devait rentrer à Puffin Island. C'est pour cette raison qu'ils avaient choisi cette date pour fêter Noël en famille. C'était prévu depuis des mois.

À cette époque de l'année, tout le monde faisait un effort pour se réunir.

Il était hors de question d'annuler.

Mais alors, que faire de Skylar ?

La neige tombait sans discontinuer, formant un épais tapis blanc sur les trottoirs.

Si cela ne cessait pas, son voyage du lendemain serait risqué. Il fallait avoir le cœur bien accroché pour rouler sur les petites routes de campagne anglaises couvertes de neige.

Il ouvrit son ordinateur, jeta un coup d'œil aux nouvelles et vit une photo de Richard Everson. La légende disait qu'il était à Londres pour assister au vernissage de l'exposition de sa petite amie, créatrice de bijoux, Skylar Tempest. Il n'était pas question de la demande en mariage.

Alec referma l'ordinateur, et retourna jeter un œil à Skylar.

Elle dormait toujours. Sa respiration était régulière, et l'ecchymose sombre se détachait contre la masse de sa chevelure blonde.

Le lit était immense. Deux personnes pouvaient facilement y dormir sans se toucher. Mais il prit les bagages posés sur le canapé, et les entassa sur le sol. Il avait dormi dans les endroits les plus improbables, aussi la perspective d'une nuit sur le canapé ne le dérangeait pas.

Ce qui le dérangeait, c'était la femme qui occupait le lit.

3

Quand Skylar s'éveilla, sa tête était encore douloureuse. Cette fois, quelqu'un s'amusait à déclencher un feu d'artifice sous son crâne.

La chambre était toujours plongée dans la pénombre, et il lui fallut un moment pour se rappeler ce qui s'était passé.

Tout était fini entre Richard et elle.

Fini, fini, fini.

Elle revécut la soirée en pensée et en accéléré, depuis le moment où il avait pris le micro, jusqu'à celui où elle s'était précipitée dans la salle de bains.

Elle avait vomi. Et devant Alec Hunter, par-dessus le marché.

Pourquoi, mais pourquoi, n'avait-elle pas perdu la mémoire ?

Roulant sur elle-même, elle enfouit le visage dans l'oreiller pour étouffer un grognement. Et soudain, une pensée horrible l'effleura. Elle souleva la tête, regarda à côté d'elle.

Le lit était vide.

C'était au moins une bonne chose. Elle ne s'était peut-être pas couchée dans le bon lit, mais elle ne l'avait pas partagé avec l'ennemi.

Les jambes flageolantes, et furieuse contre elle-même, elle se leva et découvrit Alec endormi sur le canapé. Il était trop grand, ses pieds dépassaient, et il avait dû passer une très mauvaise nuit. Des mèches brunes retombaient sur son beau visage viril, mettant en valeur ses traits réguliers. Elle regretta de ne pas avoir un crayon et un carnet de croquis sous la main.

Dans le sommeil ses traits étaient plus doux, et il paraissait plus accessible.

Et bien sûr, hier soir, elle avait découvert un aspect inconnu de sa personnalité.

Il avait été calme, efficace, et… gentil.

C'était bien la dernière chose à laquelle elle s'attendait.

Contrairement à l'homme avec qui elle sortait, et qui s'était comporté comme un goujat sans scrupules, Alec avait refusé de l'abandonner. Il l'avait ramenée ici, avait soigné sa blessure et lui avait tenu les cheveux pendant qu'elle vomissait. Cela l'avait tellement fait remonter dans son estime qu'elle ne pourrait plus jamais le critiquer.

Plus tard cela l'irriterait peut-être, mais pour le moment elle n'éprouvait que de la gratitude.

Elle prit son sac, entra dans la salle de bains et eut un choc en voyant son reflet.

Elle comprenait pourquoi il avait voulu l'emmener à l'hôpital.

Elle aurait pu tenir le rôle d'un fantôme dans *Un chant de Noël.*

Elle releva ses cheveux pour examiner son visage. Son arcade sourcilière avait heurté le coin de la table. La peau était éraflée mais pas assez profondément pour que cela nécessite des points de suture. L'hématome était plus spectaculaire. Elle rabattit ses mèches en avant, comme pour essayer de couvrir l'ecchymose.

Un nouveau vertige l'assaillit, et elle ferma les yeux.

Quand elle les rouvrit, elle vit sa robe argentée rincée et pliée sur une serviette, avec la chemise d'Alec.

Une seule personne pouvait avoir fait cela.

Lui.

L'eau avait dû gâcher le tissu. Mais la robe était perdue de toute manière, et elle fut touchée qu'il ait prit la peine de la nettoyer.

Peut-être sa blessure était-elle plus grave qu'elle ne le croyait car elle était attendrie par un homme qui la considérait comme un être futile et sans intérêt.

Il fallait qu'elle retourne à son hôtel pour s'allonger et se reposer. Cela lui ferait du bien.

Richard serait-il encore là ? Avait-il repris l'avion ?

Elle s'observa dans le miroir. La question qu'elle s'était efforcée d'ignorer flottait toujours dans sa tête.

Si elle n'avait pas reculé, l'aurait-il frappée ?

Ce doute tourbillonnait dans son esprit, tandis qu'elle se rinçait le visage à l'eau froide.

Puis elle retourna dans la chambre sur la pointe des pieds, pour récupérer ses chaussures. Elle se heurta à un obstacle solide. Un torse musclé appartenant à Alec Hunter, qui lui agrippa les bras en fronçant les sourcils.

— Où vas-tu ?

— Je retourne dans mon hôtel. Merci pour ton hospitalité.

Il ne relâcha pas son étreinte.

— Tu ne dois pas rester seule.

— Je me sens bien. Je n'ai plus de nausées, et je vais étudier les instructions que le médecin a laissées. Si ça ne va pas, je prendrai un taxi pour aller à l'hôpital.

— Nous sommes en décembre et il neige. Tu ne trouveras pas de taxi.

— Bien sûr que si.

La veille, elle était trop mal en point pour éprouver autre chose qu'un léger agacement et de la gêne. Mais maintenant, en plein jour, cet incident lui paraissait sordide.

— Je te suis très reconnaissante de tout ce que tu as fait pour moi. Et je veux te remercier en te débarrassant au plus vite de ma présence. Tu as ta vie, Alec. Je t'ai entendu dire à ton ami que tu allais voir ta famille.

Elle marqua une pause, l'attention attirée par les cadeaux empilés à côté de la porte.

— Il y a quelque chose dans ces boîtes ?

— Naturellement. Tu crois que je m'amuse à empaqueter des boîtes vides ?

Il la dévisagea avec curiosité, et elle sentit ses joues s'enflammer. Il devait se demander si elle délirait à cause de sa blessure.

— Ne t'occupe pas de moi. Tu vas passer des super journées avec les tiens.

Un Noël normal.

Le genre de Noël qu'elle n'avait jamais connu.

— C'est une fête de famille qui devance un peu Noël. Nous nous retrouvons ainsi tous les ans. Mais tu ne peux pas rester seule, Sky.

— Tu oublies que j'ai une bouteille de champagne qui m'attend à l'hôtel. Je vais faire un tour sur le London Eye, la célèbre grande roue. Et j'irai faire du patin à glace à Somerset House. À moins que je n'essaye la patinoire du musée d'Histoire naturelle. Qu'en penses-tu ?

— Je pense… que tu t'es fait assez de mal pour le week-end.

— Sache que je suis une excellente patineuse. Tu n'as pas à t'inquiéter pour moi.

— Donc, tu vas aller patiner et boire du champagne toute seule. Ce n'est pas une façon très gaie de passer le week-end.

— Je peux aussi commander une tonne de cookies et me consoler en les mangeant devant des films de Noël. Tout ira bien, Alec. Fais ce que tu avais prévu de faire aujourd'hui, avant de me ramasser à la petite cuillère.

— Il sera là ? demanda-t-il avec brusquerie.

— À l'hôtel ? Cela m'étonnerait. Mais s'il y est je crois que nous aurons des choses à nous dire.

— Je ne te laisserai pas seule avec lui.

Sky fut submergée par un tourbillon d'émotions. L'exaspération, la frustration, et quelque chose d'autre. Un sentiment plus doux et plus dangereux. Elle était touchée. Vraiment émue qu'Alec l'ait aidée, et qu'il continue de le faire.

— Tu n'es pas obligé de jouer les hommes des cavernes avec moi.

De près, elle voyait bien ses traits masculins et la barbe naissante sur ses joues. Il était d'une beauté saisissante, et elle savait maintenant qu'il était aussi fort et correct. Pour une raison curieuse, elle aurait trouvé plus facile de ne pas le savoir.

— Je peux gérer une confrontation avec Richard.

— Comme hier soir ?

— Tout se passait très bien, jusqu'à ce que je tombe.

— Et si tu n'étais pas tombée ? Que serait-il arrivé ? demanda-t-il d'une voix douce.

Elle comprit ce qu'il sous-entendait, car elle s'était posé la même question que lui.

— Je ne sais pas. Et ça n'a plus d'importance maintenant. J'apprécie ta sollicitude, mais c'est mon problème et je dois le régler seule.

— Tu n'es pas en état de régler quoi que ce soit. Si Richard entrait dans cette pièce maintenant, que ferais-tu ? Tu n'as pas la force de te défendre, tu es vulnérable.

Oui, mais n'avait-elle pas été mille fois plus vulnérable la veille, seule avec Alec ? Il l'avait vue nue, dépouillée de tout, au sens propre comme au sens figuré.

Et elle l'avait vu aussi.

Cette brève vision était gravée dans son esprit.

Une vague de chaleur l'envahit, et elle tenta une plaisanterie.

— Je pourrais vomir sur lui. Cela le ferait fuir, crois-moi.

Alec ne sourit pas. Il alla chercher le sac de Sky et en sortit son téléphone.

— Consulte tes messages. Je veux savoir s'il t'a appelée.

— Je l'avais éteint. C'est une mauvaise habitude, dit-elle en prenant l'appareil d'une main tremblante. Mais il n'a pas dû appeler. Tu ne connais pas Richard. J'ai blessé son ego.

Mais c'était le moindre de ses problèmes. Quand elle alluma le téléphone, elle vit qu'elle avait quatre appels en absence.

— Deux de Brittany, un d'Emily, et un autre de ma mère.

Skylar devinait ce qu'elle devait lui dire, mais un vague espoir la poussa à appuyer sur le bouton pour écouter. Ses doigts tremblaient, elle n'était pas très concentrée, et elle mit le haut-parleur sans le vouloir.

« Skylar ? Richard a atterri à JFK il y a quelques heures, et nous a appelés pour nous mettre au courant. Ce qui est gentil de sa part, étant donné les circonstances. J'espérais que tu étais enfin devenue adulte et que je pouvais cesser de m'excuser à ta place. Que pour une fois tu avais pris la bonne décision. Apparemment, je me trompais. J'avoue que de toutes les conversations difficiles que j'ai eues dans ma vie, celle-ci était de loin la plus embarrassante. Tu ferais mieux de l'appeler au plus vite, en espérant qu'il reviendra sur sa décision. »

Ce qui était embarrassant, c'était d'avoir mis le haut-parleur.

Sans regarder Alec, elle raccrocha. Pendant qu'elle vomissait, Richard avait traversé l'Atlantique en première classe.

Aussi secouée que si elle venait d'être renversée par un camion, elle se laissa tomber sur le canapé.

— Eh bien, tu as la réponse à ta question. Personne ne me cherche, aussi tu peux me laisser sans protection, je ne risque rien.

Elle était seule.

Totalement seule.

Londres ne présentait plus aucun attrait pour elle. C'était juste une grande ville impersonnelle.

— C'était ta mère ?

Il semblait choqué. Sans lever les yeux, elle envoya un bref message à Brittany.

— Oui. Elle est toujours très froide au téléphone. En plus, cette histoire avec Richard a dû la mettre hors d'elle, ajouta-t-elle en laissant tomber son téléphone dans son sac. J'ai encore un service à te demander. Puis-je t'emprunter une chemise ? Je te la rendrai la prochaine fois que nous nous verrons.

— Je ne te laisserai pas seule dans une chambre d'hôtel, dans l'état où tu es. Tu viens à la campagne avec moi.

C'était la dernière chose à laquelle elle s'attendait. Éberluée, elle lui lança un coup d'œil.

— Tu plaisantes, Alec ? Nous ne sommes même pas amis.

— Il est beaucoup trop tôt pour que tu fasses la drama queen, répliqua-t-il avec un petit sourire en coin.

D'habitude, elle était trop irritée par sa présence pour prêter attention à ses traits. Mais de près, elle voyait bien ses cils noirs et épais. Il ne s'était pas encore rasé, et une légère barbe assombrissait son menton.

Elle comprenait pourquoi il avait autant d'admiratrices.

Alec Hunter était follement agaçant, mais il était aussi follement canon.

Et maintenant, elle savait ce qui se cachait sous ses costumes et ses vêtements d'aventurier.

Désarçonnée, elle détourna les yeux. Peut-être était-elle

vraiment vulnérable. Il devait bien y avoir une explication au curieux fonctionnement de son cerveau.

— En général, tu me reproches d'être une princesse de conte de fées, dit-elle pour détendre l'atmosphère. Je me demande si le fait d'être traitée de drama queen est une promotion, ou non.

— C'est un changement de catégorie. Dans quel hôtel es-tu descendue ? Il faut aller chercher tes affaires et régler la note.

— Alec, tu ne peux pas…

— Soit tu déçois ma famille en m'obligeant à rester ici avec toi, soit tu m'accompagnes. Tu as le choix.

— Tu as entendu ce que disait ma mère. Je ne fais jamais les bons choix, répondit-elle avec un rire étouffé.

— Tu ne fais pas les choix que les autres aimeraient que tu fasses. Si tu as vraiment envie de te gaver de cookies, tu peux le faire chez moi. Ma mère adore cuisiner. Elle sera enchantée d'avoir une invitée qui a de l'appétit. Il y aura assez de sucre pour consoler toute une sororité.

— Tu ne connais rien aux sororités, tu es britannique.

— Mon père est américain.

— Je l'ignorais.

Elle se rendit compte qu'elle ignorait beaucoup de choses sur lui. Par exemple, le fait que se retrouver avec une femme malade sur les bras n'entamait en rien son calme olympien.

Et il était correct.

Follement sexy, mais correct.

Il aurait pu trouver une excuse pour la laisser seule. Mais non, il était resté avec elle.

— Que décides-tu, Sky ? Allons-nous passer les prochains jours enfermés dans une chambre d'hôtel, ou dans ma famille ?

— Je ne peux pas débarquer de but en blanc chez les miens, au beau milieu d'une réunion familiale.

L'autre solution, c'était de passer une semaine seule et folle de rage dans une chambre d'hôtel, à penser à Richard. Cette perspective était loin d'être réjouissante.

— Ta mère ne voudra pas de moi. Je vais bouleverser ses menus et son plan de table.

— Son plan de table ? répéta-t-il en haussant les sourcils. Les gens s'asseyent où ils trouvent de la place. Quand nous n'avons pas assez de chaises, nous allons chercher le tabouret du piano. Ma mère ne sait jamais à l'avance qui va venir. Et quant aux menus, elle en fait toujours assez pour nourrir la moitié du village.

Skylar s'efforça de ne pas comparer cela à son expérience des réunions familiales. Les invités devaient confirmer leur présence. Il était fortement déconseillé de se pointer à la dernière minute.

— Tu vas passer un moment en famille, et nous ne sommes pas des amis intimes.

— Tu m'as vu tout nu, et moi aussi, répondit-il avec une lueur malicieuse dans les yeux. Nous sommes plus intimes que nous ne l'étions hier. Faut-il que tu repasses à la galerie ?

Tout en parlant, il fit le tour de la pièce, et rangea ses affaires dans une petite valise.

— Non. Je peux appeler Judy.

Elle ne releva pas sa remarque sur le fait qu'il l'avait vue toute nue. Elle préférait ne pas se rappeler comment elle s'était retrouvée sous la douche avec un homme qu'elle avait toujours détesté.

— Le vernissage était le moment le plus important. Par chance, c'était presque fini quand l'incident a eu lieu. Elle doit se demander ce qui m'est arrivé.

— Non, j'ai discuté avec elle avant de quitter la galerie. C'est elle qui m'a donné ton sac et ton manteau.

— Que lui as-tu dit ?

— Que tu ne te sentais pas bien. Visiblement, elle n'a pas

apprécié la demande en mariage en public, et elle compatit. Elle m'a dit de te dire que l'exposition était très réussie. Tu l'appelleras quand ça ira mieux. (Il s'interrompit pour la fixer du regard.) Tu es toute pâle ! Tu te sens mal ?

— Non, dit-elle en évitant de bouger la tête. Mais j'aimerais avoir un autre de ces comprimés contre la douleur.

Alec alla dans la salle de bains, et revint avec la boîte d'antalgiques et un verre d'eau.

— Prends-en deux.

Elle avala les comprimés et reprit :

— Pour hier soir…

— N'y pense plus.

— C'est impossible, Alec. À cause de moi, tu as dormi sur le canapé. Je suis désolée, ce devait être terriblement inconfortable. Tu dois avoir des courbatures ?

— Non, et arrête de t'excuser. C'est agaçant. Tu es bien plus piquante d'habitude !

Terrassée par un nouveau vertige, elle ferma les yeux.

— Je me disputerai de nouveau avec toi dès que ces comprimés auront fait leur effet.

— Tu ne seras pas à ton avantage sur les photos de Noël, cette année.

Il repoussa ses cheveux en arrière pour examiner la plaie. Le contact de ses doigts la fit frissonner.

— Ma famille ne prend pas de photos. Noël est un événement très formel. Tout est programmé et organisé.

À cette pensée, elle eut envie de se recroqueviller sous les couvertures et de ne plus jamais sortir du lit.

Alec lui reprit le verre.

— Je vais appeler ma mère pour l'avertir que nous avons une invitée. Elle préparera la chambre d'amis. Ensuite je te trouverai des vêtements. Je dois avoir un jogging qui fera l'affaire, en attendant d'avoir récupéré tes affaires. Tu rouleras le bas et mettras une ceinture.

Elle lui fut reconnaissante de ne pas s'étendre sur le sujet de Noël.

— Génial. Si je n'ai pas réussi à te séduire en te vomissant dessus, j'espère que j'y parviendrai en portant des vêtements trop grands pour moi.

Il y eut un bref silence, et elle le vit esquisser un sourire.

— Tu serais séduisante même vêtue d'un sac. Mais avant de prendre la route, j'ai besoin d'un bon petit déjeuner, ajouta-t-il en allant décrocher le téléphone.

Elle le regarda fixement, le souffle court.

Alec ne lui faisait jamais de compliments. Jamais. Il déployait beaucoup d'efforts pour lui faire comprendre qu'elle n'était pas du tout son genre de femme.

Bien sûr, il y avait eu ce moment, dans la salle de bains. Mais c'était un homme, après tout. Cela ne voulait rien dire. Un homme viril, en bonne santé, sexuellement actif, croisant une fille nue dans la salle de bains. Le moment était déjà oublié. Enfin, pas tout à fait. Mais elle n'y attachait aucune espèce d'importance.

Une demi-heure plus tard, on leur apporta un plateau avec des fruits frais, du yaourt bio, des croissants et du café chaud.

Ils déjeunèrent en regardant le soleil se lever sur un paysage d'hiver glacial.

Elle remarqua une pile de documents et l'ordinateur posés sur le bureau.

— Tu as travaillé hier soir ?

— Pendant un moment. Je voulais garder un œil sur toi.

Il était resté éveillé pour elle ?

— C'est la deuxième fois que je viens à Londres. J'espérais visiter la ville avant de partir.

— Tu en auras peut-être le temps.

— J'ai un billet d'avion pour dimanche prochain. Ensuite je passerai deux semaines à New York avant Noël.

Le croissant contenait un peu trop de beurre pour son estomac encore fragile. Elle le reposa dans l'assiette et prit une coupe de fruits.

Alec buvait beaucoup de café.

Elle trouva étrange de prendre le petit déjeuner avec lui dans sa chambre d'hôtel, vêtue uniquement d'une de ses chemises et du peignoir en éponge de l'hôtel. La scène avait quelque chose d'intime. Si la femme de chambre était entrée, elle aurait cru qu'ils étaient amants.

— Comment irons-nous chez tes parents ? Tu as une voiture ?

— J'en loue toujours une quand je viens à Londres.

— Combien de temps dure le voyage ?

— Environ deux heures. Cela dépend de la météo.

— Les Britanniques sont obsédés par la météo.

— Quand tu auras vu les routes autour de Honeysuckle Cottage, tu comprendras pourquoi.

Il rangea son ordinateur pendant qu'elle s'habillait, puis prit le sac de cadeaux, le reste de ses bagages, et ouvrit la porte.

— Honeysuckle Cottage ? C'est un joli nom, dit-elle en passant devant lui. Au fait, je ne suis pas une drama queen.

— Tu es un mélange de princesse de conte de fées et de drama queen.

— Et donc, quel est le résultat ? Une reine des fées, ou une drama princess ?

— Je ne sais pas. Je te le dirai quand nous aurons passé quelques jours ensemble.

Quelques jours.

Hier encore, elle préparait son vernissage. Et maintenant, la tête blessée et le cœur en miettes elle partait dans la famille d'un homme avec qui elle avait toujours eu une relation difficile.

Tout cela prouvait au moins une chose. Chaque fois que vous attendez quelque chose d'heureux et de précis, vous pouvez être sûr que la vie viendra bouleverser vos plans.

4

Ils sortirent de Londres à une allure d'escargot. Peu à peu le trafic devint plus fluide. Il neigeait toujours beaucoup et Alec savait qu'il serait difficile de rouler sur les routes de campagne sinueuses.

Skylar dormait à côté de lui. Sa chevelure formait un halo d'or autour de son visage blanc pâle.

Son silence inquiétait Alec, qui lui lançait des regards en coin. D'ordinaire, elle parlait pour six. L'hématome était encore plus effrayant au grand jour et cette somnolence était préoccupante. Il envisagea de rappeler Michael, puis se rassura en songeant qu'elle manquait simplement de sommeil après cette nuit agitée.

Sa pâleur était sans doute due au stress.

Il n'aurait su dire ce qui le choquait le plus. L'absence totale d'inquiétude de la part de Richard Everson, ou le message froid et sec de sa mère.

Quand son propre mariage avait sombré, sa famille était restée pendant des mois en étroit contact avec lui. À l'époque cela l'avait un peu agacé, mais à présent il en éprouvait une grande gratitude.

Skylar avait de très bons amis mais ils étaient loin, à Puffin Island.

Ici, elle était seule.

Elle n'avait que lui. Et il savait qu'il était la dernière personne qu'elle aurait choisie pour lui tenir compagnie dans un moment comme celui-ci.

Il quitta la route principale et s'engagea dans la campagne, passant devant des bois et des champs couverts d'une épaisse couche de neige.

Plus il approchait de la maison familiale, plus il se sentait mal à l'aise.

Que diable avait-il fait ?

La seule femme qu'il avait amenée chez ses parents était son ex-épouse. Et cette visite était gravée dans sa mémoire.

Il avait des sueurs froides en y repensant.

Il ne voulait pas être pris au piège avec Sky, ou n'importe quelle autre femme vulnérable.

Il n'était pas dupe de ses railleries incessantes et de son humour grinçant.

Sky était bouleversée, et il voulait rester à des millions de kilomètres d'une femme qui souffrait.

Alec continua de conduire en silence, d'humeur maussade à la perspective du week-end.

Il devait à tout prix trouver un moyen de garder ses distances.

Skylar finit par s'éveiller, alors qu'ils approchaient de la petite ville où habitaient ses parents.

Elle tourna la tête pour regarder le paysage.

Des lumières minuscules illuminaient les vitrines et les maisons de pierres couleur de miel. Des guirlandes vertes et brillantes piquées de boules rouges décoraient les portes. Un immense sapin de Noël se dressait sur la place du village.

— C'est le plus bel endroit que j'aie jamais vu, dit-elle en étouffant un bâillement. Où sommes-nous ?

— Dans les Cotswolds, à deux heures de Londres environ. Ce village s'appelle Brockburn-on-the-Water. Mes parents vivent à cinq minutes d'ici. Il faudrait des heures pour arriver chez eux, si la route n'avait pas été déneigée.

Il s'attendait à ce que Skylar abaisse le miroir pour se remaquiller, mais elle se tourna et concentra toute son attention sur lui.

— Parle-moi de ta famille. Quel métier ton père exerce-t-il ?

— Il est généraliste. Médecin de famille. Il est venu en Angleterre après ses études, a rencontré ma mère, et n'est jamais reparti. Il exerce au centre médical du village. Ma mère travaille à l'hôpital, dans le service de néphrologie.

— Tu es fils unique ?

— J'ai deux sœurs. L'aînée est mariée et a des jumeaux, la plus jeune, Olivia, a seize ans.

— Seize ans ? Vous avez une grande différence d'âge. Tu as dû flipper en apprenant que ta mère était enceinte.

— Qu'est-ce qui te fait dire ça ?

En fait, il avait complètement pété les plombs.

Comment l'avait-elle deviné ? C'était agaçant.

— Parce que tu devais avoir seize ou dix-sept ans quand elle est née ? Les adolescents n'aiment pas avoir la preuve que leurs parents couchent encore ensemble. Donc, tu es un oncle et un grand frère. J'ai des frères aînés, et ils passent leur temps à me dire ce que je devrais faire. Tu es comme eux ?

— Non, cela ne servirait à rien, Liv n'écouterait pas.

Il s'engagea dans le petit chemin menant à la maison. Les branches des arbres ployaient sous la neige et on distinguait des empreintes d'animaux dans les champs. Le soleil d'hiver faisait scintiller le paysage.

— Tes parents sont médecins, mais tu n'as pas voulu suivre leurs traces ?

— Non. À cinq ans je voulais déjà explorer l'Arctique. Mon oncle m'a offert une panoplie d'explorateur pour Noël, et je suis allé camper dans l'abri de jardin. Il leur a fallu deux heures pour me retrouver et j'étais presque mort de froid.

Il tourna le volant pour éviter une plaque de verglas, et entra dans le jardin de ses parents.

— Nous sommes arrivés.

Honeysuckle Cottage n'avait pas changé depuis plusieurs siècles. Ses murs de pierre avaient une douce couleur dorée dans le soleil couchant. Une grande couronne de houx était accrochée à la porte, et deux lauriers placés de part et d'autre du perron étaient décorés de guirlandes lumineuses.

— C'est votre maison ? s'exclama Sky. C'est le plus joli cottage que j'aie jamais vu, mis à part celui de Brittany. Cela me rappelle un film que tu n'as sans doute jamais vu. *The Holiday.*

— Liv m'a obligé à le regarder il y a quelques années. Je suis marqué à vie. Pour me venger, je l'ai obligée à regarder de bout en bout un documentaire ennuyeux sur Napoléon.

— Une de tes émissions ? demanda-t-elle en riant.

— Mes émissions ne sont jamais ennuyeuses.

Avant même qu'il ait pu couper le contact, la porte s'ouvrit et toute la famille sortit pour l'accueillir. Sa mère ôta subrepticement son tablier, preuve qu'elle était dans la cuisine quand elle avait entendu la voiture. Son père se tenait derrière elle son téléphone à la main, et à côté d'eux se trouvait son oncle, avec des ramures de rennes lumineuses sur la tête. Alec éprouva un élan d'affection. Puis il se rappela la présence de Sky et imagina ce qu'elle devait penser.

— J'aurais dû te prévenir. Mes parents adorent la période de Noël. Le reste de l'année ils sont à peu près normaux. Mais à Noël, ils perdent un peu la tête. Je pense que pour mon père, le vin chaud n'y est pas pour rien.

Il descendit de voiture, un peu crispé, devinant que l'ambiance ne serait sans doute pas assez glamour pour Skylar.

Son ex-femme détestait le style de vie campagnard de ses

parents. Elle refusait dédaigneusement les sorties au pub du village et déclinait les activités qui nécessitaient le port de lourdes bottes de campagne. Tout lui déplaisait. Le vent était trop froid, les gens trop bruyants et trop tactiles, la nourriture trop grasse. Son aversion pour les animaux avait été la goutte de trop. Lors de leur dernière visite, Alec avait dû faire sortir les chiens de la maison. Il s'était senti tellement coupable devant leur mine triste, qu'il avait trouvé une excuse pour partir plus tôt que prévu. Selina et lui s'étaient séparés quelques jours plus tard, après un incident qu'il préférait oublier.

Le seul fait de penser à elle le rendait nerveux.

Une fois de plus, il était accompagné d'une femme qui semblait sortir tout droit des pages d'un magazine de mode. Même sans maquillage et couverte d'ecchymoses, Skylar était superbe.

Pourquoi n'avait-il pas réfléchi ?

Il n'aurait jamais dû l'emmener. Sa famille ne méritait pas de vivre un autre Noël comme celui qu'ils avaient subi trois ans plus tôt. Il aurait dû trouver une autre solution.

D'humeur de plus en plus maussade, il fit claquer la portière de la voiture.

Cette fois, il n'était pas question de laisser les chiens dehors. Si Skylar ne les supportait pas, elle n'aurait qu'à rester dans sa chambre. Et si elle avait peur de marcher dans la boue ou de se geler le bout des doigts, il passerait un peu plus de temps seul avec sa famille.

Il réfléchissait toujours à la meilleure façon de gérer la situation, quand sa petite sœur franchit la porte comme une tornade.

Elle portait un pull trop grand décoré d'une grosse étoile scintillante, et ses cheveux bruns flottaient sur ses épaules.

— Alec !

Ignorant Skylar, il alla à sa rencontre et la souleva dans ses bras.

— C'est ton pull de Noël ?

— Oui. Grand-mère a vu le modèle dans un magazine et me l'a tricoté. Toutes mes copines sont jalouses. Karen en a eu un avec un renne, mais il est tellement laid qu'elle le porte à l'envers.

Elle s'écarta et arrondit les yeux en voyant Skylar.

— Oh ! C'est qui ? Elle est canon, Alec. Comment un premier de la classe comme toi a pu trouver une fille aussi splendide ?

Conscient que les chuchotements de sa sœur pouvaient être entendus à dix mètres à la ronde, Alec crispa les mâchoires.

— Tu pourrais parler plus fort ? Histoire de me gêner un peu plus ?

Elle se haussa sur la pointe des pieds et l'embrassa sur la joue.

— Je vais essayer. Tu sais que te faire honte est mon passe-temps favori !

— Skylar, je te présente ma sœur Olivia.

Il n'eut pas le temps d'en dire davantage. Les chiens venaient de reconnaître sa voix, et ils sortirent comme des bombes de la maison.

D'abord Nelson, dont le beau pelage noir se détachait sur la neige, suivi de Churchill qui ne voulait pas être en reste.

Jurant tout bas, Alec essaya de les arrêter, mais en vain. Ils se jetèrent sur Skylar en remuant la queue.

Pourquoi les chiens se dirigeaient-ils toujours droit vers la personne qui s'intéressait le moins à eux ?

Il s'attendit à voir Skylar reculer et se réfugier dans la voiture. Au lieu de quoi elle s'accroupit en riant pour caresser les chiens qui la léchaient et sautaient sur elle avec un enthousiasme pataud.

Ce n'était pas la réaction à laquelle il s'attendait.

— Ils vont abîmer ton manteau.

Mais elle n'écoutait pas, trop occupée à gratter Nelson derrière les oreilles. Le chien se roula dans la neige, aux anges.

— Tu ne m'avais pas dit que tu avais d'aussi jolis chiens !

— J'espère qu'il vous avait parlé de sa jolie petite sœur ! s'exclama Liv, en allant vers elle. Le labrador noir est celui d'Alec, il s'appelle Nelson. Il se fait vieux, mais il est toujours jeune dans sa tête.

Nelson se secoua en entendant son nom, projetant de la neige sur Skylar.

— Oh ! merci ! J'avais besoin de cela ! dit-elle en riant. Et ce magnifique labrador chocolat ?

— C'est le mien. Son vrai nom est Churchill, mais nous l'appelons Church. Il n'a que deux ans. Nous espérions qu'il serait raisonnable et calme comme un chef d'État, mais il nous a déçus. J'essaye de le dresser, mais nous ne sommes pas assez disciplinés et ça ne marche pas.

Elle tira le chien par le collier et vit l'état de Skylar. Son sourire s'évanouit.

— Ils ont sali votre joli manteau. Je suis désolée, je le donnerai au pressing.

Alec se crispa. Selina avait fait toute une histoire pour ses vêtements quand les chiens avaient sauté sur elle, et Liv avait essuyé de durs reproches.

— Ce n'est pas grave.

Skylar se redressa et embrassa Nelson sur la tête.

— Je n'aurais jamais dû acheter un manteau blanc, mais je n'avais pas le moral, et je me suis fait plaisir.

Alec se demanda pourquoi elle n'avait pas le moral. Elle avait pourtant acheté ce manteau bien avant que sa relation avec Richard ne prenne fin ?

— J'ai toujours eu envie d'un manteau blanc, dit Liv en regardant le vêtement.

— Et moi, j'ai toujours eu envie d'avoir des chiens.

Sky s'était coiffée, et la tresse retombait gracieusement sur son épaule. Les rayons de soleil projetèrent une lumière presque aveuglante sur sa chevelure blonde. S'il n'en avait pas eu la preuve, il n'aurait jamais pu croire que cette couleur était naturelle.

Son corps s'enflamma au souvenir de ce qui s'était passé dans la salle de bains. Irrité, il se rembrunit.

— Je n'aurais jamais cru que tu aimais les chiens.

Sa sœur lui lança un regard intrigué, et Sky sourit.

Il y avait une lueur dans ses yeux. Même abattue par les événements des dernières vingt-quatre heures, elle était capable de lui tenir tête.

— Vraiment ? Tu penses toujours que tu m'as percée à jour. Une blonde qui porte un manteau blanc ne peut pas aimer les chiens ? C'est cela ?

Liv émit un ricanement.

— C'est mon frère. Il croit tout savoir sur tout le monde. Ça me rend folle.

Sky se retourna pour lui dire quelque chose, et Liv poussa une exclamation consternée.

— Que vous est-il arrivé ?

— Elle est tombée, répondit sèchement Alec. Et elle devrait s'asseoir, aussi nous ferions mieux d'entrer.

— Bonne idée, déclara Liv en passant son bras sous celui de Sky. Venez. Je vais vous présenter maman, papa et oncle Harry. Grand-mère est là aussi. Elle a hâte de vous voir.

Désemparé, Alec regarda Sky disparaître, comme avalée par le petit groupe enthousiaste. Les chiens aboyaient, tout le monde parlait en même temps, et il resta seul pour transporter les bagages.

Nelson vint lui donner un coup de museau dans la jambe.

— C'est ton jour de chance, mon vieux. Elle aime les chiens. Tu ne passeras pas le week-end dans le jardin, en fin de compte.

Quand il eut déposé tous les paquets dans le hall, les autres s'étaient déjà regroupés dans la cuisine. Debout devant la cuisinière, l'air un peu étourdi, Sky avait un verre à la main.

— Je n'avais jamais bu de vin chaud.

— C'est du vin rouge avec des épices et quelques tranches d'agrumes. C'est délicieux. Je considère qu'un verre compte dans les cinq fruits et légumes que nous sommes censés consommer par jour, mais Simon n'est pas d'accord.

Sa mère ouvrit le four et en sortit un plat de petits-fours parfaitement dorés.

— Passe-moi la grille de refroidissement, Liv.

— Il y a aussi une larme de brandy. Il ne faut pas oublier le brandy, déclara oncle Harry avec un clin d'œil, en venant embrasser Alec. Le retour du voyageur. Nous avons tué le veau gras en ton honneur.

— C'est une dinde. Les veaux n'ont pas d'ailes, oncle Harry.

Liv sortit la grille d'un placard et la posa au milieu de la table.

— Nous la mangerons demain. Ce soir, il y a du civet. J'ai aidé maman à le préparer. La viande a mariné dans le vin pendant deux jours. Maman a pris une des bonnes bouteilles de papa, et il a piqué une crise. Alors tu as intérêt à dire que le civet est délicieux !

Alec ôta sa veste.

— Où est papa ?

— Au téléphone, comme d'habitude. Il n'est pas censé travailler ce week-end, mais il y a une épidémie de grippe. C'est toujours pareil à cette époque de l'année.

Sa mère déposa les petits-fours sur la grille, pendant que Skylar sirotait son vin en fermant les yeux.

— Je ne sais pas à quoi je m'attendais, mais certainement pas à cela… c'est…

— Tu ne devrais pas boire d'alcool, dit Alec, avant qu'elle ait pu prononcer un mot susceptible de contrarier sa mère. Je vais te chercher autre chose.

Skylar ouvrit les yeux.

— Pas question. C'est délicieux. J'allais dire que ce vin a le goût de Noël, précisa-t-elle en passant la langue sur ses lèvres. C'est Noël dans un verre.

— C'est ce que j'ai toujours pensé, dit la mère d'Alec en lui tendant une assiette et en lui faisant signe de prendre un petit-four. De ce côté, ils sont aux champignons et aux châtaignes. De l'autre côté à la feta et aux épinards. Détends-toi, Alec. Tu as l'air tendu.

Évidemment qu'il était tendu !

Il avait emmené une inconnue chez ses parents. À un moment de l'année réservé à la famille. Toutefois, jusqu'à présent elle s'était parfaitement tenue.

— Tu devrais t'asseoir, lui dit-il sèchement.

— Oui, renchérit sa mère. Cette blessure n'est pas jolie, ma chère petite. Et vous êtes toute pâle.

— Je suis toujours pâle, sans maquillage, répondit Sky en se léchant les doigts. Ces petits-fours sont délicieux. La seule chose que je sais faire, c'est de la soupe en boîte. Vous êtes une merveilleuse cuisinière.

Alec vit sa mère fondre de plaisir, comme de la glace au soleil.

— Asseyez-vous et reposez-vous, dit-elle. Simon jettera un coup d'œil à votre blessure dès qu'il aura fini au téléphone. Nous devrions vous donner une boisson non alcoolisée. Il faut garder une petite place pour le champagne, plus tard. Il ne faudrait pas que vous vous endormiez pendant la fête. Eh bien ? lança-t-elle à son mari, alors qu'il entrait dans la cuisine.

— C'était Mary, du village. Elle avait besoin d'être rassurée.

— Tu n'es pas obligé de sortir ? Tant mieux.

— Que fêtons-nous ? demanda Alec en prenant un friand.

Sa mère échangea un coup d'œil avec son père.

— Tu nous le demandes ? Cela faisait trois ans que tu n'avais emmené personne à la maison, Alec. Nous avions renoncé. Et tu es là aujourd'hui avec Skylar. Je sais que tu ne voudras rien dire, mais… nous sommes très heureux pour vous.

5

Consterné, Alec regarda sa mère.

— Quoi ? Maman, je ne suis pas en couple avec Skylar.

Il n'avait pas pensé une seconde que ses parents pourraient se méprendre sur leur relation.

— Ce n'est pas la peine de nier, mon chéri. Liv est assez grande pour comprendre. Toutes les filles de sa classe couchent avec leur petit copain, bien que franchement je ne sois pas…

— Maman ! coupa Alec d'un ton sec. Il n'y a rien entre Skylar et moi. Pourquoi as-tu imaginé une chose pareille ?

— Eh bien, parce que Maggie Poynter m'a appelée hier soir.

Sa mère s'essuya les mains sur son tablier, l'air perplexe.

— Michael lui a téléphoné tout de suite après avoir quitté ta chambre d'hôtel. Il a pensé que nous aimerions savoir. Il voulait nous rassurer. Nous sommes tous inquiets pour toi depuis… depuis…

Les mots moururent sur ses lèvres, elle croisa le regard de son mari, toussota, et marmonna :

— Désolée. Je ne devrais pas en parler.

Alec ferma les yeux.

Il aurait dû se douter que Michael les appellerait. Leurs familles étaient proches.

— Qu'a-t-il dit, au juste ?

— Que nous pouvions nous tranquilliser, car tu étais avec

la plus jolie femme qu'il ait jamais vue… que tu étais doux et attentionné avec elle, que tu semblais être redevenu toi-même… et qu'il ne t'avait pas vu ainsi depuis… tu sais quoi.

Tiraillé entre l'agacement et la colère, Alec se pinça l'arête du nez. Puis il entendit un rire étouffé à l'autre bout de la table, et vit Skylar s'esclaffer derrière sa main.

— Désolée. Mais cette idée est hilarante. La plupart du temps, nous…

Elle s'interrompit brusquement, sans doute sur le point de dire « nous ne nous supportons pas ». Elle parvint à esquisser un sourire, et reprit :

— Nous ne sommes jamais d'accord. Il me rend folle et c'est réciproque.

Si elle croyait convaincre la mère d'Alec, elle se trompait. L'expression de cette dernière s'illumina.

— C'est exactement ce dont il a besoin ! Quelqu'un pour stimuler son esprit. Alec est très intelligent. À Cambridge, son professeur disait qu'il n'avait jamais eu d'élève aussi brillant que lui. Mais je pense qu'il a besoin qu'on lui lance des défis. Il ne peut pas toujours agir à sa guise.

— Maman, tu le mets mal à l'aise, dit Liv en mordant dans un petit-four. Ce qui est formidable, d'ailleurs. C'est le moment de sortir les photos de lui tout nu quand il était bébé.

Alec inspira profondément. Sky l'avait vu tout nu plus récemment.

— Assez, dit-il les dents serrées. Le sujet est clos.

— Bien sûr, comme tu voudras. Mais Sky, vous êtes la première qu'il amène à la maison depuis son divorce et vous êtes la bienvenue, ma chère.

— Sky est une amie, crut-il bon de préciser. Rien de plus.

— Naturellement. Alec, assieds-toi à côté de Skylar, et Liv prendra place à ta droite.

Avec un regard apaisant, la mère d'Alec enleva son tablier et disposa des assiettes sur la table.

— Nous ne savions pas à quelle heure vous arriveriez, avec la circulation, aussi le déjeuner sera simple. Du jambon rôti, du bon fromage de la ferme des Baxter, et une miche de pain que ton père a faite ce matin. J'ai des pommes de terre dans le four. Liv, prends le pot de chutney dans le placard et va prévenir grand-mère que le repas est prêt et qu'Alec est arrivé avec sa petite amie. Son amie, rectifia-t-elle vivement. Je fais le chutney moi-même avec les pommes de notre verger, Sky. Sur le moment ils se plaignent à cause de l'odeur de vinaigre, mais à Noël ils sont bien contents d'en avoir.

Elle s'interrompit en entendant le téléphone sonner.

— Pas possible ! C'est la quatrième fois en une heure.

— J'y vais ! lança Liv en allant décrocher. C'est le centre médical, pour papa.

— Simon, c'est la première fois depuis des mois que ton fils revient à la maison. Tout peut attendre que nous ayons fini de déjeuner. Si tu veux jouer au docteur, examine la plaie de Sky. Cet hématome ne me dit rien qui vaille. Si vous voulez vous allonger, dites-le, ma chère petite. Alec, assieds-toi. Tu es dans le passage.

Alec s'assit à côté de Sky et décida que c'était lui qui avait besoin de s'allonger.

Pourquoi avait-il eu cette idée farfelue ?

Elle était donc la première femme qu'il emmenait dans sa famille depuis son divorce ?

Sky digéra cette information en silence. Elle n'avait pas pensé que la famille d'Alec croirait qu'ils étaient en couple. Mais en voyant leurs tentatives maladroites pour glaner des informations tout en respectant vaguement les barrières qu'il érigeait autour de lui, elle comprit à quel point son divorce avait dû être difficile.

De toute évidence, ils s'inquiétaient pour lui. Et à en juger par ses réactions, il appréciait autant leur sollicitude qu'un virus informatique.

Elle n'était donc pas la seule à avoir une famille qui se mêlait de sa vie sentimentale.

Alec était à côté d'elle, et il était à cran.

Ils étaient nombreux et un peu serrés autour de la table. De temps à autre, elle effleurait sa jambe musclée sans le vouloir.

Une vague brûlante se répandit dans son corps et lui coupa le souffle.

Les yeux fixés sur son assiette, elle se demanda si le coup qu'elle avait reçu à la tête avait fait plus de dégâts qu'elle ne le craignait.

Hier encore, elle sortait avec Richard. Aujourd'hui, elle était follement attirée par un homme qu'elle n'avait jamais apprécié avant les événements de la veille.

Et maintenant elle le voyait dans un état d'extrême vulnérabilité. Car elle était bien placée pour savoir qu'une personne n'était jamais aussi vulnérable que dans sa famille.

C'était mille fois plus gênant que de le voir nu.

Il aurait sans doute préféré mourir que de lui parler de son mariage raté. Il devait déjà regretter amèrement de l'avoir invitée à cette réunion familiale.

Elle avait un peu envie de quitter cette pièce. D'un autre côté, la curiosité la poussait à rester.

Elle voulait savoir ce qui s'était passé.

Au cours de ces dernières vingt-quatre heures, elle avait entraperçu une personne différente. La personne qu'Alec avait peut-être été avant d'être broyé par un divorce.

La douleur dans sa tête était sourde, et elle n'éprouvait plus de nausée. Mais elle était meurtrie, et poursuivie par l'idée que sa relation avec Richard avait toujours été une imposture.

Et cependant, ses parents espéraient encore qu'elle trouve un moyen de recoller les morceaux.

Il lui était impossible de ne pas faire de comparaisons, en écoutant les conversations autour d'elle. L'inquiétude que les parents d'Alec éprouvaient pour lui était nourrie par leur amour. Tandis que ses propres parents la considéraient comme une ratée.

Ils ne lui avaient même pas demandé comment elle allait.

Richard n'avait pas pris de ses nouvelles.

Agacée, elle piqua un morceau de jambon du bout de sa fourchette.

Elle aurait voulu croire que leur relation avait eu un sens. Mais la dure réalité se dressait devant elle.

Elle était soulagée de se trouver ici, loin de tout cela.

La sœur d'Alec s'assit à côté de lui, et ses parents prirent place face à eux. Ils le soumirent alors à un interrogatoire en règle, désireux de savoir tout ce qu'il avait fait depuis sa dernière visite.

— Ma réputation a totalement changé, depuis ton émission sur l'Amazonie. Tous mes amis l'ont regardée, dit Liv en glissant des petits bouts de nourriture aux chiens sous la table. Gloria te trouve chaud comme la braise. Elle voudrait que je te présente.

— Bien sûr qu'il avait chaud ! lança la grand-mère d'Alec d'une voix forte. L'Amazonie est une jungle et il y fait chaud.

Liv esquissa un sourire en beurrant le cœur de sa pomme de terre.

— Non, grand-mère. Chaud comme la braise, pour dire sexy. Elles trouvent que notre Alec a un corps de dieu grec.

Sky ne leva pas le nez de son assiette.

Elle revoyait parfaitement ce corps superbe, exprimant un désir viril.

Alec demeura imperturbable.

Nelson lui donna un coup de museau, et elle posa la main sur sa tête. Ses doigts rencontrèrent ceux d'Alec. Ils demeurèrent entremêlés quelques secondes, puis elle retira sa main si brusquement qu'elle fit tomber sa fourchette et le morceau de jambon.

Nelson engloutit aussitôt la viande, et posa sur elle un regard plein d'espoir.

— On pourrait croire qu'il meurt de faim, dit la mère d'Alec en se levant pour aller chercher une fourchette propre.

Elle essaya en vain de faire sortir les chiens de la cuisine.

— C'est ta faute, Olivia. Combien de fois devrai-je te dire de ne rien leur donner sous la table ? Ils ne savent pas s'arrêter.

— Nous ne voulons pas qu'ils arrêtent. Ils font partie de la famille, ils devraient prendre part à la fête. J'ai fait un collier de Noël pour Nelson, et j'ai accroché sa chaussette devant la cheminée.

Sa mère renonça à discuter.

— Essayons d'être une famille normale pendant quelques jours. Sinon, Sky ne voudra plus venir.

Alec posa sa fourchette.

— Maman…

— Je suis polie, Alec, c'est tout. Et donc, Skylar, Alec dit que vous avez du talent…

Il avait dit cela ?

Il ne lui avait jamais fait le moindre compliment. Sky se tourna vers lui, mais il empêchait un chat à l'air majestueux de narguer les chiens.

— Laisse-la tranquille, dit-il en tirant sur le collier de Church. Sinon, elle va sortir les griffes.

Skylar se demanda si son ex-femme avait aussi fait cela.

Quelque chose devait expliquer son extrême réserve. Et ce n'était pas son éducation. Sa famille était très expansive.

Le père d'Alec reprit du jambon.

— Parlez-nous de votre travail, Skylar.

Elle savait qu'ils l'interrogeaient par politesse, et décrivit son travail en quelques courtes phrases.

— Donc, vous avez bâti votre carrière sur votre passion ?

— De toute évidence, ce n'est pas une voie traditionnelle et…

— Je trouve cela merveilleux. C'est audacieux, excitant… vous avez réalisé un rêve, dit-il en prenant une tranche de pain. J'aurais aimé avoir ce courage.

— Que veux-tu dire ? demanda Suzanne. Tu es un médecin merveilleux et tu adores ton métier.

— J'aime mon travail et je le trouve utile. Mais j'ai choisi la médecine parce que c'était une option logique, raisonnable, et que j'avais de bonnes notes en sciences. Ce n'était pas une passion. Je ne m'éveillais pas au milieu de la nuit en demandant à Dieu de m'aider à devenir médecin. En fait, quand je me réveille la nuit, je me demande pourquoi j'ai choisi ce métier. Sky fait ce qu'elle aime vraiment, et j'admire cela, conclut-il en prenant son verre de vin.

— Vraiment ? demanda Sky, désarçonnée.

— Bien sûr. La plupart des gens n'ont pas votre talent. Vous utilisez vos dons. Mais cela a dû être difficile au début. Vos parents vous ont aidée ?

— Non. Ils auraient voulu que je choisisse une profession plus conventionnelle, comme le droit. Ils voulaient que je sois avocate.

— Eh bien, en tant que parent je peux comprendre. Ils s'inquiétaient sans doute pour votre sécurité, votre avenir. Ils auraient préféré que vous fassiez le choix le plus sûr. Mais il existe des millions d'avocats, alors qu'une toute petite poignée de gens ont votre talent et savent l'exploiter. Il a sans doute fallu travailler dur pour en arriver où vous êtes aujourd'hui.

— C'est vrai, dit Sky en songeant aux longues heures passées dans son atelier. Mes parents trouvaient que c'était une perte de temps.

C'est ce qui avait été le plus dur. Essayer de leur montrer ce qu'elle voulait, de leur faire plaisir tout en cherchant désespérément à réaliser son rêve.

— Ils doivent être extrêmement fiers de vous. Parlez-nous de votre exposition.

Fiers ? Ses parents étaient loin d'être fiers, ils étaient excédés.

Alec garda le silence. Pensait-il au message téléphonique de sa mère ? En repensant à ce moment, elle se sentit soudain fragile.

Alec aurait sûrement voulu qu'elle en sache moins sur lui, mais il en savait beaucoup trop sur elle. C'était étrange de penser que vos secrets étaient entre les mains de quelqu'un en qui vous n'aviez jamais eu confiance.

Mais il fallait reconnaître qu'en dépit de leur méfiance réciproque, Alec avait été un très bon ami au cours des dernières vingt-quatre heures.

— J'aurais aimé pouvoir aller à Londres pour voir votre exposition, mais à cause de cette épidémie de grippe, je n'en aurai pas le temps.

Le père d'Alec se cala sur sa chaise, et enchaîna :

— Je peins un petit peu. Principalement des aquarelles, même si je me risque à toucher à la peinture à l'huile de temps à autre. Nous avons un groupe d'artistes au village. La prochaine fois qu'Alec vous emmènera, je vous inviterai à une réunion. Nous nous retrouvons dans le hall de l'église. Ce n'est pas aussi excitant que Knightsbridge, mais nous formons un groupe très enthousiaste.

Ils parlaient de sa prochaine visite, comme si celle-ci coulait de source. Sky aurait été touchée, si elle n'avait vu Alec se rembrunir.

— Cela n'arrivera pas, papa, dit-il entre ses dents. Je vous ai dit que…

— Vous peignez ? reprit Sky, désolée pour ses parents.

Ils n'étaient pour rien dans cette histoire. Elle était la seule fautive.

— J'aimerais voir votre travail.

— Ses tableaux sont accrochés partout dans la maison, dit Suzanne en poussant le plat de fromages vers elle. Il en vend aussi de temps en temps. Cela ne rapporte rien, car les encadrements sont horriblement chers. Je suppose que vous vendez beaucoup ?

— Mes ventes augmentent, mais ça reste toujours stressant.

— Sky est modeste. Elle a vendu tous les articles de son exposition dès le premier soir, grommela Alec.

— Comment le sais-tu ?

— J'ai vu les gommettes rouges, répondit-il en prenant son verre. Tu méritais de vendre.

— Tu trouvais les prix trop élevés.

— Si l'exposition avait lieu à Knightsbridge, je suppose que les prix ne posaient pas de problème. Il devait y avoir des journalistes ? Nous verrons sans doute des photos dans les journaux, dit Simon en lançant un coup d'œil à la pendule. Je dois sortir les chiens. Je vais passer au village pour acheter le *Times*.

Sky se rendit compte qu'elle n'avait plus pensé aux retours des médias. Elle n'avait pas non plus consulté ses mails.

L'exposition était passée au second plan de ses préoccupations.

— Je ne suis pas sûre d'avoir envie de voir les articles.

— Je vais regarder sur Internet, dit Liv en sortant son téléphone de sa poche. Comment s'écrit ton nom ? Oh ! j'ai trouvé ! Écoutez ! « Un nouveau talent, Skylar Tempest… » Wouah ! C'est super. Et là, un autre. « Bla, bla, créatif, innovant, très original. » Tu leur as plu. Et là, il y a une photo, tu ressembles à un mannequin. Ta robe argentée était incroyablement belle. C'est cool ! Je connais deux personnes célèbres.

— C'est tout ? Ils ne disent rien d'autre ? demanda Sky d'une voix enrouée.

La sœur d'Alec secoua la tête, en faisant défiler les articles sur son écran.

— Nous étions loin de nous douter que vous étiez une telle artiste, dit Suzanne, impressionnée. Si quelqu'un était prêt à payer pour un objet que j'ai fait, je le crierais sur tous les toits. Simon, il faut que tu trouves un journal. Sky pourra le garder en souvenir. Ses parents voudront le voir.

Sky savait qu'il n'en serait rien, et sa gorge se serra.

— C'est gentil à vous.

Ciel, elle était au bord des larmes. Elle allait se mettre à sangloter… et se couvrir de ridicule devant ces gens adorables.

Elle enfonça les ongles dans ses paumes, et sentit une main forte se poser sur la sienne, sous la table.

— J'ai eu un rendez-vous intéressant avec la BBC, annonça calmement Alec pour dévier la conversation. Ils me proposent de tourner un film en Antarctique, dans le cadre d'un documentaire sur Shackleton.

Son oncle fit entendre un grognement approbateur.

— L'Antarctique est sur ta liste depuis longtemps. Lance-toi.

— Je le ferai si c'est possible. J'attends de leurs nouvelles, répondit Alec en caressant doucement les doigts de Skylar. Cela n'arrivera peut-être pas. Je ne veux pas vendre la peau de l'ours avant de l'avoir tué.

— Et le bateau ? s'enquit Harry, les yeux brillants. Tu es sorti en mer, récemment ?

— Le bateau est dans un hangar. C'est la seule façon de lui

faire passer l'hiver sans danger, dans le Maine. Et je n'aurai pas le temps de naviguer tant que je n'aurai pas fini mon livre.

Son père posa ses couverts.

— Ton travail avance bien ?

— Lentement. J'ai l'intention de me cloîtrer pour travailler pendant les fêtes.

— Oh ! Alec, murmura sa mère. Je ne supporte pas l'idée de te savoir seul dans cette île, avec la mer pour unique compagnie. Quoi ? ajouta-t-elle en croisant le regard de son mari.

— Alec est adulte, Suz.

— Je sais. Mais je veux qu'il sache qu'il est le bienvenu à la maison, voilà tout.

— Il le sait, bien entendu, dit la grand-mère d'Alec. Il est chez lui, ici.

— Puisque je suis là, dit doucement Alec, nous pourrions tous profiter de ce moment. D'autre part, l'île est peuplée, même en hiver. Je ne vis pas en ermite.

Sky écoutait les conversations en se concentrant sur la douce pression de sa main.

Peu à peu, le besoin de pleurer se dissipa, l'émotion reflua comme la marée.

Elle aurait dû retirer sa main, mais elle n'en avait pas envie. En ce moment, Alec était la seule personne sur laquelle elle pouvait s'appuyer.

Peut-être le savait-il. Sinon, pour quelle autre raison aurait-il laissé sa main sur la sienne ?

Comment un homme qui s'était toujours montré parfaitement insensible pouvait-il soudain faire preuve d'une telle empathie ? Peut-être voulait-il simplement lui éviter de se ridiculiser devant ses parents.

— Imagine qu'il y ait une coupure de courant comme l'année dernière ? insista sa mère.

— J'ai un groupe électrogène.

Admirative, Sky le regarda apaiser leurs craintes. Il leur témoignait de l'amour et du respect, mais il ne se laissa pas fléchir une seule fois. Sa décision était prise et il s'y tenait.

Elle avait trouvé agaçant qu'il n'essaie pas de plaire à quiconque, mais maintenant elle admirait ce trait de caractère.

Il contrôlait la conversation, parlant avec éloquence de ses projets.

Sky se détendit, et sentit qu'il retirait sa main.

Elle eut envie de la retenir, ce qui était parfaitement ridicule.

La famille d'Alec s'immisçait aussi dans sa vie, toutefois elle n'avait jamais rencontré de personnes aussi gentilles et accueillantes. Même quand ils n'étaient pas d'accord, les Hunter demeuraient unis, et avançaient dans la même direction. Le sentiment de solitude qu'elle éprouvait depuis le départ de Richard s'intensifia.

Quand ils eurent fini les plats et dégusté la pavlova maison garnie de chantilly, elle se rendit compte que son mal de tête avait empiré.

Suzanne repoussa sa chaise et se leva.

— Sky, vous êtes très pâle, ma chère. Vous devriez vous allonger quelques heures. Je reconnais que notre vie de famille n'est pas très reposante. Alec, ta chambre est prête. J'ai changé les draps et mis des serviettes de toilette propres. Les étagères sont pleines de livres, Sky, vous ne manquerez pas de lecture. Si vous avez besoin d'autre chose, n'hésitez pas à me le dire. Alec va vous conduire à la chambre.

Alec posa son verre.

— Tu as donné ma chambre à Sky ?

Sa mère soupira.

— Je respecte ton désir de ne pas parler de votre relation, mais je n'irai pas jusqu'à vous donner des chambres différentes. Pour commencer, nous manquons de place, car oncle Harry n'était pas censé arriver cette semaine. Et je ne vois pas l'intérêt d'obliger les gens à sortir de leur chambre sur la pointe des pieds au milieu de la nuit. Ce n'est pas nécessaire et à ton âge c'est ridicule. Je t'ai appris à prendre des décisions, et tu le fais très bien. Tu couches avec qui tu veux, ce sont tes affaires.

— En voilà assez ! s'exclama Alec. Je t'ai dit qu'il n'y avait rien entre Sky et moi.

— Je sais. Tu ne veux pas t'engager, nous avons compris le message. Vous êtes juste… comment dit-on, Olivia ? Des copains avec avantages ?

— Des *sex friends*, maman.

— Ah oui, c'est cela.

Sky n'osa pas regarder Alec.

Il avait été si gentil avec elle, et elle le mettait dans une situation horriblement gênante.

Avant hier soir, elle n'aurait jamais pensé dire qu'ils étaient amis. Et il devait se demander pourquoi il l'avait aidée.

6

Alec porta la valise de Sky dans l'escalier, et lui désigna une porte.

— C'est là.

Il s'efforçait d'être un hôte aimable, et avait conscience d'échouer lamentablement.

Sky n'était pas responsable de ce malentendu. C'est lui qui l'avait invitée, donnant sans le vouloir des idées à sa famille.

Ils croyaient qu'il s'intéressait sérieusement à une femme. Et maintenant, il allait devoir éclaircir la situation.

Elle marqua une pause sur le seuil et se tourna vers lui. Son entrain habituel l'avait abandonnée. Elle était pâle et semblait exténuée.

— Merci.

— De quoi ?

— De m'avoir soutenue pendant le repas. Je me sentais…

— Je sais ce que tu ressentais.

Il avait perçu sa détresse, son effort pour contenir ses émotions tandis que ses parents lui offraient le soutien et les encouragements que sa propre famille lui avait refusés.

Après avoir entendu par inadvertance le message de sa mère, il n'avait aucun mal à comprendre pourquoi elle était bouleversée. Comment avait-elle supporté de grandir dans un environnement aussi hostile, et dénué d'affection ?

Il repoussa cette question. Il en avait déjà appris beaucoup trop sur sa vie. Il ne voulait pas en savoir davantage.

— Tu n'arrêtes pas de m'aider. Pourquoi ?

Alec se crispa, reculant instinctivement devant une telle preuve de vulnérabilité. Il ne voulait pas qu'elle s'appuie sur lui.

— Parce que après tout ce qui s'est passé, la dernière chose dont tu avais besoin c'était de t'effondrer devant des étrangers. C'est tout.

Il n'avait jamais été un chevalier en armure, et il fallait qu'elle le sache. Il ouvrit la porte et la fit entrer en espérant qu'elle n'interprétait pas mal son attitude.

Il avait voulu éviter une crise de larmes, rien de plus.

Et maintenant, un nouveau problème se présentait. Sa mère leur avait attribué la même chambre.

Un feu crépitait dans la cheminée, et des guirlandes lumineuses étaient accrochées aux poutres, donnant à la pièce une allure chaleureuse et festive.

À côté de la fenêtre était disposé un petit arbre de Noël décoré et surmonté de l'étoile que Liv avait faite pour lui à la maternelle. Elle réapparaissait chaque année, un peu plus usée et décolorée que l'année précédente.

Jusqu'à son mariage, cette chambre avait été un refuge dans lequel il parvenait toujours à se détendre.

Et maintenant, le parfum fleuri de Sky se mêlait à l'odeur des bûches et des aiguilles de pins.

Tendu, il la regarda s'approcher de la large fenêtre qui donnait sur les champs.

— C'est ta chambre ? demanda-t-elle d'un ton mélancolique. Quelle vue magnifique. C'est paisible.

Son ex-femme avait trouvé ce paysage *désolé*. Puis elle avait sombré dans un de ces longs silences qui avaient émaillé leur vie conjugale.

— Je dormirai sur le canapé. Tu peux prendre le lit.

Il savait qu'il était brusque, mais il ne pouvait s'en empêcher.

Pourquoi n'avait-il pas pensé que sa famille se méprendrait sur leur relation ? Ils voulaient tellement le voir de nouveau avec une femme, qu'il aurait pu amener n'importe qui. Une étrangère leur semblait préférable à cette solitude qui les inquiétait, mais qu'il avait choisie et qui lui convenait.

Il se promit de tuer Michael la prochaine fois qu'il le verrait.

— Je suis désolé que ma famille t'ait mise mal à l'aise.

Elle eut un petit rire étouffé et croisa les bras.

— Si nous faisions un concours pour savoir qui a la famille la plus embarrassante, je gagnerais, et tu le sais aussi bien que moi. Tu n'as pas à t'excuser, Alec. Ta famille est merveilleuse. Ils t'aiment.

— Ils se mêlent de ma vie.

— Mais tu les en empêches et ils respectent ta décision.

— Quand ça les arrange. Il y a une salle de bains derrière la porte de droite.

Il laissa tomber les valises sur le sol et elle se retourna en haussant les sourcils. Il se rendit compte qu'il était hargneux et éprouva de la culpabilité. Ce qui n'améliora pas son humeur.

— Fais comme chez toi.

— Tu es en colère parce qu'ils croient que nous sommes en couple. C'est ma faute. Tu voulais passer un merveilleux week-end en famille, et j'ai tout gâché. Je n'aurais pas dû venir. Je suis désolée.

Ces paroles lui firent perdre tous ses moyens. Il préférait se disputer avec elle, plutôt que d'éprouver ce genre de sentiment. Il avait l'habitude de la voir combative, courageuse, et même un peu irascible.

Cet aspect de sa personnalité le déstabilisait.

Il se sentait… protecteur.

Passant une main sur sa nuque, il prit un air indifférent.

— Ce n'est pas toi qui te fais des idées, c'est eux. Ce n'est pas ta faute.

— Mais si. De toute évidence amener une femme chez tes parents est quelque chose d'important. Ils se sont inquiétés pour toi, et ils ont envie de te voir avec quelqu'un.

— Tu sais ce que c'est. Apparemment, mes parents sont comme les tiens.

— Tu sais très bien qu'ils n'ont rien à voir avec mes parents, répondit-elle avec un pâle sourire. Je parlerai avec ta mère et je lui dirai la vérité. J'aurais dû le faire pendant le déjeuner, mais ils avaient tous l'air tellement heureux que je ne savais pas comment m'y prendre.

Elle était d'une pâleur effrayante et s'assit au bord du lit. Alec fronça les sourcils.

— Tu te sens mal. Pourquoi diable n'es-tu pas montée te reposer plus tôt ?

— Je vais très bien. Mais je vais me reposer un moment et te laisser seul avec eux.

Elle ôta ses chaussures, et se pelotonna sur le lit comme un chaton blessé.

Inquiet, il fit un pas vers elle, et s'immobilisa. Quoi qu'elle en dise, il la savait vulnérable. Il ne fallait pas qu'elle le considère comme une sorte de sauveteur, ou de héros.

Il savait déjà comment cela finirait.

— Tu as besoin d'autres comprimés ? Tu aurais dû me dire que tu te sentais aussi mal.

— Je ne me sens pas mal.

— Toutes ces questions et ces bavardages ont dû te stresser.

— Non. J'étais… envieuse…, murmura-t-elle en fermant les yeux.

Il resta planté là, partagé entre l'instinct et le bon sens. Comment gérer la situation ?

Puis il se rendit compte qu'elle dormait.

Il attendit un moment. Voyant qu'elle ne bougeait pas, il souleva le plaid vert foncé posé au pied du lit et le drapa délicatement sur elle, sans la réveiller.

Puis il se pencha, et repoussa ses cheveux en arrière pour examiner l'ecchymose sur sa tempe.

Les paroles froides et coupantes de sa mère lui revinrent en mémoire. Elle ignorait que Sky était blessée, mais elle savait qu'elle avait rompu avec Richard. Et elle n'avait même pas demandé à sa fille comment elle se sentait.

Ses amies étaient à des milliers de kilomètres.

Elle n'avait que lui.

Son sang se glaça. Il ne voulait pas de cette responsabilité.

La porte s'ouvrit et Nelson pénétra dans la chambre. Sans un regard pour Alec, il s'allongea devant le feu.

— Tu ne devrais pas être là, dit Alec en soupirant.

Nelson bâilla, s'étira et ne lui prêta aucune attention.

Le regard d'Alec passa du chien à la jeune femme. Pourquoi pas ?

— Tu es de garde. Si elle bouge, viens me chercher.

Nelson posa le museau sur ses pattes, et Alec descendit rejoindre sa famille avec la ferme intention de mettre les choses au clair.

Et pendant qu'il y était, il ferait aussi bien d'établir quelques règles pour lui aussi.

Quand Sky s'éveilla, elle ne parvint pas à bouger. Quelque chose de lourd et de chaud se pressait contre ses jambes.

Elle entrouvrit paresseusement les yeux. La chambre n'était

éclairée que par les flammes dans la cheminée. À l'extérieur, l'obscurité régnait.

Quelle heure pouvait-il être ? Elle essaya de s'asseoir et s'aperçut que le chien était couché sur ses jambes.

Il poussa un grognement sourd, mais ne bougea pas. Elle était sur le point de se rallonger, quand un coup fut frappé à la porte. La mère d'Alec entra avec un plateau.

— Je ne voulais pas vous laisser faire la sieste trop longtemps, car vous ne dormiriez plus cette nuit. Vous devez encore être perturbée par le décalage horaire. C'est pareil pour Alec, chaque fois qu'il vient à la maison. Je vous ai apporté du thé avec des scones faits par grand-mère. C'est la seule chose qu'elle cuisine encore, depuis qu'elle ne voit plus très bien.

Elle posa le plateau, alluma une lampe et sourit en découvrant Nelson.

— Tu es là ! Tu dois avoir remarqué que ce n'est pas Alec dans ce lit ? Allons, descends. Sky ne veut pas de toi.

— Mais si, protesta Sky en attirant le chien vers elle. Je l'aime bien. Il remplace un édredon.

— Il adore cette chambre. Quand il est arrivé à la maison il était encore bébé, et il ne quittait pas Alec d'une semelle. Il dormait à côté de lui, et il a pleuré toutes les nuits pendant une semaine. Alec ne s'est jamais plaint. Il se levait, le consolait et se rendormait. J'étais stupéfaite de le voir prendre autant soin de ce chien.

Il avait fait la même chose pour elle, songea Sky. Il avait veillé sur elle quand elle avait eu besoin d'aide.

Et à cause de cette générosité, sa famille croyait à présent qu'ils étaient en couple.

Il lui incombait d'éclaircir la situation.

Elle prit la tasse de thé en remerciant Suzanne. Elle n'avait jamais vu de scones, mais le gâteau semblait délicieux.

— Pour en revenir à Alec…

— Je sais, c'est seulement un ami. Il nous a raconté toute l'histoire pendant que vous dormiez, précisa Suzanne en s'asseyant au bord du lit. Je suis désolée de vous avoir mise dans l'embarras. En fait, nous ne pensions pas qu'il reviendrait un jour à la maison accompagné d'une femme. Sa relation avec Selina fut un désastre absolu. Je n'avais jamais vu deux personnes aussi mal assorties.

— Nous deux, répondit Sky en sirotant son thé.

Une franchise totale était le seul moyen de les convaincre.

— Je l'agace prodigieusement, et il me contrarie. J'espère que cela ne vous choque pas.

— Pas du tout. Il nous contrarie tous très souvent, répondit posément Suzanne. Simon est comme lui. Quand ils se disputent, on dirait deux cerfs qui s'affrontent. Alec met généralement du temps à admettre qu'il s'est peut-être trompé, mais quand c'est le cas il finit par le reconnaître.

— Il est venu au vernissage parce que nos amis l'y ont obligé. Nous nous connaissons à peine. Et puis… cet incident est survenu et… je ne sais pas pourquoi il m'a aidée.

C'était une question qu'elle n'avait pas cessé de se poser.

Il aurait pu quitter le vernissage, et elle n'aurait même plus pensé à lui. Il ne lui devait rien.

— Je vous crois quand vous dites que vous ne le connaissez pas. Alec ne pouvait pas ne pas vous aider. Il est incapable d'ignorer une personne qui est dans le pétrin. C'est même ainsi qu'il a connu Selina. Elle avait un problème et il est allé à son secours. Ce qu'il ignorait, c'est qu'elle avait toujours des problèmes. C'était sa façon de vivre. La pauvre avait eu une enfance très perturbée et elle avait besoin d'attention. Elle exploitait sa gentillesse, poursuivit Suzanne d'un air las. À la fin, il semblait avoir été vidé de toute sa bonté. Il était devenu si amer que je le reconnaissais à peine.

Il était d'une dureté que je n'avais jamais vue chez lui. Mais j'en ai trop dit, ajouta-t-elle avec un petit sourire désolé.

Sky fronça les sourcils. Elle se posait des millions de questions.

— Il l'a aidée ?

— Il ne vous a pas dit comment ils s'étaient rencontrés ?

— Il ne m'a rien dit. Nous ne nous connaissons pas vraiment.

Suzanne la regarda d'un air songeur.

— Pourtant, il vous a emmenée ici, et veut absolument vous protéger. Il nous a interdit de monter vous réveiller.

— Eh bien, d'après ce que vous dites, c'est sa manière d'être. Il n'y a rien de personnel.

Elle n'allait pas faire comme si c'était le contraire. Sa vie était déjà assez compliquée comme ça.

— Il me prend pour une blonde écervelée. Quand il veut m'agacer, ce qui arrive souvent, il me traite de princesse de conte de fées.

— C'est merveilleux ! s'exclama Suzanne en riant.

— Vraiment ? Je ne considère pas cela comme un compliment.

— De toute évidence, vous lui faites plus d'effet qu'il ne veut bien l'admettre, déclara Suzanne en prenant son thé et en s'asseyant sur le canapé. Il ne vous trouve sûrement pas écervelée. Vous êtes très intelligente, et il ne cache pas son admiration pour votre travail.

— Je ne l'avais jamais entendu parler de mon travail avant aujourd'hui. La plupart du temps il a une attitude plutôt hostile. Nous nous croisons parfois car nous avons des amis communs, mais nous ne nous connaissons pas. Nous ne sommes pas… intimes.

Si ce n'est que nous nous sommes vus nus, et que nous connaissons tous les travers embarrassants de nos familles respectives.

— Il est venu au vernissage parce que notre amie Brittany le lui a demandé. Puis j'ai eu un problème, et il m'a aidée.

Et comme elle voulait être totalement franche, elle raconta tout à la mère d'Alec, depuis la demande en mariage de Richard, jusqu'à sa chute dans l'arrière-salle. Suzanne l'écouta sans l'interrompre.

— Donc, ce Richard vous aimait suffisamment pour vous demander en mariage, mais il est sorti sans un regard ? C'est choquant. Ma pauvre petite. Non seulement vous avez un hématome, mais vous avez aussi le cœur brisé, dit-elle en lui prenant la main. Comment vous sentez-vous ?

C'était une question que sa propre mère n'avait pas daigné lui poser.

Elle lui avait reproché d'avoir rompu avec un homme parfait, et de ne jamais faire les bons choix. Puis elle lui avait demandé quand elle viendrait.

Mais pas comment elle se sentait.

Sky regarda Suzanne. Elle ne la connaissait pas, mais la douceur de son regard dénoua quelque chose en elle.

— Je ne sais pas. Je suis en colère contre lui, mais je le suis encore plus contre moi. Je n'arrête pas de penser à tout le temps que nous avons passé ensemble, et de me demander si tout cela était bien réel. Je devrais avoir du chagrin, mais je me sens…

— Trahie ?

— Oui. Et tellement idiote de n'avoir rien vu. Je nous croyais proches, et en réalité je ne le connaissais pas du tout.

— Pour connaître une personne il ne suffit pas de passer du temps avec elle. Il faut que cette personne s'ouvre à vous. Cela doit être difficile pour quelqu'un qui pense que sa carrière exige qu'il projette une certaine image de lui.

— Il ne s'intéressait pas à celle que je suis vraiment.

— Alors, ce n'est pas l'homme qu'il vous faut, déclara Suzanne en arrangeant les couvertures. La vie est une grande aventure, qui peut être excitante et très effrayante. Il faut choisir soigneusement la personne avec laquelle vous allez la vivre. Il faut quelqu'un pour vous encourager quand vous réussissez, et pour vous consoler quand vous trébuchez. Richard l'aurait-il fait ?

Sky contempla sa tasse de thé. Sa gorge était si nouée qu'elle n'aurait pas pu en avaler une seule gorgée.

— Non. J'ai vraiment trébuché. Et franchement, si je n'avais pas reculé, je ne sais pas s'il m'aurait frappée ou non. J'espère qu'il ne l'aurait pas fait. Mais il ne s'est même pas retourné pour voir comment j'allais.

— Vous n'êtes pas ma fille, mais si vous l'étiez je vous dirais de fuir cet homme qui vous a ignorée alors que vous étiez blessée. Qu'il ait été responsable ou non de cette blessure.

Suzanne lui prit la tasse des mains, et ajouta :

— N'y pensez pas pour le moment, ma chère. Reposez-vous. Plus tard, vous pourrez analyser ce que vous ressentez.

C'était le genre de conversation que Sky aurait adoré avoir avec sa mère.

— Je ne sais pas ce qui serait arrivé, si Alec n'était pas entré à ce moment. Il était tellement calme. Je saignais et j'étais affreusement malade, mais il est resté avec moi. Il m'a emmenée ici, car il ne voulait pas me laisser seule à Londres.

— Je suis heureuse qu'il l'ait fait. Cela me prouve que mon Alec est toujours le même. Je craignais qu'il n'ait changé après ce qui s'est passé, mais je vois qu'il a simplement enfoui en lui ce côté protecteur. Personne ne peut lui en vouloir pour cela. Prenez un scone, ils sont délicieux.

Skylar mordit dans un gâteau. Il avait un goût de beurre et la pâte friable fondit dans sa bouche.

— C'est très bon.

— J'espère que je ne vous ai pas mise dans l'embarras en vous donnant cette chambre. C'était un malentendu. Michael est un vieil ami de la famille, il a appelé sa mère, celle-ci m'a appelée, et... c'est ainsi. Alec est furieux, naturellement. Mais notre auberge est complète et même si je le voulais, je ne pourrais pas vous donner une autre chambre. Alec dormira sur le canapé. Il est très confortable.

Il avait déjà passé une nuit sur le canapé de l'hôtel, à cause d'elle.

— Je pourrais dormir dans le salon, ou avec Olivia...

— Tout le monde traverse sans arrêt le salon, et Liv a une chambre minuscule sous le toit. De plus, elle est somnambule. Vous avez besoin de repos, et Alec également. Vous serez très bien dans cette chambre. Descendez quand vous serez prête, nous allons ouvrir une bouteille de champagne.

— Du champagne ? Mais puisque vous savez qu'Alec et moi ne...

— Nous avons beaucoup d'autres choses à fêter. Pour commencer, le fait qu'Alec soit à la maison. Sans parler de votre succès.

— Mon succès ?

— Oui, celui de votre exposition. Simon a acheté une pile de journaux, et ils parlent tous de vous. Je sais que vous êtes un peu perturbée par les événements, mais cela ne doit pas vous empêcher d'être fière de votre réussite et de fêter cela. Il ne faut jamais rater une occasion de faire la fête. Je suis sûre que vos parents sont aussi de cet avis.

Oh ! non. Pas du tout.

La famille d'Alec l'avait plus encouragée en quelques heures que ses parents pendant toute sa vie.

— Vous avez des invités ce soir ?

— Non, seulement la famille. Et vous connaissez déjà tout le monde. Ce sera très décontracté.

Suzanne sortit, et Sky se laissa retomber contre les oreillers.

— « Pas d'invités, seulement la famille », murmura-t-elle. Décontracté. Je me demande ce que ça doit être.

— Généralement, c'est un peu fou. Pourquoi ? Comment ça se passe, chez toi ?

La voix d'Alec résonna sur le seuil et elle s'assit sur le lit.

— Je ne t'avais pas vu.

— Je sais. Tu parlais toute seule, dit-il en venant s'asseoir au bord du lit. Comment va ta tête ?

Elle trouva un peu étrange d'être seule dans la chambre avec lui. Se rappelant les paroles de Suzanne, elle lui adressa son plus grand sourire.

— Très bien. Dormir m'a fait du bien.

Sa tête était encore douloureuse, mais elle ne voulait pas qu'il se sente responsable de son bien-être. Il en avait déjà trop fait pour elle.

— Ma mère t'a réveillée ?

— Non, je ne dormais pas. J'ai aimé parler avec elle.

— Alors, raconte-moi comment se passe Noël chez toi.

Nelson poussa un petit gémissement et elle se pencha pour le caresser. Elle ne voyait aucune raison de se taire.

— Mes parents reçoivent beaucoup, et Noël est une période de grande agitation. Le déjeuner du 24 décembre réunit environ quarante personnes.

— Vous avez une grande famille.

— Ce n'est pas une réunion familiale. Les invités sont des collègues de mon père et de ma mère, des gens qu'ils jugent utiles et intéressants. Des personnages influents. Ils aiment présenter les gens les uns aux autres. Élargir le cercle de leurs connaissances est une obsession pour eux. Quand j'étais petite, ma mère me donnait un dossier sur chaque invité, et j'étais censée retenir les points principaux. Elle m'interrogeait.

Alec haussa les sourcils.

— Comment cela ?

— Eh bien, elle disait par exemple : John Brighton Jr. Et je devais résumer ses activités et ses centres d'intérêt. J'étais censée faire suffisamment de recherches sur chaque personnage pour pouvoir tenir une conversation.

— Et tu faisais cela pour quarante personnes ?

— Nous étions quarante au déjeuner. Le soir il y a une grande réception, avec environ quatre-vingts personnes. Tout le gratin de Manhattan espère recevoir une invitation.

— Et tu devais étudier la vie de quatre-vingts personnes ?

— Presque. Elle divisait la liste en deux catégories, les A et les B. Nous devions tous connaître la liste A, mais mes frères et moi avions le droit de nous répartir les invités de la liste B.

— Parce qu'ils étaient moins importants ?

— En effet.

Elle n'avait pas du tout envie de penser à Noël. Grâce au ciel, elle avait encore quelques semaines devant elle pour préparer les fêtes.

— Qu'as-tu fait pendant que je dormais ?

— J'ai aidé mon père à déneiger l'allée et l'entrée du garage.

Les manches de son épais sweater noir étaient remontées, révélant des bras musclés, recouverts d'un duvet brun. Cela lui rappela le moment où elle l'avait surpris nu dans la salle de bains.

Il portait sur lui l'odeur du jardin, de l'air glacé, du bois brûlé, se mêlant au parfum frais et masculin de son corps.

Cela provoqua quelque chose en elle. Elle aurait pu le dessiner ainsi, avec la lumière dans son dos et cet air sombre et dangereux.

— J'ai dit la vérité à ta mère, à notre sujet.

— Elle t'a écoutée ? demanda-t-il en se levant.

— Je crois. Je lui ai dit que Richard m'avait demandée en

mariage hier soir. C'est la preuve qu'il n'y a rien entre toi et moi, non ?

— Pas forcément. Tout le monde n'attend pas de mettre fin à une relation avant d'en avoir une nouvelle.

Il lui tournait le dos, et ses larges épaules lui cachaient la fenêtre. Elle se demanda s'il parlait d'expérience. Mais après tout, cela ne la regardait pas.

— Moi, si. Une seule relation peut déjà être assez compliquée. Alors, deux en même temps, ce serait au-dessus de mes forces. À propos du dîner de ce soir, que dois-je porter ?

— Ce que tu veux. Nous serons en famille. Demain, Cathy, ma sœur aînée, viendra avec son mari et les jumeaux, Rosie et Tom. Ils vivent dans un village voisin.

Sky se leva, soulagée de constater qu'elle se sentait un peu mieux.

— Oncle Alec. Je parie que le rôle te va à merveille. Tu fais des batailles de boules de neige avec tes neveux ?

— Parfois.

— Alors, je te préviens, tu ferais mieux de t'entraîner. S'il y avait une épreuve olympique de bataille de boules de neige, j'aurais la médaille d'or.

— Je n'aurais jamais cru que tu aimais avoir froid et être trempée par la neige.

— Oui, je préfère rester à la maison pour me faire les ongles, répliqua-t-elle d'un ton léger. Je croyais que nous avions dépassé ce stade, mais tu me traites toujours comme une princesse délicate.

Le regard d'Alec glissa sur sa blessure à la tête et se fixa sur ses lèvres. Skylar sentit son cœur rater un battement.

— Je sais que tu n'es pas une petite chose fragile. Ces dernières vingt-quatre heures ont été dures pour toi.

— Et pour toi aussi, puisque tu m'as sur les bras.

Il ne releva pas la remarque, et enchaîna :

— Tu crois que vous vous remettrez ensemble ?

— Avec Richard ? Non.

— Il t'a demandé de l'épouser.

— Mais quand j'ai eu besoin de lui, il a juste enjambé mon corps.

C'était ce qui l'avait le plus choquée. Elle était d'accord avec Suzanne, il fallait fuir ce genre d'hommes.

— Comment a-t-il pu faire cela ? Je n'enjamberais pas le corps d'un inconnu blessé. Mais faire cela à quelqu'un qu'on prétend aimer et qu'on demande en mariage…

— Tes parents voulaient que tu épouses ce type ?

— C'est eux qui me l'ont présenté. Ils espéraient… disons qu'ils avaient des ambitions pour moi, dit-elle en haussant les épaules.

— En te poussant dans une relation ?

— Je les ai déçus sur le plan professionnel. Tout ce qui leur restait, c'était de me voir faire un bon mariage.

— Mais je suis sûr qu'ils veulent que tu sois heureuse.

— Non. Ne confonds pas mes parents avec les tiens. Tu as entendu le message de ma mère au téléphone.

Elle alla à la fenêtre et contempla les champs qui entouraient la maison. Une neige lumineuse recouvrait le paysage.

— Nos familles se mêlent toutes les deux de nos affaires. Mes parents le font parce qu'ils ont des ambitions pour moi et que je refuse de les satisfaire. Ils se moquent de savoir si je suis heureuse ou non, l'essentiel est qu'ils soient fiers de moi. C'est tout ce qui les intéresse. La réussite. Je déteste Noël car c'est le moment de l'année où la pression est la plus forte.

— Si c'est ainsi, ne retourne pas chez toi.

— Je suis obligée de le faire. C'est ma famille. C'est la tradition. Je suppose que je ne suis pas la seule à redouter ce moment. Beaucoup de gens éprouvent du stress pendant les fêtes. Mes parents voudront parler de Richard, et je ne sais pas ce que je vais leur dire.

— Tu pourrais commencer par dire qu'il te fait peur. C'est la seule explication à leur donner.

Skylar se figea. Sans qu'elle comprenne pourquoi, ses yeux se remplirent de larmes.

— Oui, cela devrait suffire. Excuse-moi.

Elle voulut se diriger vers la salle de bains, mais Alec se campa devant elle et lui prit les bras.

— Attends, dit-il d'une voix rauque. Tu es bouleversée.

Elle éprouva l'envie folle de poser la tête sur ce torse large et puissant. Seigneur, elle ressemblait aux femmes qu'elle avait généralement envie d'étrangler. Le coup qu'elle avait reçu était plus grave qu'elle ne le croyait. Immobile, elle lutta contre cette impulsion. La mère d'Alec avait raison. Il n'était pas le genre d'homme à ignorer quelqu'un qui souffre. Et elle ne voulait pas que leur relation soit basée sur ce besoin de la protéger.

— Tout bien réfléchi, je vais passer la soirée dans la chambre avec Nelson.

— Il est hors de question que je te laisse seule ici.

— Alec…

— N'y pense même pas.

— Ne sois pas aussi gentil.

Elle sentait la force de ses mains, qui la soutenaient. Quelque chose avait changé entre eux, et elle n'était pas sûre que ce soit un bien.

— C'était plus facile quand je te détestais.

— Si cela peut t'aider, je m'efforcerai d'être… comment disais-tu ? Un crétin ?

— Une tête à claques, rectifia-t-elle avec un rire étouffé. Un débile.

Elle se dégagea doucement.

— D'accord, je descendrai si tu le veux vraiment. Mais tu ferais mieux de te comporter comme un crétin. Sinon, je vais croire que tu es quelqu'un de bien. Et alors, qu'arriverait-il ?

Il la regarda longuement avant de répondre :

— Nous serions dans le pétrin.

7

— Tu n'es pas un peu grande pour ça ?

Alec regarda sa sœur se faufiler sous le sapin pour saisir chaque paquet-cadeau enveloppé de rubans et le secouer pour deviner son contenu.

Leur mère avait laissé les rideaux ouverts et les flocons de neige glissaient sur la vitre comme des larmes argentées, avant de fondre. Le feu crépitait dans la cheminée, et des bûches étaient empilées dans un panier, prêtes à entretenir les flammes.

Skylar était toujours en haut, sous la douche. Il espéra qu'elle n'était pas trop bouleversée. Visiblement, elle avait décidé de ne pas s'appuyer sur lui, et il aurait dû être soulagé.

Bien sûr qu'il était soulagé.

— On n'est jamais trop grande pour s'intéresser aux cadeaux de Noël, dit Liv, en reniflant une des boîtes. Oh ! ça sent bon. Qu'as-tu acheté à Skylar ?

— Rien. Pourquoi devrais-je lui offrir quelque chose ? Je t'ai déjà dit…

— Que vous n'étiez pas en couple. Je sais, mais c'est dommage. Elle est mille fois mieux que toutes les autres. Et elle est tellement belle, Alec. Avec ses cheveux, elle pourrait faire de la publicité pour un shampoing.

Il songea aux mèches soyeuses qu'il avait tenues dans ses mains.

— Je n'avais pas remarqué.

Liv noua un ruban qui s'était défait.

— Pour des gens qui ne s'aiment pas, vous me faites drôlement penser à une expérience de chimie. Ce n'est pas ma matière préférée, mais j'ai l'impression que si vous vous touchez, ça va exploser.

— Tu te fais des idées.

— Ne me prends pas pour une idiote, Alec.

— Tu es ma petite sœur et je ne veux pas avoir cette conversation avec toi.

— Je suis une ado, et je pense beaucoup aux garçons. Tu ne le savais pas ? Je suis assez grande pour voir que deux personnes sont attirées l'une par l'autre.

— Bien sûr que non. Skylar et moi avons des amis communs. Elle a eu des problèmes, et je l'aurais aidée de toute façon.

— Tu l'as amenée à la maison, Alec. Cela faisait trois ans que tu n'avais plus amené une femme chez nous.

Alec se demanda s'il y avait un calendrier caché dans la maison, sur lequel figuraient les dates importantes de sa vie sentimentale.

— Skylar a eu une commotion, et je ne voulais pas la laisser seule à Londres.

— Donc, tu as secouru une demoiselle en détresse ? Je ne le crois pas. Pas du tout. Pas après...

Liv s'interrompit, d'un air coupable.

— Désolée, Al. Je parle trop.

Sa sœur avait trop bon cœur. Il décida d'ignorer la remarque sur la demoiselle en détresse.

— Il n'y a rien entre nous. Ce n'est pas mon genre de femme. Je ne la trouve même pas séduisante...

Les mots moururent sur ses lèvres quand la femme en question entra dans le salon.

Sa courte robe rouge accentuait la minceur de sa taille. Elle portait un collant noir et des bottes qui mettaient en valeur des jambes à faire pâlir d'envie une gazelle. Sa chevelure était scintillante, et deux spirales d'argent étaient accrochées à ses oreilles.

Elle n'aurait pu être plus différente d'une demoiselle en détresse. Il eut l'impression que le moment d'intimité et de vulnérabilité qu'ils avaient partagé n'avait jamais existé.

— Pas séduisante du tout, murmura sa sœur. Ferme la bouche, Alec. On ne regarde pas les gens fixement.

Puis, bondissant sur ses pieds, elle s'exclama :

— Sky, cette robe est magnifique !

Aussi magnifique que ses pouvoirs de récupération, et sa force de caractère. À la voir ainsi, on aurait pu croire qu'elle venait de passer une semaine à se faire chouchouter dans une station thermale.

Alec la regarda plus attentivement et vit un soupçon de blush sur ses joues.

Sous le maquillage, elle était pâle.

Ce qui signifiait qu'elle ne tenait debout que par la force de sa volonté.

Sa volonté et ces bottes de cuir verni.

Quoi qu'elle porte, il ne pouvait s'empêcher de l'imaginer nue. Chaque fois qu'il posait les yeux sur elle, il la voyait…

Nue.

L'image surgissait, et rien ne pouvait l'effacer de son esprit.

Nue, nue, nue.

Il l'imaginait avec ses yeux bleus et rieurs, à califourchon sur un heureux élu.

À en juger par le regard qu'elle lui lança, ce n'était pas lui. Il venait juste de retomber dans la catégorie des crétins.

Ce qui valait sans doute mieux pour tous les deux.

Elle l'ignora et sourit à sa sœur.

— Merci, Olivia.

Alec se passa une main sur la nuque en cherchant quelque chose à dire. Il aurait dû lui faire un compliment, mais il ne voulait pas s'aventurer en terrain dangereux. D'ordinaire, les mots lui venaient facilement, mais aujourd'hui ils s'emmêlaient dans sa tête.

— Eh bien, euh… tu es… je suis…

Dans le pétrin. Jusqu'au cou.

— Ignore-le, dit Liv, ça vaut mieux. Tu es vraiment splendide.

Oui, splendide. Et elle l'était encore plus, entièrement nue.

Pourquoi diable était-il allé l'aider sous la douche ?

S'il n'y était pas allé, il ne serait pas en aussi mauvaise posture.

La dernière chose dont il avait besoin dans la vie, c'était d'une femme comme Sky. Mais de toute évidence, sa libido venait de prendre clairement le dessus sur son intellect.

Par chance, elle concentrait son attention sur Liv.

— Toi aussi, tu es superbe ! J'adore ta coiffure. Et cette robe est très mignonne.

Alec vit sa sœur rosir de plaisir.

— Elle te plaît ? Elle est neuve.

Visiblement, l'opinion de Sky comptait beaucoup pour elle, et la jeune femme s'en était rendu compte.

— Excellent choix. Tu sais ce qui irait très bien avec elle ? Ceci, dit Sky en enlevant son bracelet en argent pour le donner à Liv. Joyeux Noël.

— Non ! s'exclama Liv, les yeux écarquillés. Tu ne peux pas me le donner. C'est à toi…

— Je te l'offre. S'il te plaît, bien sûr.

Alec avait vu les prix que les gens étaient prêts à payer pour ses créations, et il savait que le bracelet était un très beau cadeau.

— Tu ne peux pas faire ça.

— C'est moi qui l'ai créé, et je peux l'offrir à qui je veux.

— Il est magnifique, dit Liv en passant avec délicatesse les doigts sur le métal. Je n'ai jamais rien eu d'aussi beau.

— Je suis contente qu'il te plaise ! Je veux que mes objets soient heureux et connaissent une belle vie ! Une vie drôle, excitante, audacieuse, frivole, digne d'une princesse.

Elle dit cela en regardant Liv, mais Alec savait que les paroles lui étaient adressées.

— Merci ! Je vais le montrer à maman.

Liv sortit de la pièce, et trébucha contre Nelson qui était venu voir ce qui se passait. Elle disparut dans le couloir menant à la cuisine, laissant Skylar et Alec en tête à tête.

Celui-ci se prépara à entendre un sermon, et il savait qu'il le méritait. Mais Sky lui sourit.

— Ta sœur est adorable. Tu as de la chance.

— C'est un beau cadeau, tu es très généreuse. Écoute…

— Tout va bien, Alec. Tu n'es pas obligé de dire quoi que ce soit.

— Je te dois des excuses. J'ai été désagréable, et…

— Et je t'en remercie. Cela m'a rappelé pourquoi la plupart du temps je ne te supporte pas.

La façon dont elle dit cela le fit sourire.

— Cela dit, je trouve ta robe extraordinaire.

Et même encore plus qu'extraordinaire. En la regardant, il avait la sensation de plonger au cœur d'un volcan en fusion.

— Peu importe que ma robe te plaise ou non, Alec. Je ne me suis pas habillée pour toi. Je l'ai fait pour moi. Je n'ai pas besoin de tes compliments.

Il la dévisagea. Selina avait toujours besoin qu'il lui fasse des compliments. Mille fois par jour. Et ce n'était jamais assez. Son sentiment d'insécurité avait rendu leur relation épuisante.

Leurs regards se croisèrent, et il décela une sorte de compassion dans les yeux de Sky. Mais elle ne dit rien, et se dirigea vers le sapin de Noël.

— J'ai toujours eu envie d'avoir une sœur.

Il s'accrocha à ce changement de sujet, comme un homme en train de se noyer s'agrippe à une branche.

— Tu as des frères, non ?

— Oui. Tous avocats. Cela fait partie de notre ADN. Mais j'ai été oubliée dans la distribution. Les repas en famille ressemblent à une journée au tribunal. Quand j'étais petite, si je ne voulais pas de légumes, je disais : « Objection. » Ma mère répondait : « Objection rejetée », et les mettait dans mon assiette. Dans mes rêves de Noël réussi, il y avait toujours un arbre comme celui-ci.

Alec ouvrit la bouche pour la questionner, et la referma. Les confidences étaient un prélude à l'intimité. Et c'était un mot qui ne devait pas s'accorder avec leur relation. Les circonstances les avaient mis en présence, mais il n'avait pas envie de mieux la connaître. Il en savait déjà trop sur elle.

— Ma mère tient beaucoup à avoir un vrai sapin.

— La mienne ne supporte pas les aiguilles de pins, car elle ne peut les contrôler. D'où vient celui-ci ?

— D'une ferme du coin. Aller choisir l'arbre de Noël fait partie de nos traditions familiales.

Plus Sky révélait de choses sur sa famille, plus il se demandait comment ses parents avaient pu avoir une fille aussi créative qu'elle. Quelqu'un d'autre aurait été écrasé, ou n'aurait pas cherché à résister.

Elle examina attentivement les décorations, et effleura un bonhomme de neige.

— Qui a fait celui-ci ? Il est mignon.

— Moi. Ma mère refuse de le jeter. C'est un autre détail embarrassant que tu découvres sur moi.

— Elle ne veut pas le jeter, car il a un sens pour elle. C'est adorable.

Elle poursuivit son examen et posa des questions sur chaque décoration.

— Toute l'histoire de ta famille figure sur cet arbre.

— Tu devais faire de très belles décorations, quand tu étais enfant, non ? demanda-t-il.

— Mes parents ont toujours eu un décorateur d'intérieur pour préparer la maison avant Noël.

Alec regarda le bonhomme de neige accroché de guingois à une branche, et que sa mère ressortait chaque année.

— Tu n'as jamais fait les décorations ?

— Oh si, quelquefois, mais elles finissaient toujours à la poubelle.

— Pourquoi ?

Elle passa un doigt sur un ange scintillant.

— Ce que je faisais n'était jamais adapté à l'arbre.

Elle dit cela d'un ton plat, mais il perçut de la tristesse. Cela le poussa dans une direction qu'il aurait préféré éviter.

Il ne voyait que son profil. Sa peau était d'un blanc crémeux, excepté à l'endroit où se trouvait la plaie. Ses cheveux retombaient sur une épaule. Il eut envie de les soulever pour voir son cou, effleurer ses lèvres, lui soutirer un sourire.

Elle se tourna pour le regarder. Son regard avait-il activé une sorte d'alarme chez elle ?

Leurs regards se croisèrent et se soutinrent.

Le seul bruit dans la pièce était le crépitement du feu.

Il entendait des rires étouffés, et des casseroles qui s'entrechoquaient dans la cuisine. Mais ici, ils étaient seuls au monde.

Elle secoua lentement la tête.

— C'est incroyable.

— Quoi donc ?

— Je suis là, à te faire encore des confidences. Et au lieu de me dire de me taire, tu absorbes tout. Tu me traites comme si j'étais une poupée de verre, Alec. Ce n'est pas la peine. Dis-moi ce que tu penses. Les bons vieux sarcasmes d'Alec Hunter nous feraient sans doute du bien à tous les deux.

Il n'eut pas besoin de répondre, car Liv revint à ce moment, suivie de toute la famille.

Son père avait des journaux sous le bras, et portait un plateau avec des verres. Sa mère le suivait avec deux bouteilles de champagne. Alec se leva pour l'aider.

— Deux bouteilles ?

— Une pour fêter ton retour, et l'autre pour féliciter Skylar. Il faut que tu lises ce que les journaux disent d'elle ! J'ai l'impression d'avoir une personne de la famille royale sous mon toit.

Liv se pelotonna sur le canapé.

— Ah non, ce serait horrible ! Il y aurait des caméras dans le jardin, et Church ne voudrait pas faire la révérence. Il n'obéit jamais, ajouta-t-elle sans cesser de jouer avec le jonc en argent à son poignet.

Son père posa le plateau et passa les journaux à Sky.

— Je les ai tous achetés en double exemplaire. Un pour vous, et un pour vos parents.

Alec réprima une grimace, mais le sourire de Sky ne vacilla pas.

— C'est gentil. Merci, dit-elle en posant la pile de journaux à côté d'elle.

— Vous ne lisez pas l'article ?

— Plus tard.

Alec intervint pour détourner l'attention des journaux.

— Le bracelet que tu as offert à Liv est très joli. Combien de temps te faut-il pour faire ce genre d'objets ?

Elle lui parla un peu de son travail, et Alec s'aperçut que loin d'être une rêveuse, elle était vive et concentrée sur son œuvre artistique. Il découvrit aussi que chacune de ses créations était une pièce unique. Pourquoi ses parents ne l'encourageaient-ils pas ? Elle avait pourtant su se servir de son imagination pour créer une activité très lucrative.

Liv était fascinée.

— Les gens te disent ce qu'ils veulent, et tu le fais ? C'est cool. Tu utilises des diamants ?

— Oui, mais aussi d'autres pierres précieuses. Des émeraudes, des rubis, des saphirs. Et j'aime travailler sur un support en argent.

Liv toucha le bracelet à son poignet.

— Comment crées-tu les formes ?

— J'ai un petit marteau spécial et je fais des soudures.

— Des soudures ? répéta Alec, stupéfait.

— Cela s'appelle le brasage à l'argent. On utilise un alliage en fusion que l'on colle au métal. Une fois que celui-ci a refroidi, on ne voit plus le point de soudure. C'est de la physique.

— Il n'y a pas qu'en bijouterie qu'on voit des corps en fusion, marmonna Liv.

Alec lui lança un regard qui aurait pu la foudroyer sur place.

— Donc les gens viennent vous voir pour vous demander quelque chose de précis ? demanda sa mère en faisant passer une assiette de canapés. Ce doit être très intéressant de créer des objets aussi personnels.

— C'est aussi un peu angoissant. Je travaille à partir d'une demande de mon client, et j'ai toujours peur que le résultat ne lui plaise pas.

— C'est déjà arrivé ?

— Non. Mais cela ne m'empêche pas de redouter cette éventualité. Je fais ce que je peux pour que ça n'arrive pas. Je me renseigne sur la personne, pour savoir ce qu'elle aime et ce qu'elle déteste. De quelle façon elle porte ses bijoux.

Alec haussa les sourcils.

— Il y a une façon de porter des bijoux ?

— Bien sûr.

Elle prit avec un sourire la coupe que le père d'Alec lui offrait.

— Certaines personnes les rangent dans un tiroir et ne les sortent que pour des occasions spéciales. D'autres aiment pouvoir les porter tous les jours. Les bijoux peuvent évoquer divers sentiments, selon la façon dont ils sont offerts. Ils peuvent vous faire sentir aimé, vous faire sourire, vous donner l'impression d'être séduisant. Le bijou est un objet personnel. Je ne fais jamais deux fois le même.

Liv caressa son bracelet avec admiration.

— Donc, il n'y en a pas un autre comme celui-ci dans le monde ?

— En fait, celui-ci est une exception. Il y en a un autre exactement semblable à lui, dans ma valise. C'est une paire, un pour chaque poignet.

— Et maintenant, nous en avons un chacune. Cela me plaît. Tu l'avais fait pour quelqu'un en particulier ?

— À l'origine, il devait figurer dans l'exposition de Londres. Mais je l'aimais tellement que je l'ai gardé.

— Tu as au moins un cadeau, Liv, remarqua Alec. Au cas où le Père Noël apprendrait que tu n'as pas été sage, et que tu ne méritais pas qu'il passe.

— Il ne me ferait pas ça, protesta Liv en souriant à son père. Pas vrai, papa ?

— Pas de plaisanteries à ce sujet demain, quand les jumeaux seront là, déclara sévèrement sa mère. Ils croient toujours au Père Noël.

— Moi aussi, dit Liv en donnant un morceau de jambon à

Nelson. Boris espère avoir un rendez-vous avec un des rennes du Père Noël, aussi je vais le peigner et le mettre sur son trente et un.

— Qui est Boris ? demanda Skylar.

— Notre âne. Il vit dans le champ, derrière la maison. Nos voisins ont des chevaux et il leur tient compagnie. Je t'emmènerai le voir demain, si tu veux. Nous te prêterons des bottes et une doudoune.

Alec essayait en vain de ne pas regarder les longues jambes de Sky.

— Elle préférera peut-être rester au chaud à la maison.

— Pas question. Dès qu'il fera jour, j'irai faire un bonhomme de neige dans le jardin. Nous irons rendre visite à Boris.

— Les jumeaux croient vraiment au Père Noël ? demanda Simon. Ils ne sont pas trop grands pour cela ?

— Ils n'ont que quatre ans ! Et on n'est jamais trop grand pour croire au Père Noël. Tout dépend de la personne qui t'annonce la mauvaise nouvelle. Moi, je l'ai entendue à la radio en rentrant de l'école avec maman. J'ai été sous le choc pendant une semaine.

— Tu ne l'as jamais dit, murmura gentiment Suzanne. Pendant des années nous avons continué de lui laisser des bonbons, et de dessiner ses empreintes devant la cheminée.

— C'est pour cela que je ne disais rien. Je mangeais tous les bonbons. Et toi, grand-mère, à quel âge as-tu cessé de croire au Père Noël ?

— À huit ans. Ton arrière-grand-père a trébuché contre mon lit en apportant les cadeaux au milieu de la nuit. J'ai hurlé, et il a fini à l'hôpital avec une fracture de la cheville.

— Et toi, Sky ? demanda Liv en riant.

— Je n'y ai jamais cru, avoua-t-elle en buvant une gorgée de champagne. Mes parents étaient partisans de la vérité. Toute la vérité, rien que la vérité. Je suppose que mon père se serait senti ridicule avec un costume de Père Noël, précisa-t-elle avec un clin d'œil complice.

Liv parut consternée.

— Et la petite souris ?

— Il n'y avait ni petite souris ni lapin de Pâques. J'ai été élevée dans une atmosphère d'austère réalité. Je n'avais pas droit aux rêves. Je bois au pouvoir de l'imagination, ajouta-t-elle en levant son verre.

Contre toute attente, sa créativité avait survécu.

Alec finit son champagne, en se disant que son enfance ne le concernait pas. Il lui avait offert un toit, il n'était pas obligé de lui fournir aussi un soutien psychologique. Et il ne tenait pas du tout à approfondir leur relation.

— Les jumeaux vont vous adorer, dit sa mère. Nous ne sommes pas très doués pour les colliers de pâtes.

— C'est ma spécialité, annonça Sky en souriant. Il me tarde de m'y mettre. Et les soudures ne seront pas nécessaires.

— Vous êtes une chic fille ! s'exclama la grand-mère d'Alec en lui tapotant la main. Adorable. Je suis heureuse qu'Alec vous ait rencontrée.

— Maman, je t'ai déjà expliqué que Sky n'était pas sa petite amie.

Suzanne les regarda d'un air d'excuse, et la grand-mère rajusta ses lunettes.

— Mais il l'a amenée à la maison pour Noël. Si elle n'est pas sa petite amie, alors qui est-elle ?

— Une amie.

Alec envisagea de délaisser le champagne pour passer au whisky. Deux jours plus tôt, il n'aurait jamais décrit Sky comme une amie. Mais il s'était passé beaucoup de choses en vingt-quatre heures.

— Mais tu l'as invitée pour Noël. Il y avait des années que tu n'invitais plus personne. De plus, elle dort dans ta chambre. De mon temps, cela voulait dire quelque chose.

— De nos jours, cela signifie simplement que nous manquons de place, déclara rapidement Suzanne. La chambre d'Alec est grande, voilà tout. Ils ne sont pas en couple, maman.

— Eh bien, ils devraient. Il est temps qu'Alec se marie.

Le père d'Alec fit un clin d'œil à celui-ci et remplit son verre.

— Joyeux Noël, lui murmura-t-il.

— Je ne veux pas de femme, cela ne m'intéresse pas.

Sa grand-mère regarda Suzanne d'un air intrigué.

— Que dit-il ?

— Il dit qu'il ne veut pas de femme, répéta Suzanne en détachant les mots.

— C'est ce qu'il me semblait avoir entendu. Mais cela n'a pas de sens. Pourquoi ne veut-il pas de femme ? Il est gay ? A-t-il fait son coming-out ?

— Non, maman, il n'est pas gay.

— Tu es sûre ? Skylar est une très belle femme. Je ne vois pas pourquoi un homme jeune et vigoureux ne voudrait pas d'elle, à moins d'être gay. Ce qui ne me dérangerait pas, si c'était le cas. Je veux qu'il sache que nous l'aimerons toujours, qu'il soit gay ou non.

Alec crispa les mâchoires.

— Je ne suis pas gay.

Skylar était assise en face de lui. Elle était penchée au-dessus de Nelson, aussi il ne pouvait voir son expression, mais il était sûr qu'elle riait.

Liv, elle, ne s'en cachait pas.

— N'écris pas que tu es gay sur Twitter, tu briserais le cœur de cent mille femmes !

— Mais s'il n'est pas gay, pourquoi n'a-t-il pas de femme dans sa vie ?

— Il n'est pas pressé de s'engager de nouveau, dit sa mère un peu brusquement. Et nous avons assez parlé de la vie privée d'Alec. Tu sais bien qu'il n'aime pas ce genre de discussions.

— Mais nous sommes en famille, et c'est important. Il y a des années qu'il a divorcé, et ce n'est pas parce qu'il s'est trompé une fois qu'il va recommencer. Quand on croque dans une pomme pourrie, rien ne nous oblige à abattre l'arbre tout entier. Il a besoin de se remettre en selle.

Liv lança à Alec un regard de solidarité.

— Tu mélanges toutes les métaphores, grand-mère.

— Il devrait recommencer à sortir. Skylar est célibataire, et les chiens l'adorent. Ils savent très bien juger les gens.

Que fallait-il qu'il fasse, pour qu'ils cessent de se mêler de sa vie sentimentale ?

— Je te remercie de tes conseils, grand-mère, mais je peux gérer seul ma vie amoureuse. Quand je déciderai de voir quelqu'un, je le ferai sans demander l'aide de ma famille. Ni des chiens.

— Nelson et Church pourraient ouvrir une agence matrimoniale, suggéra Liv. J'ai déjà une idée de slogan. « Ne donnez pas votre cœur à un bâtard. »

Leur mère finit son verre et se leva.

— Maman, viens m'aider dans la cuisine, dit-elle d'un ton ferme. J'ai préparé du civet.

— Avec une bouteille de mon meilleur bordeaux, marmonna Simon en se levant aussi. Espérons que tout l'alcool ne se sera pas évaporé. Je crois que nous en aurons besoin. Au fait, je vous ai dit que Lydia Taylor était enceinte ?

Les parents d'Alec passèrent dans la cuisine, en échangeant les nouvelles du village. Church se faufila dans le salon par la porte entrouverte, et sa queue balaya les décorations.

Liv le retint par le collier.

— Tu dois apprendre les bonnes manières, maintenant que tu es directeur d'une agence matrimoniale, déclara-t-elle en sortant avec le chien.

Alec et Skylar se retrouvèrent en tête à tête. Il brisa le silence.

— Je suis désolé, pour ma grand-mère. J'espère qu'elle ne t'a pas mise trop mal à l'aise.

— Pas du tout. Mais toi, tu devais être sacrément gêné. Oh ! Alec…

Elle ne put contenir son rire plus longtemps, et des larmes coulèrent sur ses joues.

— J'adore ta grand-mère. Elle est merveilleuse, adorable. Je vais la ramener à la maison avec moi.

Il n'essaierait même pas de l'en empêcher. Il adorait sa grand-mère, mais il l'aurait volontiers mise dans l'avion, avec sa valise !

— Elle ignore ce qu'est le tact.

— Elle est franche. C'est son cœur qui parle. Elle t'aime. Désolée de rire ainsi, ajouta-t-elle en s'essuyant les yeux, mais ta famille est tellement…

— Exaspérante ? Indiscrète ? Bonne pour l'asile ?

— Spéciale. Si j'étais scénariste, la scène de ce soir m'inspirerait un film.

Son sourire fit resurgir le désir qui continuait de le tarauder. Sky ne cachait pas ses sentiments. Quand elle était en colère, elle le montrait. Quand elle était amusée, elle riait. Ses émotions étaient à la surface, visibles. Avec elle, il n'y avait pas de mystère. Tout le monde pouvait voir ce qu'elle ressentait. Elle vivait sa vie, sans contrainte.

Il se demanda si elle était aussi libre au lit.

Il mourait d'envie de la prendre dans ses bras, de déchirer ses vêtements et de la posséder ici même. Une envie à laquelle il devait résister à tout prix, même si sa grand-mère aurait été enchantée qu'il laisse libre cours à son désir.

— Et quel titre aurais-tu donné à ton film ? *Les Douze Humiliations de Noël* ?

Le sourire de Sky s'effaça.

— Tu es vraiment bouleversé. Je suis désolée.

— Pourquoi ? Ce n'est pas toi qui voulais diriger ma vie sentimentale.

— Mais je comprends ce que tu ressens. Je sais que tu détestes parler du mariage en général, mais tu es gêné parce que ta grand-mère en a parlé devant moi. Non seulement je suis une étrangère, mais tu ne m'aimes pas beaucoup. Révéler ses sentiments devant une personne qu'on ne connaît pas est très désagréable. Cela te rend vulnérable. Je le sais, car c'est ce que j'ai ressenti hier.

Un profond silence régnait dans la pièce, troublé uniquement par les craquements du feu.

— Tu ne m'as pas semblé vulnérable.

— Tu plaisantes ? J'ai mis du sang sur ta chemise, et j'ai vomi devant toi. Je me suis retrouvée nue, dans tous les sens du terme. J'ai eu envie de mourir plusieurs fois au cours de la nuit.

Elle esquissa un petit sourire en coin, et il comprit que les événements de la veille l'avaient profondément blessée.

— Et dans tout ce qui s'est passé, le pire c'est d'avoir vomi ?

— Non. Le pire, c'est d'avoir eu besoin de ton aide. S'il y avait une personne que je n'aurais pas dû avoir envie de voir à côté de moi à ce moment, c'était toi. L'été dernier, tu m'as dit clairement que tu me trouvais nulle. J'aimais te prouver que tu te trompais sur moi. Et soudain, *pan !* Je me retrouve dans une situation qui prouve que tu avais raison.

— Tu te trompes, je ne te vois pas comme ça.

— Je sais exactement comment tu me vois, Alec. Pour toi je

suis une blonde écervelée, une princesse inutile, qui a besoin qu'on lui tienne la main. Le problème, c'est que je ne peux même pas te prouver que tu as tort.

Sa voix était un peu tremblante. Elle se massa le front du bout des doigts et haussa les épaules.

— Oublie ça.

— Je ne te vois pas comme ça, répéta-t-il. Je sais que je suis la dernière personne que tu aurais choisi d'avoir à tes côtés à ce moment. Et malgré cela, bien que ta vie soit partie en lambeaux devant quelqu'un que tu hais, tu t'es montrée combative, drôle et digne à la fois.

La gorge nouée, elle fixa les flammes.

— Je ne te hais pas. Et tu ne m'avais jamais rien dit d'aussi gentil.

— Je ne t'avais jamais rien dit de gentil, reconnut-il avec une pointe de culpabilité. Tu es la femme la plus forte que je connaisse. Mais tu as raison sur un point, je n'aime pas discuter de ma vie personnelle. Avec qui que ce soit. Cela me donne l'impression…

— D'être nu ? Alec, j'étais nue devant toi. Au sens propre. Donc, dans le domaine de l'humiliation, je crois avoir décroché le pompon.

— Je déteste que ma famille parle de moi. C'est un peu comme si j'allais au supermarché, et que je m'aperçoive une fois dans le magasin que j'ai oublié de mettre un pantalon.

— Cela t'arrive souvent ?

— Jamais. Mais c'est un cauchemar que je faisais souvent quand j'avais huit ans. Il me poursuit.

— Mon cauchemar, dit-elle en souriant, c'était de découvrir que je portais des chaussures dépareillées.

— Pour Cendrillon, l'histoire s'est bien terminée.

— Mais ses pantoufles de vair n'étaient pas dépareillées. Le prince charmant ne l'aurait sans doute pas regardée si elle avait porté une chaussure Prada rouge et un escarpin argenté de Jimmy Choo. Pourquoi détestes-tu parler de ton mariage ? s'enquit-elle en ramassant les verres.

— Je n'aime pas reconnaître mes échecs.

— Mais ils font partie de la vie, non ?

— Pour moi, cet échec était insurmontable. Je ne pouvais pas donner à Selina ce qu'elle voulait. Je l'ai fait souffrir.

Pourquoi diable lui disait-il tout cela ?

Sky le regarda longuement.

— Et elle t'a fait souffrir aussi.

— Ce n'était pas sa faute.

— Tu crois ? C'est pour cela que tu ne veux pas d'une autre femme ? Tu penses que tu es mauvais et que tu fais souffrir les femmes ? C'est idiot.

— Tu ne me connais pas.

— J'ai appris une ou deux choses à ton sujet, depuis hier. Je n'aurais jamais cru cela, l'été dernier. Mais je m'aperçois que sous des apparences de crétin mal luné tu caches un côté chevaleresque. Parce que seul un homme vraiment généreux pouvait m'emmener passer la nuit dans sa chambre d'hôtel, et ensuite me conduire chez ses parents. Et je pense que c'est cet aspect généreux de ta personnalité qui t'empêche de voir que tu n'es pas le seul responsable de ton divorce. Le problème est ailleurs. La faute repose probablement sur les épaules de ton ex-femme.

Elle alla vers la porte, et il l'ouvrit.

— Ta grand-mère a raison. Tu devrais te trouver une femme, Alec.

Il serra les dents. Il se sentait encore plus nu maintenant que lorsqu'elle l'avait vu sortant de la douche. Si ça continuait comme ça, ils n'auraient plus aucun secret l'un pour l'autre à la fin du week-end.

— Non, cela n'arrivera pas.

— Tu as tort. Je reconnais que tu as tendance à être arrogant et à employer le sarcasme, mais tu as des biceps magnifiques. Et je connais plein de femmes qui sont attirées par les hommes cyniques et moroses. Si tu tiens ta langue, tu pourrais plaire à l'une d'elles.

Et avec un grand sourire, elle passa devant lui. Il demeura cloué sur place, enveloppé d'un nuage de parfum et aux prises avec une dose de désir sans doute mortelle.

8

Sky n'avait jamais passé une aussi bonne soirée.

Le dîner était délicieux, la conversation animée. Après le repas, ils passèrent au salon. Avec les poutres apparentes et le feu de bois, l'atmosphère de la pièce était chaleureuse.

Elle remarqua les livres posés un peu partout. Ils n'étaient pas seulement rangés dans la haute bibliothèque, mais empilés sur les tables, et contenaient des marque-pages. Les livres n'étaient pas là pour faire joli, mais pour être lus et commentés. Ils faisaient partie de la vie de la famille.

De toute évidence, Suzanne aimait avoir beaucoup de monde à la maison.

— Vous aimez jouer aux charades, Sky ?

— Bien sûr.

Ils formèrent des équipes. Sky, Liv et la mère d'Alec, contre Alec, son père et son oncle. Sky se lança de bon cœur dans le jeu, mimant les mots comme une actrice.

Elles gagnèrent facilement, et elle rit tellement qu'elle en eut le souffle coupé.

Pourquoi ne jouaient-ils jamais ainsi, à la maison ?

Elle repoussa immédiatement cette pensée. Même avec beaucoup de champagne elle ne pouvait imaginer ses parents ou ses frères oubliant leur air compassé pour jouer aux charades.

Alec était assis devant le feu, ses longues jambes étendues devant lui. Les paupières mi-closes, il l'observait.

Cela la mit mal à l'aise.

Leur relation avait changé, de façon très subtile. Ils se retrouvaient enfermés dans une atmosphère étrangement intime, alors qu'ils étaient toujours des étrangers l'un pour l'autre.

Dans le passé, chaque fois qu'ils s'étaient rencontrés, elle avait eu l'impression d'être un chat qu'on caresse à rebrousse-poil. Elle s'était sentie jugée, et lui en avait voulu pour cela, tout en sachant qu'elle le jugeait aussi. Elle l'avait considéré comme un homme cynique et endurci. Mais après avoir passé vingt-quatre heures en sa compagnie, elle commençait à changer d'avis.

Et elle avait toujours plus de questions à son sujet.

Son divorce avait été difficile, et cela avait accentué la dureté de son caractère. C'était évident.

De nombreuses photos de famille étaient disséminées dans le salon, mais la femme d'Alec ne figurait sur aucune d'entre elles. À l'exception de sa grand-mère, toute la famille évitait soigneusement le sujet et le contournait comme une grenade dégoupillée.

Une photo sur le manteau de la cheminée montrait un garçon d'une douzaine d'années grimpant d'un air déterminé le long d'une falaise.

— Cette photo a été prise en Suisse, sur l'Eiger, dit le père d'Alec en soulevant le cadre. Tu te rappelles ce voyage, Alec ?

— Bien sûr. Nous avons failli mourir tous les deux. Ce fut ma première leçon de survie en milieu hostile.

Suzanne fit mine de se boucher les oreilles.

— Je n'écoute pas ! Je préfère ne rien savoir.

— Le temps avait changé brusquement, murmura Simon. Je devais prendre une décision. Redescendre avant la nuit, ou bivouaquer sur place. J'ai décidé qu'il valait mieux ne pas bouger jusqu'au matin.

Alec tendit la main pour prendre la photo.

— Il avait tellement neigé pendant la nuit, que le matin nous avons dû creuser pour sortir de la tente.

— Et le ciel était d'un bleu d'azur, ajouta son père en lui passant le cliché. Nous avons continué ce genre d'expéditions chaque été, jusqu'à ce que Harry t'entraîne vers le côté sombre.

— Le côté sombre ? répéta Sky, d'un ton interrogateur.

— La mer.

Suzanne servit le café et fit passer les tasses.

— Harry était marin. Chaque fois qu'il venait à la maison, il emmenait Alec faire de la voile et plonger. Au lieu d'escalader des montagnes dans les tempêtes de neige, ils exploraient des épaves au fond de l'océan.

Harry sourit, visiblement sans l'ombre d'un remords.

— J'assume entièrement la responsabilité du choix de carrière d'Alec. Au diable Oxford et Harvard. La nature reste la meilleure école du monde !

Sky avait l'impression de voir une équipe sportive en plein match.

C'était la vie de famille.

On passait la balle, et on jouait ensemble.

Ils décrivaient un garçon téméraire, épris d'aventure. Alec n'était pas renfermé, il était réservé. Il avait appris à se protéger.

C'était un battant, un vrai survivant.

Sa famille l'avait encouragé à explorer, le poussant à dépasser ses limites.

Elle songea à sa propre enfance, avec son emploi du temps strict. Elle passait de la leçon de piano au cours de français, puis au cours de danse. Chaque minute de sa journée était occupée. Ses parents croyaient que pour ouvrir l'esprit, il fallait des activités nombreuses et incessantes. Parfois elle aurait aimé simplement s'allonger dans un champ et regarder le ciel. Mais dans sa famille l'inactivité n'était pas vue d'un bon œil.

Elle n'avait pas le temps de se détendre et de laisser libre cours à son imagination.

Assise sur le confortable canapé, face à la cheminée, elle eut envie d'arrêter le temps. Ici, dans ce cottage, le monde extérieur avait cessé d'exister. Elle pouvait oublier Richard, ses parents, et toutes les décisions difficiles qu'elle allait devoir prendre.

Elle retarda au maximum le moment d'aller se coucher. Mais finalement, tout le monde fut d'avis qu'il fallait aller se reposer avant l'arrivée de deux énergiques bambins de quatre ans le lendemain matin.

Sky ne regarda pas Alec, c'était inutile. La tension entre eux était électrique. De toute évidence, il se serait bien passé de partager encore une fois une chambre avec elle.

Elle monta la première et regarda la neige tomber sur les champs déjà blancs. Le paysage était d'une beauté irréelle dans le clair de lune. Elle prit son carnet de croquis et fit rapidement quelques esquisses. La lune, les étoiles, les flocons… Elle joua avec les formes et les idées. La plupart ne quitteraient jamais son carnet.

Mais quelques-unes…

Quelques-unes deviendraient autre chose.

Peut-être… peut-être…

Une idée évanescente lui effleura l'esprit. Et avant qu'elle puisse la retenir, la porte s'ouvrit derrière elle.

Alec entra, et elle referma prestement son carnet.

— Tu peux prendre le lit, je dormirai sur le canapé, dit-il d'un ton brusque, en refermant la porte.

Ils furent coupés du reste de la maison. Sa famille se trouvait de l'autre côté de la porte, mais ils étaient seuls dans la chambre.

Sa posture rigide contrastait avec l'atmosphère d'intimité qui régnait dans la pièce.

— Cette situation est gênante et tu es en colère contre moi.

— Non, je ne suis pas en colère.

Il défit deux boutons de sa chemise et s'interrompit, comme s'il essayait de réconcilier cette situation insolite avec la réalité.

— Tu crois que ta mère a fait exprès de me faire dormir dans ta chambre ?

— Probablement. Elle espère que nous allons succomber à la tentation.

Il retroussa les manches de sa chemise, et s'accroupit devant les flammes.

— Nous étions loin d'imaginer que nous nous connaîtrions un jour aussi bien, c'est sûr.

Ce qui était compliqué, c'est que plus elle le connaissait, plus il lui plaisait.

Alec ajouta une bûche dans l'âtre. Puis il se releva, et sa silhouette puissante lui masqua presque entièrement la cheminée. Il parut sur le point de dire quelque chose, mais à ce moment le téléphone de Sky sonna. Elle prit l'appareil et se figea.

C'était son père.

Malgré les années, il lui arrivait parfois de redevenir la petite fille de huit ans qu'il convoquait dans son bureau.

— Je… je dois répondre.

Alec hocha la tête, et gagna la porte. Serrant les dents, Sky répondit au téléphone.

— Allô…

Son père l'appelait deux fois par an, et ce n'était jamais pour bavarder gentiment avec elle.

Elle l'écouta, tandis qu'il lui disait en termes clairs ce qu'il pensait de son refus d'épouser Richard.

Rien ne pouvait être plus différent de la conversation chaleureuse qu'elle avait eue avec Suzanne.

— Je ne l'aime pas…

Elle ne fut même pas autorisée à finir sa phrase. Et pendant que les mots durs de son père se déversaient dans l'appareil, elle se rendit compte qu'Alec n'était pas sorti de la chambre. Il se tenait immobile, la main sur la poignée de la porte, ne sachant s'il devait la laisser seule ou non.

C'était un peu comme une partie de strip-poker, songea-t-elle, dépitée. Une autre protection ôtée. Une autre faiblesse révélée.

Les paroles de son père l'atteignirent comme une pluie de cailloux durs et coupants. *Égoïste. Décevante. Rêveuse.*

Elle attendit qu'il ait terminé, prononça quelques mots évasifs, et laissa le téléphone retomber sur le lit.

Alec fronça les sourcils.

— Qui était-ce ?

— Le Juge, avoua-t-elle, la gorge serrée.

— Le Juge ?

— Mon père.

— Tu l'appelles « le Juge » ?

— Oui, parce que avec lui tu as toujours l'impression d'être au tribunal. Même mes frères l'appellent ainsi. Il écoute tes arguments, analyse les faits et émet son jugement. Ce n'est jamais en ma faveur. Si j'écrivais un scénario, le titre serait *La Mauvaise Fille.*

Alec relâcha la poignée et revint sur ses pas.

— Tu es bouleversée. Encore plus que tu ne l'étais pour Richard.

— Richard était une simple erreur de parcours. Le Juge… fait partie de ma famille. Ce n'est jamais facile de rompre avec sa famille.

— Tu savais qu'il allait te dire tout cela ?

Sky hocha la tête. Qu'avait-il entendu, au juste ?

— J'aurais pu te le dire à l'avance, mot pour mot.

— Alors, pourquoi diable as-tu répondu au téléphone ?

— Parce que cela n'aurait fait que reporter une conversation inévitable. Je préfère en finir au plus vite.

— Mais cela lui donne le contrôle de la situation.

— Il l'a de toute manière.

— Il contrôle ta vie ?

— Il ne contrôle pas les décisions que je prends, mais l'ambiance à la maison. S'il y a de l'orage dans l'air pour Noël, ce sera ma faute.

— Je suppose que tu ne parles pas littéralement de météo ?

Elle eut un petit rire sans joie.

— Quand nous étions petits, mes frères et moi échangions des bulletins météo pour décrire son humeur du moment. « Jour d'orage » ou bien « nuageux avec quelques éclaircies ». Il n'y avait pas souvent d'éclaircies. Mon père est quelqu'un de très sérieux.

— Pourquoi ne lui as-tu pas dit la vérité au sujet de Richard ?

— Laquelle ? Le fait que je ne le connaissais pas vraiment ? Ou qu'il aurait pu me frapper ? Mon père m'aurait accusée de dramatiser. Il aurait dit que j'étais victime de mon imagination délirante.

Et dans un sens, c'était vrai. Car elle avait imaginé qu'avec le temps les choses s'arrangeraient entre Richard et elle.

— La prochaine fois, ne réponds pas.

— Cela rendrait la conversation suivante deux fois plus pénible.

Alec était campé devant elle, les bras croisés. Fort. Solide.

— Que se passera-t-il si tu lui tiens tête ?

— Je l'ai fait, puisque j'ai refusé la demande en mariage de Richard. Mes parents veulent bien admettre que j'aie des idées personnelles tant que mes décisions correspondent à ce qu'ils souhaitent. Sinon… ils ont divers moyens à leur disposition pour obtenir ce qu'ils veulent.

— Mais tu as fait des études artistiques, donc à certains moments de ta vie tu as pu suivre tes rêves.

— En effet, c'était un de mes rêves.

Elle se tourna et posa la joue contre la vitre, pour contempler le ciel d'hiver.

— Mes parents étaient si furieux qu'ils ont refusé de me conduire à l'université. Ils m'y ont expédiée avec un chauffeur. Il m'a fallu un moment pour m'en remettre. Brittany et Emily m'ont prise pour une princesse, gâtée par ses parents.

C'était aussi ce qu'Alec avait cru, songea-t-elle avec un petit rire.

— Je suppose que tu les comprends ? Tu penses la même chose.

— Plus maintenant.

Quelque chose dans le ton de sa voix l'intrigua. Elle se tourna vers lui, et le regard qu'ils échangèrent était étrangement intime. Celui d'Alec était brûlant et elle sentit les battements de son cœur s'accélérer.

— Nous nous trompions tous les deux sur beaucoup de choses.

Sur une en particulier. Cette attirance profonde, dangereuse, qui l'enflammait et faisait naître une vague de désir dans tout son corps.

Elle avait toujours reconnu qu'Alec était beau. En tant qu'artiste, elle savait apprécier une silhouette parfaite, et une mâchoire virile.

Mais chaque fois qu'ils s'étaient trouvés en présence l'un de l'autre, une colère sourde avait fait disparaître toute tentation de le trouver attirant.

Mais maintenant…

Quelque chose avait changé. Peut-être à cause de l'aide qu'il n'avait cessé de lui apporter au cours des dernières vingt-quatre heures, ou de la gentillesse dont il faisait preuve. Mais elle ne pensait qu'à ce qu'elle éprouverait dans un lit avec lui, si elle posait les mains sur ces épaules puissantes, pressait les lèvres sur sa peau…

Il ne devrait pas avoir le droit d'être aussi sexy.

Le moment où il était sorti nu de la douche était gravé dans sa mémoire. Son esprit était comme une page de Pinterest couverte de photos d'Alec. Elle avait envie de le plaquer contre le mur.

Troublée par la puissance de ses sentiments, elle coupa court à ce tête-à-tête, ramassa son sac et se dirigea vers la salle de bains.

— Merci de m'avoir écoutée, Alec.

En fait, peu importait l'endroit où elle passerait la nuit. Après le regard qu'ils venaient d'échanger, ses chances de dormir tranquillement étaient proches de zéro.

Alec se leva à 7 heures, après une nuit sans sommeil.

Il envisagea de prendre une douche froide, et décida qu'il ne voulait pas s'attarder dans cette chambre une minute de plus que nécessaire.

Évitant de poser les yeux sur la chevelure blonde, et les jambes interminables qui dépassaient des couvertures, il s'habilla rapidement et descendit.

Sky n'avait manifestement pas passé une meilleure nuit que lui.

Était-ce à cause de la conversation avec son père, qu'elle s'était agitée jusqu'au petit matin ? Cette scène n'avait cessé de tourner dans sa tête, ajoutant une partie supplémentaire à l'image d'elle qui commençait à se former dans son esprit. Et qui était très différente de l'image qu'il avait eue au premier abord.

Tout était plus facile quand il ne savait rien d'elle.

Il avait pu la ranger dans une case, avec l'étiquette : Ne Pas Toucher.

Tout le monde dormait encore dans la maison. Il entra dans la cuisine et posa les yeux sur la machine à café. Le bon café était une des passions de son père et la vieille cafetière avait été remplacée par une machine italienne ultramoderne, qui avait le design d'une Ferrari.

— Tout ce que je veux, c'est une tasse de café, marmonna-t-il en examinant les rutilantes manettes chromées.

— Je peux t'aider ? Je parle couramment la langue des machines à café.

La voix de Sky s'éleva dans son dos. Le timbre un peu rauque déclencha un nouvel afflux d'hormones. Les mêmes qui l'avaient empêché de dormir toute la nuit.

Après avoir passé des heures à énumérer toutes les raisons pour lesquelles il ne fallait pas la rejoindre dans le lit, il était d'humeur exécrable.

Il avait espéré avoir quelques heures de tranquillité pour recouvrer son équilibre.

Et avoir la cuisine pour lui. Il n'avait pas envie d'être poli, et de bavarder.

Selina se levait rarement avant midi, ce qui lui laissait une demi-journée de tranquillité.

Apparemment, Sky ne lui ferait pas ce plaisir.

Elle était bien réveillée, et tout habillée.

— Je ne savais pas que tu étais une lève-tôt, grommela-t-il d'un ton hargneux.

— Je suis très matinale, confirma-t-elle, sur ses gardes. Ce n'est visiblement pas ton cas.

— J'adore le matin.

Il s'empara de la boîte contenant le café en grains, et lança un coup d'œil rageur à la machine.

— Ce n'est pas la peine de la regarder comme ça, dit doucement Sky. Ça ne changera rien. En revanche, il serait utile de la mettre en marche.

Alec posa les mains à plat sur le comptoir de cuisine et ferma les yeux. Son désir était si violent qu'il ne pensait pas pouvoir traverser la cuisine.

— Je préfère rester seul tant que je ne suis pas bien réveillé.

Elle parut ne pas l'entendre.

— Tu ne seras pas réveillé tant que tu n'auras pas pris ton café. Laisse-moi faire.

Elle le poussa sur le côté, et prit la boîte de café.

— Tu es sûr d'être matinal ? Ce n'est pas l'impression que tu me donnes.

Elle se tenait près de lui. Trop près.

Son doux parfum l'enveloppait. Il dut lutter contre l'envie de la prendre dans ses bras et de la réveiller de la façon la plus primitive qui soit.

Il agrippa le granit du comptoir, agacé d'avoir autant de mal à contrôler ses émotions.

— Je te trouve bien guillerette, pour quelqu'un qui est blessé à la tête et qui subit les effets du décalage horaire.

— J'adore le matin. Chaque jour qui commence contient une infinité de possibilités. On ne sait jamais ce qui peut arriver.

Il avait bien une petite idée, et il se donnait beaucoup de mal pour que ça n'arrive pas.

— Tu parles comme ces citations qu'on affiche dans sa chambre d'étudiant.

— À en juger par le ton de ta voix, ce n'est pas celle que tu aurais choisie, répliqua-t-elle d'un ton léger. Si tu aimes vraiment le matin, alors quelque chose te contrarie. Ai-je fait ou dit quelque chose ?

— Ce n'est pas toi. C'est moi.

— Alec, tes mâchoires sont crispées.

— Je suis fatigué. J'ai mal dormi.

— Moi aussi.

Il y eut une pause, pendant qu'elle concentrait son attention sur la machine à café. Puis elle reprit :

— Je me demandais si nous n'aurions pas dû profiter du moment et nous rouler nus dans ce grand lit. Tu te disais la même chose ?

Il tourna lentement la tête. Elle se tenait toujours aussi près, et un sourire espiègle se dessinait sur ses lèvres. Ses yeux bleus pétillaient de malice.

Sa libido prit le dessus, éliminant son intellect.

Il était fichu.

— Non, répondit-il d'une voix métallique. Pas du tout.

Elle le regarda d'un ai dubitatif, avant de reporter son attention sur la machine.

— D'accord. Je me suis trompée. Heureusement que je ne t'ai pas sauté dessus pendant la nuit. Tu aurais hurlé, tu te serais débattu, et ta grand-mère aurait eu le choc de sa vie.

Il fut à deux doigts de lui avouer qu'elle ne s'était pas trompée. Mais cela aurait été le premier pas sur une voie qu'il n'avait pas l'intention d'emprunter.

Depuis Selina, il se limitait à des relations simples. Pour ne pas dire superficielles.

Et cela ne devait pas changer.

Une vague brûlante déferla dans son corps, dont certaines parties étaient mieux réveillées que d'autres. Par chance, il n'était pas descendu en pyjama.

— Le décalage horaire, marmonna-t-il. C'est ce qui m'a empêché de dormir. Comment va ta tête ?

— La couleur de l'hématome a changé, mais je trouve que ça me va bien. Qu'en penses-tu ? dit-elle en soulevant ses cheveux pour lui montrer sa tempe. Très impressionniste. Cela me rappelle un peu les *Nymphéas* de Monet. En général il est très difficile de manier le bleu et le jaune, mais là ça marche très bien.

Tout lui allait bien.

Il se demanda s'il lui arrivait de ne pas être en beauté.

— Tu crois pouvoir persuader cette machine de produire du café ? Elle est neuve, mon père l'adore.

— Je vois. C'est une magnifique machine. Todd a la même.

— Qui est Todd ?

Il la vit arquer les sourcils, et ajouta :

— Ignore la question. Cela ne me regarde pas.

— Todd est un ami. Un artiste qui travaille le verre. Nous partageons un atelier. Je suppose que tu aimes ton café fort, et sans lait ?

— Exact.

Sa posture était rigide, ses gestes moins détendus qu'un instant auparavant.

Il aurait dû s'excuser, mais il valait mieux qu'elle continue de le détester. C'était plus sûr, pour elle comme pour lui.

Si sa grossièreté pouvait maintenir une distance entre eux, il venait de leur rendre service.

Après ce qu'elle venait de vivre avec Richard, il était inutile de la faire souffrir davantage.

Et il n'avait pas besoin de souffrir non plus. Ni de se sentir coupable, ou d'avoir ce douloureux sentiment d'échec.

C'était un instinct de protection. Il se préservait.

La machine se mit à vrombir, et quelques secondes plus tard Sky lui tendit une tasse.

— Voilà. J'espère que le café te fera du bien.

Il l'espérait aussi.

Après une nuit sans sommeil, pendant laquelle sa libido l'avait torturé, il avait grand besoin de caféine. Le désir lui avait grillé le cerveau.

Il avala la première tasse d'un trait, et elle en fit une deuxième sans qu'il ait eu besoin de le demander.

— Tu es une artiste, mais tu as aussi l'esprit pratique.

— Faire un excellent café est tout un art.

Elle se retourna vers la machine, et remplit une tasse pour elle.

À en juger par ce qu'il venait de boire, il ne pouvait la contredire. Après la deuxième tasse il se sentit déjà plus humain.

Tout ce qu'il lui fallait maintenant, c'était une promenade au grand air. Avec un peu de chance, il parviendrait à vaincre ses hormones.

— Retourne te coucher, repose-toi encore un peu, dit-il. Je serai de retour dans une heure.

— Où vas-tu ?

— Promener les chiens.

— Je peux venir ? demanda-t-elle en entourant la tasse de ses mains. Je te promets de ne pas parler. Mais j'ai envie de marcher.

— Cela ne te plaira pas. Tu as regardé par la fenêtre ? Il a neigé toute la nuit, l'air est glacial. Les chemins sont verglacés. Le vent est…

— Alec, ne te fatigue pas, dit-elle en reposant son mug. J'ai compris, tu préfères y aller seul. Pas de problème. Tu n'es pas obligé de t'occuper de moi. Je vais rester à la maison, et je sortirai plus tard. Amuse-toi bien.

Elle tourna les talons, et il la retint par le bras.

Il savait qu'il aurait dû la laisser remonter dans la chambre. Pourquoi diable ne le faisait-il pas ?

— Combien de temps te faut-il pour t'habiller ?

— Je suis prête dit-elle en baissant les yeux, comme pour vérifier qu'elle n'avait rien oublié. Il ne me manque que des chaussettes.

Ses pieds étaient nus, et il aperçut un vernis rose et brillant sur ses ongles. Il ne lui en fallut pas plus pour que l'image de Sky entièrement nue resurgisse dans sa tête.

Il retira sa main, comme s'il s'était brûlé.

— Un jean n'est pas pratique dans la neige. Si tu tombes, il sera mouillé et très inconfortable.

Elle le regarda comme s'il était devenu fou.

— Dans ce cas, je vais me changer.

— Je pars dans cinq minutes. Je veux être de retour avant l'arrivée de Cathy, pour aider ma mère dans la cuisine.

Il espérait la décourager. Elle allait répondre qu'il était impossible de se préparer en un laps de temps aussi court. Mais elle déposa simplement sa tasse dans le lave-vaisselle, et remonta.

— Je n'ai besoin que de quatre minutes, lança-t-elle.

Elle tint parole. Avant qu'il ait pu enfiler sa veste et ses bottes, elle redescendit en souriant, vêtue de plusieurs couches de laine.

Il soupira, vaincu. Au moins, elle ne présentait plus aucun signe de vulnérabilité.

— Il te faut des bottes.

— Je viens de croiser ta mère, et elle m'a dit de prendre les siennes. Nous avons la même pointure.

Alec trouva les bottes et essaya de calmer Church et Nelson, surexcités à l'idée de la promenade, pendant que Sky remontait la fermeture Eclair de sa veste imperméable.

Il fut surpris de voir qu'elle avait emporté dans ses bagages un vêtement aussi pratique.

— Qu'as-tu fait de ton manteau blanc ?

— Je l'avais pris pour le soir du vernissage. Cette veste tient plus chaud.

— Je m'attendais à ce que tu passes des heures à te maquiller.

— Tu crois que cela pose un problème à Church et Nelson, que je ne le sois pas ?

Cela ne pouvait poser de problème à personne. Elle était resplendissante. Il avait l'impression de se tenir dans un rayon de soleil. Liv avait raison, Sky aurait pu faire de la publicité pour un shampoing. Ses boucles blondes et brillantes avaient la couleur du miel.

— Je croyais…

— Oui, tu crois beaucoup de choses, dit-elle en lui tapotant le bras. Ce n'est pas grave. Pour info, je ne me maquille pas souvent. Sauf lorsque je vais à une soirée, ou que je veux attirer l'attention d'un homme. Puisque nous savons que tu préférerais coucher avec un lézard à deux têtes plutôt qu'avec moi, ce n'est pas la peine que je me pomponne. On y va ?

— Sky…

— Quoi ? Ne sois pas gêné, Alec. Je ne fais pas partie de ces femmes qui veulent séduire tous les hommes de la planète. Je fais de mon mieux pour ne pas te contrarier, mais j'ai l'impression que le simple fait que j'existe t'agace prodigieusement. Nous pourrions prendre un nouveau départ. Je ne te plais pas, d'accord. Pas de problème. Mon ego survivra.

Nelson sauta sur elle, et elle se pencha pour l'embrasser, tandis qu'Alec tentait de maîtriser son envie de lui prouver toute l'étendue de son désir.

— Tu ne m'agaces pas.

Ce fut tout ce qu'il trouva à dire.

— C'est bon à savoir. Mais que tu es beau ! Mais je t'adore, roucoula-t-elle en caressant Nelson.

Celui-ci se roula sur le sol, aux anges. Apparemment, il était fou d'elle. Alec leva les yeux au ciel.

— Nelson, contrôle-toi un peu.

Elle leva vers lui un regard moqueur.

— Le contrôle de soi est une notion très surestimée. Allons-y, professeur, dit-elle en remontant le col de sa veste. À quelle heure ta sœur doit-elle arriver ?

— En milieu de matinée. Nous ouvrirons les cadeaux, puis nous déjeunerons et ensuite, nous irons faire une promenade.

— C'est un bon programme.

Il ouvrit la porte, et un air glacial leur balaya le visage.

Alec crut que le froid la ferait changer d'avis, mais elle enfila ses gants et sortit.

La campagne s'étendait devant eux. Des collines séparées par des haies, et des bois couverts d'une épaisse couche de neige. Le vent était tombé et les bruits étaient étouffés par la neige. Ils avancèrent sur le chemin, entre les sapins blancs et les plaques de verglas. Les chiens bondissaient joyeusement devant eux, heureux d'être dehors.

Le soleil brillait, comme pour adoucir l'air glacé.

Skylar avançait d'un pas ferme, laissant des empreintes dans la neige.

— Où allons-nous ?

— Le sentier passe à travers champs et va jusqu'au bosquet de bouleaux au pied de la colline. Mais nous ne sommes pas obligés d'aller aussi loin.

— Cela ne paraît pas très loin, répondit-elle en mettant une main en visière pour se protéger du soleil.

— Il fait froid. Tu changeras peut-être d'avis dans cinq minutes.

Il siffla pour appeler les chiens, et ils continuèrent sur la route, passant devant de jolis cottages aux murs de pierres couleur de miel.

Sky s'arrêta devant l'un d'eux.

— Quelle belle maison. Cela ressemble à une carte de Noël.

— C'est l'ancien manoir, construit à la même époque que l'église.

— J'adore ces couleurs. On aperçoit la pierre sous les plantes grimpantes couvertes de neige. Je cherchais un thème pour ma prochaine collection. Je regrette de ne pas avoir mon appareil-photo.

Elle sortit son téléphone et s'en servit pour photographier la maison.

— Tu choisis un thème pour chaque collection ?

— Oui. La première s'appelait *Méditerranée.* Et la dernière *Bleu Océan*. Pour la prochaine, je veux m'éloigner de la mer, faire quelque chose de différent. Je pense à l'hiver.

Elle prit encore quelques clichés, et sourit pour s'excuser.

— Désolée.

— De quoi ?

— De te faire attendre pendant que je prends des photos. C'est une de mes mauvaises habitudes. Ne m'attends pas.

Rien chez elle ne l'irritait. Malheureusement.

Ils traversèrent la route, et il s'arrêta près du portail.

— On ne peut pas ouvrir les grilles. Tu peux grimper ?

Elle lui lança un regard dédaigneux, et escalada la grille sans le moindre effort.

— Alec, tu ne dois pas croire que je n'ai jamais marché dans la neige. Ma meilleure amie vit dans le Maine. Et les hivers y sont particulièrement rudes.

Elle s'immobilisa pour observer le houx qui poussait dans le champ.

— Des baies rouges. Pourquoi n'y avais-je jamais pensé ?

— Pensé à quoi ?

— Au houx, au gui. Des bijoux aux couleurs d'hiver. Du rouge, du vert, et peut-être des perles. Des perles scintillantes sur une monture d'argent.

Elle parlait toute seule, absorbée par ses pensées.

— Beaucoup d'argent. Des flocons de neige, une composition de gui. Des boucles d'oreilles et un collier. La Reine des Neiges. J'adore cette idée.

Elle fouilla dans sa poche, y prit un carnet et traça rapidement quelques traits sur le papier.

Son crayon volait sur la page, donnant forme à ce qu'elle venait d'imaginer. Alec savait qu'elle avait complètement oublié son existence.

Le froid rosissait ses joues, et ses yeux d'un bleu intense se détachaient dans le blanc du paysage.

Le désir d'Alec était si puissant, si dévorant, qu'il tendit la main vers elle. Il était sur le point de passer les doigts dans ses cheveux quand Church se mit à bondir en aboyant comme un fou. Le charme fut rompu.

Alec laissa retomber sa main une seconde avant qu'elle ne relève la tête en souriant.

— Quelqu'un est excité ! s'exclama-t-elle.

Oui, quelqu'un était dans un drôle d'état.

Les chiens se mirent à courir devant eux, soulevant des paquets de neige.

— Pourquoi fais-tu des bijoux ? Pourquoi est-ce que ça te plaît ?

Il n'avait pas eu l'intention de poser la question. Il ne voulait pas mieux la connaître. Mais il ne pouvait contenir sa curiosité.

Elle remit son carnet dans sa poche, et s'emmitoufla dans le col de sa veste.

— Parce que je suis superficielle et que j'aime ce qui est clinquant.

Il aurait dû se contenter de cette réponse et se persuader qu'elle était exactement comme Selina.

Mais il savait qu'elle ne lui ressemblait pas du tout.

C'était bien le problème.

Il fut content d'avoir les chiens qui couraient sans cesse entre eux, car sans cela il aurait été tenté de la pousser contre un arbre pour l'embrasser.

— Quel est le premier bijou que tu as fait ?

— En dehors des colliers de pâtes pour ma mère ? Une bague de fiançailles. Ce fut ma première commande.

— Combien de commandes par an acceptes-tu ?

— Cela dépend de l'importance de l'objet. Certaines commandes sont plus longues à réaliser. J'essaye de ne pas en accepter trop à la fois, car cela étouffe ma créativité. Un bijou peut vouloir transmettre un message, comme une bague de fiançailles. Il peut avoir un sens, vouloir exprimer un remerciement, de l'amour, ou tout simplement être joli. L'usage du bijou en tant que parure remonte aux temps préhistoriques. L'or était un symbole de statut social chez les premiers Égyptiens. Ils l'enterraient avec les morts pour les accompagner dans leur autre vie. Pour les Grecs, c'était un symbole de puissance. Mais tu sais tout cela, bien sûr.

— Cela ne fait pas partie de mon domaine d'étude.

Plus il passait de temps avec elle, plus il prenait conscience de l'avoir mal jugée. Il était agacé de ne pas savoir dire exactement qui elle était. C'était comme regarder quelqu'un dans un appareil-photo et devoir sans cesse ajuster la mise au point.

— Et toi ? Parle-moi de toi, Chasseur d'Épaves.

— Que veux-tu savoir ?

Elle enfonça les mains dans ses poches et souffla un nuage de buée.

— Selina était-elle la femme de ta vie ?

Il se raidit.

La plupart des gens évitaient le sujet, ou l'abordaient avec précaution. Mais Skylar n'était pas comme les autres.

— Pourquoi me poses-tu cette question ?

— Puisque nous nous sommes vus dans des circonstances spéciales, je me disais que nous pourrions aller jusqu'au bout, expliqua-t-elle avec un petit sourire. Donc, était-elle l'amour de ta vie ?

— Est-ce que cela existe ?

— Oh ! oui, je crois. Je l'espère.

— Ton côté romantique joue des tours à ton esprit rationnel.

— Nous faisons des progrès. Il y a deux jours, tu pensais que je n'avais pas d'esprit du tout.

— Tu crois encore au grand amour, même après ce que t'a fait Richard ?

— Ce qu'il y avait entre Richard et moi n'était pas de l'amour.

— Comment le sais-tu ?

Il se demanda pourquoi il prolongeait cette conversation, alors que tout son instinct lui criait d'y mettre un terme sur-le-champ.

— Parce que l'amour est honnête et généreux. Il n'exige rien. C'est une tasse de thé au lit par un jour d'hiver. C'est réconforter quelqu'un qui est fatigué. Savoir l'écouter et l'encourager. Accepter, tolérer, ne pas vouloir faire changer une personne. C'est donner, et non prendre. Ce sont des actes, et non des mots.

Il sentit les muscles de ses épaules se tendre.

« Tu ne m'aimes pas, Alec. Je sais que tu ne m'aimes pas. Dis-le. Prononce les mots. »

— Tu veux dire que tu n'as pas envie d'entendre ces mots ?

— Bien sûr, toutes les femmes ont envie de les entendre. Mais je préfère qu'un homme me prouve qu'il m'aime. Les mots en eux-mêmes ne veulent rien dire.

Ils étaient arrivés au bosquet de bouleaux. Les arbres se pressaient les uns contre les autres, telles des sentinelles, pour garder le sanctuaire qui se cachait au plus profond du bois.

— Comment le sais-tu ? dit-il en s'arrêtant à l'orée du bois. Comment peux-tu savoir que c'est de l'amour ?

Il y eut un long silence.

— J'ai posé cette question à Lily, l'autre soir. Elle m'a dit que son cœur lui semblait trop gros pour sa poitrine.

— Elle devrait consulter un cardiologue.

— Peut-être. Mais si tu ne sais pas instinctivement que c'est l'amour, alors c'est qu'il n'y a pas d'amour.

— Mais pourquoi es-tu restée tout ce temps avec Richard, si tu ne l'aimais pas ?

— Je me suis persuadée qu'il devait y avoir de l'amour entre nous. C'était la première fois que je faisais quelque chose qui plaisait à mes parents. J'avais leur approbation, et c'était réconfortant. Je sais que c'est idiot pour une femme indépendante, mais j'avais besoin de cela.

— Cela me paraît humain. Et ça aurait pu marcher entre Richard et toi.

— Nous aurions été très malheureux. J'aurais dû m'en rendre compte plus tôt, mais les relations ne sont pas toujours évidentes, n'est-ce pas ? Il n'y a pas de recette, avec une liste d'ingrédients que tu peux contrôler, au cas où tu serais allergique à l'un d'eux. Les gens sont compliqués. Et Richard avait tendance à ne présenter que les ingrédients qui plaisaient aux gens.

— Tu veux dire qu'il s'est transformé en gâteau au glaçage bio pour te plaire ?

Sky éclata de rire.

— Pour moi, il aurait fallu qu'il se transforme en brownie au chocolat ! Franchement ? Ce n'était pas seulement pour plaire à mes parents. Je voulais être amoureuse. Vraiment amoureuse. Mais la vérité, c'est que je n'ai jamais ressenti de véritable amour. Le genre d'amour que je voudrais.

Il aurait pu en rester là. Déclarer que c'était le moment de rentrer. Mais quelque chose, une sorte de lien invisible, le tenait cloué au sol.

— Quel genre d'amour cherches-tu ?

— Je veux ressentir la même chose que Lily. L'impression que mon cœur est trop gros pour ma poitrine. Ma relation avec Richard était comme un régime pauvre en glucides. J'étais affamée, mon cœur rêvait d'une nourriture plus substantielle. Je pense que l'amour doit être un festin. Qu'en penses-tu ? Tu crois que tu tomberas de nouveau amoureux ?

— J'espère que non. Je ferai tout ce qui est en mon pouvoir pour l'éviter.

— Tu n'envisages plus d'aimer ?

— Non. J'aime trop la vie que je mène pour y renoncer.

— Pourquoi devrais-tu y renoncer ? Tu as l'air de dire que tu devrais choisir entre l'amour et ta vie actuelle ?

Alec songea à la prison qu'avait été son mariage.

— Mon style de vie n'est pas compatible avec une relation sentimentale.

— Cela dépend du type de relation que tu as.

— Non. Les relations demandent de faire des compromis. Deux personnes qui ont des objectifs différents s'efforcent de trouver quelques intérêts communs. En pratique, cela implique de renoncer aux choses qu'on aime, ou de n'avoir qu'un temps limité pour elles.

Rendre compte de chaque minute de son temps. Ne jamais voir ses espérances se réaliser. Échouer.

— Professeur, à vous entendre le mariage est aussi drôle qu'une séance chez le dentiste ! Continue à parler comme ça, et tu arriveras à me dégoûter de l'amour. Cela paraît trop compliqué, et égoïste. Qui voudrait s'engager dans une telle relation ?

Justement, il ne le voulait pas.

— Tu vois certainement un autre aspect de l'amour. Les hommes viennent te commander des cadeaux de Noël, ou d'anniversaire, afin de sauver leur couple.

— Tous les bijoux du monde ne pourront jamais sauver un couple qui bat de l'aile. Tout ce que je peux faire, c'est imaginer un objet qui exprimera de façon permanente les sentiments d'un des partenaires.

— Et quel objet façonnerais-tu pour exprimer l'exaspération ?

— Les bijoux expriment des sentiments positifs ! répliqua-t-elle en riant. Je n'ai pas encore fait de collection nommée *Visite chez le dentiste*. Je ne pense pas que cela se vendrait très bien.

— Mais tu crois aux contes de fées. C'est ce que tu veux.

Il était soulagé de découvrir qu'il avait eu raison au moins sur un point.

— Tu veux un gros diamant, un mariage en blanc, deux enfants, un chien et une maison dans les Hampton.

— Je ne crois pas que l'amour soit un conte de fées. Et ce n'est pas non plus ce que tu décris. Tu peux avoir tout cela sans amour, et tu peux aimer sans avoir cela. Je n'ai pas pour ambition de me marier.

Elle lui jeta un coup d'œil amusé, et ajouta :

— Tu ne me crois pas, n'est-ce pas ? Tu crois que je fais partie de ces femmes qui prétendent ne pas vouloir se marier, et qui choisissent leur robe en secret sur Internet. Je ne suis pas comme ça. Si le mariage se présente, c'est très bien. Mais ce que je veux, ce n'est pas le mariage, c'est l'amour. J'ai grandi dans un foyer stable, avec des parents unis. Mais il n'y avait pas d'amour entre eux. Et moi, je voulais de l'amour.

— Bien sûr. Tu es une artiste. Je suppose que tu aimes rêver d'amour, allongée dans un champ de tournesols.

Elle eut un rire si contagieux qu'il se surprit à sourire, lui aussi. Il y avait quelque chose chez elle qui faisait naître la joie.

— Mon rêve est de trouver quelqu'un qui m'aime. Qui aime ce que je suis, et non une version améliorée de ma personne. Moi-même, avec tous mes défauts. Quelqu'un avec qui je n'aurai jamais besoin de faire semblant, de tenir un rôle. Quelqu'un qui trouvera mes rêves géniaux et réalisables. Et non ridicules et impossibles. Un amour franc et simple.

Cela ne paraissait pas simple à Alec. Statistiquement, elle avait autant de chances de trouver ce qu'elle voulait que de gagner à la loterie.

— Un homme pourrait croire qu'il sait qui tu es, et se tromper. Imagine que tu passes ta vie à vouloir être à la hauteur de ses espérances, tout en sachant que tu échoueras ?

— Alors, ce n'est pas de l'amour, répondit-elle en fronçant les sourcils. On ne peut pas échouer en amour, Alec. Ce n'est pas un examen, c'est un sentiment. Tu aimes, ou tu n'aimes pas. Si tu n'aimes pas c'est triste, mais ce n'est pas un échec.

Pourtant, il avait l'impression d'avoir vécu un échec.

Il savait au fond de lui qu'il avait déçu toutes les espérances de Selina.

Nelson fonça dans le bosquet, puis se retourna en aboyant.

Sky remonta son écharpe devant son nez, et ils suivirent le chien dans le bois. Les arbres et le sol étaient incrustés de givre. Les chiens bondissaient en soulevant des paquets de neige, furetaient çà et là, et creusaient.

— Richard me culpabilisait toujours. Ce n'était jamais très grave, seulement de petites critiques. Mais le résultat c'est une perte de confiance en soi. Comme si quelqu'un essayait de te faire changer de forme. Sois un plus comme ceci, un peu moins comme cela. Avec lui, j'essayais d'être un peu moins moi-même.

Alec eut un petit rire sans joie.

— Pour ma part, je refusais d'être autre chose que moi-même.

Et cela s'est terminé de la même façon pour nous deux. Comment l'as-tu rencontré ?

— Mes parents nous ont présentés, et nous nous sommes plu tout de suite. Il était beau et drôle, nous aimions les mêmes choses. Du moins, je le croyais. Nous avons passé toute la nuit à parler. J'avais l'impression d'avoir trouvé mon âme sœur. Il voulait voyager, comme moi. Nous aimions tous deux les impressionnistes, et il m'a dit qu'un de ses projets était de se rendre à Paris pour voir les tableaux de Monet. Il voulait visiter Florence et manger des glaces italiennes. Faire le tour des îles grecques. J'étais stupéfaite d'avoir rencontré quelqu'un qui me ressemblait autant. Je n'avais jamais passé de soirée aussi romantique. Je croyais avoir trouvé l'homme de ma vie. J'imaginais un avenir fabuleux avec lui.

— J'ai l'impression de lire un livre dont je connais déjà la fin.

Elle garda le silence quelques secondes.

— Je n'ai pas encore compris la fin de l'histoire. Je n'arrive pas à admettre qu'il ne voulait pas vraiment faire tout cela, bien que j'en aie la preuve devant les yeux. Nous ne sommes jamais allés à Paris, ni à Florence. J'ai acheté des billets pour des concerts auxquels il n'avait jamais le temps d'assister, j'ai visité des expositions toute seule. Je suis allée en Grèce, mais c'était pour voir Brittany et Lily. Je lui trouvais des excuses, comme les gens le font souvent quand ils savent que ça ne va pas mais qu'ils ne veulent pas renoncer à leur relation. Je me disais que nous étions tous les deux occupés, qu'il était trop difficile de faire coïncider nos agendas, que ça s'arrangerait. Cela n'est jamais arrivé.

— Donc, tout ce qu'il t'avait dit…

— C'étaient des mensonges.

Elle ramassa une pomme de pin et la glissa dans sa poche.

— Richard est un vrai politicien. Il sait exactement ce qu'il faut dire pour obtenir le résultat espéré. Il a étudié ma personnalité, comme mes parents me faisaient étudier les gens qui étaient invités chez nous.

— Mais comment pouvait-il savoir à l'avance toutes ces choses sur toi ?

Elle se pencha pour prendre une branche qui s'était brisée sous le poids de la neige. Sa chevelure retomba en avant, comme un rideau de soie claire.

— Mes parents l'avaient briefé.

Alec demeura muet de stupeur. Ses propres parents se mêlaient de ses affaires et s'inquiétaient pour lui, mais…

— Tu veux dire qu'ils avaient orchestré votre rencontre ?

— Du début à la fin. Richard leur avait dit qu'il allait demander ma main.

Alec se passa une main sur la joue.

— Je commence à comprendre pourquoi tu as menacé de me poignarder ce soir-là.

— J'étais en colère. Contre moi. J'aurais dû voir ce qui se passait. C'était une sorte de campagne de séduction. Il pensait, comme mes parents, que je ferais une bonne épouse. Pour lui, c'était un contrat d'affaires comme un autre. J'étais son objectif, mais j'avais mes propres envies qui ne concordaient pas avec les siennes. J'ai compris l'autre soir, quand il a laissé échapper quelques petites choses sans le vouloir. J'aime la forme de cette branche. Elle ferait une très belle décoration pour la table.

Alec regarda le morceau de bois noueux et tordu, et décida qu'il valait mieux ne pas faire de commentaire.

— Tu dois en vouloir terriblement à tes parents ?

— En effet. Ils m'ont manipulée. Ils voulaient me contrôler. C'est insultant. Ils pensent que je ne suis pas capable de décider ce que je veux. Ils n'acceptent toujours pas ce que je suis, ils veulent toujours faire de moi la fille qu'ils auraient aimé avoir.

Elle tira un bonnet de sa poche, et l'enfonça sur sa tête.

— Je suis furieuse de m'être laissé tromper. Je me sens idiote.

Il eut le cœur serré en entendant cet aveu.

Elle ramassa encore quelques branches, et des lianes de lierre. Qu'allait-elle en faire ?

— Tu vas l'appeler ?

— Non. Nous n'avons plus rien à nous dire. Je veux passer à autre chose. Il y a du gui, dans votre jardin ? demanda-t-elle en jetant un coup d'œil autour d'elle.

Alec se crispa. Qu'entendait-elle par « passer à autre chose » ?

— Pourquoi ?

Elle le regarda longuement, et sourit.

— Wouah… Elle t'a vraiment fait du mal, n'est-ce pas ?

— Que veux-tu dire ?

— Tu le sais très bien. Inutile de prendre ce ton sévère, comme avec ta famille. Avec moi, ça ne marche pas. Avec mes amis je ne marche pas sur des œufs, je suis directe. Entre amis, on doit être sincères. C'est comme ça. Alors, ne me repousse pas.

— Nous sommes amis ?

— Eh bien, nous nous sommes vus nus, répliqua-t-elle, les yeux pétillants de malice. Et tu m'as caressé le dos quand j'étais malade. Une personne qui fait cela est forcément un ami. Tu sais un tas de choses très embarrassantes sur mes parents, et j'en sais autant sur les tiens. Je viens de te confier une foule de choses dont je ne parle jamais, et toi aussi. Alors, dis-moi la vérité. Tu es sorti avec quelqu'un, depuis ton divorce ? Tu as couché avec une femme ?

— Sky…

— Oh ! voyons, Alec. Tu es très sexy. Un million de femmes ont dû te faire des avances. Tu veux me faire croire que tu n'as jamais cédé ?

Qu'aurait-elle dit s'il lui avait avoué qu'il n'avait pas été loin de le faire avec elle ?

— Je n'ai pas vu beaucoup de femmes ces derniers temps. Je ne veux pas de complications.

— Le sexe n'a rien de compliqué.

— Une relation ne se limite jamais au sexe. Il y a toujours des arrière-pensées.

— Tu crois ?

Elle posa les yeux sur sa bouche. Puis elle fit un pas en avant et glissa la main sur sa nuque. Avant qu'il ait eu le temps de réagir, elle se haussa sur la pointe des pieds, l'attira vers elle et l'embrassa.

Une flamme se répandit dans son corps.

Ses lèvres chaudes et douces caressaient les siennes, comme pour répondre à une question qu'il n'avait pas le souvenir d'avoir posée.

Il se tint immobile, les mains serrées, le cœur battant, submergé par un désir violent.

La main de Sky passa de son cou à sa joue. Il ouvrit la bouche pour lui demander ce qu'elle faisait et sentit le bout de sa langue sur ses lèvres, comme un ruban de soie. La sensation était étourdissante.

Il aurait dû reculer. Mais au lieu de cela, il répondit à son baiser. Il ne lui fallut qu'une seconde pour s'embraser. En proie à un désir sauvage, il l'attira contre lui et prit possession de sa bouche comme si sa vie en dépendait.

Le silence les environnait, le froid était mordant. Mais pour lui, seuls sa bouche et le rythme effréné de son cœur existaient.

Les quelques rares relations qu'il avait eues depuis sa rupture avec sa femme n'avaient pas réussi à entamer ses défenses. Mais s'il avait appris une chose au cours des deux derniers jours, c'est qu'il avait terriblement sous-estimé Skylar. Ou bien, il avait toujours su qu'elle représentait une menace, et il l'avait gardée à distance à cause de cela. Quoi qu'il en soit, il savait qu'elle avait le pouvoir de briser toutes les barrières qu'il avait élevées autour de lui.

Il desserra les poings et s'apprêta à la repousser. Mais elle se dégagea et recula.

Son sourire paracheva l'œuvre de ses lèvres.

Alec sentit sa tête tourner. Comme s'il s'était cogné, ou qu'il avait vidé une bouteille entière de whisky.

— Qu'est-ce que ça veut dire ?

— C'était juste un baiser sans arrière-pensées, Alec.

Sans cesser de sourire, elle ramassa les branches qu'elle avait posées sur le sol et reprit le chemin du cottage.

9

Les choses ne s'étaient pas passées exactement comme prévu, concéda Sky, en s'efforçant de calmer les battements fous de son cœur. Au départ, elle voulait juste s'amuser un peu et lui prouver quelque chose, tout en l'aidant à se détendre. Et surtout, satisfaire son propre côté audacieux en envoyant la prudence au diable. Au lieu de cela, elle avait eu l'impression d'allumer la mèche d'une bombe sexuelle à retardement. Tous ses sens semblaient s'être parfaitement connectés à ceux d'Alec. Et il ne lui avait même pas rendu son baiser. Pas vraiment. Sa bouche avait à peine effleuré la sienne, suggérant une force sombre et érotique, qui l'avait transpercée comme une flèche ardente.

Elle avait peut-être commis une erreur en l'embrassant. Non seulement parce qu'elle n'arrivait plus à se concentrer, mais parce que maintenant il ne lui parlait plus. Loin de l'avoir encouragé à s'ouvrir et à se détendre, ce baiser avait eu l'effet inverse.

Il s'était renfermé, comme si elle avait déclenché une alarme intérieure.

Après cet échange de confidences inattendu, elle avait cru qu'ils étaient assez à l'aise ensemble pour pouvoir s'amuser un peu. Son divorce l'avait empli d'amertume et elle voulait lui rappeler qu'un baiser pouvait être léger et sans conséquence. À voir son expression quand elle avait parlé du gui, il ne devait même plus se rappeler le sens du mot « amusement ».

Mais ils étaient vite passés de l'amusement à autre chose.

Le plus sage était de lui laisser de l'espace, décida-t-elle en entrant dans la maison.

Un délicieux parfum de dinde rôtie emplissait le couloir. Elle poussa un soupir d'aise en enlevant ses bottes.

— Je traverserais l'océan, uniquement pour goûter à la cuisine de ta mère.

Et aussi pour un de tes baisers, mais ce n'est pas le moment d'en parler.

— Ta mère ne cuisine pas ?

Il consentait encore à lui parler, ce qui était certainement un point positif.

— Elle ne fait pas de repas de famille sympathiques qui réunissent tout le monde autour de la table.

Elle le regarda enlever sa veste, en gardant une distance raisonnable entre eux.

— Alec…

— Donne-moi ton manteau.

Il croisa brièvement son regard, et pendant une fraction de seconde elle perçut le désir dans ses yeux.

Il se détourna. Elle se sentit fondre.

Que venait-elle de provoquer ?

Croyait-il vraiment que la meilleure solution était de faire comme s'il ne s'était rien passé ?

Ils entrèrent dans la cuisine. Liv était encore en pyjama, les pieds dans des chaussons en forme de pattes d'ours.

— Je suis une ado, je ne devrais pas être debout à cette heure-ci, grommela-t-elle. C'est inhumain.

— Je veux que tout le monde ait pris son petit déjeuner avant l'arrivée des jumeaux, répondit Suzanne en s'affairant dans la cuisine. Merci d'avoir sorti les chiens, Alec. Vous avez fait une bonne promenade ?

Alec tournait le dos à sa mère pour s'occuper des chiens. Il laissa à Sky le soin de répondre.

— C'était merveilleux. J'ai ramassé de la verdure pour la décoration de la table.

Et j'ai embrassé votre fils.

Elle avait l'impression que cela était écrit sur son front.

Liv jeta un coup d'œil aux branchages empilés sur les dalles de pierre dans l'entrée.

— Tu vas faire quelque chose avec ça ?

— Ce sera très joli. J'allais utiliser le houx et le gui, mais vous ne voudrez peut-être pas laisser des baies à la portée des jumeaux ?

Et elle n'était pas sûre qu'il soit prudent de laisser le gui à côté d'Alec. Elle sourit à Suzanne qui posa une tasse de café devant elle.

— J'utiliserai du ruban rouge, à la place des baies.

Après le petit déjeuner, elle se changea et étala les branches de verdure sur la table de cuisine. Elle utilisa le morceau de bois qu'elle avait trouvé comme pièce centrale, et y accrocha les branches avec du ruban pendant que Suzanne et Liv préparaient le repas.

Comme toujours, le processus de création absorba toute son attention.

Alec n'était pas là et elle se demanda s'il l'évitait, ou s'il était occupé avec son père.

Elle venait de terminer la décoration de table quand son téléphone sonna. C'était Brittany. Elle s'excusa, et passa dans la salle à manger pour répondre.

— Que se passe-t-il, Sky ? Où es-tu ?

Sky regarda par la fenêtre le paysage blanc, puis posa les yeux sur le sapin de Noël. Les branches étaient irrégulières, plus rares d'un côté, et il penchait un peu sur la droite. Ce manque de géométrie l'enchanta. Elle aurait pu rester toute sa vie dans cette maison.

— Je suis chez Alec, dans les Cotswolds.

— Alec a une maison dans les Cotswolds ?

— C'est celle de ses parents.

— Attends… tu veux dire qu'Alec t'a emmenée dans sa famille ?

— Il ne voulait pas me laisser seule dans une chambre d'hôtel avec cette blessure à la tête. Il est très chevaleresque.

Et ce n'était pas la moindre de ses qualités.

Elle préférait ne pas penser aux autres.

— Alec ? Nous parlons bien du même Alec ? Le Chasseur d'Épaves ? La preuve vivante qu'un homme peut être intellectuel et sexy ? Le Alec sombre et silencieux ?

— Oui.

— Il t'a emmenée dans sa maison de famille. Eh bien, c'est… bon signe. Pour lui. Donc, tu es dans sa famille ? Comment sont ses parents ?

— Adorables. Tu vois, le Noël en famille dont j'ai toujours rêvé ? Eh bien, je l'ai trouvé. Ils sont tellement normaux, ajouta-t-elle en regardant les cadeaux glissés pêle-mêle sous le sapin.

— Tu dors où ?

— Son oncle et sa grand-mère sont là, donc ils n'ont plus beaucoup de place. Je… dors dans sa chambre.

— Et lui, il dort en bas sur le canapé, c'est ça ?

— Non. Dans la chambre aussi.

— Bon sang.

— Oui je sais, c'est un peu tendu. De plus, ses parents croient que nous sommes en couple.

— Vous deux ? s'exclama Brittany en riant. Désolée, mais l'idée est…

— Oui, je sais. Complètement folle.

Si ce n'est qu'au bout de deux jours, cela ne lui paraissait plus fou du tout. Et quand elle l'avait embrassé, elle n'avait pas trouvé cela fou non plus.

— Tu vas arrêter de rire ?

— Impossible. Donc, vous vous tenez chaud la nuit ?

— Non. Et si tu n'écoutes pas ce que je dis, je ne t'appellerai plus.

— C'est moi qui t'ai appelée.

Brittany rit encore, et s'éclaircit la gorge.

— Bien, je peux me contrôler. J'adorerais que tu aies une nouvelle relation, mais quand j'ai dressé la liste des candidats éventuels, je ne pensais pas du tout à Alec.

Sky non plus. Mais depuis qu'elle l'avait vu sortant de la douche, elle ne pensait plus qu'à lui.

— Il ne sera pas intéressé. Il est très réservé.

— Oui, d'après ce que j'ai compris, son divorce n'était pas très drôle. Ryan est le seul à connaître les détails.

Ce n'est pas la peine de connaître les détails. Il suffit de voir le résultat.

— Tout va bien, entre Zach et toi ?

— Très bien. Et comment va ta tête ? Tu penses venir bientôt à la maison ?

La question de Brittany lui réchauffa le cœur. Elle se sentait chez elle à Puffin Island.

— Je ne sais pas. J'ai un vol pour New York samedi prochain. J'essaierai de faire un saut dans l'île avant Noël.

Elle n'avait pas encore de projets précis. Elle allait devoir réfléchir, prendre des décisions, mais cela pouvait attendre.

— Il ne faut pas que tu restes seule en ville. Viens directement ici. Tu logeras à Castaway Cottage avec nous, ou bien à Harbor House avec Em et Ryan, si tu préfères.

L'invitation était tentante.

— Je ne veux pas vous déranger.

— Oh ! je t'en prie… je ferai comme si je n'avais rien entendu !

— Tu es une très bonne amie, Brittany Forrest. Même quand tu te moques de moi.

— Je ne me moque pas. Viens à Puffin Island. Tu nous manques.

Sky raccrocha, réconfortée. Elle souriait encore quand elle retourna dans la cuisine.

Sa décoration était toujours au milieu de la table. Elle se rendit compte qu'elle n'était pas assez haute, et ajouta quelques branches et des pommes de pin, sur lesquelles elle vaporisa de l'eau fraîche.

— C'est vraiment beau, dit Suzanne, étonnée. Y a-t-il quelque chose que vous ne savez pas faire ?

— Beaucoup de choses.

Liv s'éclipsa, et revint avec un gros album de photos.

— Où est Alec ?

— Il parle avec ton père et Harry. Pourquoi ?

— Parce que j'ai des choses à montrer à Skylar, et que je ne veux pas mourir avant d'avoir mangé de la dinde.

Liv ouvrit l'album en souriant.

— Oh ! regarde ça…

Suzanne posa son couteau de cuisine et examina une photo.

— C'était son premier et dernier jour au camp de scouts. J'aurais dû me douter que ça ne lui conviendrait pas. Il détestait les règlements. Il voulait faire les choses seul et à sa manière.

Liv tourna la page.

— Celle-ci est la meilleure. Il était dans un costume de chameau, pour un spectacle de l'école. Chaque fois que je le vois à la télé, avec son air autoritaire, je pense à cette image.

Liv feuilleta l'album, en lui montrant d'autres photos. Et soudain un des clichés s'échappa et tomba sur le sol.

Skylar le ramassa, et eut le souffle coupé.

C'était Alec, dans un costume qui lui donnait un petit air de James Bond. Et, s'accrochant à son bras comme une branche de lierre, se trouvait la fille la plus frêle que Sky ait jamais vue. Il lui sembla que la moindre brise aurait pu la casser en deux.

— Qui est-ce ?

Suzanne jeta un coup d'œil et étouffa un petit cri.

— Que fait cette photo ici ? Je croyais que nous les avions toutes enlevées. Pour l'amour du ciel, il ne faut pas qu'Alec la voie, dit-elle en prenant le cliché des mains de Sky. Les autres sont enfermées dans un tiroir, dans le bureau de Simon. Je me demande comment celle-ci a échappé à notre vigilance.

— C'est la raison pour laquelle Alec n'emmène plus de femme à la maison depuis trois ans, dit lentement Liv.

— C'est sa femme ?

— Son ex-femme, chuchota Suzanne en jetant un coup d'œil à la porte. Vous devez nous trouver ridicules de prendre autant de précautions. Mais c'était une époque horrible. Il semble redevenir un peu lui-même ces temps-ci, et personne ne veut prendre le risque de rouvrir ces blessures. Ce n'était pas la femme qu'il lui fallait.

— Elle était détraquée, dit Liv. Elle le harcelait. Il lui arrivait d'appeler ici, vingt fois dans la journée.

— Pauvre enfant, elle n'était pas heureuse, dit doucement Suzanne. Ses parents avaient divorcé quand elle était petite, et elle avait désespérément besoin de sécurité.

Sky comprenait très bien qu'elle ait pensé trouver cette sécurité auprès d'Alec, surtout s'il l'avait secourue ou réconfortée.

— Sa force devait l'attirer.

— Et aussi son image publique.

Liv versa des cranberries dans une casserole, et reprit :

— Elle voulait être invitée aux premières, et aux réceptions. Mais Alec déteste les événements mondains. Il préfère mille fois s'enfermer dans une bibliothèque, ou grelotter dans une tente au milieu de l'Arctique en mangeant du lard de baleine.

Suzanne jeta un regard coupable vers la porte.

— Nous ne devrions pas parler de cela. Mais cela vous aidera à mieux le comprendre. Selina n'était pas la femme la plus conciliante.

— C'était une garce.

— Liv !

— Désolée, mais c'est vrai. Elle lui a fait du mal. Moi j'ai le droit de faire du mal à Alec, car je suis sa sœur. Mais personne en dehors de la famille ne doit le faire souffrir.

— Tu n'as pas à te mêler de ses affaires. Ajoute un peu de jus d'orange dans ces cranberries. Et va jeter un œil dehors. Il me semble avoir entendu une voiture. Ta sœur doit être là avec les jumeaux. Pour l'amour du ciel, ne laisse pas ces couteaux traîner sur la table.

— J'ai le droit de m'en mêler, si elle gâche la vie de mon frère.

Liv prit une orange dans le saladier et continua de fulminer :

— Et elle a essayé de tuer Nelson en lui donnant un os de poulet.

— C'était un accident. Elle ne connaissait rien aux chiens.

— Elle ne connaissait pas Alec non plus.

Liv se précipita vers la porte pour accueillir sa sœur, et Suzanne laissa échapper un soupir.

— Je suis d'accord avec elle sur ce point.

Sky apporta les dernières touches à la décoration, les doigts tremblants.

Elle s'était souvent demandé ce qu'elle avait fait pour provoquer l'hostilité d'Alec.

Maintenant, elle le savait.

La ressemblance entre son ex-femme et elle était frappante.

Ce baiser ne rimait à rien. Alors pourquoi diable n'avait-il cessé d'y penser toute la journée ?

Il avait l'impression d'être relié à un générateur qui envoyait de l'électricité dans son corps.

— J'ai passé une journée merveilleuse, dit Sky en le précédant dans la chambre. Tom sera sûrement un bourreau des cœurs un jour. Il n'a que quatre ans, mais ces yeux…

Elle se figea, en voyant Alec demeurer sur le seuil.

— Que se passe-t-il ?

— Rien.

Rien, si ce n'est qu'il n'osait pas rester seul dans une chambre avec elle.

— Alec, tu es tellement tendu que je pourrais te briser en deux d'un coup de poing.

— Les réunions de famille sont terriblement stressantes.

— Certaines, oui. Mais chez toi elles sont drôles, agréables, chaleureuses. Il y a beaucoup d'affection dans ta famille, en dépit d'un peu trop de curiosité. C'est eux qui sont stressés, à force de marcher sur des œufs en s'efforçant de ne pas faire allusion à celle « dont le nom ne doit pas être prononcé ».

— Assez, ordonna-t-il en soupirant.

Mais le ton sans réplique qui suffisait à faire taire tout le monde autour de lui n'avait aucun effet sur Sky.

— Oui, tu sais quoi ? En voilà assez. Tu es divorcé. L'épreuve est derrière toi. Tu n'es pas obligé d'en parler, mais tu dois vivre ta vie. Vas-tu continuer de le faire en regardant toujours en arrière ?

Que dirait-elle s'il lui avouait qu'en ce moment il ne pensait pas du tout à son divorce ?

— La façon dont je vis ma vie ne te regarde pas.

— J'en fais mon affaire. C'est un service que je te rends, Alec. Tu m'as aidée, maintenant c'est mon tour de te soutenir.

Elle était le genre de femme à multiplier les problèmes par deux !

— Je ne veux pas de ton aide. Ce que je veux, c'est que tu n'en parles plus.

— Tu es sûr ?

Elle avança vers lui les yeux brillants, les pouces dans la ceinture de son jean.

— Parce que je pensais adopter une approche différente. Plus concrète.

— Je ne pense pas que ce soit une bonne idée.

— Alors, change ta façon de penser. Et accepte un peu d'aide d'une amie.

Il remarqua que ses yeux étaient encore plus bleus à la lueur du feu, et que ses cheveux frisottaient quand elle venait de l'extérieur.

— Tu m'offres ton amitié ?

— Un peu plus que cela, rectifia-t-elle avec un sourire malicieux. Du sexe entre amis.

— Il me semble qu'hier soir tu me trouvais cynique, sarcastique et arrogant.

Son sourire s'élargit.

— Il me semble avoir aussi parlé de ton corps de rêve.

Elle posa les doigts sur le haut de sa chemise.

— Avec un corps comme celui-ci, je veux bien ignorer les défauts de ta personnalité. Cela t'a peut-être échappé, Chasseur d'Épaves, mais je te trouve très sexy.

Le sang lui battait aux tempes. L'air était lourd et chaud dans la chambre.

— Tu n'es peut-être pas mon genre.

Le sourire de Sky s'évapora, mais elle laissa les doigts posés sur sa chemise.

— J'ai vu une photo, Alec, dit-elle à mi-voix. Je lui ressemble. Elle est plus délicate, plus mince, mais dans l'ensemble nous nous ressemblons. C'est pour cela que tu ne me supportais pas, n'est-ce pas ? Quand tu me regardes, c'est elle que tu vois.

En ce moment, sa vision était plutôt troublée. Elle se tenait si près de lui que son cerveau ne fonctionnait plus.

— Quelqu'un t'a montré une photo de Selina ?

— Non. Elle est tombée d'un livre que je feuilletais. Je suis comme elle.

— Tu ne lui ressembles absolument pas.

Et c'était bien ce qu'il y avait de plus dangereux dans l'attirance qu'il éprouvait pour elle.

— Parce qu'elle ne t'a jamais menacé de t'envoyer un coup de talon aiguille entre les jambes ?

— Elle ne serait jamais aussi directe.

— C'est pour cette raison que tu es devenu méfiant ? Tu ne savais jamais ce qu'elle allait te demander, c'est cela ?

Il laissa fuser un soupir.

— Combien de fois devrai-je te dire que je ne veux pas parler d'elle ?

Sky ne parut pas l'entendre.

— Tu as dit que tu n'étais pas à la hauteur de ses espérances, qu'elle avait des exigences que tu ne pouvais pas satisfaire. Tu n'arrivais jamais à lui faire plaisir, n'est-ce pas ? Elle n'était jamais contente.

— Tu as fini ?

— Non.

Elle relâcha sa chemise, fit quelques pas dans la chambre, et se retourna vers lui en fronçant les sourcils.

— À cause d'elle, tu n'as plus envie d'avoir de relations, et pire encore tu ne peux plus rien prendre au premier degré. Un baiser peut très bien n'être qu'un baiser. Tu cherches toujours le sens caché des choses.

Elle se tapota les lèvres en réfléchissant.

— Cette femme t'a retourné, elle t'a fait perdre l'équilibre. Ta relation avec elle n'était ni drôle ni apaisante, c'était comme une course d'obstacles. Il y avait toujours des tâches à exécuter.

Sa perspicacité était déroutante.

— Laisse tomber, murmura-t-il.

— Réponds au moins à une question. Es-tu toujours amoureux d'elle ?

Sa gorge était sèche, il se sentait nu, exposé.

— Je ne l'ai jamais été.

Un long silence suivit.

— Et cela te ronge, n'est-ce pas ? Tu te sens coupable, parce que tu es quelqu'un de bien et que tu n'as jamais pu lui donner ce qu'elle voulait. Être ce qu'elle voulait. Mais personne n'aurait pu le faire, Alec. Cette femme était comme un robot de cuisine.

— Pardon ?

— Oui. Elle était capable de te hacher menu ou de te réduire en compote, pour te faire changer complètement. Et maintenant, chaque fois que tu rencontres une femme qui te plaît, tu te demandes si ça vaut le coup de prendre un tel risque. Imagine que tu lui donnes ton numéro de téléphone et qu'elle t'appelle cent fois par jour ? Ou qu'elle se mette à avoir des espoirs irréalisables ? Tu réfléchis à tout cela et ces questions finissent par te décourager. Tu te dis que ça n'en vaut pas la peine.

— Tu as raison. Le jeu n'en vaut pas la chandelle.

— Mais toutes les relations ne sont pas compliquées, Alec. Parfois, elles peuvent être amusantes. Les gens sont ce qu'ils ont l'air d'être et disent ce qu'ils pensent vraiment. Toutes les femmes ne sont pas comme Selina, et tous les hommes ne sont pas comme Richard. Tu ne vas pas vivre dans le passé ? Je ne pense pas que ce soit ton genre.

— Cela s'appelle apprendre de ses erreurs.

— Cela s'appelle être idiot.

Elle accompagna ces mots d'un sourire, qui déclencha quelque chose en lui.

Qu'est-ce qui le retenait ? Il n'aurait su le dire. En deux enjambées il eut traversé la chambre. Il l'attira contre lui. Il la vit écarquiller les yeux, enfouit les mains dans sa chevelure et l'embrassa. Elle s'abandonna, et noua les bras autour de son cou pour le serrer contre elle. Ses lèvres s'ouvrirent et il absorba son doux parfum sucré, la chaleur de sa bouche, le contact érotique de sa langue. Une flèche de désir le transperça et elle poussa un gémissement.

— Je suis contente que tu sois de mon avis.

— Je ne suis pas de ton avis.

Sans détacher les lèvres des siennes, il tira sur les pans de son chemisier et dégrafa les boutons. Il ne se rappelait pas avoir déjà autant désiré une femme. Sans doute parce qu'il n'avait jamais voulu s'abandonner à ce sentiment… mais au fond de lui il savait qu'il n'y avait pas que ça.

Il y avait quelque chose, chez elle…

— Si tu n'es pas de mon avis, pourquoi m'embrasses-tu ?

Elle était hors d'haleine, chancelante. Elle lui agrippa les bras tandis qu'il repoussait le chemisier sur ses épaules, exposant sa peau crémeuse et des courbes à peine cachées par un soutien-gorge de dentelle.

— C'était la seule façon de te faire taire.

D'un simple geste, il envoya son soutien-gorge rejoindre le chemisier et elle poussa un soupir quand il lui embrassa le cou, l'épaule, les seins. Il s'attarda sur l'un d'eux, attirant la pointe dans sa bouche. Celle-ci durcit sous la caresse de sa langue et il sentit ses doigts se crisper dans ses cheveux.

— Alec…

Sa bouche passa à l'autre sein, tandis qu'il lui dégrafait son jean. Il fit glisser celui-ci sur ses hanches arrondies, et la sentit frissonner. Il la débarrassa aussi de sa culotte. Seule l'idée qu'il serait criminel d'aller trop vite parvint à atténuer son désir insensé de pénétrer ce corps parfait. Maintenant qu'il la tenait nue entre ses mains, il voulait savourer chaque instant.

— Chaque fois que je te regarde, je t'imagine nue. Que tu portes une robe ou un manteau, je t'imagine nue. Cette nuit dans la douche m'a marqué.

— Marqué ?

— L'image est gravée en moi à vie. Je ne peux la faire sortir de ma tête. J'aurai peut-être besoin d'une chirurgie.

Ils chuchotaient, tout en se caressant.

Il lui prit le visage à deux mains et l'embrassa de nouveau lentement, avec douceur. Il buvait à une source, l'embrassant de plus en plus profondément, et tous ses sens étaient en feu.

Sa main était posée sur un sein, et il perçut les frémissements de son corps délicieux.

Elle laissa fuser un petit gémissement qu'il étouffa de ses lèvres.

Puis il repoussa ses cheveux en arrière, pour l'embrasser dans le cou et plus bas. Il sentait son cœur battre au creux de sa paume.

— Je ne veux pas te faire de mal, chuchota-t-il.

— Tu ne m'en feras pas. Ta seule mission est de me donner un orgasme que je ne pourrai jamais oublier. C'est tout. Ça s'arrête là.

Il aurait voulu répondre, mais son cerveau avait cessé de fonctionner.

Il était si concentré sur elle, qu'il avait oublié qu'il était encore tout habillé. Puis il sentit ses mains tirer sur les boutons de sa chemise. Il reprit ses lèvres et l'embrassa avec ferveur, tout en l'aidant à dégrafer les boutons.

Puis il fut nu lui aussi. Comme l'autre soir sous la douche, mais cette fois rien ne les séparait. Elle se pressa contre son sexe dressé, plaquant les cuisses contre les siennes.

— Tu es belle.

Il la poussa vers le lit. Elle vacilla et serait tombée s'il ne l'avait retenue.

Il l'allongea sur le couvre-lit et la couvrit de son corps, en s'appuyant sur les coudes pour ne pas l'écraser.

Elle gémit, et il lui imposa le silence d'un baiser.

— Ne fais pas de bruit. Si mes parents nous entendent, ils iront dès demain fixer le jour du mariage à l'église.

— Je…

— L'amour en silence. Tu peux le faire ?

Il n'était pas sûr lui-même d'en être capable, mais elle posa sur lui un regard un peu égaré, puis fit un signe de tête.

— Oui, murmura-t-elle contre sa bouche. Oui, Alec. Je veux… j'ai besoin de…

— Pas encore. Nous allons faire les choses à ma façon.

Il glissa une main entre ses cuisses. Elle souleva les hanches et se pressa contre ses doigts. Elle était chaude et douce comme de la soie, et c'est lui qui dut faire un effort pour garder le silence. Il introduisit les doigts profondément en elle et elle posa la tête au creux de son épaule.

Puis il déposa sur elle une série de baisers, descendant tout le long de son buste. Elle retint sa respiration quand il explora le point le plus secret de son corps du bout de la langue. Il la caressa, la tourmenta, la tortura, tout en la maintenant solidement de ses deux mains. Elle s'agita mais ne fit aucun bruit, même lorsqu'il la transporta au bord de l'orgasme. Il savait qu'elle se tenait au bord du gouffre, et il percevait les frémissements de son corps. Mais il la laissa un moment ainsi, lui refusant le plaisir qu'elle attendait.

Elle s'agita en tous sens, en proie à un délicieux supplice.

— Alec… Alec…

— Oui, je sais.

Il se redressa, tendit la main vers la table de chevet et trouva ce qu'il cherchait.

Elle noua les jambes autour de sa taille, et il la pénétra d'une série de coups de reins lents et profonds.

Elle faillit laisser échapper un cri, qu'il étouffa de sa main, puis de ses lèvres. Leurs bouches s'unirent alors qu'il s'enfonçait dans la chaleur de sa chair. Soudain il s'immobilisa, submergé par une vague de désir, incapable de bouger ou de penser.

Elle était douce, brûlante, et il se laissa emporter par cette vague chaude.

— Alec ? chuchota-t-elle, posant une main sur sa joue, comme si elle le voyait pour la première fois. Alec…

Il se ressaisit et l'entendit soupirer lorsqu'il donna un nouveau coup de reins.

— Je te fais mal ?

— Non. N'arrête pas.

Elle souleva les hanches pour l'attirer en elle, et il recommença.

S'il avait déjà éprouvé autant de plaisir en faisant l'amour, alors il ne s'en souvenait pas.

Elle ferma les yeux, et il marqua une pause à regret.

— Regarde-moi.

Elle souleva les paupières et posa sur lui un regard vague.

— Alec…

— Ceci n'est peut-être que du sexe entre amis, comme tu dis. Mais je veux que tu saches avec qui tu es.

— Je sais avec qui je suis. Tu crois vraiment que je ne le sais pas ?

Sans la quitter des yeux, il reprit ses mouvements en elle, et se rendit compte que sa respiration s'accélérait.

Il entendit un bruit de pas dans le couloir et lui plaqua une main sur la bouche. Elle demeura immobile, les yeux écarquillés, tremblante de désir. Puis il ôta sa main, la remplaça par ses lèvres, étouffant chaque soupir. Il dut faire appel à toute sa volonté pour continuer lentement, alors que son esprit était en ébullition. Les sentiments tourbillonnaient et menaçaient de lui faire perdre le contrôle de lui-même.

Cependant il ne la quitta pas des yeux, leurs bouches demeurèrent l'une contre l'autre, leurs corps étaient unis.

Le plaisir augmenta, se répandit, et il s'aperçut que sa respiration changeait quand elle atteignit le sommet. Cette fois, il ne la fit pas attendre. La jouissance déferla. Les muscles de son intimité se pressèrent sur son sexe, et il bascula. Étroitement serrés l'un contre l'autre, ils ne cessèrent pas de s'embrasser. Elle se livra totalement, l'attirant désespérément en elle.

Quand il reprit conscience, après l'orgasme le plus intense de sa vie, il fut sûr d'une chose. Ce qu'il venait de vivre n'était pas une banale expérience sexuelle entre amis.

Pas du tout.

10

— Merci pour ce merveilleux week-end. Je n'avais jamais passé un aussi bon Noël.

Sky serra Suzanne dans ses bras. Pourquoi la séparation était-elle si dure, alors qu'elle ne connaissait les parents d'Alec que depuis quelques jours ?

Les bras de Suzanne se refermèrent sur elle, et elle respira l'odeur de gâteau qui collait à ses vêtements. Son cœur se serra à l'idée qu'elle ne reverrait sans doute jamais Suzanne et le reste de la famille.

La mère d'Alec recula, et s'éclaircit la gorge.

— Revenez nous voir bientôt. Alec, il faut que tu la ramènes. Tu sais combien nous aimons voir tes amis.

Consciente qu'elle avait autant de chances de revenir avec Alec que de voir un Noël blanc dans les Caraïbes, Sky prit Olivia dans ses bras.

— Il faut que tu viennes me voir à New York.

— Sérieux ? s'exclama Liv, comme si elle recevait son plus beau cadeau de Noël. Quand ?

— Liv, grommela Alec en soupirant.

— Quand tu voudras. Tu seras toujours la bienvenue.

Ils finirent de dire au revoir, donnèrent une dernière caresse aux chiens, et montèrent dans la voiture pour regagner Londres.

Le bras d'Alec effleura le sien.

Sa peau s'enflamma, sa gorge se noua.

Il ne lui en fallait pas davantage.

Le simple contact de son bras.

À l'aller, la voiture lui avait paru spacieuse et confortable. À présent, elle se sentait à l'étroit.

Ce n'était pas normal. Elle avait proposé à Alec une nuit de sexe sans complications. Rien de plus.

Elle n'aurait pas dû ressentir cela.

Ce n'était pas censé se passer ainsi entre *sex friends*.

Mais cette nuit avait fait naître entre eux une nouvelle dynamique, et cela avait tout changé. L'atmosphère était plus lourde.

Et elle n'avait plus envie que leur visite se termine.

Elle aurait voulu rester ici avec lui. Faire de longues promenades avec les chiens, parler avec lui, faire l'amour devant la cheminée. La panique l'envahit. Elle n'aurait pas dû avoir envie de tout cela.

Il lui lança un regard en coin.

— On en parle ? dit-il d'une voix un peu étouffée.

— Non. Nous étions censés coucher ensemble et ne plus en parler.

Tout ce qu'elle aurait pu dire l'aurait sans doute fait fuir.

Elle garda les yeux fixés sur la route, s'efforçant de contrôler ses pensées. Ses sentiments étaient naturels. Alec l'avait aidée alors qu'elle traversait une des pires épreuves de sa vie. Au cours des derniers jours, elle s'était échappée du monde réel, elle avait pris du temps pour elle, et maintenant elle allait devoir faire face à la réalité. Richard, ses parents…

Il n'était pas étonnant qu'elle éprouve de tels sentiments.

Cela ne signifiait rien.

Ils n'avaient rien en commun, en dehors d'une attirance physique, qui disparaîtrait naturellement assez vite.

— Je sais que c'est ce que nous avions décidé, dit-il d'une voix calme.

Et patiente. Et douce.

— Mais tu es sûre que tu te sens bien ?

Elle avait l'impression que sa poitrine était trop petite pour contenir son cœur.

Ce qui venait de se passer était la dernière chose dont elle avait envie de parler. Elle en était sûre. Mais Alec étant Alec, il insistait.

Et il n'était pas question qu'elle profite de sa sollicitude.

Il était important… non, *il était crucial*, qu'il ignore ce qu'elle éprouvait.

— Je suis fatiguée. Je me demande si ta mère se doute de quelque chose ? Tu crois que pour elle deux et deux font quatre, ou soixante-neuf ?

— Tu es une effrontée. Comment ai-je pu ne pas m'en apercevoir plus tôt ?

Il sourit en hochant la tête, et elle l'imita car elle se sentait bien avec lui. Il y avait une intimité toute nouvelle entre eux.

C'était sans doute ce qui arrivait quand on faisait l'amour dans toutes les positions.

— Ta mère voudrait que tu sois heureux. Et je ne veux pas lui donner de faux espoirs. Je ne peux pas lui briser le cœur, en lui avouant que je me sers de son petit chéri uniquement pour faire l'amour.

Car c'était tout ce qu'il y avait entre eux. Du sexe. Elle devait se consoler d'une rupture, et lui aussi. Deux âmes en peine se réconfortant mutuellement.

— Son petit chéri ?

— Merci, Alec, répondit-elle en souriant.

— Je t'en prie. Mais si je me souviens bien, c'était ton idée ?

— Non, je ne te remerciais pas d'avoir couché avec moi, rectifia-t-elle en riant.

— Pourquoi me remerciais-tu, alors ?

— Pour tout. Je te remercie de ne pas m'avoir laissée seule à Londres, d'être resté avec moi quand j'étais vulnérable, de m'avoir amenée ici. Tu as été là pour moi quand j'étais au plus bas, et je ne l'oublierai jamais.

Elle observa une pause, et son côté malicieux reprit le dessus.

— Et merci pour le plus bel orgasme de ma vie. Je n'oublierai jamais cela non plus.

La voiture dérapa et elle agrippa le siège. Par chance, il n'y avait qu'eux sur la route étroite.

— Une plaque de verglas ?

— Non, répondit-il entre ses dents. C'est toi, qui dis des choses…

— Je dis simplement que je n'avais jamais eu un orgasme pareil.

— Eh bien, arrête d'en parler.

Elle lui coula un coup d'œil de côté et vit que ses mâchoires étaient crispées.

— Tu es tendu. Tu ne te sens pas bien ?

— J'allais très bien, jusqu'à ce que tu te mettes à parler de sexe.

— Nous n'avons pas le droit d'en parler ? C'est un de vos principes britanniques ? Nous pouvons le faire, mais pas le dire ?

— Non, mais si tu continues à m'exciter, je vais finir par nous envoyer dans le fossé.

— Je t'excite ?

— Sky…

— À quel point ?

— Assez pour que j'aie envie de te jeter dehors.

— Tu viendras te rouler dans la neige avec moi ?

Il dépassa un tracteur, les mains crispées sur le volant.

— Tu trouves cela amusant ?

— Un peu. Mais je trouve surtout que c'est très flatteur.

— Tu es flattée que je veuille te jeter dans la neige ?

— Je suis flattée que tu aies envie de moi, et que tu ne veuilles pas l'admettre. J'ai réussi à te déstabiliser. Et il n'est pas facile d'y parvenir, car tu te contrôles beaucoup, Chasseur d'Épaves. Merci pour le compliment.

Et sur un coup de tête, elle se pencha pour l'embrasser sur la joue.

— Ce n'était pas un…

— Bien sûr que si ! Ne gâche pas tout, répliqua-t-elle en se calant dans son siège. Je retournerai à Puffin Island au cours des deux prochaines semaines. Si tu as envie de satisfaire ton appétit sexuel dans une relation qui n'engage à rien, fais-moi signe. Je suis la femme qu'il te faut. Du moins, temporairement.

Oh ! Sky, ferme-la !

Elle aurait dû lâcher prise. Cet intermède sexuel serait devenu leur secret, quelque chose dont ils n'auraient plus jamais parlé. Il allait croire qu'elle en voulait davantage.

— Tu vas venir à Puffin Island ?

— Bien sûr. Mes amis y habitent, tu t'en souviens ? Je leur rends souvent visite. Cette fois, je logerai chez Brittany. Détends-toi. Je promets de ne pas te faire les yeux doux, et de ne pas leur révéler que nous avons utilisé une boîte entière de préservatifs en une seule nuit.

— Tu vas leur dire. Vous vous dites toujours tout. Mais pour cette fois, tu pourrais laisser de côté l'histoire des préservatifs.

— Pourquoi ? Tu ne veux pas qu'ils sachent que tu es au top de ta forme physique ?

— Sky…, marmonna-t-il entre ses dents.

— Calme-toi, Alec. Je plaisante. Je ne sais pas si je leur en parlerai, ni ce que je leur dirai, et cela n'a pas d'importance. Il ne leur faudra que deux minutes pour savoir, dès que je serai descendue de l'avion.

— Tu comptes écrire sur ton front que nous avons fait l'amour dans de multiples positions ?

— Tu m'as emmenée chez tes parents. Si tu t'imagines qu'ils ne poseront pas de questions, c'est que tu ne les connais pas. Ne t'inquiète pas. S'il le faut, je leur donnerai les infos globales, sans leur dévoiler les détails intimes.

— Cela me rassure, dit-il d'un ton sec.

— Je ne parlerai pas de… tu sais…

— Non, je ne sais pas.

— Mais si. Ce truc, que tu fais et qui m'a…

— Autrefois, je croyais que la franchise était une qualité. Maintenant je n'en suis plus aussi sûr.

Sky vit qu'il était vraiment à cran, et son sourire s'évanouit.

— Tu regrettes.

— Non. Mais je préférerais que les détails de notre relation ne soient pas au centre des conversations à Harbor Store.

Sky éclata de rire.

— J'imagine Hilda, lançant à la cantonade : « Notre professeur n'étudie pas que de vieux livres poussiéreux ! » Et Zach et Ryan feront des blagues, entre vieux copains.

— Des blagues qui me pousseront à leur donner des coups de poing et à les jeter dans le port ?

— Oui, ce genre de blagues. J'adore cette bromance.

— Bromance ? répéta-t-il, interloqué.

— C'est ainsi qu'on appelle l'amitié entre hommes. Richard ne connaissait pas cela. Ce qui aurait dû me mettre la puce à l'oreille. J'aime les gens qui ont des liens forts avec leurs amis. Comme toi, avec Zach et Ryan.

Alec leva les yeux au ciel.

— Il n'y a pas de lien entre nous.

— Le fait de le nier fait partie de la relation. Vous faites comme s'il n'y avait pas d'affection entre vous. C'est mignon.

— Ce n'est pas mignon, c'est viril.

Du coin de l'œil, elle le vit esquisser un sourire.

— En arrivant à Londres, tu me déposes à mon hôtel. Et ensuite ?

— Je regagne le mien.

Il garda les yeux fixés sur la route, mais elle s'aperçut que ses doigts étaient crispés sur le volant. Son cœur se mit à battre un peu plus fort.

— Et chacun va se coucher de son côté ?

— C'est cela.

— Je serai nue et seule. J'espère ne pas attraper froid.

Sans répondre, il quitta la route, s'arrêta au bord d'un champ et serra le frein à main. Puis il posa une main sur sa nuque et attira sa bouche vers la sienne.

Elle s'attendait à tout, sauf à cela.

Rien ne l'avait préparée à ce baiser brûlant, ni à la force de sa propre réponse.

— Oh ! Seigneur… Alec…

Elle avait été embrassée des dizaines de fois, et croyait avoir fait le tour de toute la palette des baisers, qu'ils soient légers ou ardents. Mais celui-ci était différent. Elle devina que leur nuit ensemble avait commencé à abattre les remparts qui le protégeaient du monde. Et des femmes.

Alec se libérait.

Son baiser passionné fit surgir une foule de sensations qui se répandirent en elle telles des vagues puissantes. Il l'embrassa tant qu'elle sentit ses membres faiblir. Si elle avait été debout, elle serait tombée.

Elle s'accrocha à ses bras et sentit les muscles puissants sous ses vêtements.

Elle avait tellement envie de le toucher, qu'elle glissa une main sous son pull et sortit les pans de sa chemise de son pantalon. Alors, sa paume glissa sur son ventre, sentit les muscles durs et saillants, puis descendit se poser sur le sexe qui se tendait sous l'étoffe du jean. Ses doigts se refermèrent sur lui, et il poussa un grognement.

— Nous ne sommes pas censés faire ça, marmonna-t-il.

— Quoi ? fit-elle, étourdie de désir.

— Tu avais dit une nuit. Ceci n'est pas censé se produire.

— Il ne s'est encore rien passé. Sauf une fois, la nuit dernière. Ou plutôt cinq fois. Six, en comptant…

— Tais-toi, ordonna-t-il en s'écartant. Si tu n'arrêtes pas de parler, je…

— Tu feras quoi ?

— Quelque chose qui nous fera arrêter par la police. Tu veux passer Noël en cellule ?

— Pourquoi pas ? Tu seras là ? On sera obligés de porter des vêtements ?

Elle adorait s'amuser et plaisanter avec lui. Elle n'avait jamais pu le faire avec Richard.

Les yeux brillants, il prit ses cheveux à pleines mains, et l'attira vers lui.

— Quand vas-tu arrêter de parler ?

— Je peux essayer, mais je ne peux pas te promettre que j'y parviendrai. Parler fait partie des choses que j'adore. Tu ferais mieux de me déposer dans ma chambre d'hôtel. Je pourrai parler seule et chanter sous la douche, sans ennuyer qui que ce soit.

— Tu veux changer de place avec moi et conduire jusqu'à Londres ?

— Du mauvais côté de la route et dans la neige ? Non, je ne crois pas.

— Alors, tiens-toi tranquille. Regarde devant toi, pose les mains sur les genoux, ne parle pas et ne t'occupe pas de moi. Et j'essaierai de nous conduire à bon port sans incident.

Il s'écarta en secouant la tête. Elle trouvait cette maîtrise de soi fascinante.

— Qu'entends-tu par…

— Cesse de t'occuper de moi.

— Désolée. Tu as les nerfs à vif.

— C'est le genre de choses qui arrive quand une femme tente de me séduire alors que je conduis sur une route verglacée.

— Euh… c'est toi qui t'es arrêté au bord de la route pour m'embrasser. Je ne faisais rien…

— Tu me disais que tu serais nue dans un lit.

— Tu m'as déjà vue nue, Alec. Et sous tous les angles. Alors cela ne vaut pas la peine de verser dans le fossé et d'être obligé d'appeler un dépanneur pour…

— Je t'ai déjà dit de ne plus parler.

— Je me tais. Je ne dis pas un mot. Je fais vœu de garder le silence jusqu'à ce que nous soyons arrivés à Londres.

— Bien. Tu commenceras ta cure de silence après avoir annulé ta réservation à l'hôtel.

Il lui fallut quelques secondes pour comprendre ce qu'elle venait d'entendre.

— Pardon ?

— Tu as entendu.

— Et où vais-je dormir ?

— Tu ne dormiras pas. Tu seras parfaitement éveillée. Appelle l'hôtel.

Elle eut soudain un peu de mal à respirer.

Ce qu'il suggérait n'était pas une bonne idée. Pour tout un tas de raisons.

Elle les ignora toutes, sortit son téléphone, et annula la réservation. Elle était désespérément consciente de sa présence à côté d'elle, de sa cuisse qui effleurait la sienne, de la puissance de ses mains qui agrippaient le volant et guidaient la voiture sur la route.

L'intimité était une drôle de chose.

Pas une seule fois elle ne s'était sentie proche de Richard comme elle se sentait proche d'Alec en ce moment.

— Donc, nous allons passer une autre nuit ensemble, dit-elle d'un ton détaché. Tant que tu te rappelles que c'est juste pour le sexe, je suis d'accord. Il ne faudrait pas que tu tombes amoureux, car au cas où tu ne le saurais pas je suis une briseuse de cœurs. Et quoi qu'il arrive, ne t'avise pas de me demander en mariage car tu pourrais prendre un coup de talon aiguille dans tes parties intimes, et ça ne te plairait pas.

Elle risqua un regard en coin, et vit qu'il tentait de réprimer un sourire.

Comment avait-elle pu croire qu'il manquait d'humour ?

— Nous savons tous les deux que tu n'es pas une femme fatale. Tu crois au grand amour et aux histoires qui finissent bien. Tu es mon cauchemar.

— C'est faux ! J'ai envie de tout cela, mais j'aime aussi le sexe, affirma-t-elle en souriant. J'aime beaucoup le sexe. Je ne suis pas ton cauchemar, mais ton fantasme.

— Tu devrais vraiment arrêter de parler, maintenant, dit-il d'un ton revêche.

— Tu ne crois quand même pas que je pourrais tomber amoureuse d'un gars aussi grognon et mal luné que toi ? Je t'en prie. J'aime bien Heathcliff, le beau ténébreux, parce que c'est un héros de roman. Mais je n'ai pas envie de l'avoir en face de moi le matin au petit déjeuner. Et maintenant je vais dormir pour préserver mon énergie. Quand tu t'arrêteras pour acheter des préservatifs, prends le plus grand paquet. Puisque nous ne devons passer qu'une seule nuit ensemble, je tiens à en profiter au maximum.

Du sexe.

C'est tout ce qu'il y avait entre eux.

C'était aussi simple que cela.

Aucun risque de dérapage.

Alec passa un coup de téléphone, et fit jouer ses relations. Sa décision était d'ordre pratique, se dit-il. S'ils passaient la nuit à l'hôtel, il y avait de bonnes chances qu'ils finissent aux urgences, exténués par une nuit de folie. Michael serait de garde et il trouverait le moyen de communiquer la bonne nouvelle à toute la famille.

— Où allons-nous ?

— Tu le verras quand nous y serons.

— C'est une surprise ? Chouette ! J'adore les surprises. Enfin, sauf les demandes en mariage en public. Mais toutes les autres me conviennent. Est-ce qu'il faut que tu me bandes les yeux ? demanda-t-elle en se pelotonnant sur la banquette du taxi, les yeux brillants.

Il repoussa les images érotiques que la suggestion venait de faire naître dans son esprit.

— Ce n'est pas la peine de te bander les yeux, et si je te disais où nous allons, ce ne serait plus une surprise.

— Veux-tu que je ferme les yeux ? Ce sera peut-être plus excitant ?

Elle riait, et son effervescence l'émoustillait.

— Garde les yeux ouverts.

— Donne-moi un indice. Est-ce un lieu que je connais déjà ? Un endroit dont je t'ai parlé ?

— Peut-être.

— La grande roue ? s'exclama-t-elle en se tordant le cou pour regarder par la fenêtre, alors que le taxi s'arrêtait au bord de la Tamise. Oh ! Alec, tu as fait cela pour moi ?

Elle semblait tellement enchantée qu'il se demanda s'il ne s'était pas trompé. N'en faisait-il pas un peu trop ? Quel genre de soirée était adaptée, pour des *sex friends* ?

Dans un élan spontané, elle le serra dans ses bras.

— Merci, Alec. Quand tu n'es pas un crétin, tu es vraiment un chic type !

— Tu parviens à m'insulter et à faire mon éloge dans la même phrase !

— Il y a tellement longtemps que j'ai envie de venir ici. Tu as écouté ce que je disais et tu as tout organisé pour faire ce dont j'avais envie. Tu es vraiment très attentionné.

— Pour un crétin, oui. Il fallait que nous fassions quelque chose ce soir, et j'ai pensé que le mieux serait de venir ici.

Il se pencha pour payer le chauffeur, puis prit la main de Sky et passa devant la file de visiteurs.

— Tu passes devant tout le monde ?

— Je connais quelqu'un.

Il avait payé une petite fortune, mais il se garda de le lui dire. Il fut récompensé en voyant son expression lorsqu'elle découvrit qu'ils avaient une nacelle rien que pour eux.

— Rien que nous ? Et du champagne ?

Les portes se fermèrent derrière eux, et elle le dévisagea.

— Alec Hunter, tu es le roi de la surprise. C'est le plus beau cadeau de Noël que j'aie jamais eu.

— Et ce n'est même pas encore Noël, répondit-il en lui offrant une coupe de champagne.

— Je fais comme si c'était Noël, car je sais que le 25 décembre sera un désastre. Où faut-il se tenir pour avoir la plus belle vue de Londres ?

— Peu importe. La vue est différente selon l'angle où tu te trouves. Il faut tout essayer.

— Mais pas seule. Il faut que tu expérimentes avec moi. Est-ce que des gens ont déjà fait l'amour dans une de ces cabines ?

— Il n'y a que toi pour poser ce genre de questions. Je ne sais pas. Et ne prends pas ma réponse pour un défi.

— Bonnes fêtes, dit-elle en levant son verre. Tu ne peux pas savoir combien je t'envie de passer Noël à Puffin Island avec nos amis. J'espère que tu auras une petite pensée pour moi, quand je ferai la conversation avec tout le gratin new-yorkais.

— Tu pourrais refuser d'y aller.

Elle contempla les bulles, à l'intérieur du verre.

— Je ne peux même pas imaginer l'effet que ça ferait. Mes parents ne m'adresseraient plus jamais la parole. C'est ma famille. Ils ne sont pas parfaits, mais…

Elle haussa les épaules et but son champagne.

— Ils m'aiment, à leur drôle de façon. Je sais que ce n'est pas le Noël dont tout le monde rêve, mais c'est celui que j'ai. Il vaut mieux ne pas y penser. Parlons d'autre chose. Je veux profiter de ce moment, sans penser à ce qui m'attend.

— Quelle idée te fais-tu d'un Noël parfait ?

Elle se retourna et regarda à travers les vitres.

— Un Noël où je pourrais être moi-même, entourée des gens que je connais et que j'aime. Je veux des rires, des conversations, et non des mines graves et compassées. Je veux… des surprises, de l'aventure, des petits gestes attentionnés, pas d'agenda, pas de raison particulière de se rassembler, si ce n'est pour profiter de la présence de ses amis. Je veux un Noël sans contraintes, avec des cadeaux, et non des boîtes vides. Des cadeaux parfaits qui prouvent que quelqu'un a pensé à moi et à ce que j'aime.

Il y eut un petit silence.

— En fait, tu ne veux pas grand-chose.

Comme il s'y attendait, elle se mit à rire. Puis elle contempla la vue.

— C'est incroyable.

— C'est juste une grande roue géante.

— C'est comme si tu disais que Hawaï est juste un groupe d'îles.

— Hawaï est un groupe d'îles.

Pendant qu'ils parlaient, Alec l'imaginait entourée de boîtes vides, et faisant la conversation à des groupes de gens qu'elle ne connaissait pas.

Elle redoutait cette épreuve, mais son sourire ne la quittait pas. Il n'avait jamais vu de personne aussi résiliente qu'elle.

Il la guida vers l'avant de la nacelle et se tint derrière elle, tandis qu'elle regardait la ville qui s'étendait au-dessous d'eux.

— J'adore cette vue. Tu n'as pas froid ?

— Un peu, mais c'est ma faute. J'ai choisi de porter de la soie plutôt que de la laine. Mais tu le sais, puisque tu m'as déshabillée il y a à peine une heure.

— Je me souviens de la lingerie.

Il se souvenait surtout de son corps. Il l'attira contre lui et l'enveloppa dans les pans de son manteau.

— Tu n'es pas obligé de me cajoler. Cela ne fait pas partie du contrat.

— Je protège mon investissement. Je ne suis pas contre un peu de fantaisie au lit, mais je refuse de coucher avec un glaçon.

— Je repenserai à cette soirée, quand je me retrouverai en conversation avec un ennuyeux banquier de Manhattan.

Alec était sûr que le banquier ne s'ennuierait pas.

— Parce que c'est la première fois que tu as des engelures ?

Il sentit ses hanches se presser contre lui, sous le manteau.

— Cette vue vaut la peine qu'on attrape des engelures, dit-elle en se pelotonnant plus étroitement contre lui. J'adore ton manteau. Tu le portais le soir du vernissage, et quand je t'ai vu entrer j'ai trouvé que tu ressemblais à un bandit de grand chemin.

Que dirait-elle s'il lui avouait qu'il envisageait de la soustraire aux banquiers et autres hommes d'affaires que ses parents allaient lui présenter pour remplacer Richard ?

— Tu veux dire que j'ai l'allure d'un criminel ?

— Je veux dire que tu es très sexy dans ce manteau noir.

Au-dessous d'eux la Tamise se déroulait tel un long serpent paresseux, traversant des siècles d'histoire et cachant des milliers de secrets dans ses profondeurs boueuses.

— C'est splendide. J'ai l'impression d'être Aladdin sur son tapis volant.

En proie à un désir étourdissant, Alec inspira profondément et s'écarta.

— Est-ce que tu transformes toujours la réalité en fantasme ?

— Qui te dit que c'est du fantasme ? C'est peut-être une façon différente de voir les choses. Certaines personnes regardent à travers cette vitre et voient une ville la nuit. Mais baisse les paupières et dis-moi ce que tu vois, Alec.

Pour l'instant, il était si aveuglé par le désir qu'il ne voyait plus rien. Il était enveloppé par son parfum, enivré par son corps mince se pressant contre le sien.

— Je vois des bâtiments. Des lumières que les gens ont oublié d'éteindre en partant. Je vois un cauchemar écologique et une oasis de réchauffement climatique.

— Non, protesta-t-elle en riant. Là, tu me décris ce que tu as en tête. Regarde encore une fois et dis-moi ce que tu vois vraiment.

Son rire était comme toute sa personne. Libre et franc. Il regarda les lumières scintillantes.

— Je vois des milliers d'années d'histoire. Les Romains, les Vikings, Guillaume le Conquérant. Je vois des viols, des pillages et des saccages.

— Quelle horreur. C'est de la déformation professionnelle, dit-elle en frémissant. Quelle idée de gâcher une aussi jolie vue avec des histoires macabres.

Il posa le menton sur le sommet de sa tête.

— À ton tour. Dis-moi ce que tu vois. C'est toi l'artiste, ici.

— Je vois des diamants, des perles, de l'onyx et de l'obsidienne. Je vois des secrets, des liaisons passionnées, une très belle femme qui danse à un bal masqué…

— Sans doute pas avec son mari.

— Pourquoi ?

— Parce qu'elle est déguisée. Si elle dansait avec son mari, elle ne porterait pas de masque. Elle ne veut pas être reconnue.

— Ou bien elle veut mettre du piment dans leur vie. Elle est loyale, elle l'aime, mais ils font semblant de ne pas se connaître.

Tournant la tête dans une autre direction, elle enchaîna :

— J'adore cet endroit. Je suis contente que tu m'y aies emmenée… j'ai failli manquer cela.

Alec était sous le charme, malgré lui. Il leva les yeux et vit un groupe d'hommes dans la nacelle au-dessus d'eux, qui semblaient plus captivés par Skylar que par la ville illuminée.

Il se rembrunit et changea de position, afin de la dérober à ces regards indiscrets.

Son enthousiasme contagieux et sa beauté lui attiraient l'attention de tous les hommes qui passaient à portée de son sourire rayonnant.

Elle ne semblait pas s'en apercevoir.

— Merci, Alec. Tu as eu une idée géniale.

Il la serra contre lui.

— Rentre avec moi.

Il n'avait pas prévu de lui dire cela. Il avait prononcé ces paroles sans même s'en rendre compte. C'était une idée folle.

— À l'hôtel ? Bien sûr. Je ne peux pas aller ailleurs, puisque tu m'as obligée à annuler ma réservation.

— Je ne parlais pas de l'hôtel, mais de Puffin Island. Laisse tomber New York.

Elle se dégagea.

— Je t'ai déjà dit que je comptais me rendre à Puffin Island…

— Non, pas la semaine prochaine. Demain. Je te prendrai un billet sur le même vol que moi pour Boston. Nous voyagerons ensemble.

— Brittany ne m'attend pas avant la semaine prochaine.

— Tu n'iras pas chez Brittany.

Elle écarquilla les yeux.

— Juste pour être sûre d'avoir bien compris… tu me proposes…

— Oui.

Il y eut un long silence, et elle passa la main sous les pans de son manteau.

— Tu m'invites chez toi ? C'est… énorme. Je ne connais même pas ta maison. Tu ne m'y as jamais conviée.

Il n'avait jamais invité personne, en dehors de son ami Ryan. C'était un lieu protégé, où il pouvait travailler sans être dérangé.

— Je t'invite maintenant, dit-il en lui caressant les cheveux. Tu veux bien venir dans ma tanière ?

Il était fasciné par ces mèches presque blanches, comme les métaux précieux qu'elle utilisait pour ses bijoux. Il y avait une lueur dans ses yeux, qu'il n'avait encore jamais vue.

— Pourquoi ?

— Parce que je pense que tu ne devrais pas retourner seule à New York. Richard risque d'aller chez tes parents.

— Tu fais cela pour me protéger de Richard ? demanda-t-elle d'une voix douce. C'est gentil, mais tu n'as pas besoin de faire ce sacrifice. Je suis capable de gérer une rencontre avec Richard.

— Sky…

— S'il y a une autre raison, comme le sexe par exemple, ou le fait que je te fasse rire, alors j'y réfléchirai, bien sûr. Mais je ne viendrai pas uniquement parce que tu veux me protéger.

— Le sexe est une autre raison, admit-il, la gorge sèche. C'est même la raison principale. Et tu me fais rire, aussi.

Depuis quand avait-il du mal à s'exprimer ? En général, il parlait facilement devant les caméras. Mais avec les yeux bleus de Sky fixés sur lui, il n'était pas sûr de pouvoir prononcer son propre nom à la première prise de vues.

— Donc, la raison ce n'est pas Richard, mais le sexe ?

— Oui. Je veux cette relation simple, sans complication. Et rien d'autre. Cela doit te paraître égoïste, mais je suis égoïste et je ne changerai pas. Il faut que ce soit clair. Je risque de te briser le cœur.

— Ou bien, je pourrais briser le tien, rétorqua-t-elle en souriant. D'autre part, nous pourrons nous séparer exténués physiquement mais émotionnellement intacts. Tu n'as pas besoin d'énoncer les termes et les conditions. Cependant, tu veux que je sache que tu penses avec ton pénis et non avec ton cerveau ?

— Probablement, reconnut-il, submergé par une vague de chaleur.

— Très bien. Ton pénis prend de bonnes et honnêtes décisions. Je voterai pour lui aux prochaines élections.

Il sourit et lui murmura à l'oreille :

— Mais que diable faisons-nous, Sky ?

Elle ne répondit pas tout de suite. Puis elle se haussa sur la pointe des pieds, tourna la tête et l'embrassa doucement sur les lèvres.

— Je crois que cela s'appelle « s'amuser ». Joyeux Noël, Alec.

11

Après deux longs vols à bord d'avions de ligne, Alec et Skylar atterrirent à Logan Airport et prirent un avion privé pour Puffin Island.

Le pilote était Zachary Flynn. Il les regarda traverser la piste d'un air circonspect, comme s'il n'en croyait pas ses yeux.

Sky elle-même avait du mal à croire à ce qui lui arrivait.

Elle s'attendait à ce qu'Alec lui annonce d'une minute à l'autre qu'il avait changé d'avis.

— Dépêchez-vous, grommela Zach. On annonce du mauvais temps. Si vous ne voulez pas être coincés sur le continent, il faut partir tout de suite.

— Il y a toujours du mauvais temps en décembre dans le Maine. Et tu peux piloter par n'importe quel temps. Alors, cesse de ronchonner. Contente de te voir, Zach, dit Sky en l'embrassant sur la joue. Merci de venir nous chercher. Tu es un champion.

Il lui prit le visage à deux mains pour examiner sa plaie, et son regard s'assombrit.

— Si ce gars croise mon chemin…

— Ce n'était pas sa faute, je suis tombée, précisa-t-elle aussitôt. Et je vais bien, merci. Vraiment bien.

À sa grande surprise, Zach qui n'était pas spécialement démonstratif la serra dans ses bras.

— Il ne m'a jamais plu. Tu as bien fait de laisser tomber ce crétin, lui murmura-t-il à l'oreille.

Elle sourit, et s'écarta. Elle adorait ses amis.

— Tu as raison.

Zach fit un signe de tête à Alec.

— On m'a dit que tu l'avais secourue. Bien joué.

Sky hissa son sac sur son épaule.

— Pardon, il ne m'a pas secourue, je me suis sauvée toute…

— Elle s'est sauvée toute seule, dit Alec en hissant les valises à bord de l'avion. Je lui ai apporté du renfort. Partons, avant de tomber dans l'océan gelé.

Ils s'installèrent pour le court voyage entre le continent et Puffin Island.

La baie, toujours envahie de bateaux en été, était presque déserte. Sky savait que seuls les pêcheurs les plus intrépides posaient des pièges à homards en hiver. L'océan semblait s'étendre à l'infini devant eux.

Elle se sentait chez elle, ici. La plupart de ses souvenirs préférés se trouvaient dans cette île. Des journées entières sur la plage à chercher des morceaux de verre colorés et polis par la mer. Des soirées douillettes autour de la table de cuisine, pendant que la grand-mère de Brittany préparait le repas.

Sous l'appareil, elle vit la forêt couverte de neige, les criques minuscules et les rivages rocailleux.

Puffin Island.

Zach effectua un atterrissage parfait et quelques minutes plus tard, elle se retrouva sur la piste, frissonnant sous un vent glacial.

— Bon sang, il fait beaucoup plus froid qu'à Londres.

Zach tendit un jeu de clés à Alec.

— Ta voiture est sur le parking, comme tu l'avais demandé. Tu déposes Sky au cottage, ou tu préfères que je le fasse ? Brittany est sortie avec Emily pour acheter de la peinture, mais elle n'en aura pas pour longtemps. Elles rénovent le vieux magasin de Doug Mitchell dans Main Street. Emily va y installer sa nouvelle boutique.

Alec haussa les sourcils.

— Je parie qu'il va lui faire payer une fortune pour le loyer.

— Ne crois pas cela, dit Sky en soulevant son sac de voyage. Avec son petit air inoffensif, Emily est une négociatrice redoutable. Elle va tondre Doug comme un mouton. Merci de ton offre, Zach, mais je ne vais pas au cottage. J'appellerai Brit un peu plus tard. Si les filles se lancent dans la décoration, je mettrai mon grain de sel.

Et cette fois, elle n'aurait pas à s'inquiéter. Richard n'appellerait pas et elle ne se sentirait pas coupable d'être là.

Zach étrécit les yeux, intrigué.

— Je pensais que tu logerais chez nous.

— Pas cette fois.

— Elle va loger chez moi, dit Alec en prenant sa valise.

Zach accueillit cette information avec une parfaite impassibilité.

— Très bien. Dans ce cas, venez dîner chez nous. Du moins si les routes sont assez dégagées pour rouler sans finir dans le fossé.

Skylar fut touchée par l'invitation. Zach avait vécu seul si longtemps que le fait de l'entendre dire « chez nous » lui réchauffa le cœur.

— Merci, Zach. Avec plaisir.

Ils se séparèrent, et Alec emprunta la route du bord de mer, qui serpentait le long de la côte ouest.

— L'île est différente en hiver. Toujours aussi belle, mais différente.

Pelotonnée dans son siège, Sky admirait le paysage. Tout lui paraissait nouveau. La neige modifiait les formes, atténuait les creux et les rochers saillants. Les repères disparaissaient, comme si l'hiver voulait installer un jeu compliqué de cache-cache.

— Ta maison est chauffée ?

— Oui, mais ne t'inquiète pas. Nous trouverons des moyens de nous réchauffer.

Un frisson lui parcourut le dos.

— Cela ne t'ennuie pas, d'aller dîner chez Brittany ? J'aurais dû te demander ton avis.

— Parce qu'elle va te faire passer un interrogatoire en règle ? C'est ton problème, dit-il en négociant un virage. Ce n'est pas moi qui serai mis sur le gril.

— Tu crois que ce sera gênant ? Nous sommes tous amis depuis longtemps.

Sauf Alec et elle. C'était toute l'ironie de la situation. Sur les six, ils avaient toujours été les seuls à ne pas s'entendre.

— Je ne voudrais pas gâcher l'harmonie du groupe.

— Ne t'inquiète pas.

Au loin, au-dessous d'eux, elle aperçut la crique de Shell Bay et Castaway Cottage niché derrière la plage.

En hiver comme en été, au printemps ou à l'automne, c'était un endroit merveilleux.

Alec tourna à gauche. La route devint plus étroite et plus raide. Sur un promontoire, elle vit le phare qui dominait cette partie de l'île depuis des siècles. À droite, dans un vallon, se trouvaient deux anciens cottages de pêcheurs qui avaient résisté aux tempêtes de l'Atlantique.

— Quel emplacement extraordinaire ! Comment as-tu trouvé ces maisons ?

— Les propriétaires sont retournés vivre sur le continent, et Brittany m'a dit que les cottages étaient libres. Elle savait que je cherchais un endroit où m'installer.

— C'est éloigné de tout.

— C'est justement ce que je voulais. Est-ce que cela te pose un problème ?

— Non. Il y a des chances que nous soyons bloqués par la neige. Nous serons obligés de rester au lit, blottis l'un contre l'autre pour nous tenir chaud.

Elle se pencha en avant pour observer le cottage.

— Tu l'as rénové ?

— J'ai fait une partie du travail, mais pas tout, répondit-il en s'arrêtant. Je suis content qu'ils aient déneigé la route. Sans cela nous aurions eu quelques heures de travail avant d'atteindre la porte.

Elle regarda les bancs de neige et la route en pente, derrière eux.

— C'est le lieu rêvé pour faire des glissades.

Il coupa le contact.

— Je n'y avais jamais pensé.

— Sérieux ? Tu es environné de collines de neige et tu n'as pas aussitôt envie de faire de la luge ? Je sais ce que je vais t'offrir pour Noël.

— J'ai une paire de skis et un scooter des neiges.

— Je n'ai jamais fait de scooter des neiges. Il faudra essayer. Mais avant tout, je dois acheter une veste plus chaude.

Elle descendit de la voiture en claquant des dents.

— Dépêche-toi d'ouvrir la porte, Hunter, si tu ne veux pas coucher avec un glaçon.

Alec sortit les valises de la voiture, et prit le temps d'ouvrir la boîte aux lettres.

— T'arrive-t-il de penser à autre chose qu'au sexe ?

— Eh, je suis venue pour ça, tu as oublié ? Je m'en tiens au contrat. Pense à moi comme à une source de chaleur éco-responsable.

Il cala un paquet de courrier sous son bras et esquissa un vague sourire.

— Je commence à espérer que nous serons bloqués par la neige.

— Oui, moi aussi. Nous aurions dû nous arrêter en ville pour faire des provisions.

— Mes placards sont bien garnis, j'ai de l'essence dans la voiture et des pneus neige.

Il transporta les bagages jusqu'à la porte d'entrée et chercha les clés dans sa poche.

— Il y a aussi un générateur électrique en cas de panne de courant, et j'ai toujours au moins un téléphone portable en charge. Il est important d'être prêt à faire face à toutes les situations. J'ai appris cela lors de mon premier hiver ici.

— Et pour les préservatifs ?

Les clés lui échappèrent des mains.

— Pardon ?

— Est-ce que tu as une provision de préservatifs ? Si nous devons rester cloîtrés plusieurs jours, il y aura une forte demande, répondit-elle en souriant, tandis qu'il ramassait ses clés. J'espère que nous ne dérangerons pas les voisins.

— La voisine la plus proche est à plus d'un kilomètre d'ici. Elle a quatre-vingts ans, précisa-t-il en ouvrant la porte.

— Donc, nous pouvons renoncer au sexe silencieux ?

Elle franchit le seuil de pierre et fit une pause.

— Ce ne sont pas deux cottages, mais un seul ?

— Il y en avait deux. Le propriétaire précédent les a réunis. J'ai fait quelques changements, pour avoir plus de lumière.

Elle fit le tour de la pièce, l'air enchanté.

— C'est merveilleux, Alec. C'est beau et original. Et cette vue…

Sans attendre qu'il l'y invite, elle fit le tour du propriétaire, et s'extasia devant le jardin d'hiver. La structure de verre laissait entrer la lumière à flots. Et au-delà des vitres, on ne voyait que la mer et le soleil.

— La fabuleuse lumière du nord. Il se peut que je ne reparte jamais, dit-elle comme pour elle-même.

Elle se rendit compte qu'elle avait pensé tout haut, et fit la grimace.

— C'est la lumière parfaite pour peindre. Ne crains rien. Je suis amoureuse de ta maison, mais pas de toi.

Avait-il peur ? C'était impossible à dire. Son beau visage viril n'exprimait rien.

— La plupart des gens trouvent ce lieu trop isolé.

— Tu veux parler de ton ex-femme ?

— Non. Elle n'est jamais venue ici. J'ai acheté cette maison après le divorce.

Pour échapper au monde.

— La maison est très isolée, mais cela fait partie de son charme. Il me tarde de sortir pour explorer la campagne. Tu veux le faire tout de suite, avant de défaire les bagages ? Tu me feras découvrir les environs, et nous ferons un bonhomme de neige. Et peut-être même de la luge…

— Si nous sommes attendus à Castaway Cottage, il vaut mieux défaire nos bagages d'abord, dit-il en déposant le courrier sur la table de la cuisine. La chambre est au premier, ainsi que la salle de bains. Fais comme chez toi.

Elle le regarda jeter sa veste sur le dossier d'une chaise et songea que Richard n'aurait jamais fait cela. Il serait allé chercher un cintre, pour ne pas déformer le vêtement. Le problème c'est que Richard, qui pensait toujours à l'impact que son apparence aurait sur les gens, était loin d'avoir la présence ou le charme d'Alec.

Il faisait beaucoup d'efforts pour obtenir ce qu'Alec possédait naturellement.

Elle ramassa son sac de voyage et s'engagea dans l'étroit escalier. La première porte qu'elle ouvrit donnait sur un bureau. Trois des murs étaient couverts d'étagères du sol au plafond. Celles-ci étaient chargées de livres de toutes les tailles. Il y avait d'épaisses biographies, des romans à la couverture usée, des guides de voyage, des livres d'histoire et d'archéologie. Sans compter ceux qui s'empilaient sur le sol. Il devait y en avoir assez en tout pour remplir une bibliothèque.

Sous la fenêtre, face à la mer, se trouvait un bureau jonché de papiers, de livres et de stylos. Une paire de lunettes était posée, oubliée, sur un bloc de papier.

Ce petit espace lui rappela qu'Alec était brillant, et elle éprouva un léger malaise.

C'était un intellectuel, comme ses parents.

Alec entra derrière elle.

— J'aurais dû te dire de ne pas entrer ici. C'est terriblement en désordre. Quand je travaille sur un livre ou un article, je ne jette rien avant d'avoir fini.

— Je suis comme toi. J'aime garder toutes mes idées, même les plus mauvaises, jusqu'à ce que j'aie obtenu l'objet auquel je pensais. Alors, je me livre à une grande séance de nettoyage par le vide.

Il la dévisagea longuement.

— Tu peux travailler dans le jardin d'hiver pendant ton séjour. Je m'y rends rarement.

Elle décela une tension nouvelle dans son attitude, et se demanda si elle avait dit quelque chose qui lui avait déplu.

Son téléphone sonna, et elle sourit.

— Réponds. Pendant ce temps, je vais explorer.

Elle s'approcha de la fenêtre en essayant de ne pas écouter la conversation, mais il devint vite évident qu'il parlait à sa mère.

— J'allais t'appeler. Oui, je suis bien rentré. À l'instant. Nous avons du courant mais je ne sais pas si cela durera longtemps, étant donné les prévisions météorologiques… Oui, le générateur fonctionne.

Il fit une pause, écouta, et reprit :

— Oui, je pense qu'elle est bien rentrée aussi… À bientôt.

Sky reposa la biographie qu'elle feuilletait.

— Tu ne leur as pas dit que je venais à Puffin avec toi ?

— Non. Si je leur avais dit que tu étais là, ma mère aurait été aux anges. Et elle serait durement retombée sur terre en apprenant que notre histoire ne mène nulle part. Je sélectionne soigneusement les informations que je divulgue.

— Il faudra que j'essaye.

Toutefois, elle trouvait un peu étrange qu'il n'ait pas dit qu'elle était avec lui. Cela lui rappela que leur relation n'était que temporaire.

— Ces lunettes sont à toi ?

— Je les porte quand je travaille.

— Mets-les.

— Pourquoi ?

Elle sourit, prit les lunettes et alla vers lui.

— Parce que je veux que tu voies ce que tu vas me faire.

— De quoi parlent les femmes, quand elles s'enferment ensemble ? demanda Ryan en rangeant les assiettes dans le lave-vaisselle. Va écouter à la porte, Alec. Je veux savoir.

— Pas moi. Ce que je veux savoir, c'est pourquoi nous nous retrouvons à faire le rangement. Ryan, tu n'es pas censé rincer les assiettes, avant de les mettre dans le lave-vaisselle ?

— Si tu penses savoir le faire mieux que moi, viens me

remplacer, grommela Ryan. Et pourquoi dis-tu « nous » ? Je ne t'ai pas vu ranger.

— Je n'ai pas besoin d'échanger des corvées contre du sexe.

— Pardon ? Tu crois que la seule façon de coucher avec sa femme c'est de laver la vaisselle ?

— Il est prouvé que les femmes sont plus actives au lit quand les hommes les aident à la cuisine.

Ryan lui lança un regard noir.

— Alors bouge tes fesses, et aide-moi.

— Pourquoi ? Je ne veux pas coucher avec toi. Tu n'es pas mon genre.

— Quand je pense qu'il me tardait que tu reviennes à Puffin ! marmonna Ryan, tout en continuant de nettoyer la table. Je te signale qu'il suffit qu'une femme soit cinq minutes en ma présence pour qu'elle ait envie de se déshabiller.

— Épargne-nous les détails.

Alec se leva et finit de débarrasser la table, en essayant de ne pas penser à Skylar dans la pièce voisine.

Il ne fallait pas être un génie pour deviner quel était le sujet de conversation.

Le dîner avait été agréable, la conversation légère et amusante, et tout le monde avait beaucoup ri. Surtout Sky. Elle avait un sens de l'humour très impertinent, et riait comme elle faisait tout le reste. De tout son cœur.

L'ambiance était très détendue, et pourtant il se sentait à cran.

Alors qu'il débarrassait les bouteilles de vin, Ryan lui lança un coup d'œil.

— Donc, Sky a emménagé avec toi. Je n'ai rien vu venir.

— Elle n'a pas emménagé avec moi.

Zach haussa les sourcils.

— Tu en es sûr ? La valise que j'ai déposée dans le coffre de ta voiture était assez lourde.

La tension se propagea dans les épaules d'Alec et dans son dos.

— Elle va rester quelque temps, c'est tout.

Et il commençait à regretter de l'avoir invitée sur un coup de tête.

Que voulait dire exactement « quelque temps » ?

Quand sa relation avec Selina était devenue sérieuse, elle avait apporté ses affaires dans l'appartement de Londres sans lui demander son avis.

Du jour au lendemain, il était passé de sa vie tranquille de célibataire à une vie de couple. Petit à petit, tout avait diminué. L'espace, la liberté, le bonheur.

Ryan le regarda longuement.

— Quelque temps, jusqu'à ce que vous ne vous supportiez plus ?

— Quelque chose comme ça.

Comment avait-il pu croire que ce serait aussi simple ? Faire l'amour avec Sky était une expérience époustouflante. Mais que feraient-ils en dehors du lit ? Ce qu'il appréciait le plus à Puffin Island, c'était l'atmosphère paisible et la solitude. Il avait l'habitude de travailler tard dans la nuit, de se lever quand il en avait envie et de passer du temps en plein air. Sans donner d'explications à qui que ce soit. Sans s'excuser.

Maintenant, il allait avoir Sky dans les jambes. Elle voudrait savoir ce qu'ils allaient faire de la journée, s'attendrait à ce qu'il ait un emploi du temps régulier, à ce qu'il s'occupe d'elle…

À l'instant où ils avaient franchi la porte du cottage, elle avait commencé à suggérer des activités. Faire un bonhomme de neige, de la luge…

Bon sang, mais où diable avait-il eu la tête ?

Un des avantages du Maine en hiver, c'est que vous étiez

souvent coupé du monde. Il avait besoin de s'isoler. Il avait des délais à respecter. Il n'avait pas besoin de compagnie.

Il sentit des gouttes de sueur perler sur son front.

Il ne lui restait plus qu'à espérer qu'elle passerait du temps avec ses amies.

— Pourquoi utilisent-elles autant de casseroles pour préparer un repas ? grommela Zach, en empilant les plats dans l'évier.

— Où est le problème ? Il n'y a qu'à les mettre dans le lave-vaisselle.

— Il est plein, répondit Ryan, en prenant un tablier accroché à la porte. C'est à toi, Zach ? Brittany t'a drôlement bien dressé. Je n'aurais jamais cru te voir un jour en homme d'intérieur.

Zach jura tout bas, et jeta le tablier sur une chaise.

— Il n'est pas à moi. Dégage, si tu ne veux pas que je te plonge la tête dans l'eau de vaisselle.

— Je dégagerai si tu fais le café, dit Ryan en cherchant des mugs dans le placard. Quand Emily habitait ici en été, je connaissais cette cuisine par cœur. Vous avez tout changé.

— Brittany a fait le vide, la dernière fois que nous avons été bloqués par la neige.

— Cela ne vous rend pas fous, d'être tout le temps l'un sur l'autre ? demanda Alec.

Zach haussa les sourcils.

— Tu veux parler de nos positions sexuelles ?

— Non ! Je veux savoir si vous ne devenez pas claustrophobes, à force d'être ensemble pendant les mois d'hiver.

Ryan se rembrunit.

— Tu as ramené cette mauvaise humeur dans tes bagages, Alec ?

— Désolé. Mon travail me met un peu sur les nerfs.

— Ah oui ? Tu es sûr que ton travail n'a pas de longs cheveux blonds, un rire cristallin et des jambes à tomber à la renverse ?

— J'en suis sûr, répliqua Alec, les dents serrées.

— Parce que je comprends que ces choses-là puissent détourner un homme de son travail, marmonna Ryan en ouvrant encore un placard. Alléluia ! Des mugs !

Il sortit les tasses. Alec le regardait, de plus en plus stressé.

— Cela ne me distraira pas de mon travail, affirma-t-il.

C'était hors de question.

— Merde, alors ! Ce devait être une grande soirée pour toi, et ce crétin de Richard a tout gâché.

Brittany était confortablement lovée sur le canapé, un verre de vin à la main. Ses cheveux bruns étaient noués en queue-de-cheval. Avec son corps athlétique, son jean moulant et son pull noir, elle semblait prête à affronter les éléments.

— Il aurait mieux valu qu'il ne vienne pas du tout.

— Je ne suis pas de cet avis, cela m'a au moins permis de voir la réalité en face.

Assise à même le sol, devant le feu, Sky savourait l'ambiance chaleureuse de Castaway Cottage. Combien de fois s'étaient-elles retrouvées ici, toutes les trois, pour parler de leurs problèmes ? Ce cottage avait vu défiler tous les hauts et les bas de leurs vies.

— J'aurais dû rompre plus tôt.

— Oui, confirma Brittany. Ce n'était pas l'homme qu'il te fallait.

Emily était plus réservée, moins catégorique. Sa vie avait radicalement changé au cours de l'été, mais elle était toujours la même personne, calme et mesurée.

— Tu ne devrais pas donner un avis aussi tranché. Imagine qu'ils renouent ?

— Il l'a frappée, dit Brit d'un ton plat.

Sky enfouit le visage entre ses mains.

— Non, il ne m'a pas frappée. Mais nous ne pourrons pas nous réconcilier.

Elle songea à Alec et se demanda ce qu'il faisait en ce moment. Il n'avait pas beaucoup parlé pendant le trajet jusqu'au cottage.

— Ton hématome est en voie de guérison, remarqua Brit. Mais si tu renoues avec lui, nous serons obligées d'intervenir. Nous avons failli le faire l'été dernier, quand il t'a obligée à rentrer plus tôt.

— Brit…, murmura Emily en soupirant.

— Quoi ? C'est vrai. Tu étais aussi inquiète que moi.

— Je sais, mais…

— Il n'y a pas de *mais*. Il voulait la rabaisser. Ce n'est jamais bon. La personne qui partage ta vie est censée encourager tes rêves, et non les tuer ! Tu as apporté du chocolat, Sky ? C'est exactement ce qu'il nous faudrait maintenant. Tu sais que j'adore le chocolat anglais, et si nous finissons par avoir notre café un jour…

Elle se tourna vers la porte fermée en marmonnant :

— Mais que font-ils ? Combien de temps faut-il pour remplir un lave-vaisselle ?

« La personne qui partage ta vie est censée encourager tes rêves, et non les tuer ! »

Interdite, Sky regarda son amie.

— Si c'est ce que tu pensais, pourquoi n'as-tu rien dit ?

— Je l'ai fait. Je t'ai envoyé un SMS. *Urgent. Apporte du chocolat.*

— Pourquoi n'as-tu rien dit au sujet de Richard ?

C'était toujours pareil, quand elles étaient ensemble. Elles avaient plusieurs conversations simultanées. Rassurée par la familiarité de la situation, Sky ouvrit son sac et en sortit le chocolat qu'elle avait acheté à l'aéroport.

Brittany tendit la main, et le diamant qu'elle portait à l'annulaire étincela à la lueur des flammes.

— Miam ! Merci. Je n'avais pas à me mêler de ta vie amoureuse.

Emily arqua un sourcil.

— Depuis quand te fixes-tu des limites ?

— Je commente sa décision rétrospectivement, Em. C'est différent. Certaines décisions doivent se prendre seule. Par exemple, avec qui tu veux te retrouver nue dans un lit. C'était Sky qui sortait avec Richard, pas moi, ajouta-t-elle en déchirant le papier qui entourait un chocolat. De l'extérieur la relation paraissait assez toxique, mais on ne sait jamais ce qui se passe dans un couple. Après tout, Richard aurait pu avoir une baguette magique, ou quelque chose.

— Il n'en avait pas, rétorqua Sky en ricanant.

— Alors, tu n'avais aucune raison de rester avec lui aussi longtemps. Tout ce qui pouvait justifier de rester avec un type aussi autoritaire, c'était qu'il soit fantastique au lit. Le café irait bien avec ce chocolat. Et il m'aiderait à rester éveillée. Sérieusement, que font-ils dans la cuisine ?

Emily cligna les paupières.

— Tu as bien parlé de baguette magique ?

— Oui. Et ne joue pas les prudes effarouchées. On sait que Ryan et toi avez passé tout l'été à vous arracher vos vêtements avec les dents !

Emily devint écarlate.

— Quelquefois, je me demande comment nous avons pu devenir amies, toi et moi.

— Et ensuite, tu remercies ta bonne étoile. Sans moi, tu n'aurais jamais connu Ryan. Et ne me dis pas que ce n'est pas la meilleure chose qui te soit arrivée. Je sais que c'est l'homme de ta vie. Tu es radieuse. En parlant de sexe, crache le morceau, Sky. Alec et toi, vous vous éclatez au lit, n'est-ce pas ?

— Pourquoi dis-tu cela ?

— Parce que vous avez passé l'été à vous chamailler. Il était affreux avec toi. Grossier. Donc je dirais qu'entre vous, ça doit faire des étincelles.

— Il y a deux minutes, tu disais que sa vie amoureuse ne te regardait pas, murmura Emily.

Brittany croqua dans un nouveau morceau de chocolat.

— Je parlais de sa vie passée. Sa vie amoureuse actuelle me regarde.

— Alec sortait d'un divorce difficile. Ryan nous l'a dit.

Elle n'y avait pas trop pensé sur le moment, mais maintenant elle y pensait tout le temps.

Elle voulait savoir pourquoi il se sentait aussi responsable de l'échec de son mariage.

Brittany se lécha les doigts.

— Il est assez cabossé par la vie. Je ne veux pas que tu souffres encore une fois. Je l'aime beaucoup, il est très sexy, mais aussi très morose. Je ne suis pas sûre qu'il soit la personne idéale pour t'aider à rebondir.

Sky songea aux quelques jours qui venaient de s'écouler.

— Il n'est pas toujours morose.

Emily ramassa les emballages du chocolat.

— Il l'a aidée quand ça n'allait pas. C'est ce qui compte. Et s'il a eu une mauvaise relation avec sa femme, quelle importance ? Il n'est pas le premier à commettre une erreur de ce genre.

— Tu en sais quelque chose. Je n'ai pas oublié qu'avant Ryan, il y a eu ce raseur de Neil.

Brittany lança un regard entendu à Emily, et se retourna vers Sky.

— Ce que je veux savoir, c'est comment après avoir rompu avec Richard et t'être assommée, tu t'es retrouvée au lit avec Alec. Vue comme cela, la situation n'a rien de romantique.

— Ce n'était pas romantique du tout. D'abord j'ai mis du sang sur sa chemise et ensuite j'ai vomi.

Brittany éclata de rire.

— J'aurais payé cher pour voir ça. Je parie qu'il s'est enfui ?

— Non, répondit Sky les yeux fixés sur son verre. Il est resté avec moi.

Il y eut un silence.

Emily et Brittany échangèrent un coup d'œil.

— Non ? Il est resté avec toi pendant que tu vomissais ? C'est une blague ?

— Pas du tout.

— Tu veux dire qu'il s'est assis au bord de la baignoire, à l'autre bout de la pièce, et qu'il t'a regardée ?

— Non. Il était à côté de moi et il me tenait les cheveux.

— D'accord, donc ce n'est pas uniquement sexuel, conclut Brittany, oubliant le chocolat sur ses genoux. Un homme qui ne se met pas aux abris quand tu es malade, il faut le garder.

— Il a été gentil, dit Sky en soupirant.

— Et il t'a emmenée dans sa famille.

— Il ne voulait pas me laisser seule à Londres avec une blessure à la tête.

— Donc, il t'a emmenée dans sa famille, et… et ensuite ?

— Ils ont cru que nous étions en couple. C'était… gênant. Pourquoi ris-tu ?

— Parce qu'à ce moment, vous vous êtes vraiment mis ensemble. C'est drôle, tu ne trouves pas ?

— Ils ne le savent pas. Sa famille voudrait qu'il ait de nouveau une relation sérieuse, et ce n'est pas ce qui se passe. Nous passons du bon temps, voilà tout, conclut Sky en haussant les épaules.

Pourtant, elle était sûre qu'entre le moment où elle avait franchi la porte du cottage de pêcheur et celui où elle avait gravi l'escalier, quelque chose avait changé.

— Tu rêvais d'une grande passion.

— C'est toujours ce que j'aimerais avoir. Mais je ne vais pas rester enfermée seule à la maison en attendant que cela arrive.

— Bien vu, déclara Brittany en prenant un morceau de chocolat. Il faut que tu fasses passer plusieurs auditions.

Emily se leva et gagna la porte.

— C'est très bien, tant qu'elle ne tombe pas amoureuse d'Alec. Je vais leur dire de faire du décaféiné, sinon je ne dormirai pas de la nuit. Et toi, Brit ?

— Non, pas de décaféiné. J'ai besoin d'un café bien fort. Et elle ne tombera pas amoureuse d'Alec. Ils sont tellement différents que je me demande comment ils ont pu se retrouver dans la même chambre.

— Pourquoi veux-tu du café fort ? Tu ne vas pas dormir ? Quelque chose ne va pas ? demanda Emily.

— Zach l'empêche de dormir avec sa baguette magique, dit Sky en prenant à son tour un chocolat.

Elle ne tenta pas de contredire Brittany. Pourquoi l'aurait-elle fait ? Son amie avait raison. Elle ne tomberait pas amoureuse d'Alec.

— Va les chercher, Em.

De quoi parlaient-ils enfermés dans la cuisine ?

Zach et Ryan faisaient-ils passer un interrogatoire à Alec ? Non, Zach ne s'intéressait pas aux détails. Mais Ryan avait un besoin pathologique de tout savoir.

Brittany ramena les jambes sous elle.

— Tu ne nous as toujours pas dit comment vous êtes passés de la position verticale à l'horizontale ?

La main sur la poignée de la porte, Emily fit une pause.

— Elle n'a peut-être pas envie d'en parler.

— Eh bien, elle va le faire. Nous nous sommes fait une promesse, vous vous rappelez ? Nous devons nous soutenir mutuellement, quoi qu'il arrive. Ce qui signifie que j'ai le droit de connaître les détails croustillants.

— Nous avons couché ensemble, voilà tout.

— Et il t'a ramenée chez lui. De deux choses l'une. Soit vous vous entendez vraiment bien au lit, soit le Chasseur d'Épaves a un gros faible pour toi.

Sky songea à son attitude renfermée et lointaine, ces dernières heures.

— Peut-être m'a-t-il invitée sur un coup de tête…

— En réfléchissant avec sa baguette magique plutôt qu'avec son cerveau…

— Oui, c'est cela.

Peut-être étaient-ils allés un peu trop vite.

— Si nous ne nous entendons pas, si ça tourne mal, je pourrai venir dormir chez toi ?

— Tu n'as même pas besoin de le demander. Tu peux loger ici, pas de souci… Au fait, pour en revenir à la baguette magique…

Emily leva les yeux au ciel et sortit.

12

Quand Alec s'éveilla, le soleil d'hiver inondait la pièce.

Il n'eut pas besoin de consulter sa montre pour savoir qu'il était tard. C'était le prix à payer quand on travaillait la nuit.

Il avait attendu que Sky soit endormie. Puis il avait délicatement repoussé les mèches blondes qui s'enroulaient autour de lui comme des rubans de soie et avait gagné son bureau où il avait travaillé jusqu'à 4 heures du matin. Il n'avait pas fait autant de progrès qu'il l'espérait, aussi tout ce qu'il voulait à présent c'était passer la journée devant son ordinateur sans autre compagnie qu'une bouteille Thermos pleine de café fort.

Malheureusement il y avait peu de chances que ce vœu se réalise.

Sky devait être debout depuis des heures, s'ennuyant à mourir.

Il prit une douche rapide, s'habilla et partit à sa recherche, écrasé par un sentiment d'obligation.

Ce qui à Londres lui avait paru une bonne idée devenait la pire décision de sa vie.

Exception faite de son mariage avec Selina.

Cette décision-là battait tous les records.

Un coup d'œil par la fenêtre lui fit découvrir un ciel gris et menaçant, une mer agitée par des bourrasques glaciales, telle une marionnette manipulée par des forces supérieures.

En temps normal, ce temps gris aurait été le seul encouragement dont il avait besoin pour se plonger dans une longue journée de travail. Mais aujourd'hui ce choix lui était interdit.

Aujourd'hui, à cause d'un coup de tête idiot et d'une libido mal maîtrisée, il ne pourrait pas travailler.

Sky allait vouloir faire un bonhomme de neige, explorer la forêt, ou essayer la luge sur les pentes glacées derrière la maison.

En l'invitant ici, il avait sacrifié sa liberté.

Ce qu'il pouvait faire de mieux, c'était de marchander son temps. S'ils faisaient quelque chose ce matin, il pourrait obtenir quelques heures pour travailler dans l'après-midi.

La date butoir n'était pas loin, mais il avait peu de chances de terminer son travail aujourd'hui.

À cause d'un afflux d'hormones, il se retrouvait avec quelque chose qu'il n'avait jamais eu dans ce cottage.

Une invitée.

C'était pour cela qu'il avait décidé de ne pas replonger dans une nouvelle relation.

Et aussi parce que les blessures infligées par la précédente n'étaient pas encore toutes guéries.

Tout d'abord, il crut qu'elle était partie, car le cottage semblait vide. Puis il la vit par la fenêtre de la cuisine, assise sur la terrasse enneigée, emmitouflée dans une doudoune lui appartenant et beaucoup trop grande pour elle. Elle avait balayé la neige d'une des chaises et elle dessinait.

Alec prit une autre veste, enfila ses bottes et la rejoignit.

— Que fais-tu ici ? Tu vas te transformer en glaçon.

— Je suis bien couverte et je n'en ai que pour quelques minutes. C'est tellement beau. Incroyablement paisible. Le froid sec et le soleil d'hiver. Une combinaison parfaite. Nous allons avoir de la neige bientôt et je veux profiter de l'extérieur en attendant.

En temps normal l'idée d'être bloqué par la neige ne l'inquiétait pas. Cela lui donnait une bonne excuse pour travailler.

L'idée qu'il ne pourrait le faire aujourd'hui augmenta son stress.

— Je vais préparer le petit déjeuner, et nous discuterons de la façon dont tu veux occuper ta journée.

Plus vite ils commenceraient, plus vite ce serait fini.

— J'ai déjà pris mon petit déjeuner, mais je veux bien une autre tasse de café si tu me l'offres.

— Veux-tu que je te conduise à Harbor House pour voir Emily ? Ou bien au Club Océan ? Nous devrions faire un plan pour la journée.

Il savait qu'il parlait d'un ton sec, mais il ne pouvait pas s'en empêcher.

— Pourquoi ? Nous sommes obligés de faire des plans ? Je suis bien ici.

Il avait besoin d'un emploi du temps, pour se réserver quelques heures de travail.

— Je vais faire du café.

Ignorant son regard interrogateur, il rentra dans la cuisine.

Il n'aurait jamais dû l'inviter.

Il n'aurait pas dû…

Un vent glacial s'engouffra dans la cuisine quand Sky ouvrit la porte et entra.

— J'ai tellement froid que je ne peux pas tenir mon crayon.

Elle referma la porte en riant, et il n'aurait su dire pourquoi son sourire l'irrita.

Elle semblait détendue, heureuse, alors qu'il ne pensait qu'au travail qu'il n'allait pas pouvoir terminer.

— Café noir, ou café au lait ?

Il sortit des tasses du placard et referma celui-ci brusquement. Le sourire de Sky s'effaça.

— Noir. Que se passe-t-il ?

— Rien.

Il savait que son comportement était irrationnel, mais c'était plus fort que lui. Il remplit une tasse et la lui tendit.

— Comme tu le vois, il n'y a pas beaucoup de distractions par ici, et…

— Je te pose la question encore une fois, Alec. Que se passe-t-il ? demanda-t-elle en serrant la tasse entre ses mains pour se réchauffer. Mes cheveux t'ont étranglé pendant la nuit ? J'ai laissé des serviettes mouillées sur le sol de la salle de bains ? J'ai parlé dans mon sommeil ? Je sais que je suis somnambule.

— Non. Rien de tel.

Il n'avait pas envie de penser à ses boucles soyeuses sur son torse. Ni à leur parfum fleuri.

— Et pourtant, quelque chose t'a contrarié. T'ai-je demandé en mariage sans m'en rendre compte ?

— Ce n'est pas toi.

— Eh bien, à moins que tu ne caches quelqu'un au grenier, je suis la seule personne avec toi sous ce toit.

— Tu es mon invitée. J'essaye d'être un hôte convenable et de deviner ce que tu as envie de faire, voilà tout.

Et quand il la regardait, il ne pouvait penser qu'à une seule chose.

Même couverte, elle était splendide. Ses joues étaient rosies par le froid, et ses yeux plus bleus que d'ordinaire.

— Que ferais-tu si je n'étais pas là ?

— Question inutile, puisque tu es là.

— Et tu préférerais que je n'y sois pas, c'est évident. Tu as changé d'avis, dit-elle en posant sa tasse. C'est très bien, Alec. Il n'y a pas d'obligations entre nous. Pas de promesses, rien que la vérité, tu te rappelles ? Tu as le droit de changer d'avis.

Tout en parlant, elle gagna la porte de la cuisine.

— Où vas-tu ?

— Je vais faire ma valise. J'irai passer quelques jours chez Emily. Ce n'est pas un problème. Nous pourrons boire un verre ensemble au Club Océan, quand tu voudras.

— Non ! Je ne veux pas que tu partes.

Quelques minutes plus tôt, il aurait payé pour être débarrassé d'elle, et soudain il s'apercevait qu'il n'avait pas envie qu'elle s'en aille.

— Mais tu viens de...

— Je ne veux pas que tu partes.

— Je ne comprends pas.

Il ne comprenait pas non plus. Il avait conscience de se comporter comme un goujat.

— J'ai des délais à respecter, et je dois travailler. C'est tout.

— Et alors, pourquoi perds-tu ton temps à bavarder avec moi ? Va travailler.

— Je ne peux pas.

— Pourquoi ? dit-elle, perplexe. À cause du décalage horaire ? Tu as l'angoisse de la page blanche ?

— Il faut que je m'occupe de toi.

Elle haussa les sourcils.

— C'est pour cela ? Alec, je n'ai plus six ans. Tu n'es pas un clown et je n'ai besoin de personne pour me distraire. Je sais m'occuper toute seule. Si tu dois travailler, fais-le. Je te verrai quand tu auras fini.

Il sentit sa gorge se nouer. Ce ne pouvait pas être aussi facile qu'elle le disait.

— Je ne voudrais pas que tu t'ennuies.

— Tu te moques de moi ? Je ne m'ennuie jamais.

Elle marqua une pause et le dévisagea.

— Ce n'est pas à cause de moi que tu es angoissé. C'est à cause de ton ex-femme, n'est-ce pas ? Tu te demandes quelle mouche t'a piqué, d'inviter quelqu'un dans ton sanctuaire. Eh bien, la bonne nouvelle du jour, Alec, c'est que je ne m'ennuierai pas. Je n'ai pas besoin que quelqu'un s'occupe de moi. Fais ce que tu as à faire et nous nous verrons plus tard pour faire l'amour. Ou pas.

Son regard quand elle prononça ces mots le fit chavirer. Il fut submergé par le désir.

— Que vas-tu faire ?

Il savait, lui, ce qu'il avait envie de faire en ce moment, et cela n'avait rien à voir avec les livres qui l'attendaient dans son bureau.

— Je ne sais pas. Je vais peut-être travailler aussi, pour une commande. Ou bien, je vais lire, ou me promener. Je n'ai pas encore décidé, mais tu n'es pas obligé de rester avec moi.

Elle traversa la cuisine et l'embrassa sur la joue.

— Tu es grognon parce que tu crois que j'ai des arrière-pensées, mais c'est faux. Et aussi parce que tu as travaillé une grande partie de la nuit. Bois encore un peu de café.

— Tu savais que j'étais en train de travailler ?

— Tu n'étais pas dans le lit. Je craignais que tu sois parti dans la chambre d'amis parce que mes cheveux te gênaient. Je t'ai cherché, et je t'ai vu dans ton bureau, penché sur tes documents.

— Pourquoi tes cheveux m'auraient-ils gêné ?

Elle sourit en soulevant ses boucles du bout des doigts.

— Parce qu'ils sont envahissants. C'est le mauvais côté des cheveux longs, dit-elle en haussant les épaules. Richard voulait que je les coupe.

— Je commence à croire qu'il souffrait d'une déficience neurologique. Je ne savais pas que tu étais venue dans mon bureau. Je ne t'ai pas entendue.

— Tu étais très concentré, et je ne voulais pas te perturber, dit-elle en rejetant ses cheveux en arrière. Il te tarde de te replonger dans ton travail. Vas-y, et nous nous verrons plus tard. J'espère que tu seras inspiré.

Elle lui offrait exactement ce qu'il désirait. De l'espace.

Alors pourquoi avait-il envie de s'enfermer avec elle ?

Sky travailla quelques heures dans le jardin d'hiver, puis elle emprunta la doudoune d'Alec qui était plus chaude que la sienne, prit son Nikon en bandoulière et alla se promener. Si elle n'était pas dans la maison, il ne se sentirait pas obligé de s'occuper d'elle.

Maintenant au moins, elle comprenait la raison de son brusque changement d'attitude.

Était-il conscient de ce que cette réaction révélait sur sa relation avec son ex-femme ?

Visiblement, Selina s'attendait à ce qu'il la divertisse tout le temps. Pour un homme indépendant, actif et autonome comme Alec, cela avait dû créer une pression constante.

Pourquoi s'adressait-il autant de reproches, alors que sa femme était aussi responsable que lui de l'échec de leur relation ?

Comme d'habitude, elle avait plus de questions que de réponses. Elle réfléchit, tout en longeant la route qui suivait la côte ouest de l'île et descendait vers le port, s'arrêtant de temps à autre pour prendre des photos en chemin.

C'était une parfaite journée d'hiver.

La route principale avait été dégagée, et elle décida d'éviter les petits chemins qui disparaissaient sous la neige.

Enveloppée dans l'épaisse veste d'Alec, elle sentit le froid lui piquer les joues. Elle ne s'était plus sentie aussi libre depuis des années. Ces derniers temps, ses visites dans l'île avaient été gâchées par le stress que provoquait l'agacement de Richard, qui ne comprenait pas qu'elle passe du temps « au milieu de nulle part ». Cela ne l'avait pas empêchée de venir quand même. Mais il ne fallait pas se mentir. La désapprobation de Richard l'avait empêchée de profiter pleinement de ses séjours.

Il essayait de la contrôler, comme ses parents, par une attitude réprobatrice.

Pourquoi ne s'en était-elle pas aperçue plus tôt ?

Elle se sentait presque coupable d'être seule ici, et de n'avoir de comptes à rendre à personne. Rien ne l'obligeait à rentrer au plus vite. Personne ne lui reprocherait de ne pas avoir répondu au téléphone au bout de deux sonneries. Pour une fois, elle n'avait pas à jongler avec ses envies et les exigences de Richard.

Alec avait-il ressenti la même chose pendant son mariage ? Avait-il été tiraillé entre les exigences de Selina et ce qu'il voulait ?

L'air froid lui éclaircit les idées et lui remonta le moral. Quand elle atteignit le Club Océan, elle était souriante.

Elle entendit la sirène du ferry qui quittait le port et s'arrêta un moment pour contempler le paysage.

La rue principale, encombrée de touristes en été, était transformée par la neige et les décorations. Des guirlandes scintillaient derrière les fenêtres et des couronnes de feuillages décoraient les portes.

Elle passa devant Harbor Store, l'épicerie du port dont les vitrines étaient garnies de friandises de Noël et d'idées de cadeaux. Sur un coup de tête, elle entra.

Elle ressortit quelques minutes plus tard, avec un sac plein d'articles indispensables.

Riant encore des quelques paroles échangées avec Mel à la caisse, elle fit une pause devant Summer Scoop, le magasin de glaces. À l'intérieur, Lisa servait du café et du chocolat chaud à des clients frigorifiés et à des sportifs enthousiastes.

Lisa avait bien failli perdre son affaire, avant qu'Emily ne lui propose de l'aider à la gérer. Sky fut contente de voir que la salle était pleine. La fresque murale gaie et colorée qu'elle avait peinte elle-même pendant l'été avait transformé l'intérieur de la boutique.

Lisa posa deux chocolats surmontés de crème fouettée sur le comptoir, puis remarqua Sky et lui fit un signe de la main.

Sky lui répondit, et se remit en route.

Le magasin devant lequel elle s'arrêta n'avait pas encore d'enseigne, ni de décorations en vitrine.

À l'intérieur, elle vit Emily tremper un pinceau dans un pot de peinture. Un des murs était couvert de rayures multicolores.

Elle ouvrit la porte, soulagée d'échapper au froid mordant.

— Bonjour ! Savez-vous où je pourrais trouver un nouveau magasin, qui s'appelle Au Bord de Mer ? lança-t-elle en posant son sac sur le sol.

— Sky !

Lizzy, la petite nièce d'Emily, âgée de six ans, traversa la boutique en courant et se jeta dans les bras de Sky, qui la souleva.

— Comment vas-tu, mon petit pop-corn ? Cette couronne est nouvelle, n'est-ce pas ? Et tu as un très beau collier. C'est toi qui l'as fait ?

— Je l'ai fait la semaine dernière, avec Rachel.

— Tu dois l'appeler Mlle Cooper, précisa Emily en posant son pinceau.

Ses cheveux étaient attachés sur la nuque et elle avait l'air exténuée.

— Je déteste faire cela. Il me tarde que ce soit fini.

— La décoration est la partie la plus drôle.

— Non, le plus drôle, ce sera de faire marcher cette boutique. Où as-tu trouvé cette veste ? Elle est trop grande pour toi.

— Je l'ai empruntée à Alec, répondit Sky en déposant Lizzy. Tu as besoin d'aide ?

— Quelle question ! J'ai peint quinze rayures sur le mur, et elles ne me plaisent pas. J'ai l'impression que quelque chose ne va pas.

— Parce que ça ne va pas, dit Sky en examinant les couleurs. Du gris et de l'ivoire. Tu ne prends pas de risques, Emily, comme toujours.

— La marchandise sera plus importante que la couleur des murs.

— D'accord. Mais la décoration sert à mettre en valeur la marchandise. Ton magasin s'appelle Au Bord de Mer, et les gens doivent avoir l'impression d'aller à la plage en entrant chez toi.

Sky enleva la veste d'Alec et la posa sur une chaise.

— Tu n'as pas d'autres couleurs ?

— J'ai un sac entier d'échantillons. Sers-toi.

Sky fureta dans le sac.

— Je croyais que tu avais contacté un décorateur d'intérieur ?

— Je n'avais pas les moyens de l'engager. Un ami de Ryan doit venir m'aider à installer les meubles, mais avant je dois peindre les murs moi-même.

— Il va falloir que tu me mettes au courant de la situation. Je ne suis plus dans la course.

— Tu étais trop occupée avec ton exposition.

— Eh bien, je suis libre à présent, dit-elle en étalant tous les échantillons de bleu devant elle. Est-ce que tu aurais une sorte de bol ?

— Pour quoi faire ?

— Je veux mélanger ces peintures.

— Tu ne peux pas utiliser un mélange tout prêt ?

— Non, aucun de ceux-là ne me convient.

Sky releva les manches de son pull et noua ses cheveux sur sa nuque.

— L'été prochain, quand les gens franchiront cette porte, ils sauront qu'ils sont au bord de la mer.

— Vous allez peindre une fresque ? Comme à Summer Scoop ? s'exclama Lizzy en sautillant. Je peux aider ?

— Je compte sur toi. Mais avant tout, je veux essayer quelque chose.

Sky versa la peinture, mélangea et fit plusieurs essais avant d'obtenir le ton qu'elle voulait. Puis elle traça une rayure sur le mur, à côté des autres.

Emily poussa un soupir.

— Cela fait deux jours que je peins. Et toi, tu entres et en un coup de pinceau tu obtiens la couleur parfaite. Je te haïrais si je ne t'étais pas aussi reconnaissante. Tu es géniale.

— Je n'ai pas fini. Nous allons faire un effet spécial.

— Nous ?

— Oui. La peinture unie est trop fade. Il faut des tourbillons qui donnent l'impression d'être sous l'eau.

— En train de se noyer ?

— Non, répondit Sky en souriant. Pense à moi comme à une bouée de sauvetage.

Elle fit quelques essais, pendant qu'Emily déballait des cartons. L'après-midi passa rapidement tandis qu'elles travaillaient en échangeant les derniers potins de l'île.

— Où est Alec ?

— Il travaille, dit Sky en passant un chiffon humide sur la peinture fraîche. Où est Ryan ?

— Il travaille au Club Océan. Il y a de plus en plus de monde, en hiver. Et Zach a emmené Brittany sur le continent. Elle a un rendez-vous à l'université. Lizzy, ma chérie, ne mets pas tes doigts pleins de peinture dans tes cheveux. Va te laver les mains.

Lizzy disparut dans la minuscule salle de bains, à l'arrière du magasin.

— Comment va-t-elle ?

— Bien, répondit Emily en essuyant la peinture que la fillette avait renversée sur le sol. Mieux que je ne l'espérais. Elle adore l'école, grâce à Rachel bien entendu. Et elle ne quitte jamais les jumeaux de Lisa. Ces trois-là sont inséparables.

— C'est bien, d'avoir deux meilleurs amis. On en a toujours un en réserve. Quelque chose ne va pas ? ajouta Sky en voyant qu'Emily avait une mine fatiguée.

— Non ! Tout va bien.

— Hé ! C'est à moi que tu parles.

Inquiète, Sky posa son pinceau.

— Ta vie a été chamboulée ces derniers mois, et être responsable d'un enfant, ce n'est pas rien.

Surtout pour Emily, qui n'avait pas choisi ce genre de vie.

— Je suis fatiguée, dit Emily en essuyant une tache de peinture sur sa main. Et j'ai peur de ne pas savoir être une maman.

— Tu es la meilleure, protesta Sky en la serrant dans ses bras. Personne ne pourrait faire mieux que toi.

— Tu crois ? murmura Emily. Et si je ne fais pas ce qu'il faut ?

— Tu te débrouilles très bien. Rappelle-toi comment était Lizzy quand vous êtes arrivées ici, au début de l'été. Pâle, silencieuse, accrochée à son ours en peluche… comment s'appelle-t-il, déjà ? Alistair ?

— Andrew.

— C'est cela. Andrew. Tu vois, tu connais le nom de cet ours, et moi non. Elle a l'air d'aller bien, Em.

— Elle ne se sépare pas d'Andrew. Et de six macareux en peluche que Ryan lui a offerts.

— Six ?

— Un macareux, et cinq en réserve au cas où il se perdrait.

— C'est adorable.

— Je reste éveillée la nuit, à me demander comment il se fait que du jour au lendemain Lizzy soit venue vivre avec moi.

— Elle a de la chance de t'avoir.

Skylar pensa à ses parents, à la façon dont ils l'avaient élevée. Puis à la famille d'Alec, et à la conversation qu'elle avait eue avec Suzanne.

— Il y a plusieurs façons d'élever les enfants. Et il y a celle qui te paraît juste.

— Cela me fait peur.

— Bien sûr, mais tu n'es pas seule. Nous sommes là. Et tu as Ryan.

— Oui. Grâce au ciel, Ryan est là. Que se passe-t-il entre Alec et toi ?

— Il ne se passe rien.

— Il était là quand tu as eu des problèmes. C'est important, Sky. Mais je suis inquiète. Je ne pense pas qu'Alec soit capable d'aimer quelqu'un toute la vie.

— Je ne veux pas m'engager pour la vie avec lui. Ne t'en fais pas.

— Son divorce lui a fait du mal. Et s'il te fait souffrir ?

— Il ne me fera pas…

Sky s'interrompit brusquement en voyant Lizzy revenir. La fillette s'arrêta brusquement devant elle.

— Pourquoi vous vous faites un câlin ?

— Parce que nous sommes amies.

Les deux jeunes femmes s'écartèrent et Emily lissa ses cheveux.

— Sky a de la peinture bleue dans les cheveux ! s'exclama Lizzy en riant.

— C'est vrai ? Est-ce que ça me va bien ? Je crois que tu veux des cheveux bleus, toi aussi !

Sky s'empara du pinceau et avança vers Lizzy. Poussant un cri aigu, la fillette se précipita vers la porte et se heurta à Alec.

Celui-ci l'attrapa pour l'empêcher de tomber, et la souleva dans ses bras.

— Pourquoi es-tu aussi pressée ?

— Sky veut peindre mes cheveux en bleu !

Il ne s'était pas rasé, et le col de sa veste effleurait son menton ombré de barbe. Sous la veste volumineuse, ses épaules paraissaient encore plus larges.

— C'est vrai ? questionna-t-il d'un ton grave. Tu veux que je la tienne, pendant que tu lui peins les cheveux ?

— Les siens sont déjà tout bleus !

— C'est vrai.

Son regard croisa celui de Sky, et elle se sentit chavirer, traversée par une flèche brûlante.

— Tu ne travailles pas ?

— Je te cherchais.

Le ton de sa voix et son regard pénétrant lui firent un drôle d'effet. Elle eut l'impression d'avoir été emportée par la mer et rejetée sur le rivage par la marée. Tout cela en quelques secondes.

Il la regardait comme s'ils avaient été seuls au monde.

Richard l'avait-il déjà regardée de cette façon ? Comme si elle était la seule personne dans une pièce ?

Il était venu la chercher.

C'était… romantique, songea-t-elle, troublée.

— Super.

— Je m'attendais à te retrouver noyée sous un mètre de neige.

Il déposa délicatement Lizzy.

Sky se rembrunit. Ce n'était pas vraiment romantique.

Il n'était pas venu parce qu'elle lui manquait, mais parce qu'il la croyait stupide au point de tomber dans une congère.

Cette idée la mit mal à l'aise. Il n'y avait pas de sentiments entre Alec et elle. Il y avait un jeu, et une grande attirance physique.

— Si tu étais inquiet, tu aurais dû m'appeler. Ce n'était pas la peine de prendre la voiture.

— Je t'ai appelée. Mais ton téléphone était éteint.

Son téléphone ?

Elle chercha au fond de sa poche, prit l'appareil et vit qu'il avait raison. Elle avait oublié de l'allumer. Cela faisait partie des nombreuses petites manies qui mettaient Richard hors de lui. Elle s'excusa instinctivement.

— Je suis désolée. Je n'ai plus pensé au téléphone. J'étais dans la lune, à des kilomètres d'ici et…

Les mots d'excuse s'éteignirent sur ses lèvres quand elle s'aperçut qu'ils la dévisageaient.

— Quoi ? Je disais que j'étais désolée.

— Sky, dit Emily en posant une main sur son bras.

— Je fais cela tout le temps, déclara Alec, d'un ton calme. La dernière chose que l'on veut quand on réfléchit, c'est être dérangé par un téléphone. Tu n'as pas à t'excuser.

— Mais c'est agaçant. Je le comprends. Je devrais faire plus attention au monde réel et…

Elle poussa un petit cri quand Emily l'entoura de ses bras.

— Quoi ?

— Arrête. Cesse de t'excuser d'être ce que tu es.

Était-ce ce qu'elle faisait ?

Elle ferma les yeux, terriblement gênée.

— Je sais que c'est irritant de ne pas pouvoir joindre quelqu'un. Tu n'étais pas obligé de partir à ma recherche, Alec. Je viens dans cette île depuis l'âge de dix-huit ans. Je suis raisonnable, et il y a peu de risques que je tombe dans un trou en plein jour.

Il y eut un silence.

— Il fait nuit, Sky, fit-il remarquer d'une voix grave.

— Nuit ?

Elle se tourna vers la fenêtre et s'aperçut que pendant qu'elle parlait avec Emily et jouait avec Lizzy, le soleil s'était couché. Poussant un soupir, elle repoussa les cheveux qui tombaient sur son front.

— J'ai perdu la notion du temps. Je ne me suis pas rendu compte qu'il était aussi tard. Mais il ne fallait pas t'inquiéter, Em m'aurait raccompagnée à la maison.

Zut, elle avait dit « à la maison », alors que c'était chez lui.

— Je veux dire, chez toi. Ce n'est pas chez moi, bien sûr. Je ne suis là que pour quelques jours.

Tais-toi, Sky, arrête de parler.

À ce moment, Lizzy claironna de sa petite voix :

— Tu ne ferais pas de mal à Sky, n'est-ce pas, Alec ?

Sky se figea.

Alec aussi. Son regard la transperça comme un laser.

— Pourquoi penses-tu que je pourrais lui faire du mal ?

— Je ne sais pas. Emily avait peur que tu lui fasses du mal.

Emily toussota, à la fois incrédule et terriblement gênée.

— Lizzy…

— Tu as dit qu'il n'était pas capable d'aimer quelqu'un toute la vie. Je ne comprends pas.

Sky et Emily demeurèrent muettes. Alec s'accroupit devant la petite fille.

— Emily est très raisonnable, dit-il doucement.

— Mais pourquoi tu ne peux pas être heureux avec quelqu'un toute la vie ?

— Parce que c'est dans les contes de fées qu'on aime quelqu'un pour toujours, pas dans la vraie vie.

— Tu n'es pas heureux ?

— Si, je suis heureux. Mais personne ne peut l'être toute la vie. Il se passe toujours des choses inattendues, la vie change.

— Je sais. Ma maman est morte et maintenant je vis ici avec tante Emily. Il t'est arrivé quelque chose de triste ?

Alec soutint son regard.

— J'ai fait du mal à quelqu'un, une fois. Tante Emily a peur que je recommence.

— Tu étais désolé ?

— Oui, triste et désolé.

— Alors, tu ne veux pas faire de mal à Sky ?

Alec hésita l'espace d'une seconde.

— Non, dit-il d'une voix sourde. Je ne veux pas faire de mal à Sky.

— Je le savais ! s'exclama Lizzy en nouant les bras autour de son cou. Viens voir mon dessin. J'ai fait le *Capitaine Crochet*.

Alec l'embrassa sur la joue et se redressa. Son visage était vide d'expression.

— Montre-moi ton dessin.

Sky ne s'était jamais sentie aussi gênée de sa vie.

— Alec…, fit Emily d'une voix étranglée.

Il eut un bref sourire.

— Ce n'est rien, Emily. Sky est ton amie, il est normal que tu t'inquiètes pour elle.

Son ton était neutre. Il suivit Lizzy de l'autre côté de la pièce, où elle s'était installée pour peindre.

Emily regarda Sky d'un air désolé, et celle-ci eut un haussement d'épaules fataliste.

Elle n'aurait su dire ce qui était le plus gênant. Le fait qu'Alec sache qu'elles avaient parlé de lui et qu'il avait été question d'amour pour la vie, ou bien qu'il ait été témoin de son effondrement émotionnel.

Si elle avait dû choisir le moment idéal pour que Puffin Island soit engloutie sous les flots, elle aurait choisi celui-ci.

Alec examina attentivement les dessins de la fillette, la félicita abondamment et fit quelques remarques utiles.

L'expression d'Emily s'adoucit, et elle regarda Sky en posant une main sur son cœur.

Levant les yeux au ciel, Sky alla nettoyer les pinceaux et essaya d'enlever la peinture bleue dans ses cheveux.

Emily avait beau penser que tout allait bien, il allait tout de même falloir qu'elle s'explique pour sortir de cette situation embarrassante.

Quand elle eut fini de nettoyer ses cheveux, Alec l'attendait près de la porte.

— À bientôt.

Sky se pencha pour embrasser Lizzy, repoussant le plus longtemps possible le moment du départ. Puis elle ramassa son sac et suivit Alec jusqu'à la voiture.

L'air glacial lui fouetta le visage, et elle remonta le col de sa veste, redoutant déjà la conversation qui allait suivre.

— Je vais peut-être rentrer à pied.

— Monte dans la voiture, Sky.

S'il n'avait pas fait aussi froid, elle aurait peut-être protesté.

— D'accord. Mais pour que les choses soient claires, je ne nous imagine pas marchant main dans la main sur la plage au soleil couchant. Tu n'as pas de souci à te faire.

L'air impénétrable, Alec lui ouvrit la portière.

— Monte. Nous poursuivrons cette conversation à l'abri du froid, pour éviter les engelures.

Le cœur de Sky sombra. Elle ne voulait pas de conversation, elle voulait oublier tout cela.

— Tu me fais penser à ma mère. « Il faut que nous ayons une discussion, Skylar. » Mais ce n'est pas vrai. Emily s'inquiète, voilà tout.

— Et elle a raison. Monte.

Sky regarda sa mâchoire crispée, et obéit.

— Tu ne me feras pas de mal, Alec. Je veux juste m'amuser.

— Ce matin j'étais grincheux. Tu as trouvé cela amusant ?

— Tu paniques, car tu as des délais à respecter. Je le comprends. Et j'ai passé une très bonne journée. Si bonne que j'ai omis d'allumer mon téléphone. Je me suis déjà excusée pour cet oubli.

— Tu n'aurais pas dû le faire, répliqua-t-il d'une voix douce mais ferme. Tu ne dois pas t'excuser d'être ce que tu es.

Sans lui laisser le temps de répondre, il referma la portière et alla s'installer derrière le volant.

Sky demeura à sa place, abasourdie.

« Tu ne dois pas t'excuser d'être ce que tu es. »

À part ses amies, personne ne lui avait jamais dit cela.

Elle se demandait encore ce qu'elle devait répondre, quand il lui posa la main sur la joue. Ses doigts étaient chauds, la caresse délicieusement suggestive.

Il inclina la tête de côté, et sa bouche se trouva tout près de la sienne.

Elle éprouva le besoin presque douloureux de l'embrasser.

Elle voulait se fondre contre lui, enfouir les doigts dans ses cheveux bruns et presser les lèvres contre les siennes.

Était-il possible d'être accro aux baisers d'un homme ?

— Nous n'aurions pas dû commencer, dit-il d'une voix rauque. Nous n'aurions jamais dû faire cela.

— Pourquoi ?

— Parce que tu veux de l'amour, et je ne peux pas t'en donner. Même tes amies le savent.

— Je n'attends pas d'amour de ta part. Je ne veux que ce que tu me donnes déjà.

Elle posa les yeux sur sa mâchoire carrée, assombrie par une barbe naissante.

— Tu ne t'es pas rasé.

— J'ai oublié.

— Cela me plaît. C'est sexy.

— Tu pourrais dormir chez Emily ce soir, au lieu de revenir au cottage. Tu serais plus en sécurité.

— Et sexuellement frustrée, répliqua-t-elle d'un ton léger.

Il n'était pas question de révéler à quel point ses sentiments étaient confus.

— Je ne veux pas être en sécurité. Une vie excitante est forcément dangereuse. Ne t'inquiète pas pour moi, Alec. Je suis une grande fille.

— Emily ne serait pas de cet avis.

— Elle est d'une nature inquiète.

— Tu vas ignorer la mise en garde d'une amie ?

— Oui. Et toi, tu dois ignorer la petite voix dans ta tête qui te murmure que tu es responsable de l'échec de ton mariage. Ton ex-femme a peut-être souffert, mais tu as souffert aussi. Elle a détruit ta capacité à avoir des relations légères avec les femmes. Instinctivement, tu cherches une arrière-pensée, un motif inavoué. Sous tes dehors de gros dur, tu es quelqu'un de bien. Arrête de croire que tu vas me faire du mal, c'est idiot. Quand je suis passée à Harbor Store, j'ai entendu une alerte météo, enchaîna-t-elle pour changer de sujet. Faut-il faire des provisions ? Nous risquons de rester coincés plusieurs jours au cottage.

Il garda le silence un moment, puis laissa retomber sa main.

— Nous avons tout ce qu'il faut.

Sky attacha sa ceinture.

— Tu sais que le meilleur moyen de se réchauffer, c'est de se déshabiller, n'est-ce pas ? Peau contre peau.

Il lui lança un regard brûlant.

— Tu suggères de faire cela dans la rue principale ?

— Il vaudrait mieux attendre d'être rentrés chez toi, répondit-elle en souriant.

— Nous ne rentrons pas tout de suite. Je t'emmène au Club Océan.

Détachant les yeux de ses lèvres, il s'engagea dans la rue.

— Tu dois voir Ryan ?

— Non. Je t'invite à dîner.

C'était bien la dernière chose à laquelle elle s'attendait.

— Oh. Pourquoi ?

— Parce qu'il n'y a pas que le sexe dans une relation.

À moins que le but de la relation ne soit justement le sexe.

— C'est seulement une histoire d'orgasmes entre nous. Et rien d'autre.

— Ce soir, nous ne parlerons pas d'orgasmes, nous allons dîner. Nous aurons une conversation, assis l'un en face de l'autre, comme les gens normaux.

— Comme dans… un rendez-vous amoureux ? suggéra-t-elle en soufflant sur ses doigts pour les réchauffer.

Il y eut un bref silence.

— On peut dire cela.

— Tu fais cela à cause de ce qu'a dit Emily ?

— Non. Je le fais parce que je veux mieux te connaître. Et quand nous sommes au lit, nous n'avons pas beaucoup de conversation.

Décontenancée, elle sentit son moral remonter brusquement. Il l'emmenait au Club Océan, rien de plus. Un lieu où elle était déjà allée un millier de fois. Cela n'avait rien d'exceptionnel. Pourtant, c'était spécial, et l'idée la troublait.

Elle sourit, tentant de cacher sa confusion derrière une tentative de plaisanterie et un sourire.

— J'espère que tu ne t'imagines pas que je vais coucher avec toi parce que tu m'offres un milk-shake au chocolat. Je ne suis pas ce genre de fille.

— Merci de me prévenir. Tu aurais dû me dire que tu voulais venir au village aujourd'hui. Je t'aurais emmenée en voiture.

— Tu travaillais, et j'avais envie de marcher. J'avais besoin de prendre l'air. J'ai passé une partie de la matinée à dessiner des projets pour Laurel Ferrara.

— Je les ai vus, quand je t'ai cherchée.

Elle se sentit vulnérable, à l'idée qu'Alec avait regardé ses croquis.

— En principe, je ne montre mes dessins à personne.

— Ils étaient éparpillés sur le sol, dans le jardin d'hiver.

Cette manie d'étaler son travail partout faisait partie des choses que Richard ne supportait pas chez elle. Tout à coup, l'angoisse et la culpabilité resurgirent.

— Je suis désolée. Je rangerai dès que nous serons rentrés. Tu ne verras aucune trace de ma présence.

Il se gara devant le Club Océan et coupa le contact.

— Soyons clairs. Je ne suis pas Richard.

— Je sais.

— Alors cesse de t'excuser de la façon dont tu vis.

— Tu le fais aussi. Tu m'as avertie que tu allais me faire du mal. Si tu traînes des valises derrière toi, alors moi aussi. Nous avons droit à autant de bagages l'un que l'autre. Disons une valise et un sac chacun.

Il sourit.

— Si tu veux savoir, mon dessin préféré était le coquillage. Tu devrais envoyer celui-ci à Laurel.

— Je craignais qu'il ne soit un peu compliqué. Laurel aime les choses simples.

— Je l'ai trouvé original et élégant. Serait-il difficile à réaliser ?

Richard n'avait jamais parlé de son travail avec elle. Elle se demanda s'il le faisait par politesse.

— Oui, une partie sera assez délicate.

Elle lui donna quelques explications tandis qu'ils entraient dans le restaurant. Kirsti, la gérante, leur donna une table près de la fenêtre.

— Contente de vous voir tous les deux de retour, dit-elle avec un sourire lumineux, en leur passant les cartes.

Sky la connaissait par cœur et ne prit pas la peine de la consulter.

— Comment s'est passée ta journée ? Parle-moi de ton travail.

Elle se creusa la cervelle, pour se rappeler ce qu'elle savait déjà. Elle avait appris à emmagasiner les détails et à les ressortir quand elle en avait besoin. Elle avait eu les meilleurs entraîneurs pour ce genre d'exercice.

— Ton livre avance ?

— Un peu. Mais nous parlions de toi.

— J'ai cru que nous pouvions passer à autre chose. Tu écris une histoire navale de la Révolution américaine, c'est bien cela ? J'avoue que je n'y connais rien, il faut que tu éclaires ma lanterne.

Il garda le silence un moment et la dévisagea.

— C'est donc ainsi que ça marche ?

— Quoi donc ?

— Ce jeu de conversation que ta mère t'a enseigné. Tu ne penses plus à toi et tu te concentres sur le sujet qui m'intéresse.

Troublée, elle sentit ses joues s'enflammer.

— Je croyais que tu voulais venir ici pour parler.

— C'est vrai. Mais je veux une vraie conversation, qui nous aide à découvrir des choses sur l'un et sur l'autre.

— Nous avons une vraie conversation, Alec. Je t'ai posé une question. À ton tour, maintenant. Tu es censé répondre.

— Je ne suis pas une matière à étudier. Tu ne passes pas un examen. Si tu veux savoir quelque chose, dis-le. Sinon, ne dis rien.

Cela paraissait si simple.

Elle leva les yeux en voyant Kirsti approcher avec les boissons.

— Je prendrai le burger gourmet, avec les frites. Merci.

Alec rendit les menus sans les regarder.

— La même chose pour moi. Avec une portion de frites supplémentaire. Ryan est là ?

— Au téléphone avec un milliardaire qui voudrait laisser son yacht amarré ici pendant l'hiver, répondit Kirsti en calant les menus sous son bras. Je vais lui dire que vous êtes là.

Sky posa sur Alec un regard interrogateur.

— Tu n'as pas déjeuné, toi non plus ? Tu as commandé des frites en supplément.

— C'est pour toi. Pour éviter que tu ne chipes les miennes, expliqua-t-il avec un sourire en coin.

— Crétin.

— Princesse.

Une semaine plus tôt, ce terme l'aurait mise hors d'elle. Aujourd'hui, il la faisait sourire.

— Qui t'a baptisé Chasseur d'Épaves ?

— La première émission de télévision que j'ai présentée était consacrée aux épaves. Ils m'avaient invité en tant que conseiller, mais j'ai fini devant la caméra. C'est parti de là.

— Mais pourquoi les épaves ? C'est ton oncle qui t'a orienté vers le sujet ?

— En partie. Il me racontait des histoires qui m'empêchaient de dormir. Je suis sûr qu'il exagérait, pour stimuler mon imagination. Il a réussi, précisa-t-il en prenant son verre de bière. Il y a quelque chose de mystérieux dans une épave. Des questions restées sans réponse. Certains bateaux se perdent dans le brouillard, d'autres se détournent de leur route à cause du mauvais temps et finissent par heurter des bancs de sable et sombrer. Cette région est la plus accidentée de toute la côte orientale. Au début ce sont les nombreux naufrages qui m'ont attiré ici.

Sa voix grave la fit frissonner.

Elle l'imagina sur le pont d'un bateau secoué par la houle.

— Je vois des pirates téméraires, qui ressemblent à Johnny Depp.

— Les pirates n'étaient pas très nombreux sur la côte du Maine. Mais il y avait beaucoup de naufrages. Pour un garçon jeune et assoiffé de sang, c'était très excitant. J'étais accro. Je suppliais Harry de m'emmener plonger avec lui. Nous avons commencé par quelques plongées, sur la côte de Grande-Bretagne. Les eaux étaient froides et sombres. Puis, lors d'une de ses visites, il m'a parlé du HMS *Albany*, qui a coulé dans les triangles du Nord en 1782, à la fin de la Révolution américaine.

— C'était un bateau américain ?

— Britannique. L'ennemi. Son capitaine, Henry Mowat, avait passé la plus grande partie de sa carrière à patrouiller le long des côtes d'Amérique du Nord. À l'origine il devait servir de défense contre l'expédition Penobscot, mais quand il a sombré, il était devenu un bateau prison. Il y a des centaines d'épaves sur cette partie de la côte.

— Donc tu as étudié… quoi ? L'histoire maritime ?

— L'archéologie marine. Je me suis intéressé plus tard à l'histoire maritime. Je voulais plonger. Une épave est une capsule temporelle qui détient une foule de secrets. Pour moi, c'était une grande aventure.

— As-tu découvert des trésors ?

— Très peu de navires transportaient des trésors. Les galions qui voyageaient du Nouveau Monde à l'Espagne transportaient des lingots et des pièces d'or. Les Indiens d'Orient échangeaient des épices contre des métaux précieux. Mais en général, le contenu des épaves n'a aucune valeur pécuniaire.

— Tu parles comme Brittany. Et maintenant, tu étudies la Révolution américaine. Comment décides-tu du sujet de ton livre ?

— Comment décides-tu ce que tu vas peindre ?

— Je peins les sujets qui m'intéressent.

— Et j'écris sur ce qui m'intéresse.

— Je ne savais même pas qu'il y avait une marine pendant la Révolution américaine.

— La puissance navale a joué un grand rôle dans la guerre d'Indépendance. Sans le soutien de la marine, les treize colonies auraient eu du mal. Mais je dois t'ennuyer ?

— Non. Quand nous rentrerons, je veux que tu m'expliques de nouveau tout cela, avec tes lunettes sur le nez.

Elle n'avait jamais beaucoup aimé l'Histoire quand elle était à l'école, mais elle aurait pu écouter Alec pendant des heures.

— Les lunettes te font de l'effet ?

— Peut-être.

Elle contempla son sourire. Pourquoi l'avait-elle trouvé distant et intimidant ? Il était réservé, certes. Intelligent, oui, absolument. Mais pas froid du tout.

— Tu me parlais de la marine. Continue.

— La marine continentale fut officiellement créée en 1775. Son rôle principal était d'intercepter les provisions et les armes destinées à la marine britannique. Malheureusement, la plus grande partie des sources primaires a été perdue.

— C'est pour cela que tu étais à Londres la semaine dernière ?

— En partie.

— Tu étais à la Bibliothèque nationale ?

— Bibliothèque et Archives Caird.

Kirsti leur apporta les plats qu'ils avaient commandés. Sky se cala dans son siège en souriant.

— J'avais beaucoup de galeries et de musées sur ma liste. Tout un circuit, en fait. Je n'ai rien fait. Grâce à toi, j'ai au moins pu monter dans le London Eye.

— Tu y retourneras.

— J'avais envie de visiter la Tate Modern Gallery. Tu y es déjà allé ?

— Oui. Je préfère la National Gallery.

— Tu aimes les galeries d'art ?

— Celle-ci est ma préférée. C'est là que se trouve *Le Dernier Voyage du Téméraire*, de Turner.

— Tu connais ce tableau ?

— Bien sûr. Turner est connu pour ses marines. *Le Téméraire* était un navire militaire qui a joué un rôle important dans la victoire de Nelson, lors de la bataille de Trafalgar en 1805. Nelson était un brillant stratège. Il a détruit la tactique maritime de Napoléon et balayé la plus grande menace pesant sur la sécurité de la Grande-Bretagne, pendant deux cents ans.

Sky le dévisagea, stupéfaite. Comme si elle découvrait qu'il parlait la même langue qu'elle.

— Turner avait plus de soixante ans quand il a peint ce tableau. La lumière est magnifique. Bien sûr, le soleil ne se couche pas du bon côté du tableau, mais quelle importance ?

Les plats refroidissaient sur la table, devant eux.

— La toile exprime le passage d'une époque à une autre, poursuivit-il. L'abandon de la voile au profit de la vapeur et de l'acier.

Skylar écoutait, fascinée. Il ajoutait un contexte historique à un tableau qu'elle avait toujours admiré.

— Il aimait tellement cette toile qu'il refusait de la vendre, dit-elle.

— C'est ce qui s'est passé pour le bracelet que tu as offert à ma sœur ? Tu l'aimais trop pour le vendre ?

— Je ne me compare pas à Turner. Mais oui, il m'est arrivé de m'attacher à une de mes créations et de ne pas vouloir la vendre.

Les yeux de Richard se voilaient quand elle parlait peinture. Avec Alec, c'était différent. Non seulement le sujet l'intéressait, mais il ne faisait pas partie des gens qui parlent pour étaler leur culture. Il avait un esprit curieux, et aimait combler ses lacunes. Il continua d'aborder différents aspects de l'art, et elle s'absorba dans la conversation. Peu à peu elle oublia ce qui les entourait et se concentra sur lui.

Elle ne se rappelait pas avoir déjà passé une aussi bonne soirée.

Mais les gargouillements de son estomac la rappelèrent à l'ordre.

— Je meurs de faim. Quand est-ce que…

Elle écarquilla les yeux en remarquant enfin les plats sur la table.

— Tu as vu Kirsti nous apporter cela ?

— Non. Nous devions être en train de parler.

Elle éprouva un léger choc. C'était la première fois de sa vie qu'elle oubliait de manger. Son regard se posa sur les burgers, puis sur Alec. Elle avait perdu la notion du temps avec un homme qu'elle ne supportait pas quelques mois auparavant. Cette idée la mit mal à l'aise.

Elle n'avait jamais imaginé qu'ils puissent avoir quelque chose en commun. Il l'avait surprise, et elle s'étonnait elle-même de sa réaction.

Une petite partie d'elle-même aurait voulu le trouver encore exaspérant. Cela n'avait pas de sens.

Elle s'était persuadée qu'il n'y avait rien entre eux en dehors d'un attrait sexuel. Mais cela n'était plus crédible. Elle venait de passer une des meilleures soirées de sa vie.

— Pourquoi ne manges-tu pas ? Tu es malade ?

Il poussa le bol de frites vers elle, et elle s'obligea à en prendre une pour donner le change.

— Je meurs de faim, dit-elle en s'attaquant à son burger. Pendant que nous mangeons, parle-moi encore de tes tableaux préférés.

— Je suis désolée de devoir te rappeler que je te l'avais dit, mais je te l'avais dit, déclara Kirsti en entrant dans le bureau de Ryan. Je suis un génie. Non seulement je fais les meilleurs cappuccinos de l'île, mais je peux prédire l'avenir. Je vais monter une agence de rencontres.

— Il n'y a pas assez de célibataires dans l'île pour que ton affaire soit rentable. Si j'étais toi, je m'en tiendrais aux cappuccinos. Qu'est-ce que tu m'avais dit ? demanda Ryan en levant le nez de son fichier.

— Alec et Skylar. L'été dernier je t'avais dit qu'ils étaient faits l'un pour l'autre. Tu ne m'avais pas crue.

Ryan posa son stylo.

— Il n'y a rien de sérieux entre eux.

— Pas encore, mais ça viendra.

— Je suis désolé de te l'annoncer, mais c'est uniquement sexuel entre eux, Kirsti.

— Ah oui ? C'est pour cela qu'ils ne m'ont pas vue quand j'ai posé leurs plats sur la table ? J'ai pensé à déclencher une corne de brume pour obtenir leur attention, et puis je me suis dit que les burgers pouvaient attendre.

Conscient qu'il ne pourrait pas travailler tant que Kirsti serait dans son bureau, Ryan se renversa dans son fauteuil.

— Donc, ils étaient trop absorbés par leur conversation pour te remarquer ? Cela ne veut rien dire. Si ce n'est qu'il leur faut une chambre.

— Tu n'y es pas. Ils parlaient ensemble.

— Cela arrive.

— Vraiment ! Ils parlaient de… je ne sais pas… un tableau que je ne connais pas. L'art naval. Je ne savais même pas que cela existait, mais ils étaient tellement plongés dans leur conversation que Napoléon aurait pu entrer nu avec Joséphine, sans qu'ils le remarquent. Que se passe-t-il, Ryan ? Comment ont-ils pu passer de l'indifférence à la passion en quelques semaines ?

— Ils se sont rencontrés à Londres par hasard et ont passé du temps ensemble, c'est tout. Je ne connais pas les détails.

— Renseigne-toi !

— Ce ne sont pas mes affaires.

— Bien sûr que si ! Alec est ton ami, et il a hanté le Club tout l'été, comme un nuage annonciateur d'orage. Et l'été précédent aussi, maintenant que j'y pense. Je l'ai toujours vu sombre et morose. À moins que son divorce ne le fasse enfin sourire, je dirais que Sky a un effet positif sur lui. Il a l'air heureux, Ryan.

— Naturellement. Il couche avec une blonde magnifique, sans avoir aucun projet de mariage. Les hommes sont des créatures simples.

— Apparemment, répondit-elle en soupirant. Car pour un type intelligent, tu es d'une naïveté affligeante.

13

Alec alluma le poêle à bois. À l'extérieur, le vent hurlait autour du cottage.

Le service national de météorologie avait annoncé de l'orage et toute l'île était en alerte.

Il n'était pas inquiet. Il avait tout ce qu'il fallait en cas de coupure de courant, et la perspective d'être enfermé en compagnie d'une autre personne ne le tracassait pas.

À condition que cette personne soit Sky.

Cela faisait une semaine qu'ils étaient dans l'île et elle était très agréable.

Elle travaillait autant que lui, n'envahissait jamais son espace et ne le dérangeait pas quand il était dans son bureau.

Ce n'était pas sa faute s'il ne parvenait toujours pas à se concentrer.

Il s'imposait des heures de travail, mais les passait à regarder par la fenêtre en essayant de se concentrer sur la Révolution américaine et non sur la façon dont le visage de Sky s'illuminait lorsqu'il parlait. Ou la façon dont ses courbes épousaient son corps à lui.

Son lieu préféré était le jardin d'hiver. Elle en avait pris possession, étalant ses peintures et couvrant le sol de ses projets de travail.

Parfois, lorsqu'il partait à sa recherche, il la trouvait absorbée dans un dessin. D'autres fois, elle contemplait la mer, assise sur le banc devant la fenêtre.

C'était une façon de stimuler son instinct créateur, disait-elle, en accompagnant cette explication d'un sourire qui le faisait fondre.

Il se retourna en l'entendant entrer.

— Pinot noir ou sauvignon blanc ?

Elle brandit deux bouteilles de vin devant lui. Elle portait un jean, des bottes d'intérieur fourrées, et ses boucles flottaient sur son pull rouge.

Rouge, la couleur du danger.

— Tu as acheté du vin ?

— Bien sûr. L'idée était de t'épuiser physiquement, pas financièrement. De toute façon, avec une alerte météo, il est recommandé de faire des provisions de produits essentiels. Je me suis dit qu'ils voulaient parler du vin et des préservatifs.

Son sourire malicieux lui embrasa les reins. Sa libido monta en flèche.

— Tu as acheté des préservatifs ?

— Un wagon.

— À Harbor Store ?

— Oui. Le jour où tu es venu me chercher chez Emily. C'était hilarant. J'en ai pris un peu plus que prévu, juste pour voir la tête de Mel. J'aurais aimé que tu sois là.

Elle ne put retenir un rire.

— J'ai posé les préservatifs sur le comptoir, et Mel a ouvert des yeux comme des soucoupes. Elle m'a demandé si j'étais sûre d'en vouloir autant, et j'ai répondu que j'aurais dû en prendre un peu plus, juste au cas où.

Son rire était contagieux.

— Tu as fait ça ?

— Oui. J'ai rajouté trois paquets et j'ai fait remarquer que la météo prévoyait une violente tempête et des coupures de courant.

— Tu es une effrontée, répondit-il en secouant la tête. Je n'oserai plus jamais faire mes courses dans ce magasin.

— Hé, j'entretiens ta réputation ! Chasseur d'Épaves. Grâce à moi, tu es l'étalon de Puffin Island. Inutile de me remercier.

Elle posa le vin sur la table, sans cesser de rire.

Son rire était vite devenu une des choses qu'il préférait chez elle, ainsi que sa façon d'écouter, et ses réponses directes.

Jamais il n'avait connu de femme moins compliquée qu'elle.

Mais dans le fond cela ne changeait rien.

Son caractère rendait les choses plus faciles, car elle n'attendait rien de plus que lui de cette situation.

Pour lui, c'était la relation parfaite. Ils faisaient merveilleusement l'amour, ils étaient amis et s'appréciaient mutuellement. Mais cela n'allait pas plus loin.

Sky ne lui demandait absolument rien. Et le sentiment d'être pris au piège qu'il avait ressenti le premier jour sur Puffin Island n'avait jamais refait surface.

— Les habitants de l'île vont parler de nous. Cela ne t'ennuie pas ?

— Pourquoi me soucierais-je de ce qu'ils disent ?

— Tu te soucies de ce que pensent tes parents.

— C'est différent. Ce sont mes parents. Nous sommes des adultes libres et consentants qui ont trouvé une excellente façon de passer le temps pendant une tempête hivernale dans le Maine. Choisis, ajouta-t-elle en désignant les bouteilles.

Il avait du mal à se concentrer sur les étiquettes.

Tout ce qu'il voulait, c'était enfouir les doigts dans ses cheveux et la ramener dans le lit.

— Le pinot.

— Très bon choix. Il ira très bien avec la soupe que je suis en train de préparer.

— Je croyais que tu n'aimais pas cuisiner ?

— Je sais faire la soupe. J'ai trois spécialités. Lentilles et bacon fumé, poireaux-pommes de terre, et naturellement poulet. Je fais aussi un excellent minestrone, grâce à un Italien qui m'a appris quand j'avais dix-huit ans.

Elle prit la bouteille de vin et regagna la cuisine. Alec la suivit.

— Je croyais que l'Italie figurait sur ta liste des pays à visiter ?

— Je ne suis jamais allée à Florence, et j'en ai vraiment envie.

Un grand fracas la fit sursauter.

— Qu'est-ce que c'est ?

— De la neige tombée du toit. Tu as peur des orages ?

Il lui prit la bouteille des mains avant qu'elle ne la laisse tomber et la posa sur le comptoir.

— Non, j'adore les tempêtes. Plus le vent hurle et mieux c'est. Ce que je préfère, c'est le bruit et les gémissements.

Il mit la bouteille de blanc au réfrigérateur et ouvrit le pinot.

— Je vais faire en sorte qu'il y ait beaucoup de gémissements.

— Super. Il faudra que je retourne à Harbor Store pour dire à Mel que nous sommes à court de préservatifs. Ce sera drôle.

— Tu es incorrigible.

Elle sortit deux verres du placard.

— Je me rappelle une terrible tempête de neige, lorsque j'étais dans le cottage de Brittany. Il nous a fallu trois jours pour dégager l'accès à la maison. Kathleen devait être inquiète, mais pour nous c'était une aventure.

— Je n'ai pas connu la grand-mère de Brittany. Je le regrette.

— C'était le genre de personne qui pouvait survivre à tout. Une vraie pionnière, dit-elle en posant un verre devant lui. Elle passait tout l'été à mettre des fruits en conserve pour l'hiver, et en janvier nous mangions de la tarte aux myrtilles. Elle faisait aussi un extraordinaire gâteau aux pommes et à la cannelle. Elle tenait une sorte de journal et Brittany a retrouvé ses carnets l'été dernier. Un éditeur new-yorkais est intéressé. J'espère que cela n'amènera pas un flot de touristes dans l'île. Je sais que nous avons besoin d'eux pour vivre, mais il ne faudrait pas que cela change les caractéristiques de l'île.

Alec servit le vin.

— Je suis étonné que New York ne te manque pas.

— J'adore New York, mais j'adore aussi cette île. Il faudra que je retourne en ville un jour pour travailler dans mon atelier, mais pour l'instant je réfléchis à mon travail.

Elle sortit des légumes du réfrigérateur et les posa sur le comptoir.

— J'ai envoyé les premières esquisses à Laurel.

— Combien lui en as-tu envoyées ?

— Seulement trois pour commencer. Je verrai ce qu'elle en pense et je travaillerai à partir de ses préférences.

— Tu sais au moins qu'avec un membre de la famille Ferrara, le prix ne sera pas un problème.

Il posa le vin sur le comptoir, à côté d'elle.

— Oui. C'est drôle, répondit-elle en rinçant les légumes. En affaires, Cristiano et Nik sont des négociateurs impitoyables. Mais quand il s'agit d'un cadeau pour la femme qu'ils aiment, ils deviennent doux comme des agneaux.

— Tu envies Laurel ?

— Pour le compte en banque ? Non. Mais j'envie la profondeur de cet amour.

Sa voix s'adoucit et elle regarda la neige, par la fenêtre.

— Cela ne fait pas avancer ma soupe.

— Comment as-tu connu Lily ?

— Brittany me l'a présentée. Elle est spécialiste en céramiques anciennes, dit-elle en coupant une carotte en dés. Ma collection était inspirée par les thèmes méditerranéens, et elle m'a donné des idées. J'ai passé quelques semaines en Grèce avec elle et Brittany.

— Comment es-tu devenue amie avec Emily et Brittany ?

Une bourrasque enveloppa le cottage en hurlant, balayant la neige. Mais ils étaient au chaud dans la cuisine.

— Nous nous sommes rencontrées lors de notre premier jour à l'université. Nous étions toutes les trois dans des situations désastreuses, et cela nous a rapprochées. Brittany venait de vivre un mariage éclair catastrophique avec Zach, Emily n'avait pas d'homme dans sa vie, et elle était complètement renfermée sur elle-même. Et puis il y avait moi…

Elle marqua une pause pour avaler une gorgée de vin, et reprit :

— Je menais la plus grande bataille de ma vie contre mes parents. Ils voulaient que j'étudie le droit, et non les arts plastiques. Pour moi, l'art était un rêve depuis toujours.

— Tout le monde peut devenir avocat. Mais tout le monde n'est pas capable de créer des objets aussi originaux et raffinés que ceux que tu as exposés.

Pour lui, coincer Skylar dans une faculté de droit aurait été aussi criminel que d'enfermer un oiseau exotique dans une cage. De plus en plus admiratif, il leva son verre.

— Aux rêves.

— Aux rêves, répéta-t-elle en l'imitant.

— As-tu parfois été tentée de faire ce qu'ils voulaient et d'étudier le droit ?

— Pas une seule fois. Je savais ce que je voulais. C'est ce qui m'a aidée à tenir bon. Si j'avais eu des doutes, cela aurait peut-être été différent, mais je savais. Comme toi. Tu écoutais les histoires de ton oncle Harry, et tu voulais en faire partie.

Son téléphone sonna, et elle le sortit de sa poche.

— Ce doit être Brit.

Elle jeta un coup d'œil à l'écran et son sourire disparut, comme le soleil masqué par un nuage.

— C'est ma mère.

Alec sentit sa gorge se nouer en voyant son expression.

— Ne réponds pas.

— Si je fais cela, elle rappellera. Je m'attends à cet appel depuis une semaine. Autant en finir une bonne fois pour toutes.

— Tu n'es pas obligée de répondre, Sky.

— Je dois le faire.

Troublée, elle hésita et reposa le téléphone comme si c'était un insecte venimeux.

— Tu as raison. Je ne suis pas obligée de répondre.

Elle demeura un instant hésitante, puis croisa les mains dans son dos, comme pour s'empêcher de toucher à l'appareil.

Son regard demeura fixé sur lui, jusqu'à ce que la sonnerie s'arrête et que l'appel soit transféré sur la messagerie.

— Bien. Finalement, ce n'était pas si dur que cela.

En proie à une tension évidente, elle laissa échapper un soupir frémissant.

— En réalité, c'était dur. Je me sens coupable de ne pas avoir décroché. C'est affreux, n'est-ce pas ?

Ce qui était affreux, c'est que ses parents essayent de contrôler sa vie sentimentale. Et ce qui était bien pire encore, qu'ils piétinent impitoyablement ses rêves. Une personne moins forte qu'elle aurait renoncé. Mais Sky était là, et se donnait du mal pour gagner sa vie en faisant ce qu'elle aimait.

Il s'écarta du comptoir, et chercha à la rassurer.

— Tu ne peux pas répondre toujours au téléphone.

— Mais je vais devoir tout de même écouter le message. Donc, je n'ai fait qu'éviter la confrontation. D'un autre côté, cela rend la situation moins stressante.

Avant qu'il ait pu lui conseiller de reporter cette épreuve au lendemain, elle prit l'appareil et écouta le message.

Alec songea qu'il devait ressembler à tous les autres : elle était égoïste, et Richard était parfait pour elle. Mais quand il la vit pâlir, il comprit qu'il y avait autre chose.

— Sky ?

Elle éteignit la messagerie et demeura un moment immobile, les yeux dans le vague.

— Sky ? répéta-t-il, un peu inquiet.

— Désolée, répondit-elle d'une voix claire, en prenant son verre.

Il la regarda avaler le vin d'un trait.

— Ne fais pas cela.

— Quoi ? Boire du vin ? Pourquoi pas ?

— Je ne parlais pas du vin. Ta voix sonne faux. Tu peux faire cela avec ta mère si tu veux, mais pas avec moi. Nous avons décidé d'être francs. Parle-moi.

Pourquoi tenait-il autant à ce qu'elle lui parle de ses sentiments, alors que c'était quelque chose qu'il évitait absolument en temps ordinaire ?

— Que disait ce message ?

— Tu t'es déjà trop mêlé de mes soucis personnels, Alec.

Elle s'empara du couteau et se remit à découper les légumes, en enfonçant chaque fois la lame dans la planche à découper. Une carotte, un poireau, un oignon. Tout était débité en tout petits morceaux.

Il regarda la lame briller dans la lumière, inquiet pour ses doigts.

— Sky, tu devrais peut-être…

— Tu aimes les lentilles ?

— Oui, j'aime les lentilles, mais…

— Bien.

Elle prit une pomme de terre, dans laquelle elle planta la pointe du couteau.

— Tu n'auras jamais mangé quelque chose d'aussi bon. C'est une soupe d'hiver parfaite, pour lutter contre le froid.

Sa voix était rauque, et il inspira brusquement en voyant des larmes perler au coin de ses yeux.

Au cours des deux semaines précédentes, après la rupture et l'accident, il ne l'avait jamais vue verser une larme.

Il avait vu Selina pleurer des centaines de fois. Il s'était montré compatissant, avait fait tous les gestes qu'on attendait de lui, mais ses larmes ne l'avaient jamais touché. Vers la fin de leur relation, elles l'exaspéraient. Il s'était dit qu'il devait avoir le cœur sec.

Mais alors qu'il regardait Sky lutter contre cette unique larme, il eut l'impression de s'effondrer lentement.

— Sky…

— J'ai besoin d'un petit moment, c'est tout. Je vais bien.

Il tendit la main, puis la laissa retomber, avec un sentiment d'impuissance. Sa gorge était nouée. Il essaya de voir son visage, mais elle gardait la tête baissée tout en émincant les légumes. Encore, et encore.

Et brusquement, aveuglée par le chagrin, elle manqua la pomme de terre et enfonça la pointe du couteau dans son doigt.

— Zut. Alec, je…

— Oui, je sais.

Pourquoi n'était-il pas intervenu plus tôt ? Jurant tout bas, il prit un torchon et le pressa sur son doigt.

— La lame a glissé.

— Tu ne voyais pas ce que tu faisais. À l'avenir évite de te servir d'un couteau quand tu es bouleversée.

Mais la coupure l'inquiétait moins que ses larmes.

— Tu as raison. J'aurais dû poser ce couteau et faire autre

chose pour me défouler. Je pourrais aller me promener. Ou déneiger le chemin.

— Je te rappelle qu'il y a du blizzard. Tu ne bouges pas d'ici.

S'efforçant d'ignorer son parfum et la chaleur de son corps, il déroula le torchon et lui maintint le doigt sous le robinet.

— Ce n'est pas trop méchant. Je vais pouvoir te soigner.

— Tu n'arrêtes pas de me soigner, dit-elle avec un petit reniflement.

Il ferma le robinet et lui sécha la main.

— Tiens le tissu pressé sur la coupure. Je vais chercher ma boîte à pharmacie.

Il fouilla dans un placard, et la retrouva au fond d'une étagère. La boîte n'avait plus été ouverte depuis un certain temps, et il espérait qu'elle contenait ce dont il avait besoin. En revanche, une chose était sûre. Ce n'était pas avec cela qu'il résoudrait les problèmes familiaux de Sky.

Celle-ci regardait par la fenêtre.

— Tu vas me dire : « Je te l'avais bien dit » ?

Il ouvrit la boîte et fouilla dans les pansements.

— Pourquoi dirais-je cela ?

— Parce que tu m'avais conseillé de ne pas répondre au téléphone.

— Tu n'as pas répondu, dit-il en lui entourant le doigt de bandes adhésives. Tu as laissé la communication filer vers la messagerie.

— Et j'ai écouté aussitôt. Tu crois qu'il va falloir m'opérer ?

Non. En revanche, elle aurait besoin de nouveaux parents. Ou à la rigueur de bien secouer ceux qu'elle avait déjà.

— Ils t'ont laissé un message. Donc, bien sûr, tu l'écoutes. Tu as fait ce qui te semblait juste.

Elle grimaça en pressant son doigt.

— C'est idiot. J'ai gâché la soupe.

— Pas du tout, répliqua-t-il en fixant une compresse stérile sur son doigt. Mais nous nous passerons de pommes de terre.

Elle eut un rire étouffé.

— J'ai beau être dans le pétrin, tu t'arranges toujours pour me faire rire.

— Parce qu'un rien te fait rire.

— Je ris, ou je pleure. Tu es toujours tellement calme. Existe-t-il une situation que tu n'es pas capable de maîtriser ?

— Beaucoup.

Il ne savait pas quoi faire quand elle pleurait, quand elle était bouleversée, ou blessée.

— Pour commencer, je serais incapable de faire ce que tu fais.

— C'est-à-dire ?

— Je ne saurais pas tenir tête à ma famille comme tu le fais avec la tienne.

— Je n'ai pas le choix. Si je ne veux pas qu'ils sortent de ma vie, je dois faire ce qu'il faut pour maintenir la paix. Mais en ce moment… ma mère me traite d'idéaliste et de romantique.

Alec décida que c'était le moment de lui prêter une oreille attentive, sans faire de commentaire.

Il fixa le pansement et lui lâcha la main.

Sa tête était presque appuyée sur son épaule, ses cheveux lui effleuraient le menton.

— Tu le crois ? demanda-t-elle d'une voix si basse qu'il l'entendit à peine.

— Quoi donc ?

— Tu crois que je ne suis pas réaliste ? Je rêve d'une grande passion, et ma mère pense que cela n'existe pas.

Alec demeura immobile, inspirant son parfum, aveuglé par le désir. Comment pouvait-on désirer autant quelque chose qu'on possédait déjà ?

— Je ne sais pas, finit-il par dire. Je ne sais pas si c'est irréaliste.

— Je sais que dans la vie il y a des hauts et des bas, mais je voudrais ressentir quelque chose de tout mon cœur. Je ne veux pas d'une relation qui paraisse logique, pour faire bien. Je veux être émotionnellement reliée à quelqu'un. Je veux quelqu'un qui me désire, moi. Pas une certaine version de moi, mais celle que je suis en réalité. Je veux être aimée et acceptée pour ce que je suis. Je veux un amour sans réserve. Est-ce que c'est mal ?

— Non. Ce n'est pas mal.

— Mais j'en demande beaucoup.

— Je ne suis pas expert dans ce domaine.

Tout ce qu'il pouvait dire, c'est qu'il n'avait jamais ressenti ce dont elle parlait.

— Je ne me suis jamais attendue à ce que l'amour vienne un jour frapper à ma porte. C'est pour cette raison que je sors pour voir du monde. On ne peut pas rencontrer quelqu'un si on ne sort pas.

Elle posa la tête sur son torse, et il hésita.

Il s'était persuadé que leur relation ne contenait aucun élément émotionnel. Mais elle s'était glissée dans ses bras pour être réconfortée, pas pour faire l'amour.

Il aurait sans doute dû la repousser. Au lieu de cela, il referma les bras sur elle et la tint serrée contre lui.

Elle espérait probablement des paroles rassurantes, mais il n'en avait pas à lui offrir.

Il voulait simplement qu'elle se sente mieux.

Il lui caressa les cheveux. En réalité, il aurait aimé plonger les doigts dans ses boucles soyeuses et l'embrasser jusqu'à ce qu'elle ait oublié le nom de Richard. Mais cela, c'était sexuel. Rien à voir avec du réconfort. Donc, il enfouit cette envie tout au fond de lui.

Il respirait à peine et faisait de son mieux pour garder cette étreinte sous contrôle. Mais Sky se pressa plus étroitement contre lui.

— Embrasse-moi.

— Sky…

Elle noua les bras autour de son cou.

— Je veux que tu m'embrasses.

Il aurait dû la relâcher. Il n'y avait rien de tel qu'un flot d'émotions pour faire basculer une relation. Mais c'était justement à cause de ce trop-plein d'émotions qu'il ne pouvait la laisser tomber.

Il glissa une main dans son dos et l'attira vers lui. Elle l'embrassa, comme elle l'avait fait à Londres, dans la grande roue.

Ses lèvres étaient douces et insistantes. Il prit possession de sa bouche et l'entendit gémir de contentement quand leurs langues s'effleurèrent.

Ce contact intime changea tout. En une seconde, le baiser réconfortant devint ardent. Il sentit son corps s'embraser, et le désir les submergea.

— Alec…

Elle resserra les bras autour de son cou, et il la plaqua contre la porte du réfrigérateur.

Tout son instinct lui criait d'arrêter. Ils ne s'étaient pas engagés dans une relation sentimentale. Mais elle le poussait à continuer, glissant les doigts dans ses cheveux bruns.

— Je ne veux pas te faire de mal, protesta-t-il, tout en continuant de l'embrasser.

C'était plus fort que lui. Elle était douce, terriblement sexy, et son corps brûlant qui se pressait contre le sien lui faisait perdre la tête.

— Tu ne me fais pas de mal. Au contraire, grâce à toi tout va mieux.

Ses mains se posèrent sur sa chemise, elle dégrafa quelques boutons et il sentit ses doigts sur sa peau, caressant et explorant. Puis ils glissèrent sur la fermeture de son jean, et brusquement son cerveau cessa de fonctionner.

Son désir était si puissant qu'il dut l'aider à le libérer de son jean, sans cesser un instant de l'embrasser.

Il eut moins de mal à la déshabiller, ses vêtements tombèrent sous ses doigts impatients. Sans détacher les lèvres des siennes, il la souleva et la fit asseoir sur le comptoir.

Elle lui entoura la taille de ses jambes, en enfonçant les ongles dans ses épaules.

Il enfila un préservatif et pénétra profondément en elle, d'un puissant coup de reins.

Une vague de chaleur l'enveloppa, toute pensée quitta son esprit.

— Alec…

Elle murmura son nom contre ses lèvres, tout en le prenant en elle.

Le vent faisait trembler les fenêtres, mais ils n'en avaient pas conscience. Plus rien n'existait pour eux, en dehors de l'union de leurs corps.

Elle lui rendit chaque baiser, son corps bougeant sensuellement au même rythme que le sien, ses ongles s'enfonçant dans ses épaules. Alec eut conscience que ses idées se brouillaient, que ses réponses étaient uniquement physiques.

Il sentit la contraction de ses muscles sur son sexe et poussa un grognement, s'efforçant de se contenir. Mais elle ondulait les hanches et chaque mouvement l'empêchait un peu plus de se contrôler. Et soudain, la jouissance déferla. Le plaisir étourdissant les submergea en même temps, leur faisant perdre contact avec la réalité.

Quand il reprit ses esprits, il se rendit compte que la respiration de Sky était irrégulière et qu'elle plantait ses ongles dans son dos.

Pendant un moment, il n'avait même plus su où il était. Tout s'était effacé. Il aurait pu être n'importe où, et même au beau milieu de Main Street.

Secoué par l'intensité de ce qu'il venait de vivre, il se dégagea. Elle se raccrocha à lui avec un petit gémissement.

— Merci.

Il fut partagé entre l'envie de rire, et de l'embrasser.

— Sérieusement ? Tu me remercies ?

— Oui, dit-elle d'une voix rauque. Je n'aurais pas cru que ce soit possible, mais tu as réussi à me remonter le moral.

Il éprouva un pincement dans la poitrine.

Pendant tout son mariage avec Selina il s'était senti inutile. Il n'avait su répondre à aucune de ses demandes, avait déçu toutes ses espérances, avant de se résigner à l'idée qu'il était incapable de rendre une femme heureuse.

Puis Sky était entrée dans sa vie et il s'était senti aussi indispensable que la lumière du jour.

— Le sexe a des propriétés curatives extraordinaires.

Elle était toujours pressée contre lui, et il perçut un léger frémissement, un changement sur lequel il préféra ne pas se poser de question.

— Oui, convint-elle, c'est vrai.

Il la tint contre lui, inspirant son odeur, appréciant la douceur de sa peau, ne révélant rien de ses propres pensées.

Ils s'étaient promis d'être francs, mais en ce moment précis il savait qu'ils ne l'étaient pas. Le sexe avait peut-être des vertus apaisantes. Mais cette intimité nouvelle qui venait de naître entre eux était très loin d'un simple échange sexuel.

Deux heures plus tard, après avoir enfin dîné d'un excellent velouté de lentilles, ils étaient allongés dans la pénombre de la chambre d'Alec et écoutaient souffler le vent.

La neige tombait devant les fenêtres et une lumière d'hiver iridescente projetait ses rayons sur leurs corps nus.

Sky avait l'impression de se fondre dans le lit.

— Je t'ai déjà dit que tu faisais bien l'amour ?

Les mots étaient loin de décrire ce qu'elle éprouvait, mais elle n'osait en dire davantage. Elle savait qu'il ne voudrait rien entendre de plus.

Il se tourna et l'attira contre lui.

— Toi aussi.

— Nous nous entendons bien.

Elle éprouva une soudaine panique à l'idée qu'elle avait parlé sans réfléchir et que cela risquait de détruire leur nouvelle intimité.

— Je ne voulais pas dire…

— Je sais ce que tu voulais dire.

— Quand j'ai écouté le message de ma mère, je n'aurais jamais cru pouvoir passer une bonne soirée. Mais tu m'as fait oublier ma contrariété. Ces temps-ci, tu es toujours là pour m'aider quand ça ne va pas.

— Parle-moi de ce message. Je veux savoir ce qui t'a contrariée.

Elle eut une hésitation. Mais après tout ce qu'ils avaient partagé, il aurait été ridicule de ne pas se confier.

— Elle a réservé une date à l'église.

Alec se dressa sur un coude.

— Qui ?

— Ma mère. Elle a décidé d'une date de mariage en juin. N'est-ce pas incroyable ? Elle a fixé la date et le lieu.

Sky avait elle-même du mal à le croire. La colère brûlait toujours en elle.

— Sans te demander ton avis ?

— Sans même m'avertir. Elle dit que les meilleurs endroits sont souvent réservés des années à l'avance. D'après elle, le temps que je me décide à enfin me conduire raisonnablement, elle craint qu'il n'y ait plus rien de disponible.

Elle eut un petit rire étranglé et reprit :

— Elle avait réservé dès le soir de ma rencontre avec Richard, car nous semblions aller très bien ensemble. Naturellement, puisqu'elle avait tout arrangé. Et maintenant, elle devra payer une pénalité si l'événement est annulé. D'après elle, c'est ma faute. Donc, apparemment, je dois prendre une décision. Vais-je me réconcilier ou non avec Richard ? Heureusement qu'elle ne m'a pas annoncé cela de vive voix. Tu as vu ce qui est arrivé à la pomme de terre !

Alec ne rit pas. Il la serra encore plus fort contre lui et elle resta blottie contre son torse, absorbant sa force et sa chaleur, comme s'il pouvait remplir tous les vides qu'elle sentait en elle.

Comment pouvait-il croire qu'il n'était pas capable de rendre une femme heureuse ?

Il lui caressa doucement les cheveux, et elle ferma les yeux.

— Je t'envie ta famille.

— Ils sont loin d'être parfaits.

— Ils me paraissent très bien.

— Mes parents réserveraient aussi une date pour mon mariage, si je les laissais faire.

« Si je les laissais faire. »

Elle eut l'impression de recevoir une douche glacée.

— C'est ma faute, n'est-ce pas ?

— Ils ont réservé pour un mariage dont tu ne voulais pas. Comment est-ce que ça pourrait être ta faute ? Tu n'y es pour rien.

— Je me suis laissé porter par les événements. Je n'ai pas fixé de limites. Toi, tu adores ta famille mais tu as fixé des limites claires. Tu les aimes, mais tu es maître de ta vie. Alors que j'ai laissé mes parents se mêler de la mienne. Avoir de l'influence sur moi.

Elle se dégagea et s'assit sur le lit, s'obligeant à regarder la vérité en face. Et ce qu'elle vit ne lui plaisait pas.

— J'ai choisi d'étudier les beaux-arts et non le droit. C'était ma décision, et je savais qu'ils étaient déçus. Aussi, je voulais désespérément essayer de leur faire plaisir autrement, pour me rattraper.

— Pourquoi devrais-tu essayer de te rattraper d'avoir pris une décision qui te paraissait juste ?

— Parce que ce n'était pas ce qu'ils voulaient pour moi.

Elle repensa à la froideur de sa mère, à l'agacement de son père. À cette impression constante de devoir travailler dur, comme à l'école, pour gagner leur approbation.

— Ils ne pensaient donc pas à ce que tu voulais pour toi ?

— Pour eux, cela ne comptait pas. Malgré tout, je les aime, et je sais qu'ils m'aiment. Mais ils ne me connaissent pas. Ils ont une idée très précise de ce que je devrais être, et je ne corresponds pas du tout à cette vision. Je t'admire vraiment, ajouta-t-elle brusquement. Tu as une relation merveilleuse avec tes parents mais quand ils outrepassent les limites, tu sais les remettre gentiment à leur place. Ils t'écoutent et te respectent, alors que les miens m'ignorent.

Alec la ramena vers lui.

— Il faut peut-être que tu trouves une façon différente de faire passer ton message.

— Comment ? Je ne veux pas me fâcher avec eux, vraiment pas. C'est pathétique. J'ai l'impression d'être une adolescente, alors que je suis adulte.

— Justement, ils ne te laissent pas être adulte. Ils ont peur que tu commettes une erreur et ils veulent t'en empêcher. Alors qu'ils devraient admettre que c'est ta vie, et que tu fais tes choix, qu'ils soient bons ou non.

— Tu as raison. Et décider de répondre ou non au téléphone ne suffit pas, répondit-elle en se pelotonnant contre lui. Je vais passer Noël ici, à Puffin Island.

— Tu en es sûre ?

— Oui. Pour une fois, je veux être avec mes amis, et non au milieu d'une foule d'inconnus. Je vais dire à mes parents ce que je pense. Alec ?

Il enfouit la main dans ses cheveux et lui massa doucement le crâne.

— Oui ? répondit-il d'une voix ensommeillée.

— Je veux que ce Noël soit parfait. Quand la tempête sera finie, pourrons-nous aller chercher un sapin ?

Ses doigts s'immobilisèrent.

— Je n'ai pas beaucoup de décorations.

— J'irai chez Emily dans quelques jours, et j'en ferai avec Lizzy. En attendant j'irai parcourir la campagne pour m'inspirer.

Elle ferma les yeux et ajouta à mi-voix :

— J'aimerais que nous allions ensemble choisir un arbre dans la forêt. Pouvons-nous faire cela ?

N'en demandait-elle pas trop ? La requête n'était-elle pas un peu trop personnelle ?

N'avait-elle pas l'air de vouloir s'incruster chez lui ? De faire sien son territoire ?

— Oui, dit-il d'une voix douce. Nous le ferons.

14

La tempête se poursuivit pendant deux jours, puis laissa place à un grand ciel bleu et un froid mordant.

Couvert pour affronter le grand froid, Alec sortit afin de déblayer l'allée pendant que la neige était encore douce et poudreuse.

L'observant par la fenêtre, Sky lui trouva l'allure d'un homme capable d'affronter la nature. Elle s'accorda quelques minutes pour admirer sa puissance musculaire, puis elle lui emprunta une veste et le rejoignit à l'extérieur.

Il parut étonné.

— Tu es sûre de vouloir faire ce travail ?

— Tu plaisantes ? Soulever des pelletées de neige est un exercice plus efficace que le tapis de course. Et de toute façon, je viens juste de rappeler mes parents pour leur dire que je passais Noël ici.

— Comment ça s'est passé ? demanda-t-il en se redressant.

— Eh bien, disons que… un peu d'exercice m'aidera à faire retomber ma tension.

— À ce point ? dit-il avec un sourire compatissant.

— Non, encore pire. Mais pour une fois, cela m'a fait du bien de leur dire ce que je voulais. Ils m'ont reproché de faire de mauvais choix, et j'ai répliqué que c'était ma vie, et mes choix. Et je me suis sentie… forte. Je contrôle davantage la situation. Dans l'ensemble, ce fut une conversation très positive.

Et c'était grâce à lui qu'elle avait trouvé le courage de l'avoir.

Déneiger l'entrée de la maison était une excellente façon d'évacuer sa mauvaise humeur. Ils travaillèrent ensemble, leur souffle formant de gros nuages de vapeur dans l'air glacé.

Alec l'observa longuement.

— Je devrais remercier ta mère d'avoir débarrassé la neige devant chez moi, dit-il, narquois.

Elle se redressa en grimaçant.

— J'ai mal au dos. Voilà ce qui arrive, quand on passe sa colère sur un paquet de neige.

— Bienvenue dans le Maine en hiver. Et cette fois-ci nous nous en sortons bien. Nous avons toujours du courant, et la déneigeuse est passée ce matin sur la route. Nous irons chercher un sapin de Noël plus tard. Il faut d'abord que j'aille à Hunter's Cove pour prendre des nouvelles de Meg. Je n'en ai pas pour longtemps.

Quand allait-il comprendre qu'il n'avait pas besoin de rester à côté d'elle pour la distraire ?

— Tu peux prendre tout le temps que tu veux et faire ce que tu as à faire. Mais qui est Meg ?

— Ma voisine la plus proche. Meg a toujours vécu dans l'île. C'est une dure à cuire et elle ne demande jamais d'aide. Mais elle s'est cassé la hanche l'hiver dernier, et elle n'est plus aussi autonome qu'elle le voudrait.

— Elle a de la famille à Puffin ?

— Elle a un fils et une fille, mais ils vivent à Bar Harbor.

— Ce n'est pas très loin.

— Ils ont leur vie, et elle ne veut pas les déranger.

— Et donc, tu veilles sur elle ?

Ses enfants ne lui rendaient pas visite, mais lui le faisait. Cette idée la toucha profondément. Non seulement il faisait quelque chose de bien, mais de façon discrète, sans attendre quoi que ce soit en retour. Il se décrivait comme quelqu'un d'égoïste, cependant il faisait toujours ce qu'il fallait, même lorsque cela l'obligeait à un effort. C'était ce qu'il avait fait avec elle, par exemple.

Son cœur tressauta.

— Je t'accompagne. Je vais préparer de la soupe pour elle.

— Tu n'es pas obligée de faire cela. Le trajet est un peu difficile. La neige doit être assez profonde par endroits, et le chemin est sûrement encombré par les branches tombées au cours de la nuit.

— Tant mieux. Je pourrai glisser des paquets de neige dans le col de ta veste au moment où tu t'y attends le moins. Tu as oublié que j'étais médaille d'or en bataille de boules de neige ?

— Tu n'aurais pas dû me le rappeler. Je vais t'attendre au tournant.

— Tu ne m'auras pas. Je suis trop maligne.

Réchauffée par l'exercice, elle fit glisser le haut de sa fermeture Eclair.

— J'attendrai que tu aies baissé ta garde pour te sauter dessus.

— J'aime bien que tu me sautes dessus.

Il tendit la main, et l'attira brusquement vers lui. Comme elle ne s'y attendait pas, elle perdit l'équilibre et posa les mains à plat sur son torse pour se rattraper.

— J'ai failli tomber. Tu te jettes toujours sur tout ce que tu veux ?

— Parfois. Quand ça vaut la peine.

Il prit sa bouche, dans un baiser doux et chaud. Elle se fondit contre lui en agrippant ses larges épaules. Ses jambes étaient lourdes, sa respiration laborieuse. Elle avait passé les deux jours précédents au lit avec lui. Ils n'avaient presque pas dormi, et elle n'était toujours pas rassasiée de sa présence.

— Tu n'as pas de travail à faire ?

Il détacha ses lèvres des siennes, le temps de répondre :

— Probablement. Mais tu me déconcentres.

— Ne te sers pas de moi comme excuse. Va travailler, dit-elle en le repoussant. Pense à la deadline.

Il sourit contre ses lèvres.

— J'aime quand tu me parles sur ce ton.

— Je te fais simplement remarquer que nous sommes restés deux jours enfermés et que nous avons passé notre temps à parler et à faire l'amour. Nous n'avons pas travaillé.

Il se figea, et releva lentement la tête en fronçant les sourcils.

— Deux jours ?

— Oui, Alec. Deux jours.

À la pensée qu'il n'avait pas vu le temps passer, elle fut envahie d'une douce chaleur.

— Nous ferions mieux de rentrer nous réchauffer, avant de nous rendre chez ta voisine.

— Excellente idée.

Une heure passa avant qu'ils ne soient prêts à ressortir, et Alec n'eut pas le temps de se mettre au travail. Il préféra mettre cette heure à profit pour déshabiller Sky et explorer lentement chaque courbe de son corps. Il savait exactement où la toucher, et de quelle façon, et il fit un grand usage de ce savoir pour faire fondre sur elle une foule de sensations.

Sky aurait pu rester toute la journée à la maison. Mais elle savait Alec inquiet pour Meg. Aussi, elle enfila ses vêtements les plus chauds et descendit dans la cuisine.

Elle emplit un bocal de soupe et le rangea dans son sac à dos avec la moitié d'une miche de pain et des petits gâteaux faits par Emily.

— Crois-tu qu'elle aura besoin d'autre chose ? Des boîtes de conserve ?

Alec secoua la tête.

— Si c'est le cas, elle pourra nous donner une liste et nous ferons des provisions à Harbor Store. Mais je ne pense pas que ce soit nécessaire. Zach lui a rendu visite la semaine dernière.

— C'est une des choses que j'aime dans cette île, dit Sky en fermant son sac. Le réseau social interne a-t-il eu vent des visites de Zach à cette petite vieille dame ?

— Pas sûr. Je ne prête pas une grande attention aux commérages de l'île.

Il ouvrit la porte et Sky étouffa un cri lorsque le vent glacial lui fouetta le visage.

— C'est bizarre de choisir de vivre dans un lieu où il fait aussi froid.

— Tu n'as pas choisi d'y vivre, tu es mon invitée. Quand tu en auras assez, tu pourras partir.

Le cœur de Sky tressauta.

— Tu veux que je m'en aille ?

— Non, répondit-il en fronçant les sourcils.

— Parce que si notre vie sexuelle te détourne de ton travail…

— C'est sûr.

Il eut un sourire qui fit accélérer les battements de son cœur. Elle se demanda si elle avait ressenti cela quelques jours plus tôt. Mais elle ne put s'en souvenir.

— Ne t'inquiète pas. Nous nous serons bientôt lassés l'un de l'autre.

— Et toi ? dit-il en la regardant fixement. Notre activité t'empêche de te concentrer sur ton travail ?

— Non. J'aurai besoin tôt ou tard de mon atelier, mais pour l'instant je cherche des idées pour ma prochaine collection et je peux le faire n'importe où.

Elle n'était pas encore prête à retrouver New York. C'était une partie de sa vie qui était encore reliée à Richard. Tant qu'elle était ici, il ne pouvait pas l'atteindre.

Regrettant d'avoir abordé ce sujet, elle regarda vers la mer.

— Les changements de lumière sont extrêmes dans le Maine. C'est un lieu spectaculaire. Si je pouvais, je vivrais ici.

— Constamment ?

Ils se mirent à avancer en s'enfonçant dans la neige.

— Peut-être.

Elle n'aurait su dire exactement quand cette idée lui était venue à l'esprit. Ce qui était sûr, c'est que la vie lui paraissait toujours meilleure quand elle était dans l'île.

— Ce lieu a toujours eu quelque chose de spécial pour moi. C'est un sanctuaire, un refuge. Chaque fois que je viens, je laisse mes problèmes derrière moi, sur le continent.

— Tu n'avais encore jamais pensé à t'installer ici ?

— Non. Après avoir obtenu mes diplômes je suis restée en ville. Mon atelier est là-bas. Puis je suis sortie avec un gars qui avait l'impression que j'allais sur Mars chaque fois que je venais ici.

— Richard n'est jamais venu avec toi ?

— Non.

Et chaque fois qu'elle avait suggéré cette idée, elle avait vu naître la même tension. Il avait eu un regard froid, qui mettait fin aussitôt à la conversation.

— Je n'ai jamais remis son choix en question. Je pensais qu'il était trop occupé, et qu'il aurait été trop difficile de le joindre dans l'île en cas d'urgence, surtout par mauvais temps. Je lui trouvais toutes sortes d'excuses. La seule chose à laquelle je n'avais pas pensé, c'est qu'il ne voulait pas venir parce que mes amis ne lui plaisaient pas. Pour certaines personnes, cela n'aurait peut-être pas eu d'importance. Mais pour moi, c'était rédhibitoire. Je ne renoncerai jamais à mes amis. Ils sont comme ma famille, et même plus, car ils m'acceptent telle que je suis.

Elle marqua une pause, et regarda un oiseau passer au-dessus de leurs têtes.

— Qu'est-ce que c'est ?

— Un junco ardoisé. Ils recherchent toujours les mangeoires à cette époque de l'année.

Elle fut impressionnée qu'il puisse nommer cet animal, comme il pouvait nommer chaque arbre et chaque plante de l'île. Il était attentif à son environnement, prenait le temps de respirer et de profiter de la nature.

— Les macareux me manquent. J'attends toujours leur retour avec impatience au printemps. Je ne saurais dire quelle est ma saison préférée dans l'île. Je suis contente de savoir que je pourrai passer plus de temps ici l'année prochaine.

Comment allait-il le prendre ?

La situation le mettrait-elle mal à l'aise ?

Décidant qu'ils avaient été sérieux assez longtemps, Sky ramassa une poignée de neige, et alla vers lui.

— Tu as peur, Chasseur d'Épaves ?

Pour toute réponse, il lui fit un croche-pied, et elle s'étala dans la neige.

Elle poussa un cri aigu, et la neige retomba sur elle, s'insinuant sous le col de sa veste.

— Bon sang, c'est gelé !

Elle essaya de se relever, mais la neige était trop profonde.

— Alec Hunter ! Si je meurs ici, mon fantôme viendra te persécuter ! J'apparaîtrai chaque fois que tu voudras te mettre au travail. Tremble !

— Je suis terrifié.

Il lui tendit la main pour l'aider à se relever. Elle la prit, choisit son moment, et le tira en avant.

Il poussa un juron, et tomba dans la neige à côté d'elle.

— Rappelle-moi pourquoi je t'ai ramenée ici ?

— Pour me donner des orgasmes.

Et en souriant, elle lui écrasa une boule de neige sur le visage.

Ils rendirent visite à Meg et passèrent une heure agréable autour de la table de cuisine, à boire du chocolat chaud en écoutant les histoires sur son enfance dans l'île. Sky était fascinée, et il était évident que Meg appréciait de voir des têtes nouvelles.

Sur le chemin du retour ils trouvèrent un parfait sapin de Noël dans la forêt, et le ramenèrent au cottage.

Alec la laissa l'installer dans le salon, et retourna travailler.

Il se plongea dans le monde de la Révolution américaine. Quand il en sortit, le faible soleil d'hiver semblait s'être dissous dans une mer d'un gris clair et métallique.

Dans le bureau, la seule lumière provenait de l'écran de son ordinateur. Clignant les yeux, il alluma la lampe posée à côté de lui.

Un coup d'œil à l'horloge de l'ordinateur lui apprit qu'il avait travaillé pendant six heures sans interruption.

Son dos et son cou étaient douloureux et il avait soif. Mais il avait bien avancé.

Sky avait passé presque toute la journée seule. Il sauvegarda son travail, se leva et fit rouler ses épaules en grimaçant.

Quand il descendit, il trouva le cottage transformé.

L'escalier était décoré de guirlandes argentées scintillantes, piquées de petites ganses rouges et de lumières clignotantes.

Dans le salon régnait un parfum de cannelle, de clous de girofle et d'orange. La pièce était éclairée par les flammes de la cheminée. Le sapin, débarrassé de la neige, était décoré de petites guirlandes lumineuses que Sky avait dû dénicher quelque part, et de rubans argentés.

À quatre pattes sous l'arbre, elle tentait de fixer une sorte de jupe de papier imitant la neige. Ses cheveux balayaient le sol, tandis qu'elle se penchait en avant.

Alec la regarda en silence pendant une ou deux minutes.

— Tu n'es pas mal du tout, dans cette position.

Elle poussa un petit cri et voulut se redresser, mais ses cheveux s'étaient enroulés autour d'une branche, et elle grimaça.

— Aïe.

— Tu es prise au piège.

— Et tu restes là à me regarder, au lieu de m'aider. Il y aura des cheveux dans ton arbre de Noël. J'aime travailler avec des matériaux naturels, mais mes cheveux ne sont pas censés faire partie des décorations.

Elle tira sur ses mèches, puis le regarda en battant des cils.

— Sauvez-moi, Prince Alec, sauvez-moi ! supplia-t-elle.

Alec croisa les bras.

— Je le ferais volontiers, mais mon cheval est coincé dans la neige.

Il la regarda essayer de se dégager, mais ses boucles étaient de plus en plus emmêlées dans les branches.

— C'est décidé ! Je vais me couper les cheveux.

— Ne fais pas cela, protesta-t-il en se mettant à genoux. Ne bouge pas.

Elle obéit, et avec des gestes doux et précis, il parvint à dégager les mèches prisonnières de l'arbre.

— Désolée. Il y en a partout.

C'était vrai, on retrouvait ses cheveux dans toute la maison. Ils glissaient sur lui quand ils faisaient l'amour, et ajoutaient une couche de soie sur l'oreiller quand ils s'endormaient.

— Ils sont beaux.

— Tu trouves ? répliqua-t-elle d'un ton suspicieux.

— N'importe quel homme intelligent doit les trouver beaux, Sky. Tu as des cheveux de rêve.

— Même lorsqu'ils bouchent la douche ?

— Oui, surtout si tu es dans la douche aussi.

Il enroula une mèche autour de sa main, et l'attira vers lui. Puis il l'embrassa longuement, avant de se relever. Rester ici avec elle était trop confortable, trop facile.

— Tu es libre, princesse, dit-il en balayant quelques aiguilles de pin restées accrochées aux boucles. Tu as beaucoup travaillé aujourd'hui. Mon cottage ressemble à la grotte du Père Noël.

— Je me suis bien amusée. J'ai trouvé tout ce qu'il me fallait dans la forêt.

— C'est bien.

Il regarda autour de lui. Sa créativité, et sa capacité à utiliser ce que la nature lui offrait, ne cessaient de l'étonner. Mais la plus grande transformation, c'est en elle qu'elle s'était produite. Pour la première fois, elle ne s'était pas excusée de faire ce qu'elle aimait.

— D'habitude, je ne décore pas le cottage. Je me demande pourquoi. C'est magnifique. Si jamais je décide de vendre, je t'engagerai pour le faire visiter.

— Tu ne vendras jamais, dit-elle en se dégageant. La mauvaise nouvelle, c'est que j'ai passé tellement de temps à décorer que j'ai oublié de préparer à manger. Nous pourrions faire chauffer la soupe qui reste ?

— J'ai une meilleure idée. Il y a un orchestre au Galion ce soir. C'est le début du festival de Noël de l'île. Je t'emmène danser.

Le visage de Sky s'éclaira.

— Tu danses ?

— Non, je déteste ça, mais je suis sûr que ça te plaît.

— Comment le sais-tu ?

— Parce que tu as l'air d'être le genre de personne qui aime danser. Mais tu vas m'accuser de te cataloguer ?

— Non, non. J'adore danser. Et je donnerais n'importe quoi pour porter autre chose que des dessous en laine. Donne-moi un quart d'heure pour me changer.

Elle traversa la pièce comme une flèche, et il se dit qu'elle ferait une remarquable source d'énergie renouvelable.

— Sky ?

— Oui ? fit-elle en se retournant dans l'escalier.

— N'attache pas tes cheveux.

Le personnel du Galion avait beaucoup travaillé, associant les thèmes nautiques avec l'époque de Noël. Les pots de homards étaient décorés de guirlandes, et les couronnes de houx garnies de coquillages.

À Puffin Island, les commerces apprenaient à être flexibles et à satisfaire la population locale. Sallyanne Fisher, cheffe du Galion, savait faire passer une bonne soirée à ses clients tout en restant fidèle à son objectif : servir une cuisine locale exceptionnelle.

En l'honneur de leur troisième Festival de Noël, elle avait préparé un festin.

Pendant l'été, le restaurant était réservé des mois à l'avance par des touristes venus des quatre coins du globe. Mais ce soir, la fête était destinée aux habitants de Puffin. L'argent gagné dans la soirée serait utilisé pour acheter du nouveau matériel pour l'équipe de pompiers de l'île.

Alec avait réservé une table pour deux. Mais dès leur entrée, ils s'aperçurent que Zach et Brittany avaient aussi retenu une table, et ils se regroupèrent.

Brittany était magnifique dans une courte robe bleue qui mettait ses longues jambes en valeur.

Sky s'assit à côté d'elle.

— Tu es superbe !

— C'est la seule robe que je possède. Zach sera obligé de me porter jusqu'à la voiture, car je ne peux pas marcher dans la neige avec ces talons !

Elle dévisagea son amie, et reprit :

— Tu es sublime aussi, comme toujours. Mais tu as quelque chose de différent, et je ne trouve pas ce que c'est. Ce n'est pas la robe… Je sais. Tu n'as pas attaché tes cheveux.

Brittany leva son verre en souriant.

— Buvons à la liberté de nous coiffer comme nous en avons envie. Et à ton amant de consolation, qui apparemment te réussit très bien.

Sky trinqua avec elle.

Alec était-il là uniquement pour la consoler de sa rupture ? Elle regretta un peu de ne pas être seule avec Brit, pour lui avouer que ses sentiments envers lui avaient changé.

— Où est Em ? J'ai essayé de l'appeler et elle n'a pas répondu.

— Elle n'est pas très en forme. D'après Ryan, elle a attrapé un microbe hivernal. Elle se sent malade.

— Oh ! non. Je l'appellerai demain. Nous devrions nous retrouver, juste nous trois.

Elle posa son verre en voyant Alec approcher. Elle l'avait trouvé à son avantage en vêtements d'hiver, mais il était encore plus beau avec son costume sophistiqué qui mettait en valeur ses larges épaules.

Il émanait de lui une impression de force, et une présence qui le distinguait des autres hommes présents dans la salle.

Était-ce cela qui avait attiré Selina ? La force était séduisante, pour quelqu'un qui se sentait vulnérable.

— Tu danses ?

Il tendit la main, et le cœur de Sky s'emballa comme celui d'une adolescente.

Elle se leva et jeta un coup d'œil à son amie. Brittany éclata de rire.

— Tu plaisantes ? Les rennes du Père Noël voleront dans le ciel, avant que Zachary Flynn ne m'accompagne sur la piste.

Il y avait une note de regret dans sa voix, et Sky vit Zach se rembrunir un peu.

Elle prit la main d'Alec et gagna la piste en ondoyant des hanches au rythme de la musique.

Ils ne manquèrent pas une seule danse. Le jive, la salsa, le tango. Visiblement motivé par l'enthousiasme des danseurs, l'orchestre les enchaîna toutes, jusqu'à ce qu'il ne reste plus qu'Alec et Sky sur la piste. Tous les autres les regardaient.

Ils continuèrent jusqu'au moment où Sky fut mise en difficulté par le tango argentin. Son talon aiguille effleura dangereusement une certaine partie de l'anatomie de son partenaire.

Effaré, Alec la souleva dans ses bras, et l'emporta hors de la piste de danse.

— Arrêtons tout, pendant que je peux encore marcher, marmonna-t-il. Quand tu m'as menacé d'un coup de talon aiguille quelque part, je ne pensais pas que tu voulais le faire en public.

Les événements de cette terrible nuit à la galerie lui semblaient à des années-lumière.

Hors d'haleine, elle lui passa un bras autour du cou.

— C'était tellement amusant. Je croyais que tu ne savais pas danser ?

— J'ai dit que je ne raffolais pas de la danse, c'est différent. Ma mère m'a fait prendre des leçons de danse avec ma sœur, quand j'étais adolescent. À l'époque, je lui en ai terriblement voulu.

Puis je me suis rendu compte que cela me donnait un énorme avantage sur les autres gars.

Il la déposa doucement, et elle vit Zach et Brittany danser discrètement dans un coin.

Zach avait posé une main sur la nuque de la jeune femme et il lui susurrait quelque chose qui la faisait rire.

Sky eut un pincement au cœur. Zach détestait danser, mais il le faisait pour Brittany.

C'était cela l'amour, n'est-ce pas ?

C'était faire quelque chose que vous n'aimiez pas, juste pour rendre votre partenaire heureux.

Alec lui tendit un verre.

— Tu as soif ?

— Oui. Et j'ai chaud.

Elle but, et repoussa ses cheveux en arrière, du bout des doigts.

— Allons-nous mourir de froid, si nous sortons quelques minutes sur le pont ?

— Probablement, mais nous devrions le faire tout de même. Attends une seconde.

Il revint quelques instants plus tard avec leurs manteaux, et lui posa le sien sur les épaules.

Laissant derrière eux le bruit et les rires, ils firent quelques pas sur la terrasse.

La neige avait été balayée, mais l'air glacial la rafraîchit en quelques secondes.

Alec se tenait derrière elle. Il l'enveloppa de ses bras et posa le menton sur sa tête.

Sky contempla l'obscurité en écoutant le bruit de l'océan. Il y avait très longtemps qu'elle n'avait pas été aussi heureuse.

Grâce à Alec. Pas seulement en raison de sa famille, ou parce qu'il avait un corps de rêve. Mais grâce à l'homme qu'il était.

Appuyée contre lui, elle se sentait au chaud et en sécurité.

Alec Hunter était le genre d'homme qui pouvait surmonter tous les problèmes que la vie lui soumettait.

Il pouvait tout maîtriser. Sauf une relation sentimentale.

Il n'était pas encore prêt pour cela.

— Quelle nuit parfaite. L'esprit de Noël est là. Il est temps de faire des vœux et des projets pour l'année prochaine, dit-elle en posant une main sur la sienne. Parle-moi de ta prochaine grande aventure, Chasseur d'Épaves.

— L'Antarctique en janvier.

Elle se retourna en étouffant un petit cri.

— L'Antarctique ? C'est décidé ? Tu n'en étais pas sûr. Oh ! Alec, je suis contente pour toi.

Elle repensa à la conversation qu'il avait eue avec son père.

— Vraiment ? Pourquoi ?

— Parce que c'était ce que tu voulais plus que tout. Quand l'as-tu su ? demanda-t-elle en se tournant vers lui.

— J'ai reçu un e-mail hier.

— Et tu ne m'as rien dit ? Nous aurions dû ouvrir une bouteille de champagne. Nous le ferons en rentrant. J'ai une bouteille prête dans le réfrigérateur.

— Prête pour quoi ?

Elle referma les doigts sur les revers de sa veste.

— Pour une occasion comme celle-ci. Je pense comme ta mère qu'il faut célébrer les petits événements. En attendant, portons un toast sans alcool aux rêves qui se réalisent.

Elle posa une main sur sa joue. Il la regarda longuement, et elle eut la sensation de l'avoir surpris. Mais avant qu'elle ait pu le questionner, il lui prit le visage à deux mains et posa la bouche sur la sienne.

— Aux rêves.

Lorsque ses lèvres touchèrent les siennes, elle éprouva du désir, et autre chose. Quelque chose d'indéfinissable, mais de puissant.

La sensation se déroula en elle, lui réchauffant le corps.

Son cœur gonfla dans sa poitrine, et elle eut l'impression de recevoir une décharge d'adrénaline.

Elle n'aurait su dire ce que cela signifiait. Mais ce n'était pas bon.

Tout sentiment qui allait au-delà du superficiel n'était pas bon.

Alec avait été très clair. Ce qu'ils vivaient ne serait jamais plus profond qu'une rencontre temporaire. Non seulement elle le comprenait, mais elle était d'accord avec cet arrangement.

Brittany et Zach sortirent sur la terrasse pour les prévenir qu'ils partaient. Peu après, Sky et Alec partirent aussi.

Pendant le court trajet en voiture, souhaitant dissiper l'atmosphère d'intimité entre eux, elle lui demanda de lui parler de son voyage en Antarctique.

— La BBC souhaite faire un documentaire sur Ernest Shackleton, l'explorateur. Il projetait de traverser l'Antarctique par le pôle Sud, en passant de la mer de Weddell à la mer de Ross. Son navire, l'*Endurance*, s'est retrouvé emprisonné dans les glaces, et ils ne sont jamais parvenus à le dégager. Dix mois plus tard, le bateau a coulé.

— Dix mois ? Il a mis dix mois à couler ? Et donc, il n'a pas réussi sa mission.

— Shackleton n'a pas réussi à traverser l'Antarctique, mais il a ramené tous ses hommes sains et saufs. C'est une histoire incroyable. Ils ont campé sur la glace et ont dérivé, jusqu'à ce qu'elle commence à se rompre.

— Cela paraît risqué.

— Ils ont alors mis des canots à la mer et ils ont réussi à atteindre une île désertique. Shackleton savait que leur seule chance de salut était d'atteindre la station baleinière en Géorgie du Sud. Une île d'un peu plus de huit cents kilomètres carrés. Mais cela signifiait qu'ils devaient traverser une des mers les plus dangereuses du monde en hiver et en Antarctique.

Sky n'aurait su dire ce qui était le plus apaisant : le ronron du moteur ou la voix d'Alec. Avec son timbre grave, il aurait pu tenir tout un auditoire en haleine simplement en lisant les horaires de chemins de fer.

— Je suppose que l'histoire s'est mal terminée ?

— Contre toute attente, la mission a connu une fin heureuse. Shackleton a pris un des bateaux, le *James Caird*, et une poignée d'hommes avec lui. Ils savaient qu'ils allaient affronter des blizzards épouvantables et des tempêtes en mer.

— Et ils ont réussi ?

— Oui. Puis ils sont revenus secourir les hommes qu'ils avaient laissés derrière eux. Shackleton s'est révélé être un leader incroyable.

— Tu vas parler de lui ?

— Je vais parler de l'*Endurance* et du *James Caird*.

— Tu es la référence incontournable en ce qui concerne les bateaux ?

— Je suppose, admit-il dans un sourire.

Elle ne lui avoua pas que la veille, pendant qu'il travaillait, elle était allée le regarder sur YouTube. Il ne lui avait pas fallu plus de cinq minutes pour comprendre pourquoi il avait autant d'admiratrices. Elle avait tout regardé, parfois même deux fois. Il n'y avait rien d'étonnant à ce qu'il soit autant demandé pour présenter les émissions historiques.

— Je t'envie.

Il ralentit en atteignant le dernier virage avant le cottage.

— Pourquoi ? Je ne pense pas que tu aimerais beaucoup l'Antarctique. C'est un pays dur et inhospitalier. Par comparaison, l'hiver dans le Maine paraît presque doux.

— Mais c'est une aventure. Et le froid n'est rien quand on a les vêtements adéquats. Pense à la lumière, à l'effet du soleil couchant sur la glace…

Il garda le silence un moment, puis coupa le contact et contempla la mer.

— Tu es une fille surprenante, Skylar Tempest.

L'adjectif *surprenant* pouvait être positif. Venait-il de lui faire un compliment ?

Elle espéra vraiment que c'était le cas. Et cela la troubla.

Elle était très consciente de sa présence. Des muscles de sa jambe, toute proche de la sienne, de la force de ses mains, de la largeur de ses épaules.

Il irait en Antarctique. Il s'envolerait vers de nouvelles aventures. Et ensuite ?

Il reviendrait ici et vivrait dans son cottage au bord de la falaise, le nez dans ses livres.

— Tu peux me promettre quelque chose ?

Elle perçut sa soudaine tension, et enchaîna rapidement :

— Ne t'enferme pas de nouveau ici, quand tu reviendras d'Antarctique. Sors. Tu es un gars formidable, intelligent, intéressant. Tu devrais vivre avec quelqu'un d'aussi fantastique que toi.

Il laissa passer quelques secondes avant de répondre :

— Tu veux endosser le rôle de mère ?

— Non, seulement celui d'une amie. Tu ne devrais pas te servir de ce qui s'est passé avec ton ex-femme comme prétexte pour éviter les relations.

— Je n'évite pas toutes les relations. Seulement un certain genre de relations.

Elle se mit à rire.

— Celles qui t'obligent à réserver en décembre pour avoir une suite au Plaza en juin ?

— Exactement.

— Tu devrais recommencer à sortir, Alec. Enterre ton cynisme quelque part dans la baie avec tes épaves, et recommence à vivre.

Il y eut un long silence. Puis il se tourna vers elle.

— Pourquoi ?

Parce qu'elle ne supportait pas de l'imaginer seul, persuadé qu'il ne pouvait pas rendre une femme heureuse. Son cœur se mit à battre très fort.

— Tu mérites de vivre avec quelqu'un. Tu mérites d'être heureux.

Et sur ces mots, elle ouvrit maladroitement la portière et manqua s'affaler dans la neige, dans sa hâte de lui échapper avant qu'il ne pose la question qu'elle n'osait pas se poser elle-même.

15

La neige devint leur terrain de jeux.

Ils s'enveloppaient de vestes molletonnées et exploraient les sentiers de la forêt, parfois avec le scooter des neiges d'Alec, d'autres fois en skis de fond.

En dehors de deux téméraires amateurs de plein air, ils ne croisèrent personne. Ils avaient la forêt pour eux.

C'était très bien comme ça, songea Sky en tombant à la renverse alors qu'elle voulait prendre une photo.

Il y aurait moins de gens pour la voir se couvrir de ridicule.

Alec était extrêmement doué pour tous les exercices physiques, ce qui n'arrangeait rien. Sky était convaincue que perdu seul dans une nature hostile avec un sac à dos, il aurait survécu. Quelles que soient les conditions.

— Je suis nulle, dit-elle en se débattant avec ses skis.

Mais elle rit malgré tout en se relevant.

— Et comment se fait-il que tu saches aussi bien skier ? Tu es anglais. Il n'y a pas de montagnes en Angleterre.

— Je faisais partie de l'équipe de ski, à l'université.

— Bien sûr, marmonna-t-elle en balayant la neige sur ses vêtements. Y a-t-il une chose pour laquelle tu ne sois pas doué ?

— Le mariage, suggéra-t-il en ramassant son bâton de ski. J'étais très mauvais dans cette matière.

La forêt semblait figée sous la neige. Le silence n'était troublé que de temps à autre par le bruit de paquets de neige tombant des arbres.

Sky reprit son bâton.

— Donc, quand tu n'es pas doué pour quelque chose, tu renonces ? Drôle de logique.

— Cela protège les innocents.

D'après ce qu'elle avait compris, son ex-femme était plus manipulatrice qu'innocente. Mais Sky décida de ne pas exprimer cette pensée à haute voix.

— Eh bien, tu sais ce qu'on dit. Quand on est mauvais dans un domaine, il faut s'entraîner davantage.

Elle vacilla sur ses skis, et il tendit la main pour l'aider à se stabiliser, l'air amusé.

— Il faut laisser tes skis dans les traces, pour ne pas perdre l'équilibre.

— C'est bizarrement ce que j'essayais de faire. Tu dois penser que ce serait plus facile si j'arrêtais de prendre des photos !

— Pourquoi ferais-tu cela ? Pour toi, le plus important ce sont les photos et non le ski, dit-il en lui maintenant solidement le bras. Tu as vu quelque chose qui pourra te servir ?

Curieusement, il n'était pas gêné du tout par le fait qu'elle s'arrête très souvent pour prendre des photos.

— Peut-être. J'ai photographié le soleil entre les arbres. J'aurais dû emporter mon Nikon, mais je ne peux pas skier avec cet appareil autour du cou. Tu es très patient, ajouta-t-elle, en plaçant ses skis dans les traces déjà creusées sur le chemin.

— Je ne suis pas patient.

— Tu ne te plains jamais quand je m'arrête pour prendre des photos.

— Pourquoi me plaindrais-je ?

Ses yeux semblaient plus sombres dans le paysage blanc. Elle se détourna et se concentra sur le chemin. Si elle continuait de le regarder, elle allait tomber.

— Tu es souvent obligé de m'attendre.

— Il n'y a aucun intérêt à être dehors, si on ne s'arrête pas de temps en temps pour respirer et admirer la vue.

Il était tellement différent de Richard.

— Je suis rêveuse, et distraite.

— Je trouve que tu es très concentrée. Quelqu'un qui réussit à utiliser son talent pour gagner sa vie sait forcément se concentrer. Tu as accompli ton rêve. Les créations Tempest.

— C'est un travail de longue haleine. Et ce n'est pas mon seul rêve.

Elle souffla, projetant un petit nuage blanc dans l'air glacé.

— Tu veux trouver l'amour. Je sais. Le genre de grand amour qui te donne l'impression que ton cœur va exploser.

— Non ! protesta-t-elle en riant. Je ne veux pas que mon cœur explose. Seulement qu'il paraisse trop grand pour ma poitrine.

— Cela vaut mieux, dit-il en lui remontant la fermeture de sa veste sous le menton. Une explosion risquerait de faire des dégâts. Tu as un grand cœur, Skylar, et je ne voudrais pas être là s'il explosait.

— Tu as déjà soigné l'ecchymose sur ma tempe, et la coupure de mon doigt. Je m'occuperai moi-même de mon cœur.

Il posa la main sur ses hanches. Son visage était tout près du sien.

— Tu mérites de rencontrer quelqu'un d'exceptionnel, dit-il doucement.

Il lui prit le visage à deux mains et l'embrassa. Le contraste entre la chaleur de ses lèvres et le froid glacial intensifiait les sensations.

Il suffit d'un baiser pour que sa tête se mette à tourner, et que ses jambes se dérobent.

Elle sentit ses mains glisser lentement et lui caresser le dos en l'attirant contre lui. Malgré les couches de vêtements, elle sentait son corps dur et puissant. Puis il approfondit son baiser et elle fut submergée par des vagues de plaisir. Le désir s'empara d'elle et elle se pressa contre lui, agacée par les vêtements qui gênaient leur étreinte.

— Personne n'embrasse comme toi, murmura-t-elle contre sa bouche. Si nous nous déshabillions ici, risquerions-nous d'être surpris ?

— Non, mais nous risquerions des engelures dans des parties vitales de notre anatomie. Un coup de talon aiguille paraîtrait anodin, en comparaison.

Il parvenait toujours à la faire sourire.

— Nous ne nous verrons sans doute pas après Noël, nous devrions prendre rendez-vous pour manger un hamburger ensemble l'été prochain.

Les mots lui avaient échappé, comme si inconsciemment elle ne voulait pas renoncer à quelque chose qui lui semblait aussi délicieux.

— Je n'aurais pas dû dire cela. J'espère que je ne vais pas te faire fuir ?

— Sky, dit-il en lui posant les mains sur les épaules. Je ne veux pas que tu surveilles tes paroles quand tu es avec moi. Il n'y a pas de « choses à ne pas dire » entre nous. Et je m'amuse avec toi. Il y avait longtemps que je ne m'amusais plus autant.

Il soutint son regard. Son expression était si intense que son cœur se mit à battre la chamade, et que ses paumes devinrent moites.

La situation était de plus en plus compliquée.

— Très bien. Je suis contente que ce soit clair. Tu es difficile à comprendre, dit-elle en levant les yeux vers lui. Ton visage est toujours grave. Je suppose que si tu éclatais de rire au milieu d'une conférence à la télévision, cela n'irait pas du tout ?

— Cela arrive.

— Vraiment ? Je ne t'imagine pas du tout perdant le contrôle. Chaque fois que je te vois à l'écran, tu es très sérieux.

— Tu m'as regardé ?

Ce n'était pas quelque chose qu'elle avait eu l'intention d'avouer. Elle eut l'impression d'être une adolescente amoureuse en secret.

— J'ai peut-être jeté un coup d'œil à l'épisode dans lequel tu ôtes ta chemise. Je comprends pourquoi il a été vu aussi souvent et pourquoi l'amie de Liv aimerait t'être présentée.

— Tu as eu l'occasion de me voir davantage, au cours des deux dernières semaines.

Oui, elle l'avait vu beaucoup plus. Et elle n'était toujours pas rassasiée.

Son cœur rata un battement.

— J'aimerais bien te voir encore. Alors quittons cette piste, avant que je ne me casse quelque chose. Tu me raconteras toutes tes prises de vues embarrassantes devant un bol de soupe, et un verre de vin.

— Passe devant.

— Pourquoi ? Tu veux regarder mes fesses ?

— Non. Je veux te ramasser si tu tombes. Mais je ne peux pas te promettre de ne pas en profiter pour regarder tes fesses.

Encore une fois, il la faisait rire.

— Cela ferait un excellent vœu de mariage, après « je promets solennellement de ramasser mes cheveux dans la douche » et « je promets de ne pas couper mes doigts en morceaux en préparant la soupe ».

Elle vit son expression changer. Son sourire détendu s'effaça, et elle secoua la tête, l'air embarrassé.

— Oups…

— Je pourrais sans doute ajouter quelques vœux à ma façon. « Je promets solennellement de disparaître en quelques minutes et de passer des semaines quelque part sans liaison téléphonique, te laissant verte de rage. »

— Ce genre de promesse avait le don de mettre Selina hors d'elle ?

— Tout ce que je faisais la mettait hors d'elle. Ou plutôt, tout ce que je ne faisais pas. Chaque fois qu'on me proposait un nouveau projet, elle plongeait dans la dépression. Je redoutais de lui annoncer que j'allais partir. Si je lui avais dit que je partais en Antarctique, elle aurait pris cela comme un signe que je ne l'aimais pas et que je voulais fuir à l'autre bout du monde pour lui échapper.

— Ce genre de réaction ne ressemble pas à de l'amour. Quand on aime quelqu'un, on doit être son plus grand soutien. Célébrer chaque petit succès, être fier de tout ce que l'autre accomplit. L'encourager à continuer.

— Nous avons déjà dit que tu plaçais la barre très haut. Tu as des attentes élevées.

— Je ne crois pas. Cela me paraît normal dans un vrai couple.

— Je comprends. Tu crois qu'un couple, ce sont les deux parties d'un tout.

— Ce n'est pas exactement ce que je pense. Selon moi, chaque partenaire forme lui-même un tout.

Elle marqua une pause, et tenta d'expliquer :

— Pour moi, l'amour est comme un voyage. Une aventure que l'on vit ensemble.

— Une aventure ?

— Bien sûr. Je veux quelqu'un que je puisse soutenir et encourager, et qui fera pareil pour moi. J'ai besoin de quelqu'un qui comprenne que parfois j'aurai les yeux dans le vague, et que je sortirai soudain de ma poche un carnet de croquis ou un appareil-photo. Quelqu'un qui sache que parfois le voyage est difficile, et que nous devons nous aider mutuellement à nous relever. Je veux quelqu'un avec qui je puisse rire et parler au milieu de la nuit. Quelqu'un que j'admire et que je respecte. Et surtout, je veux quelqu'un qui me comprenne. Je ne peux pas entreprendre le voyage de la vie avec quelqu'un qui ne me comprend pas.

Seul le chant d'un oiseau, quelque part dans la forêt, troublait le silence.

Elle se tenait là, immobile, comprenant soudain que la seule personne avec laquelle elle voulait faire ce voyage, c'était lui.

Au cours des semaines passées, il avait été là à chaque instant pour elle. Ils avaient ri ensemble, et parlé de tout. Il était heureux d'être dehors avec elle, tandis qu'elle prenait des séries de photos. Il ne se plaignait jamais de l'allure qu'elle avait, ne lui demandait jamais de se dépêcher.

De son côté, elle n'avait pas essayé de l'impressionner ou de lui faire plaisir. Pas une seule fois, elle n'avait tenté d'être autre chose qu'elle-même. C'était cela, la vraie intimité. Se révéler pleinement, vivre en toute honnêteté avec quelqu'un.

Elle était restée avec Richard en espérant tomber amoureuse de lui. Et même parfois en croyant l'être déjà un peu. Mais elle savait maintenant qu'il ne suffisait pas de passer du temps avec quelqu'un pour être amoureuse. Ce qui comptait, c'est ce qu'on ressentait quand on était près de lui.

Et quand elle était avec Alec, elle se sentait bien.

Il lui toucha le visage du bout des doigts, l'air intrigué.

— Que t'arrive-t-il ?

Comme toujours, il avait remarqué le changement dans son humeur, et il voulait savoir ce qu'elle ressentait.

Il y avait tellement de choses qu'elle aurait aimé lui dire. Mais elle ne le pouvait pas.

Car elle lui avait promis, dès le début, qu'elle ne tomberait pas amoureuse de lui.

Que cela n'arriverait pas.

Son cœur prenait soudain trop de place dans sa poitrine. Tellement de place, que c'était à peine supportable.

Voilà ce qu'on ressentait quand on aimait.

Maintenant, elle savait.

Elle savait aussi qu'elle ne pouvait rien y faire.

— Rien, il ne m'arrive rien, murmura-t-elle, la gorge serrée. Nous devrions rentrer.

Il serait horrifié, s'il pouvait lire dans ses pensées.

Alec se renversa dans son fauteuil de bureau.

L'écran de son ordinateur semblait le regarder d'un air accusateur. Il n'avait pas encore touché au document.

Que diable faisait-il donc ?

Il n'aurait jamais dû emmener Skylar dans son cottage. Il avait tout fait pour se limiter à des relations simples, sans attaches sentimentales. Et sans qu'il le veuille, cette relation « simple » était devenue très différente.

Elle n'avait plus rien de simple.

Au lieu de travailler, il pensait à elle tout le temps.

Comme en ce moment.

Jurant tout bas, il appuya sur une touche et essaya de se concentrer sur l'écran, mais il ne voyait plus son travail. Il ne voyait que le visage de Sky, et son sourire.

Au début, il n'avait été question que de sexe. Puis cela avait évolué. Il y avait eu du sexe, et de bons moments. Et finalement, on en était arrivé à du sexe, de bons moments, et de l'amitié. Et pendant ce temps, Alec en avait beaucoup appris sur Sky. Bien que très belle, elle n'était pas du tout centrée sur son apparence. Elle était aussi à l'aise dans cette énorme doudoune trop grande pour elle, que dans l'incroyable robe argentée qu'elle portait le soir du vernissage. C'était une artiste très créative, mais elle était dépourvue du sentiment d'insécurité qui accablait généralement tous les créateurs.

Elle aimait être entourée, mais elle pouvait être très heureuse en étant seule. Et comme lui, quand elle travaillait sur un projet, elle perdait toute notion du temps. Quand il était avec quelqu'un, Alec avait généralement besoin d'un espace personnel pour s'isoler. Mais avec Sky, il ne s'était jamais senti pris au piège.

Elle parlait, parfois sans filtre, mais elle savait aussi écouter.

Finalement, il avait partagé beaucoup plus de choses avec elle, qu'avec n'importe quelle autre femme.

Il était temps de regarder la réalité en face.

Elle éprouvait des sentiments pour lui.

Il connaissait assez les femmes pour en avoir conscience.

Renonçant à son travail, il partit à sa recherche et la trouva confortablement calée dans son lieu de prédilection. Le siège situé sous la fenêtre dans le jardin d'hiver.

— Que fais-tu ici ? Il fait nuit.

— J'essayais de travailler, mais je n'arrivais pas à me concentrer. Alors, je me suis assise un moment.

Elle lui fit de la place à côté d'elle, et demanda :

— Ta session a été productive ?

— Non. Je n'arrivais pas à me concentrer non plus.

Allait-elle lui dire ce qu'elle ressentait ?

Il s'assit à côté d'elle, et sa cuisse effleura la sienne.

La situation était inédite. Il ne s'était jamais imaginé assis là avec une femme. Surtout une femme qui suscitait chez lui des sentiments aussi forts.

— Je suppose que tu pensais trop à Noël, dit-elle en lui envoyant un léger coup de coude. Ne t'inquiète pas, j'ai dit au Père Noël que tu avais été très sage. Je suis sûre qu'il t'apportera tout ce que tu as mis sur ta liste.

Il ne sourit pas. Il ne savait plus très bien ce qui figurait sur sa liste de cadeaux.

Et elle ?

Qu'espérait-elle recevoir ?

Sa gorge se noua. Il ne voulait pas faire partie des gens qui détruisaient ses rêves. Beaucoup de gens l'avaient déjà fait, il ne tenait pas à les imiter.

Il savait que son cœur n'était pas en sécurité avec lui.

— Qu'y a-t-il sur ta liste au Père Noël ? demanda-t-il.

— Rien.

— Même pas une nouvelle couronne de princesse, ou des ailes de fée ? Je sais par Ryan que c'est ce qui figure sur la liste de Lizzy.

Elle posa la tête sur son épaule en souriant.

— Je n'ai jamais demandé de couronne ou d'ailes de fée. Quand j'avais six ans, je voulais être danseuse. Mes parents m'avaient emmenée au Met, et j'étais tombée amoureuse du tableau de Degas, *La Classe de danse*. Je voulais des tubes de peinture. Tous les ans, je demandais du matériel de peinture.

— Je croyais que tes parents ne t'avaient jamais laissée croire au Père Noël ?

— En effet. C'est pourquoi je leur demandais directement ce que je voulais.

— Et cela ne marchait pas ?

— Non. Ma tante a fini par m'acheter les tubes de peinture tant convoités, et je les ai étalés dans la cuisine le jour de Noël, ce qui a mis ma mère en colère car nous attendions cinquante invités.

— Cinquante ? Cela devait faire beaucoup de fiches à étudier. T'arrivait-il de tout mélanger ?

— Oh ! oui, répondit-elle en se redressant et en enlevant un cheveu blond sur l'épaule d'Alec. Un soir, pendant le dîner, j'ai demandé au P-DG d'une banque comment allait son bébé.

— Il n'avait pas de bébé ?

— Non. Mais il avait récemment eu une aventure extra-conjugale, ce qui avait provoqué un grand scandale. Ma mère nous avait formellement interdit de faire allusion à sa vie sociale. Nous étions censés maintenir la conversation dans le domaine des œuvres charitables.

Il l'imagina se trompant et réalisant brusquement son erreur.

— Si tu devais écrire au Père Noël maintenant, que lui dirais-tu ?

— De ne pas rester coincé dans la cheminée.

— C'est tout ?

— Il n'apporte pas les choses qui sont vraiment importantes dans la vie.

— C'est-à-dire ?

— L'amitié. L'amour.

Le fait qu'elle recherche encore cela était une preuve de sa résilience.

— C'est ce que tu mettrais en haut de ta liste ? Après tout ce qui t'est arrivé avec Richard ?

— Il n'y avait pas d'amour entre Richard et moi. Mais même si nous nous étions aimés, et que mon cœur avait été brisé en mille morceaux, je ne renoncerais pas à l'amour. C'est trop important. En fin de compte, l'amour est la seule chose qui compte.

Alec regarda ses doigts, entrecroisés avec les siens.

— Même lorsque l'amour cause du chagrin ?

— Tu dis cela parce que tu as vécu une mauvaise expérience. Mais ce n'était pas l'amour non plus. Tu n'étais pas amoureux de Selina, et je ne pense pas qu'elle l'ait été de toi. Si tu dois enchaîner quelqu'un à toi, ce n'est pas de l'amour. Ce n'en est pas non plus si tu veux que la personne change, qu'elle soit différente, ou qu'elle renonce à tout ce qu'elle aime. Quand tu tombes amoureux d'une personne, tu ne veux rien changer à ce qu'elle est. Toi, par exemple… tu as une nature aventureuse, mais tu es aussi un intellectuel. Donc, tu vas vouloir consacrer du temps à ce qui te passionne. Cela fait partie de toi. Si on t'enlève cela, tu seras aussi malheureux que moi quand je ne peux pas faire ce que j'aime.

Elle avait raison, il avait été malheureux.

— Nous nous rendions malheureux mutuellement.

Il hésita. Il voulait se confier pour qu'elle comprenne. Il avait besoin qu'elle comprenne qu'il n'était pas doué pour l'amour.

— Ses parents avaient divorcé quand elle était petite, et elle avait un sentiment d'insécurité chronique. Quand je n'étais pas avec elle, elle voulait savoir où j'étais et avec qui. Ce qui n'était pas facile avec un travail comme le mien. Je partais parfois pendant des semaines pour un tournage. Elle voulait que nous soyons ensemble à chaque minute de la journée, mais même ensemble nous n'étions pas heureux.

— Tu ne m'as pas dit comment tu l'avais rencontrée.

— Nous assistions à une vente de charité, et nous sommes partis en même temps. J'allais monter dans mon taxi quand quelqu'un l'a bousculée et lui a volé son sac.

— Donc tu étais très élégant et sexy dans ton smoking, et tu l'as secourue. As-tu attrapé le voleur ?

Sans attendre sa réponse, elle enchaîna :

— Oui, bien sûr. Donc tu l'as secourue et raccompagnée chez elle. Elle t'a invité à monter pour te remercier, mais tu as refusé car tu ne voulais pas profiter d'une personne vulnérable. Et elle a été conquise.

— Comment le sais-tu ?

— J'ai deviné, dit-elle en lui caressant la joue. Tu t'es porté à son secours. Tu as eu un geste chevaleresque.

— N'importe qui aurait fait la même chose.

— Non. Tu as fait ce qui te paraissait naturel. Et je parie qu'elle a adoré être secourue. Et cela a fixé le modèle de votre relation. Rien d'étonnant à ce que cela n'ait pas marché, Alec. Vous n'étiez pas à égalité.

— Ne dis pas cela.

Il avait un goût amer dans la bouche. Il était tentant de la laisser penser de cette façon, de profiter de son approbation. Mais ensuite ? Ce n'était pas honnête, n'est-ce pas ?

— Ne fais pas de moi une sorte de héros. C'est ce qu'elle a fait, et il ne lui a pas fallu longtemps pour découvrir qu'elle se trompait. Elle n'a pas encore surmonté cette désillusion. Je ne veux pas que notre relation ressemble à celle-ci.

— Ne crains rien. Je ne te prends pas pour un héros. En revanche, je pense que tu es quelqu'un de bien, en dépit de tes efforts pour me persuader du contraire. Pourquoi détestait-elle que tu t'en ailles ? Avait-elle peur que tu la trompes ?

— Oui. Mais finalement, c'est elle qui m'a trompé.

C'était une chose dont il n'avait jamais parlé à quiconque, même si sa mère avait deviné. Sky ne dit rien, et il lui coula un regard en coin.

— Tu n'as pas l'air étonnée.

— Quand nous étions chez tes parents, tu as dit que tout le monde n'attendait pas qu'une relation soit finie pour en commencer une autre. Tu n'aurais pas eu une aventure, donc j'ai deviné que c'était elle.

— Je les ai surpris. Elle avait tout arrangé, pour me rendre jaloux.

Il repensa à cette soirée, à toutes les émotions qui l'avaient submergé.

— Pourquoi es-tu si sûre que je ne l'aurais pas trompée ?

— Parce que ce n'est pas ton style. Tu es droit et honnête. Et tu es adulte. Si une relation ne te convenait plus, tu le dirais. Tu es assez fort pour dire ce que tu penses et faire ce qu'il faut.

— Je n'étais pas le mari idéal.

— On ne peut pas être le conjoint idéal, quand on n'est pas marié à la bonne personne. Elle n'est pas la seule à avoir souffert. Tu as souffert aussi.

Il garda le silence un moment. Il était important qu'elle sache la vérité.

— Je n'ai pas souffert, Sky. J'étais soulagé. Quand je l'ai vue avec lui, j'ai éprouvé du soulagement. À ce moment, j'ai su que c'était fini. Elle l'a compris aussi.

— Tu as souffert, Alec. Peut-être pas à cause de cette liaison, mais avant cela à cause de toutes les petites choses qu'elle faisait… ou ne faisait pas. Elle a réussi à te convaincre que tu ne pouvais pas rendre une femme heureuse. Que tu étais mieux seul.

— C'est vrai. Je suis égoïste. Beaucoup trop égoïste pour m'engager. Je ne veux pas être responsable du bonheur de quelqu'un. Je veux pouvoir partir d'un moment à l'autre, voyager, aller où je veux. Je veux pouvoir passer une semaine le nez dans mes livres, sans avoir à m'excuser. Je veux pouvoir travailler toute la nuit quand j'ai une bonne inspiration. Et je veux parler de voyages, d'histoire, d'écriture… de toutes les choses qui m'intéressent. Et non de réceptions, de célébrités, de couples. Cela ne m'intéresse pas. Je suis vraiment mieux tout seul, conclut-il d'une voix dure.

Il la mettait en garde, et il espérait qu'elle écoutait attentivement.

— Si tu étais égoïste, tu ne m'aurais pas cherchée ce soir-là, dans la galerie. Tu aurais poursuivi ta vie, comme l'a fait Richard. Tu n'es venu au vernissage que pour faire plaisir à Brit. Tu ne m'aimais pas beaucoup, mais tu n'as pas voulu m'abandonner. Tu es resté avec moi, ensuite tu as refusé de me laisser seule. Et pourtant tu gardais un souvenir cuisant de la dernière fois que tu avais secouru une femme.

— Tu n'as absolument rien de commun avec mon ex-femme.

Maintenant qu'il connaissait Skylar, il se demandait comment il avait pu établir un parallèle entre elles.

— Tu laisses ton ex-femme influencer ta vie actuelle, Alec. C'est nul. Si tu te trouves pris dans une tempête en mer, est-ce une raison pour ne plus jamais monter en bateau ? Alors, qu'en penses-tu, Chasseur d'Épaves ? Ta résolution pour la nouvelle année, ce devrait être de coucher avec le plus de femmes possible, dans l'espoir de rencontrer quelqu'un d'intéressant.

Pour une raison bizarre, cette idée ne le séduisait pas le moins du monde.

— Je ne crois pas.

— Kirsti m'aidera à en sélectionner quelques-unes pour toi. Uniquement des femmes qui aiment la vie en plein air, et qui sont capables de se battre à mains nues avec un ours.

Elle observa un court silence et reprit :

— Tu me promets de sortir ? Je ne voudrais pas que tu sois seul toute ta vie.

— Et toi ? Quelle sera ta résolution pour la nouvelle année ?

Il y eut encore un silence, puis elle le gratifia de son fameux sourire éblouissant.

— Je vais vivre en étant moi-même. Avec un peu de chance, je finirai par rencontrer un gars qui pense qu'il existe de pires sorts que de mourir étranglé par mes cheveux dans son sommeil.

Alec espéra qu'elle ne trouverait pas trop vite le gars en question.

Il voulait qu'elle soit heureuse, mais il n'avait pas envie de l'imaginer en train de rire avec un autre homme.

Qu'est-ce que cela signifiait ?

Eh bien... qu'il était exactement tel que le décrivait son ex-femme.

Un affreux égoïste.

Harbor House était resplendissante avec ses guirlandes lumineuses et ses garnitures de houx. Emily était plongée dans les préparations de Noël.

La cuisine, où planait une délicieuse odeur de gâteaux, était jonchée de bols, de spatules, de plateaux de cookies en train de refroidir. La table était couverte de feuilles de papier et Lizzy peignait d'un air concentré, en saupoudrant ses dessins de paillettes.

— J'adore celui-ci, dit Sky en examinant une feuille. C'est l'île. Et là, c'est le *Capitaine Crochet*, tout décoré pour les fêtes. Et ceci, c'est la maison d'Alec ?

Elle montra un petit cottage de guingois, survolé par les mouettes.

— Veux-tu que je t'aide à le finir ?

— Je n'ai presque plus de paillettes, dit la fillette en secouant un flacon.

— Je vais t'aider.

Sky fouilla dans son sac, et annonça :

— Voilà des paillettes. De quatre couleurs différentes.

Le visage de la fillette s'illumina.

— Sky, tu es géniale !

Emily ferma les yeux.

— Je t'ai dit que je te haïssais, Sky ? Le dernier flacon que tu lui as donné a fini dans la douche. Ryan scintillait chaque fois qu'il partait travailler.

Lizzy se concentra sur son dessin, la langue entre les dents.

— Mais elle adore dessiner, protesta Sky en déposant les

flacons sur la table. Il ne faut jamais contrarier la créativité. Tu te sens mieux, Em ?

Elle avait terriblement envie de parler avec son amie, mais c'était impossible en présence de la fillette.

— Beaucoup mieux, répondit Emily sans lever la tête.

Sky s'empara d'un bol de cranberries posé sur la table.

— Comme elles sont jolies. On dirait des bijoux.

— Tu as des idées, pour ta nouvelle collection ?

— Quelques-unes. Je n'ai encore rien décidé.

La prochaine étape serait de retourner dans son atelier de New York pour se mettre au travail.

Mais cela signifiait qu'elle devrait quitter Puffin Island.

Et Alec.

Et elle ne le ferait qu'à la toute dernière minute.

Elle voulait profiter de chaque seconde.

Elle s'assit devant la table, et regarda le cottage d'Alec, sur le dessin.

Quitter le cottage serait un déchirement. Mais il serait encore plus douloureux de le quitter, lui.

La conversation de la veille avait été difficile, car jusqu'à présent elle n'avait jamais eu besoin de lui cacher ses sentiments. La franchise était une des choses qu'elle adorait dans leur relation.

Mais s'il devinait ? Si elle ne parvenait pas à lui cacher ce qu'elle ressentait ?

Elle lui avait fait une promesse. Elle lui avait dit que cela n'arriverait jamais.

Et elle savait qu'il ne changerait pas d'avis.

Il le lui avait rappelé hier soir.

Ses paroles avaient sonné comme un avertissement.

Elle avait désespérément besoin de parler avec son amie, mais Lizzy se trouvait entre elles. Elle chercha donc un autre sujet de conversation.

— J'ai fait la connaissance de Meg Ferguson. Tu la connais ?

— Un peu. C'est une amie d'Agnès. Elle faisait partie du même groupe de femmes que Kathleen. Brit nous racontait qu'elles allaient au théâtre ensemble, sur le continent. Comment l'as-tu rencontrée ? demanda Emily en récupérant le pinceau que Lizzy agitait en tous sens.

— Alec lui rend visite, quand il est chez lui. Il nous a fait croire tout l'été qu'il vivait en ermite. Mais quand il est là, il lui rend visite chaque semaine depuis qu'elle a perdu son mari. Cela fait un an.

— Je l'ignorais. Il ne dit jamais rien.

— Non. Il est comme ça. Richard faisait uniquement ce qui était visible du public. Mais Alec fait les choses pour aider les gens.

Emily reboucha un flacon de paillettes.

— C'est bien. Il n'est donc pas aussi cynique et amer qu'il en a l'air.

— Il n'est pas amer, protesta Sky, prenant sa défense. Je crois qu'il s'adresse beaucoup de reproches, et cela le rend méfiant.

— C'est quoi, amer ?

Lizzy leva la tête de son dessin, et Sky se rendit compte qu'elle devait surveiller ses paroles.

Emily donna une explication à la fillette, tandis que Sky contemplait le bol de cranberries.

— Il aime l'art.

— Qui ?

— Alec. Je ne m'y attendais pas. Je n'avais jamais pu parler d'art avec quelqu'un, avant lui.

— C'est bien. Je suis contente que tu n'aies pas trop de chagrin pour Richard, dit Emily en envoyant Lizzy se laver les mains.

— En fait, il y avait longtemps que je n'avais pas été aussi heureuse. Je m'amuse bien.

Et je suis amoureuse. Je ne sais plus où j'en suis, et j'ai besoin d'en parler avec toi.

La tête d'Emily était contre celle de Lizzy, et elle lui essuyait les doigts.

Sky déglutit. Elle avait terriblement besoin de parler.

Elle pourrait proposer de passer une soirée toutes les trois. Emily, Brittany et elle.

Elles boiraient quelques verres de vin en bavardant.

— Tu es libre demain soir ?

Emily aida Lizzy à descendre de sa chaise.

— Non, désolée. Il y a un concert à l'école, pour récolter des fonds. Tu peux te joindre à nous. Ce sera une bonne soirée.

Mais elles n'auraient pas l'opportunité de parler.

— Le soir suivant ? suggéra Sky en secouant la tête.

— Nous allons aider Agnès à décorer son appartement. J'ai préparé un plat, Lizzy a fabriqué des décorations, et nous allons faire des gâteaux au chocolat.

Emily débarrassa la table, sortit des œufs et du beurre du réfrigérateur, et les posa sur la table. Lizzy alla chercher un saladier et une spatule.

Apparemment, c'était une routine bien huilée. Emily avait beaucoup changé depuis le début de l'été. Elle était très détendue.

— Tu es heureuse, dit doucement Sky.

Emily sourit en pesant le sucre.

— Oui, très heureuse. Qui l'eût cru ?

Lizzy s'empara d'un œuf qu'elle tapa délicatement contre le bord du saladier. Une moitié glissa dans le bol, et l'autre sur la table.

— Oups.

Sky regarda son amie tout ramasser et montrer à la fillette comment s'y prendre.

Elle était douce et patiente.

Sky sentit son cœur se gonfler de bonheur. La plus belle chose du monde était de voir Emily entourée d'une famille.

Ce n'était pas seulement son amie, qui avait changé.

Leur vie à toutes avait changé.

— Tu es géniale. Je t'adore.

Emily leva la tête, étonnée.

— Je t'aime aussi. Tu as des nouvelles de Richard ? demanda-t-elle en remuant la mixture, avant de la déposer dans de petits moules.

— Aucune. Je suis soulagée. Nous n'avons rien à nous dire.

Ils n'avaient jamais rien eu à se dire. Pendant tout le temps qu'elle avait passé avec lui, elle n'avait pas connu une seule fois la même intimité qu'avec Alec.

— Alec pense que Richard doit avoir une personnalité narcissique. Cela me paraît logique. C'est le cas de nombreux politiciens.

Elle se rendit compte que depuis qu'elle avait franchi la porte de la cuisine, elle n'avait pas cessé de parler d'Alec.

Quand elle n'était pas avec lui, elle parlait de lui. Comme si cela pouvait la rapprocher de lui.

Elle n'avait jamais éprouvé cela pour quelqu'un d'autre.

Les mains tremblantes, elle reposa le bol de cranberries.

Il fallait qu'elle le fasse sortir de ses pensées.

Tout cela avait commencé comme une façon un peu drôle d'oublier Richard. Ce n'était pas censé devenir sérieux.

Emily ne semblait pas se rendre compte que quelque chose n'allait pas. Elle fit du café, et posa un mug devant Skylar.

— Et tes parents ? Sont-ils encore contrariés ?

— Bien sûr.

Sky avait parlé à Emily du message de sa mère, et son amie avait été horrifiée.

— Je n'arrive pas à croire qu'elle ait réservé l'église. C'est ahurissant.

— Ma mère pensait que tout était prévu. Elle va sans doute me demander de lui rembourser les frais d'annulation.

— Je ne comprends pas tes parents. Ils semblent ne pas

tenir compte de ce que tu veux, remarqua Emily, intriguée. Ils ne respectent pas ce que tu es.

— Parce que je ne suis pas ce qu'ils voudraient que je sois.

Lizzy lécha la cuillère et la regarda d'un air solennel.

— Emily dit qu'on peut être tout ce qu'on a envie d'être dans la vie.

— Elle a raison, dit-elle en souriant.

Mais pas avec des parents comme les miens. Avec eux, il fallait être assez forte pour supporter leur désapprobation.

Emily s'essuya les mains.

— Je suis contente que nous passions Noël tous ensemble. Brittany a aussi invité Agnès. Nous allons partager de bons moments.

Curieusement, Sky redoutait cette soirée.

Elle redoutait de ne plus pouvoir cacher à Alec ce qu'elle ressentait. Et s'il devinait ses sentiments ?

Une fois les gâteaux dans le four, Lizzy alla jouer avec Cacao, leur épagneul.

Dès qu'elle fut sortie, les deux jeunes femmes se mirent à parler en même temps.

— Je dois te dire quelque chose…

Elles se dévisagèrent et éclatèrent de rire. Combien de fois leur était-il arrivé la même chose, dans le passé ?

Mais Sky se sentit coupable. Depuis son arrivée, elle n'avait pas cessé de parler d'Alec.

— Toi la première. C'est au sujet de ton magasin ? Comment ça se passe ?

— Bien. Tout est prêt pour l'ouverture, qui aura lieu à Pâques. Mais ce n'est pas ce dont je voulais te parler.

— Alors, quoi ? Qu'est-ce qui ne va pas ?

Sky prit son mug, remarquant pour la première fois les yeux cernés de son amie.

— Tu parais fatiguée. As-tu consulté un médecin ? Dis-moi. C'est Ryan ?

— Non ! Il est merveilleux, je l'adore. Je... Ryan est ce qui m'est arrivé de mieux dans la vie.

— C'est Lizzy ?

Inquiète, Sky fit mentalement la liste des possibilités. Mais Emily secoua la tête, et des larmes perlèrent soudain sous ses paupières.

Oubliant ses propres soucis, Sky se leva et contourna la table.

— Tu me fais peur. Quoi qu'il arrive, nous le surmonterons ensemble. Veux-tu que j'appelle Brit ?

— Non.

Emily s'essuya les yeux du revers de la main, et à ce moment Ryan entra.

— Em ? s'exclama-t-il d'une voix rauque. Tu es malade, ma chérie ? Que t'arrive-t-il ?

Poussant Sky de côté, il prit Emily dans ses bras.

Sky se sentit de trop et recula.

Leur amitié changeait aussi. Les choses étaient différentes.

Brittany avait Zach. Emily avait Ryan. Et elle...

Elle n'avait personne.

Il aurait été ridicule de croire qu'Alec resterait très longtemps dans sa vie.

Ses amies avaient toutes deux trouvé l'homme qu'il leur fallait. Alors qu'elle était tombée amoureuse d'un homme qui ne voulait pas entendre parler d'amour.

Sa mère avait peut-être raison. Elle ne faisait que de mauvais choix.

Mais l'amour n'était pas un choix.

Emily posa la tête sur l'épaule de Ryan.

— Je suis trop émotive. C'est plus fort que moi, je suis désolée.

— Cela passera, ma chérie, dit Ryan en lui caressant les cheveux. Je suis là. Je serai toujours là.

Sky eut l'impression d'écouter aux portes. De quoi parlait Ryan ? Qu'est-ce qui passerait ?

— Mon Dieu, Em… Est-ce que tu es…

Emily échappa aux bras de Ryan, et vérifia que Lizzy n'était pas dans la cuisine.

— Je suis enceinte. C'est ce que je voulais te dire. Je ne voulais pas en parler, car c'est encore très récent. Mais comme je suis toujours en train de dormir ou de vomir, cela va devenir difficile à cacher à mon entourage.

— Pourquoi voudrais-tu le cacher ? C'est merveilleux. Emily…

Les yeux de Sky s'embuèrent, et elle pressa une main contre son cœur.

Ryan eut un sourire malicieux.

— Eh, elle n'a pas fait cela toute seule. J'ai participé.

— Oui, j'en suis sûre ! répliqua Sky en lui donnant un coup de poing dans l'épaule. Sors d'ici. Ce moment est réservé aux filles. Ce n'est pas tous les jours que j'apprends que je vais être tatie. Et ne me regarde pas comme ça. Nous ne sommes pas des sœurs de sang, mais des sœurs de cœur, et c'est aussi important !

Pendant un moment, ses propres problèmes furent éclipsés par la joie qu'elle éprouvait. Des larmes coulèrent sur ses joues, et elle les essuya du revers de la main.

— Zut. Regarde dans quel état je suis. Brittany est au courant ?

— Maintenant je le suis !

Brittany déboula dans la cuisine, et prit Emily dans ses bras, en ignorant totalement Ryan.

— Vous devriez fermer votre porte à clé, si vous voulez éviter les indiscrétions !

— Nous sommes à Puffin Island. Personne ne ferme sa porte à clé.

— Il y a tellement de neige que personne ne peut approcher des portes, de toute manière, lança Zach en entrant à son tour. Félicitations.

— Notre premier bébé, dit Brit en reniflant un peu. Depuis quand le sais-tu ?

— Une semaine ou deux, répondit Emily, écarlate. J'allais vous le dire.

Mais elle ne l'a pas encore fait. Car maintenant, elle a Ryan, songea Sky.

— Tu n'étais pas prête à l'annoncer, dit doucement Brit. Tu ne veux pas que les gens le sachent ?

— Pas encore. Nous le dirons à Alec, bien entendu. Mais en dehors de cela, nous comptons garder le secret pendant les fêtes. Nous l'annoncerons après Noël.

— Je ne dirai rien. Mais nous sommes à Puffin Island. Il y a des chances pour que tous les habitants connaissent le sexe du bébé avant vous.

— Assieds-toi, dit Ryan, en avançant une chaise à Emily. De quoi as-tu besoin, ma chérie ?

Son attitude protectrice lui rappela Alec. Sky songea à la façon dont il l'avait prise dans ses bras ce soir-là à Londres, et transportée dans le taxi. Il lui avait tenu les cheveux quand elle avait vomi, et l'avait réconfortée. Elle songea à sa famille, à Church et à Nelson.

Elle ne les reverrait probablement jamais.

Et ses amis, qui avaient été pendant si longtemps sa vraie famille, ouvraient un nouveau chapitre de leur vie. Il y aurait toujours une place pour elle, bien sûr, mais ce ne serait plus pareil.

Elle était au bord des larmes, et c'était pathétique. Mais par chance, elle avait une excuse pour pleurer grâce à Emily.

Et elle voyait bien que Ryan et Emily n'avaient pas besoin d'elle pour le moment.

Elle allait devoir régler ses problèmes toute seule.

Elle se ressaisit, prit son sac, et gagna la porte.

— Je vous laisse. Si vous avez besoin de quelque chose, appelez-moi.

Brittany se tourna vers elle.

— Comment es-tu venue ? Tu as emprunté la voiture d'Alec ?

— Non, je suis venue à pied.

— Il s'est remis à neiger. Je vais te raccompagner au Cottage du Pêcheur.

— Et Zach ?

— Il a sa voiture. Il doit se rendre à l'aéroport, pour conduire un couple à Bar Harbor. Je t'emmène.

— Merci.

Son moral remonta. Elle allait pouvoir parler à Brittany. Se confier.

— Attends, dit Emily en échappant aux bras de Ryan. Tu voulais me dire quelque chose, Sky.

Oui, je voulais te dire que je suis amoureuse d'Alec. C'est merveilleux, excitant, et terriblement douloureux, car il n'est pas amoureux de moi.

Sky sourit et secoua la tête.

— Ce n'était rien.

— Enceinte ! Je n'arrive pas à le croire.

Brittany avançait prudemment sur la route enneigée.

— Heureusement, elle a Ryan.

— Oui, reconnut Brit d'une voix étouffée. Ils sont tellement mignons, tous les deux. J'assume l'entière responsabilité. Si je n'avais pas envoyé Ryan jeter un coup d'œil au cottage…

— J'adore la voir aussi heureuse. Comme toi avec Zach.

— Tu seras la prochaine. Maintenant que tu as enfin largué

Richard-le-Rat, tu vas pouvoir trouver un homme sexy qui t'appréciera à ta juste valeur.

En fait, elle avait déjà trouvé.

Mais il ne voulait pas d'elle. Pas de cette façon.

— Cela n'arrivera pas.

— Hé, je sais que tu es encore meurtrie. Il te faudra du temps pour rebondir. Je suis tellement contente que tu te sois consolée avec Alec. C'est exactement ce qu'il te fallait.

Brittany ralentit en abordant un virage.

— De la distraction, sans risque de devenir sentimentale. Flûte, ces routes sont glissantes.

Il y avait beaucoup de sentiments de son côté. Plus qu'elle n'en avait éprouvé dans toute sa vie. Son cœur était gonflé par les émotions, et elle ne savait pas ce qu'elle allait faire.

Quelle cruelle ironie. Elle avait trouvé ce qu'elle avait toujours désiré, avec le seul homme au monde qui ne pouvait rien lui offrir.

Pour Alec, une relation amoureuse était une cage. Quelque chose qui le prenait au piège et l'empêchait de vivre comme il l'entendait.

L'émotion lui serra la gorge.

— Brit…

— Je sais que vous n'avez pas grand-chose en commun en dehors du lit, mais une fois que les vacances seront finies, vous ne vous verrez plus beaucoup. Il va partir en Antarctique il me semble ?

— Oui.

Elle était contente pour lui, mais aussi un peu triste et envieuse. Elle repoussa ces sentiments.

— Tu crois qu'Em est contente d'être enceinte ?

— Oui. Elle n'a jamais rejeté l'idée d'avoir un enfant, mais elle avait peur.

— Nous devrions trouver un moment pour parler avec elle. Lui donner l'occasion d'exprimer ce qu'elle ressent vraiment. Nous ne nous sommes pas vues depuis une éternité.

— Mais elle a Ryan. Tu as vu comment il se comporte avec elle ? C'est adorable. Rien ne m'émeut autant que de voir un gars aussi viril devenir doux comme un agneau avec sa femme.

— Beaucoup de choses ont changé depuis le début de l'été, dit Sky en regardant ses mains. Tu as remarqué ?

— Oui. Notre amie a changé de vie et de personnalité. Je vis avec mon ex-mari, et tu couches avec un homme que tu avais envie de frapper. Personne ne peut nous reprocher de rendre la vie ennuyeuse.

Sky se tourna pour regarder par la fenêtre.

L'île était complètement différente sous la neige. À la fois familière et étrangère.

Comme leur amitié.

Tout avait changé, sauf elle. Elle était restée la même, espérant quelque chose qui n'arriverait jamais. Essayant de réaliser ses rêves tout en faisant de son mieux pour plaire à ses parents.

Mais elle n'était plus la même non plus, n'est-ce pas ?

Elle avait enfin trouvé le grand amour qu'elle avait cherché toute sa vie.

Brittany s'arrêta au bout de l'allée.

— Tu peux faire le reste du chemin à pied ? Si je m'engage, je risque de rester coincée dans la neige.

— Tu ne veux pas entrer ? demanda spontanément Sky. Ce serait génial de bavarder un peu.

Avait-elle l'air désespérée ? Oh ! ciel, elle espérait que non.

— C'est tentant mais je ne peux pas, dit Brit en jetant un coup d'œil à son téléphone. Au retour de Zach, nous devons rendre visite à Philip. Il a revu les médecins la semaine dernière.

— Oh. Comment va-t-il ?

— Ils lui ont changé son traitement. Zach est inquiet. Philip et Célia vont partir passer deux mois en Floride, après Noël. Ils ont envie de profiter ensemble du beau temps. Nous irons peut-être les retrouver.

Elle contempla le cottage, et la mer.

— J'adore cette partie de l'île. C'est un lieu préservé et romantique. Vous trouvez des choses à vous dire, Alec et toi, quand vous ne couchez pas ensemble ?

Ils n'arrêtaient pas de parler. Et parler était presque aussi excitant que de faire l'amour.

Avec Alec, elle n'avait jamais besoin de s'excuser.

Elle ne lui demandait plus si ses longs cheveux l'agaçaient.

Elle avait cessé de s'excuser parce que son travail prenait toute la place dans le jardin d'hiver.

Elle n'hésitait jamais à sortir son appareil-photo de sa poche.

Elle avait enfin trouvé quelqu'un qui l'aimait comme elle était.

Elle s'apprêtait à le dire, quand le téléphone de Brit vibra dans sa poche.

— Ce doit être mon chéri qui me rappelle que je dois promener Bruce.

— Comment va Bruce ?

— Physiquement il n'a pas changé, mais il est en bonne santé, répondit Brit en lisant le SMS. C'est une réussite.

— Vous avez fait une bonne action en l'adoptant.

— C'est Zach qui l'a adopté et je ne pouvais pas avoir l'un sans l'autre. Mais Bruce représente une lourde responsabilité. C'est notre bébé. Nous devrions dîner tous les six, un soir.

Tous les six.

— Oui, ce serait bien. Et nous pourrions peut-être aussi trouver du temps pour nous trois.

Mais Brittany ne parut pas l'entendre. Elle écrivait un message à Zach. Elle leva les yeux lorsque Sky ouvrit la portière, laissant entrer un air glacé dans l'habitacle.

— Hé, attends une minute.

Sky fit une pause, pleine d'espoir.

— Oui ?

— J'ai eu une idée pour Zach, pour Noël. Je t'ai déjà dit que quand il était petit, il n'avait pas le droit de manger les chocolats sur l'arbre de Noël ?

— Non, je ne le savais pas.

— Je ne suis pas censée en parler. Mais Lizzy et moi allons accrocher tellement de chocolats au sapin cette année, qu'il lui faudra sans doute une semaine pour en venir à bout.

Brittany souriait, contente de son idée, et Sky sourit aussi.

— C'est super. Il a de la chance de t'avoir.

— C'est moi qui ai de la chance. Tu es la prochaine sur la liste, ajouta-t-elle sans vraiment y penser, toujours absorbée par son message à Zach.

Sky descendit de la voiture.

— Merci de m'avoir raccompagnée. Sois prudente.

Brittany redémarra en soulevant un paquet de neige. Sky prit son sac et gagna la porte. Elle ne s'était jamais sentie aussi seule de sa vie.

Alec considéra la porte fermée du jardin d'hiver.

Si Sky travaillait, il ne voulait pas la déranger. D'autre part, elle était rentrée après avoir passé la matinée avec Emily, et s'était éclipsée sans dire un mot. Cela ne lui ressemblait pas.

Depuis le moment où il l'avait secourue dans la galerie à Londres (et si elle apprenait qu'il estimait l'avoir secourue ce soir-là, elle le tuerait), sa conversation légère et pétillante avait empli son monde.

Elle débordait sans cesse de nouvelles idées, et ses pensées fusaient en tous sens.

Elle lui faisait irrésistiblement penser à une bouteille de champagne qu'on aurait longuement secouée, avant de faire sauter le bouchon. Elle était toujours enjouée et positive, se plaignait rarement, et voyait toujours le bon côté des choses.

Et quand elle se trouvait dans une pièce avec lui, cela ne signifiait pas qu'il devait lui faire la conversation.

Souvent, elle s'absorbait dans son monde, dessinait ou réfléchissait.

Ses dessins étaient éparpillés partout dans le cottage. Il y avait des projets de bijoux complexes et raffinés, mais aussi des paysages.

L'étendue de son talent ne cessait de l'étonner.

Il fixa la porte du jardin d'hiver.

C'était la première fois qu'elle la fermait.

Ses parents l'avaient-ils appelée ? Richard s'était-il manifesté ?

Ce gars n'avait pas appelé une seule fois pour prendre de ses nouvelles. Dommage. Cela lui aurait au moins donné l'occasion de lui raccrocher au nez.

Il respecta cette porte fermée. Puis, deux heures après le coucher du soleil, il se décida à entrer avec une bouteille de vin et deux verres.

Il la trouva recroquevillée sur la banquette devant la fenêtre, le regard perdu dans l'obscurité.

— Sky ?

— Bonsoir.

Elle se tourna vers lui et il vit les cercles sombres qui soulignaient ses yeux.

— Pourquoi es-tu assise dans le noir ? Qu'est-ce qui ne va pas ?

Il alluma une lampe, et posa la bouteille et les verres.

— Pourquoi quelque chose n'irait pas ?

— Parce que tu es comme une bouteille de soda qu'on a oublié de reboucher. Tu as perdu toute ton effervescence.

— Ce n'est rien.

Il n'y avait pas très longtemps qu'ils étaient ensemble, mais il savait qu'elle ne disait pas la vérité.

— Nous nous étions promis de ne jamais mentir.

— Bon d'accord, il y a quelque chose, mais c'est ridicule.

— Dis-moi.

— Je ne peux pas.

Cela n'aurait pas dû le contrarier. Mais il fut agacé.

— Ce sont tes parents ?

— Non.

Il y avait quelque chose de frêle et de fragile chez elle. Comme elle était généralement énergique et pleine d'entrain, elle prenait de la place. Mais, recroquevillée sur cette banquette, elle paraissait petite et vulnérable.

— Allons, qu'est-ce qui ne va pas ?

Il emplit les verres de vin, et lui en tendit un.

— C'est le fait qu'Emily soit enceinte ?

— Tu es au courant ?

— Ryan me l'a dit. Je ne suis pas censé en parler, mais il me semblait impossible qu'Emily ne te l'ait pas dit. Tu t'inquiètes pour elle ?

— Un peu, admit-elle en sirotant son vin.

— Veux-tu que nous les invitions ici ? Cela te donnerait l'occasion de parler avec elle.

— Elle a Ryan. C'est différent.

Quelque chose dans le ton de sa voix capta son attention.

— Différent comment ?

— Tout a changé, répondit-elle avec un pâle sourire. Et je me sens… bizarre.

Elle secoua la tête et regarda par la fenêtre.

— Ne fais pas attention à moi. J'éprouve toutes sortes de choses stupides, et égoïstes. Va travailler encore un peu. Nous nous retrouverons dans une heure dans la cuisine, pour piller le réfrigérateur.

Elle lui offrait un prétexte pour partir, mais au lieu de franchir la porte il vint s'asseoir à côté d'elle.

— Tu sais, j'ai moi-même écrit le manuel du parfait égoïste, et je peux te dire que cela ne te ressemble pas du tout. D'autre part, les sentiments ne sont jamais stupides. Ce sont juste des sentiments, précisa-t-il en lui retirant le verre de la main. Je n'aime pas te voir contrariée. Je n'écoute peut-être pas aussi bien que Brittany et Emily, mais je peux essayer. Dis-moi ce qui ne va pas.

— Notre relation est uniquement sexuelle. Tu brises les règles que nous avons nous-mêmes établies.

C'était vrai. Mais il ne pouvait se résoudre à la laisser seule. Il lui passa un bras sur les épaules.

— Parle-moi.

Elle se tourna, et blottit le visage au creux de son épaule.

— Zut. Regarde-moi, et repousse-moi. Donne-moi un coup de pied aux fesses. Ne sois pas gentil. Si tu es gentil je vais pleurer et te noyer si vite sous les émotions, que tu n'auras même pas le temps d'appeler les secours.

— Je suis bon nageur, affirma-t-il en souriant. Je peux me débrouiller en eaux profondes. Qu'est-ce qui a changé, ma chérie ? demanda-t-il en lui caressant les cheveux.

Elle se raidit, puis s'écarta et garda les yeux fixés sur son torse.

— Notre amitié. Pendant longtemps, il n'y a eu que nous trois. Nous trois contre le reste du monde.

— Les trois mousquetaires ?

— À l'université, nous disions que nous étions comme une

chaise à trois pieds. Si l'une d'entre nous partait, les deux autres s'écraseraient sur le sol. Nous étions inséparables.

— Pour autant que je puisse en juger, c'est toujours le cas.

— Mais Em a Ryan maintenant, et Brittany a Zach. C'est différent. Et je suis contente pour elles. Mais pour être totalement honnête, je suis un peu triste pour moi. Elles me manquent.

Sa voix était étouffée, et il l'attira contre lui.

— Pourquoi ne peux-tu pas parler avec elles ?

— Parce qu'elles ont d'autres préoccupations, et elles n'ont pas besoin de m'écouter geindre.

— Si elles savaient que tu étais contrariée…

— Pourquoi contrariée ? Je ne suis pas contrariée.

— De quoi aimerais-tu leur parler ? demanda-t-il en lui caressant doucement les bras.

— De rien.

— Ce n'est pas rien, Sky. Il doit y avoir une raison à ta tristesse. Tu peux m'en parler.

— Non. Je ne peux pas. C'est trop… personnel.

— Ma chérie, nous avons dépassé ce stade. Après tout ce que nous avons vécu ensemble ces dernières semaines, je pensais que tu pouvais tout me dire.

Amusé, il essaya de la regarder dans les yeux, mais elle garda la tête baissée, les doigts crispés sur sa chemise.

— Non, pas cela.

Il fronça les sourcils.

— Tu veux que je leur téléphone ? Que je les invite à dîner ?

— Non. Mais merci de me le proposer. Je suis idiote. Je sais que rien n'est figé. La vie change, et je suis heureuse pour elles, vraiment, mais…

— Le changement est toujours perturbant.

— Pas pour toi. Tu es le genre de personne qui enfourche

le changement et avance en chantant à tue-tête dans le soleil couchant.

— Ma peur est de rester sur place. Et je n'ai jamais chanté dans le soleil couchant.

— Tu devrais ajouter cela sur ta liste de choses à accomplir, dit-elle en se levant. Ne leur dis rien. Je ne veux pas qu'elles sachent. Il faut que je surmonte ce cap par moi-même. Il est inévitable que notre amitié évolue, et nous devons nous y faire. Ce qui est bizarre, c'est que j'ai compté sur elles pendant toute ma vie d'adulte. Quand mes parents font quelque chose qui me contrarie, j'appelle Emily ou Brittany. Quand un gars me laisse tomber, je les appelle.

— Un gars t'a laissée tomber ? Donne-moi son nom, j'irai te venger.

— Tu ne peux rien faire, répondit-elle en souriant. Je dois accepter de ne plus être la première personne qu'elles appelleront quand elles auront un problème. Elles ne seront plus toujours disponibles pour m'écouter. Cela ne veut pas dire que nous sommes moins proches. C'est simplement différent.

— Je suis disponible et je t'écoute. Confie-moi ton problème.

Il était lui-même surpris de constater à quel point il voulait qu'elle se confie à lui.

Pourquoi ne le faisait-elle pas ?

Et soudain, il comprit.

Le problème, c'était lui. Elle voulait parler de lui à ses amies. C'était pour cela qu'elle ne pouvait se confier à lui.

— Ce n'est pas le genre de relation que nous avons, dit-elle.

— Nous avons donc une relation bien définie ?

— Oui. Basée sur le physique. Pas d'attaches sentimentales, pas d'angoisse. Nous sommes la version allégée d'une relation amoureuse. Une sorte de relation hypo-calorique, légère. Appelle cela comme tu voudras.

Il n'avait aucune idée.

Tout ce qu'il savait, c'est qu'il ne voulait pas la rendre malheureuse. Mais qu'il le faisait malgré lui.

— De l'amitié ? suggéra-t-il. Nous pourrions l'appeler comme ça ?

Il la vit déglutir et se détourner.

— Oui, répondit-elle d'une voix à peine audible. Nous pouvons l'appeler comme ça.

Plus tard, après avoir dîné dans la cuisine, ils s'allongèrent sur le tapis du salon pour regarder la neige tomber.

Sky posa la tête sur le torse d'Alec, et il referma les bras sur elle.

— Je dois aller ranger le jardin d'hiver.

— Pourquoi ?

— J'ai mis du désordre partout.

— Ce n'est pas du désordre, c'est ton travail.

Seules les flammes et les décorations de l'arbre de Noël éclairaient la pièce.

— Tu es très patient.

— Tu es la seule à le penser ! s'exclama-t-il en riant. Tu as du talent. Tu as déjà pensé à peindre, et à faire moins de bijoux ?

— J'aime avoir des activités variées. La prochaine fois que j'irai à Londres, je me rendrai à la National Gallery, pour voir le tableau de Turner dont tu parlais.

— Tu vis à New York, où il y a beaucoup de galeries. Tu vas au Met, parfois ?

— Bien sûr. Tout le temps.

— Quel est ton tableau préféré ?

— Question facile, dit-elle en souriant. Le *Portrait de Madame X*.

— De John Singer Sargent, qui pensait que c'était probablement son meilleur tableau.

— Tu le connais ?

Décidément, il ne cessait de la surprendre.

— Il existait déjà des nus, mais ce tableau a créé un immense scandale, dit-elle en s'appuyant sur un coude pour le regarder. À cause de la robe, et de la façon dont elle se tenait. Elle était sexy. J'adore ce tableau.

— J'avoue n'avoir vu que des reproductions.

Elle ouvrit la bouche pour dire qu'elle l'emmènerait le voir. Puis elle se rendit compte que leur relation étant ce qu'elle était, ce genre d'invitation était déplacée. Elle se rallongea et se blottit contre lui.

— C'est tellement parfait. Il pourrait neiger encore pendant un mois, je ne m'en plaindrais pas.

En fait, elle aurait aimé être coincée par la neige dans le cottage pour pouvoir passer plus de temps avec lui.

— Tu ne pourrais pas passer Noël avec tes amis.

— Un Noël ici serait idéal pour moi.

Zut. Elle n'aurait pas dû dire cela.

Il allait penser qu'il ne pourrait jamais se débarrasser d'elle. Et qu'elle avait rompu leur contrat.

Elle l'embrassa pour l'empêcher de parler. Elle ne voulait pas qu'il lui rappelle qu'ils étaient censés passer du bon temps ensemble, et rien de plus. Après Noël, ils ne se verraient sans doute plus pendant plusieurs mois. Et quand ils se croiseraient de nouveau, ils ne seraient que des amis.

Glissant les mains sur son torse, elle lui déboutonna sa chemise.

Il arqua les sourcils et un sourire adoucit ses traits.

— Que fais-tu ?

— Des bêtises. J'espère que le Père Noël ne me voit pas, sinon je serai sur la liste des enfants qui n'ont pas été sages.

Elle ouvrit la chemise, déposa une pluie de baisers sur son torse, et dégrafa son jean.

Il laissa fuser un soupir.

— Sky...

— Je n'imagine pas de meilleur cadeau. Joyeux Noël, Alec.

Elle posa les lèvres sur son sexe doux comme du velours et dur comme de l'acier. Des mains puissantes lui agrippèrent les épaules et glissèrent dans ses cheveux.

D'un mouvement souple il la fit rouler sur le dos et la maintint prisonnière sous lui.

Pendant un moment il la regarda, puis il baissa la tête et elle sentit la chaleur de sa langue et de son corps.

Il fit passer une main sous ses hanches, sans quitter ses lèvres.

Elle eut l'impression d'être emportée dans de l'eau vive, et fut submergée par la puissance de ses propres sentiments.

Elle perçut la force des muscles sous ses doigts, et un flot d'émotions dans son cœur.

Étourdie, désorientée, elle eut conscience des mots qui flottaient dans son esprit.

Je t'aime.

Je t'aime.

Le besoin de les prononcer à haute voix fut si fort qu'elle tourna la tête contre son bras, les murmurant silencieusement.

Je t'aime.

Il ne ralentit pas le rythme de ses mouvements, l'entraînant de plus en plus haut, jusqu'à ce que le plaisir atteigne un summum.

Alors il lui prit le visage à deux mains et l'embrassa, avalant son souffle et chaque frémissement de son corps. Absorbant tous ses secrets. À l'exception d'un seul.

Celui-ci demeura caché au plus profond d'elle-même.

Tandis que les frissons de plaisir diminuaient, elle ferma les yeux, bouleversée. Elle avait été à deux doigts de prononcer les mots tout haut.

Quelle aurait été la réaction d'Alec ? se demanda-t-elle, horrifiée.

Elle n'aurait plus jamais pu le regarder dans les yeux.

Il aurait été désolé pour elle.

Et si les mots lui échappaient, un autre jour ?

S'il percevait quelque chose dans ses yeux ? Elle avait toujours été incapable de dissimuler ses sentiments.

Et même si elle y parvenait, était-ce ainsi qu'elle voulait vivre ? En lui cachant tout ?

Alec roula sur le dos et l'attira contre lui.

— À quoi penses-tu ?

Elle pensait à lui.

Elle passait en revue toutes les raisons pour lesquelles elle ne devait pas éprouver cela. Et elle en revenait toujours au même point.

Il ne voulait pas la même chose qu'elle. S'il apprenait la vérité, il s'en voudrait de nouveau. Il s'adresserait des reproches. Il se sentirait responsable.

Il était hors de question de lui faire encore du mal.

— À rien, dit-elle d'un ton vague. À rien du tout.

16

Skylar resta immobile dans le lit, les yeux fermés, et fit semblant de dormir. Jusqu'à ce qu'elle entende Alec se lever et aller et venir dans la maison.

La tentation de rester sous la couette et de ne plus jamais bouger était grande. Mais elle savait que ce n'était pas une possibilité.

Elle s'obligea à se lever, s'habilla à la hâte et entassa ses vêtements dans sa valise. Si elle devait faire cela, il fallait le faire vite. Plus elle attendrait, et plus ce serait difficile.

Pour être sûre de ne pas changer d'avis, elle passa deux coups de fil.

Le premier, à ses parents.

Le second à Pete, propriétaire de la seule entreprise de taxi de l'île.

Elle descendit sa valise et se servit une tasse de café fort, avant de partir à la recherche d'Alec. C'était la première fois qu'elle le dérangeait pendant qu'il travaillait.

Ses genoux tremblaient. Les paumes de ses mains étaient moites. Elle n'avait jamais eu aussi peu envie de sourire, aussi fit-elle un effort pour afficher un sourire deux fois plus radieux qu'à son habitude.

— Bonjour, dit-elle en déposant un mug de café sur son bureau. Désolée de te déranger, mais je voulais te dire au revoir avant de partir.

— Tu vas voir Emily ?

— Non. Je rentre chez moi.

— Chez toi ? Chez tes parents ? s'exclama-t-il, choqué.

— Oui, répondit-elle en haussant les épaules. C'est Noël. Si je ne rentre pas, cela ne fera qu'aggraver la situation. Mes parents sont mes parents, même s'ils sont loin d'être parfaits.

— Mais tu avais décidé de rester ici, protesta-t-il en posant son stylo. Tu as toujours voulu passer Noël avec tes amis.

— L'année prochaine, peut-être. Pour l'instant, Em et Brittany sont trop absorbées par leur nouvelle vie. Je ne leur manquerai pas.

Il y eut un long silence.

— Et si je disais que tu vas me manquer ?

— Oh ! voyons, Alec, riposta-t-elle, le cœur lourd comme du plomb. Nous savons tous les deux ce qu'il y avait entre nous. C'était juste pour s'amuser, n'est-ce pas ? Du sexe, du rire, pas d'attaches ni de promesses.

Le regard imperturbable d'Alec était déconcertant.

— Donc, c'est fini ?

Que pouvait-il y avoir de plus ?

Un jour peut-être y aurait-il une véritable amitié entre eux. Mais pour l'instant elle n'était pas sûre de pouvoir se contenter de miettes de relation, alors qu'elle rêvait d'un festin.

— À mon prochain passage dans l'île je t'enverrai un message, et nous pourrons aller prendre un verre, ou autre chose.

Pressée d'en finir, elle alla l'embrasser sur la joue.

— Merci pour tout, Alec. Tu es un véritable ami. Je te dois beaucoup.

Avant qu'elle ait pu reculer, il lui enlaça la taille et la ramena vers lui.

— Attends, dit-il d'une voix sourde. C'est trop brutal.

— Pas vraiment.

— C'est inattendu. Et cela ne me paraît pas normal. Il y a quelque chose que tu ne me dis pas. Tes parents t'ont rappelée ? Ils t'ont dit quelque chose ?

— Oui. Je dois absolument renter à la maison et mettre les choses au clair.

Il valait mieux lui faire croire cela, plutôt que de le laisser deviner la vérité.

— Zach va t'emmener ?

— Non. Je ne veux pas en parler à Emily et Brittany, car elles essayeront de me dissuader de partir. Je vais prendre le ferry.

— Je te conduis jusqu'au port.

Pour qu'elle se retrouve enfermée dans la voiture avec lui ? Prise au piège dans cette atmosphère d'intimité, qui ne ferait que décupler ses sentiments ?

— Non, ce n'est pas la peine. Pete va venir me chercher.

— Tu as appelé Pete ? Pourquoi ?

— Parce que tu as du travail et des délais à respecter.

— Mais j'aurais pu t'emmener.

Elle se dégagea.

— Je ne te reverrai sans doute pas avant ton départ pour l'Antarctique. Fais bon voyage. Publie des photos. Je te suis sur Twitter et sur Instagram, comme la moitié de la population féminine du pays.

— Sky…

— J'entends la voiture de Pete.

La gorge serrée, elle souleva sa valise et gagna rapidement la porte.

— Tu devrais passer le soir de Noël à Harbor House. La météo prévoit une nouvelle tempête et il ne faudrait pas que tu te retrouves coincé ici sans dinde rôtie.

Elle ouvrit la porte et eut le souffle coupé par une rafale de vent glacé.

Le ciel gris et chargé annonçait de nouvelles chutes de neige.

Elle fit une pause, partagée entre l'envie de le regarder encore une fois, et celle de s'enfuir. Elle avait eu si longtemps envie de trouver l'amour. Elle n'imaginait pas que ce serait aussi douloureux.

— Joyeux Noël, Alec.

— Comment ça, elle est partie ? Comment a-t-elle pu partir ?

Brittany regarda Alec qui s'était rendu à Harbor House le lendemain, pour déjeuner avec ses amis.

— Que diable lui as-tu fait ? s'écria-t-elle.

Il eut l'impression de sentir ses ongles glisser sur lui en grinçant, comme sur un tableau noir, et il serra les dents.

Il s'était déjà adressé tous les reproches imaginables.

— Je n'ai rien fait.

— Elle allait passer Noël avec nous pour la première fois ! Que s'est-il passé ?

Les yeux de Brittany lançaient des éclairs de colère.

Il s'était posé cent fois la même question, avait considéré la situation sous tous les angles.

— Il ne s'est rien passé.

— Il s'est forcément passé quelque chose, pour qu'elle change d'avis aussi brusquement.

Zach se rembrunit.

— Puisqu'il te dit qu'il ne s'est rien passé.

— Je ne le crois pas.

Brittany se campa devant lui, tel un guerrier toisant son ennemi.

— Tu t'es réveillé, et tu as vu qu'elle était partie ? Elle t'a laissé un message ?

— Non. Elle m'a dit qu'elle partait.

— Et tu ne nous as pas appelés ? s'exclama Emily, d'un ton plein de reproches. Pourquoi ? Si nous avions su, nous aurions peut-être pu la retenir. Elle semblait bouleversée ?

Il s'était aussi posé la question. Il avait réfléchi toute la matinée, comme s'il se repassait sans cesse le même film dans l'espoir de voir ce qu'il avait manqué.

— Non. C'est seulement après son départ que j'ai pensé qu'elle devait être bouleversée.

— Que s'est-il passé après son départ ?

— J'ai trouvé toutes ses peintures dans le jardin d'hiver. Elle les avait laissées là.

Y compris un portrait de lui nu, qu'elle avait dû faire quand ils étaient chez ses parents.

Emily pressa une main sur sa poitrine.

— Elle n'aurait jamais abandonné son travail. À moins que… T'a-t-elle dit qu'elle allait revenir ?

— Non. Elle m'a souhaité de faire un bon voyage en Antarctique.

C'était ce qui lui avait fait le plus mal. Il s'était senti creux, comme s'il ne restait plus de lui qu'une enveloppe charnelle vidée de tout ce qui était important.

Brittany jura entre ses dents, sortit son téléphone et tenta de la joindre de nouveau.

— Je n'ai pas arrêté de l'appeler, et je tombe sur sa messagerie. Pourquoi ne répond-elle pas ? Même si elle était en colère contre toi, elle devrait nous appeler. Alec, je t'en prie ! Il faut que tu nous dises. Vous vous êtes disputés ? Dis-moi exactement ce qui s'est passé la dernière fois que vous étiez ensemble ?

Alec soutint son regard.

— Nous avons fait l'amour quatre fois dans le salon, et encore deux fois dans la chambre. Tu veux plus de détails, ou cela te suffit ?

Emily devint écarlate. Étouffant un rire, Ryan fila dans la cuisine.

— C'est le moment de boire une bière… ou deux.

Toute colère disparut des yeux de Brittany. Elle avait l'air profondément triste.

— Je suis désolée, murmura-t-elle en prenant Alec dans ses bras. Désolée d'être aussi méchante. Mais je suis inquiète pour elle, je ne comprends pas pourquoi elle ne nous appelle pas. Nous parlons toujours de tout.

— Vraiment ? dit-il, presque sans le vouloir.

Brittany recula et posa sur lui un regard interrogateur.

— Que veux-tu dire ?

— Rien.

Il ne servait à rien de s'en prendre à ses amis. Il fit mine de rejoindre Ryan et Zach dans la cuisine, mais Brittany lui barra le chemin.

— Attends un peu, Alec. Que veux-tu dire ?

— Rien du tout, répondit-il en soupirant. Mais si vous parlez tout le temps, tu devrais savoir mieux que moi pourquoi elle est partie.

— Nous parlons beaucoup, mais un peu moins ces derniers temps…

Brittany le regarda, et ses joues se colorèrent. Elle se mordit les lèvres et se tourna vers Emily.

— Quand lui as-tu parlé pour la dernière fois ? Je veux dire, vraiment parlé ?

— Nous discutons tout le temps. Lizzy est souvent avec nous, bien sûr, mais… Maintenant que tu en parles, elle a dit qu'elle avait quelque chose à me raconter quand elle est venue l'autre jour. Et puis elle a découvert que j'étais enceinte, et la conversation n'a pas eu lieu.

Alec réfléchit. C'était le jour où elle s'était enfermée dans le jardin d'hiver.

— Elle ne t'a pas dit de quoi il s'agissait ?

— Non.

— Tu ne me l'as jamais dit, fit remarquer Brittany.

— Cela m'est sorti de l'esprit. Je n'ai pas compris que c'était important. Elle n'avait pas l'air malheureuse. Et toi ? Tu l'as raccompagnée au cottage. Elle ne t'a rien dit dans la voiture ?

Brittany fronça les sourcils.

— Non. Nous avons échangé quelques mots, elle paraissait bien. Peut-être un peu préoccupée. Elle m'a invitée à prendre un café, mais je devais aller retrouver Zach.

— Elle m'a demandé si nous pouvions dîner ensemble, toutes les trois, dit Emily, troublée.

Brittany lui lança un regard angoissé, et sortit de nouveau son téléphone.

— Nous ne pouvons rien faire, à part continuer d'appeler. Nous lui avons déjà laissé une centaine de messages. Nous ne pouvons pas faire plus. Déjeunons maintenant, en espérant qu'elle nous appellera plus tard.

— Tu devrais rester ce soir, Alec.

— Il n'est que midi.

— Je sais, mais si elle t'appelle, je veux être là pour écouter. Nous allons nous installer sur le canapé et regarder des films de Noël.

Ryan passa la tête par la porte de la cuisine.

— Zach et moi avons d'autres idées pour passer le temps. Viens avec nous.

Il avait le choix entre rester, ou passer la soirée seul au cottage, entouré par les souvenirs de Sky. La maison était pleine de décorations qu'elle avait faites. Son parfum s'attardait sur l'oreiller, et il avait trouvé deux cheveux blonds accrochés à son pull ce matin.

— Je reste.

Après le déjeuner, Brittany rejoignit Emily dans la cuisine et ferma la porte.

— Qu'en penses-tu ?

— Je ne sais pas, répondit Emily en rangeant distraitement les assiettes dans le lave-vaisselle. Je me sens très mal. J'étais tellement concentrée sur ma situation, que je ne me suis pas posé de questions. J'avais presque oublié qu'elle venait de rompre avec Richard. Elle semblait normale.

— Oui, elle semblait aller bien. Ces assiettes sont trop sales, Em. Il faut les rincer avant de les mettre dans la machine.

Emily regarda la vaisselle sans la voir.

— Peut-être n'allait-elle pas si bien que cela. La rupture l'avait traumatisée, et elle n'osait pas nous le dire ?

Brittany secoua la tête.

— Tu l'as vue avec Alec, l'autre soir. Ils riaient et tout allait bien. Elle n'était pas traumatisée. Elle paraissait heureuse.

— Alors pourquoi est-elle partie ? Et de quoi voulait-elle parler ? Sa rupture avec Richard a sûrement eu des répercussions sur sa relation avec ses parents. Cela devait la tourmenter. C'est pour ça qu'elle est rentrée chez elle. Ils ont dû exercer une pression sur elle.

Brittany se laissa tomber sur une chaise de cuisine.

— J'aurais aimé qu'elle nous en parle.

— Moi aussi.

— Si nous n'avons pas de nouvelles demain, j'appellerai ses parents. Et ce ne sera pas pour leur souhaiter un joyeux Noël. Je crois que ça sent le brûlé, Em. Il y a quelque chose dans le four.

— Oh. J'ai oublié la tourte.

Emily retirait le plat du four, quand un téléphone sonna.

— C'est le mien, s'exclama Brittany. C'est elle ! Sky ? Bon sang, nous étions folles d'inquiétude ! Pourquoi n'as-tu pas appelé ?

Emily posa la tourte sur la table.

— Je veux lui parler aussi. Mets le haut-parleur.

Brittany obéit et posa l'appareil devant elle. La voix de Sky résonna dans la cuisine.

— Je vais bien. Je suis chez mes parents.

— Sky…

Emily posa un doigt sur ses lèvres et lui fit signe de se taire.

— Pourquoi, ma chérie ? Je croyais que tu allais passer Noël ici, avec nous.

— C'était ce qui était prévu, mais… les choses ont changé.

— Qu'est-ce qui a changé ?

Il y eut un silence, puis Sky reprit :

— J'avais des choses à faire. Il fallait que je m'éloigne quelque temps.

Brittany se rembrunit.

— Je pensais que tu adorais l'île en hiver, et nous avions beaucoup de projets pour Noël. Tout le monde a cuisiné, et je t'ai même préparé une chaussette, pleine de cadeaux. De vrais cadeaux, pas des boîtes vides. Cela allait être notre premier Noël ensemble. Que diable s'est-il passé ? Il y a quelque chose que tu ne nous dis pas.

— Ce n'est pas à cause de l'île, répondit-elle d'une voix étranglée. J'avais besoin de réfléchir. De mettre de l'ordre dans mes idées.

— C'est à cause de Richard ? Il est là ?

— Oui.

— Il t'a contrariée ?

— Non. En fait, nous avons crevé l'abcès. Nous avons eu une bonne conversation. Écoute, je ne peux pas parler maintenant, mais comme tu m'as laissé une tonne de messages je ne voulais pas que tu t'inquiètes. Je rappellerai bientôt.

Ignorant Emily, Brittany s'empara du téléphone.

— Nous sommes officiellement inquiètes. Quelque chose ne va pas. Pourquoi refuses-tu de nous parler ? Depuis quand évitons-nous de parler ensemble ?

Il y eut un silence.

— Vous êtes occupées toutes les deux.

— Nous ne sommes jamais trop occupées quand il s'agit de notre amitié. Excepté… quand tu m'as proposé de prendre un café, je n'ai pas compris que tu avais besoin de parler.

— Ne t'excuse pas. Tout change… nos vies sont en train de changer.

— Mais nous serons toujours là les unes pour les autres. Toujours, dit doucement Emily.

Brittany s'éclaircit la gorge.

— Sky, je t'en prie. Nous avons été trop stupides et trop absorbées par notre vie pour t'écouter. Mais dis-nous de quoi tu voulais nous parler.

Un nouveau silence. Puis Sky reprit :

— Toute ma vie, j'ai rêvé d'être amoureuse. Vraiment amoureuse.

— Nous le savons, dit Emily en se mordant les lèvres. Et c'est dur pour toi, de nous voir avec Ryan et Zach ?

— Non ! Je suis heureuse pour vous.

— Mais tu souffres encore plus de ne pas ressentir la même chose ?

— En fait, je ressens la même chose. C'est pour cela que j'ai dû partir.

Brittany et Emily demeurèrent muettes. Elles échangèrent un coup d'œil, et Emily haussa les épaules.

— Sky, si tu veux nous annoncer que tu t'es réveillée un matin en comprenant que tu étais amoureuse de Richard…

— Non. Pas de Richard.

— Mais… tu veux dire…

— Le grand amour que je cherchais ? Je l'ai trouvé. Mais ce n'est pas ce que j'imaginais. Car il ne m'aime pas.

Emily prit le téléphone des mains de Brittany.

— Sky ? Tu pleures ?

— Non ! Je ne suis pas pathétique à ce point. Mais j'avais besoin de m'éloigner pour réfléchir. Je ne veux pas qu'il le sache, et je n'étais pas sûre de pouvoir cacher mes sentiments.

— Pourquoi devrais-tu cacher tes sentiments ? Est-ce que tu veux parler d'Alec ?

— Oui. Je ne veux pas qu'il sache. C'est très important qu'il ne sache rien.

— Pourquoi ? s'exclama Emily, en se massant le front. Il éprouve peut-être la même chose que toi.

— Non. Tu sais bien que non. C'est toi qui m'as conseillé de faire attention. Et je ne me suis pas inquiétée, car je ne pensais même pas que cela pouvait arriver. Nous nous amusions, rien de plus. C'était ce qui était convenu. C'est moi, qui ai changé les règles du jeu.

— Quelles règles ?

— Notre relation ne devait pas être sérieuse. Je sais que cela n'a pas de sens, inutile de me le dire. Tu penses que je me suis consolée avec lui, et tu vas me rappeler que nous avons passé tout l'été à nous chamailler… Mais la vérité, c'est que ces deux dernières semaines ont été les plus belles de ma vie.

— Nous voyions bien que tu étais contente de cet arrangement, mais… tu l'aimes ?

— Oui. Je sais que c'est idiot. L'été dernier j'avais envie de le tuer, mais maintenant… Comme je n'essayais pas de lui plaire, j'ai pu être moi-même. Vraiment moi-même, pour la première fois de ma vie. Et je me suis sentie bien. J'étais libre, épanouie. Je l'aime pour tout un tas de raisons, mais surtout parce qu'il me rend heureuse.

Il y eut un bruit près de la porte, et les deux filles se retournèrent.

Alec se tenait sur le seuil. Pâle comme un mort, il regardait le téléphone sur la table.

Brit voulut prendre l'appareil, mais il traversa la pièce en deux enjambées et lui agrippa la main en secouant la tête.

Emily reprit, la gorge serrée :

— Sky, nous devrions en parler une autre fois…

— Non. Je veux en parler maintenant. Je ne peux rien dire à Alec, mais si je ne le dis pas à quelqu'un, je vais devenir folle. Ce qui est fou, c'est qu'il ne cesse de s'excuser pour toutes les choses que j'adore chez lui. J'adore qu'il se laisse complètement absorber par son travail, au point d'oublier ma présence. Je suis exactement comme lui. Cela mettait Richard hors de lui. Quand j'ai une idée, je veux immédiatement la mettre à exécution, et Richard n'était pas du tout comme cela. Je suis spontanée, et Alec est comme moi. Impulsif. Il déteste être pris au piège, et moi aussi. Pendant des années, mes parents m'ont donné l'impression d'être prisonnière. J'essayais désespérément d'être la personne qu'ils voulaient que je sois. Mais ce n'était pas moi. Et je ne veux plus être une autre que moi-même.

— C'est super, dit Brittany, sans lâcher des yeux le visage blême d'Alec. Mais…

— Il n'y a pas de *mais*. On peut contrôler beaucoup de choses, Brit, mais on ne contrôle pas son cœur. C'est impossible, ajouta-t-elle d'une voix brisée. Mon cœur appartient à Alec, même s'il n'en veut pas. Notre relation a peut-être été brève, mais c'était la plus vraie, la plus authentique que j'aie connue. Avec lui je ne ressens jamais le besoin de faire un effort pour devenir quelqu'un de différent.

Les joues d'Emily étaient trempées de larmes.

— Pourquoi devrais-tu être différente ? Tu es merveilleuse.

— Mais je ne suis pas facile à vivre. Le fait de passer du temps avec lui m'a fait comprendre que j'aimais être moi-même. Je ne trouverai peut-être jamais un autre homme qui m'aimera telle que je suis, mais à partir de maintenant je n'essayerai plus de changer. Je serai moi-même. Je me sens libérée. Comme si… j'avais toujours porté une gaine qui me comprimait, et que je pouvais enfin l'enlever !

Brittany se rembrunit.

— Tu n'as jamais porté de gaine ! Peu importe. Que va-t-il se passer, maintenant ?

Tout en parlant, elle regarda Alec. Mais celui-ci fixait le téléphone.

— Aujourd'hui, j'ai parlé à mes parents. Et pour une fois, ils m'ont écoutée. En regardant comment Alec se comportait avec sa famille, j'ai compris que j'étais en partie fautive. Je leur ai permis de s'immiscer dans ma vie. Je leur ai expliqué ce que je ressentais. Honnêtement, je ne peux pas dire qu'ils ont apprécié, mais maintenant la balle est dans leur camp. Je ne sais pas ce qui va se passer. Mais ils peuvent m'accepter telle que je suis, ou non. En vivant avec eux, j'étais comme une fleur privée d'eau. Je reviendrai dans l'île demain et je passerai Noël où j'en ai envie. Avec des gens qui m'aiment comme je suis.

Brittany considéra le téléphone avec incrédulité.

— Tu reviens ?

— Oui. Je ne voulais pas revenir, car je n'étais pas sûre de pouvoir cacher mes sentiments pour Alec. Puis je me suis rendu compte que j'avais envie de passer Noël à Puffin Island avec vous. Si j'arrête de venir de peur de tomber sur lui par hasard, je ne vous reverrai plus. Ce serait trop cher payé. J'ai beaucoup réfléchi aujourd'hui, et je pense pouvoir gérer la situation. Je ne suis pas la meilleure actrice du monde, mais je crois pouvoir faire cela. Je ferai comme si rien n'avait changé, et il n'y verra que du feu.

Brittany enfouit le visage entre ses mains.

— Mon Dieu…

— Je te promets que tout se passera très bien.

— D'accord, dit Brittany, résignée. À demain. Tu as réservé un taxi ? Zach viendra te chercher et te ramènera à la maison.

— Merci. Tu me promets de ne rien dire à Alec ?

Brittany croisa le regard d'Alec.

— Je ne lui dirai rien. Mais il se peut qu'il ait deviné.

— Non, il ne se doute de rien. Je me suis entraînée, il est impossible qu'il découvre ce que je ressens. J'aurai un sourire plus grand que l'Alaska.

Emily coupa la communication, et lança à Brittany et Alec un regard consterné.

— Que va-t-il se passer, maintenant ?

Brittany leva les yeux au ciel.

— Nous sommes fichus. Complètement fichus. C'est ta faute, Alec ! Pourquoi es-tu entré dans la cuisine ?

— Il n'y est pour rien, protesta Emily. Tu avais mis le haut-parleur.

— Parce que nous voulions lui parler toutes les deux ! Nous ne pouvions pas savoir qu'il allait entrer ! Depuis quand les hommes entrent dans la cuisine quand on ne leur demande rien ? Tu ferais mieux de faire comme si tu n'avais rien entendu ! Sinon je te tuerai de mes mains et j'enterrerai ton corps si profondément qu'on ne le retrouvera jamais. Si jamais elle apprend que tu as entendu cette conversation, elle sera morte de honte.

Alec ne dit rien. Ses doigts serrèrent le bord de la table si fort que ses phalanges blanchirent.

— Alec ? dit doucement Emily. Dis quelque chose.

— Elle a dit que je la rendais heureuse.

Sa voix était métallique, et Emily le considéra avec inquiétude.

— Oui. Que vas-tu faire, Alec ?

Il regarda les deux jeunes femmes pendant un moment.

Puis sans répondre, il leur tourna le dos et sortit.

Elles entendirent claquer la porte d'entrée.

— Zut, zut et re-zut ! marmonna Brittany en posant le front sur la table. Que diable faut-il faire ? Tu crois que nous devrions tout dire à Sky ?

— Non. Si tu lui dis, elle ne viendra pas.

Emily se leva et se mit à faire les cent pas.

— Nous allons passer Noël tous ensemble, pour la première fois de notre vie, et rien ne doit gâcher ce moment.

— Tu crois qu'Alec va revenir ?

— Je n'en ai aucune idée. Mais même s'il revient… il faudra un miracle.

Brittany haussa les épaules.

— C'est justement la saison des miracles.

17

« Salut Alec, contente de te voir. »

Devait-elle l'embrasser, ou non ?

Oui, peut-être sur la joue, comme deux bons amis.

Seulement, n'était-ce pas un peu bizarre, étant donné tout ce qu'ils avaient fait au cours des semaines précédentes ?

Elle était un peu déçue qu'il ne lui ait pas donné de nouvelles.

Cela ne faisait que quelques jours. Et il n'avait pas de raison de la contacter.

« Coucou, Alec. Joyeux Noël. Et je te souhaite encore beaucoup de Noëls sous la neige ! »

Naturellement, il vivrait de nombreux Noëls sous la neige. Tant qu'il habiterait dans le Maine, il y avait toutes les chances pour que ce soit le cas.

Exaspérée, et épuisée à force de s'entraîner à sourire, Sky arriva à l'aéroport de Boston où Zach l'attendait.

— C'est le matin de Noël. Tu n'es pas censé travailler le matin de Noël, dit-elle en l'embrassant.

Elle fut étonnée quand il la serra dans ses bras.

— Je ne fais que des missions spéciales. Brit est avec moi, dans l'avion. Emily aurait aimé venir, mais elle prépare le repas.

— Oui, bien sûr.

Sky était touchée que Brit soit là. Mais d'un autre côté, elle aurait aimé pouvoir encore réfléchir à la façon dont elle allait saluer Alec.

Elle s'était préparée à le faire seule.

Était-il préférable, ou non, de le faire devant ses amis ?

Elle était à cran, et des milliers de flocons de neige semblaient tourbillonner au creux de son estomac.

Devait-elle l'embrasser ? Sur la joue, ou sur la bouche ? Qu'est-ce qui convenait, pour deux personnes qui avaient été intimes mais jamais engagées dans une vraie relation ? Jusqu'où pouvait-elle aller ?

Hissant son sac sur l'épaule, elle suivit Zach.

Elle réfléchissait trop. Ils seraient six, plus Agnès, Lizzy et les deux chiens. Donc ce serait la pagaille, et Alec ne prêterait pas attention à de subtiles différences dans la façon dont elle se comportait avec lui. La vie était bizarre. Elle rêvait de ce genre de Noël depuis si longtemps. Et la journée promettait d'être plus stressante que toutes celles qu'elle avait passées avec ses parents.

Il faisait un froid de loup. Elle entra dans l'avion derrière Zach, et fut immédiatement enveloppée par la chaleur et par les bras de Brittany.

— Joyeux Noël.

— Brit, tu devrais être à la maison, en train de jouer avec Bruce sous l'arbre de Noël. Tu n'étais pas obligée de venir.

— Je voulais te voir. J'ai été une amie lamentable.

— Jamais de la vie !

L'air soudain préoccupé, Zach s'éclipsa dans le cockpit.

— Si, je t'assure, murmura Brit. J'étais tellement absorbée dans mon monde, avec le camp, Philip et Zach, que je n'ai pas été attentive. Tu me pardonnes ?

— Il n'y a rien à pardonner. Comment va Philip ?

— Assez bien, merci, mais je ne veux pas parler de lui pour le moment. La seule personne dont je veux parler, c'est toi. Je suis inquiète.

— Ce n'est pas la peine de te faire du souci pour moi. Je suis contente que tu sois occupée, et heureuse.

Pendant une minute, Sky absorba la chaleur et l'amitié de Brit.

C'était différent, mais authentique.

Quelles que soient les épreuves envoyées par la vie, elles les affronteraient ensemble.

Le vol fut bref, et se déroula sans incident. Puis Zach les conduisit de l'aéroport à Harbor House.

Les routes étaient désertes, bordées par de hauts murs de neige. Ils passèrent devant quelques maisons aux fenêtres garnies de guirlandes lumineuses. Les jardins disparaissaient sous la neige et la glace.

Quand Zach s'arrêta devant Harbor House, Sky était si nerveuse que ses mains tremblaient.

Elle se dit que tout irait mieux une fois qu'ils se seraient vus. Le malaise serait dissipé.

Pour elle, bien entendu. Car pour Alec, il n'y aurait aucun malaise.

La porte s'ouvrit alors qu'ils montaient les marches du perron, et Emily la prit dans ses bras et l'attira à l'intérieur.

— Joyeux Noël. Je suis si contente que tu aies pu venir. Nous sommes tous réunis !

Cacao traversa la pièce en courant pour l'accueillir, tandis que Bruce la toisait depuis son poste de surveillance au pied de l'escalier.

Sky caressa Cacao, avec un grand sourire. Le fameux sourire qui proclamait que tout allait bien.

— J'ai apporté des cadeaux ! dit-elle en montrant les sacs qu'elle portait. Des vrais, pas des boîtes vides !

— Viens les déposer sous le sapin. Nous ferons la distribution plus tard.

Sky traversa le salon. Des bougies étaient posées sur les

meubles, et les guirlandes scintillaient. Lizzy rampa sous le sapin pour arranger les cadeaux, et ajouter ceux de Sky.

La large fenêtre donnait sur le jardin en pente, caché sous une épaisse couche de neige. Par temps clair, on voyait toute la baie jusqu'aux côtes du continent.

Les enfants, les chiens, les amis. Le Noël parfait.

Si ce n'est qu'elle avait l'impression d'avoir soudain reçu un coup violent sur la tête.

Elle n'arrivait plus à respirer. Elle avait mal partout. Peut-être couvait-elle la grippe ?

Elle ne voyait Alec nulle part.

Elle espéra qu'il ne se cachait pas à cause d'elle.

— Il ne faut pas manger le chocolat sur l'arbre de Noël, lui dit Lizzy d'un ton solennel. C'est pour Zach.

— C'est tout pour lui ? demanda-t-elle en arquant les sourcils.

— Il n'avait pas de chocolat quand il était petit. Alors, nous avons tout accroché pour lui, Brittany et moi.

Sky vit les joues de Zach se colorer, et il s'accroupit devant la fillette.

— Tu as fait cela pour moi ?

Lizzy acquiesça en hochant la tête.

— Nous avons choisi les chocolats ensemble. Tu peux tout manger, c'est pour toi.

Zach regarda le sapin, puis Brittany. À cet instant, quelque chose passa entre eux. Un échange intime, qui excluait toutes les autres personnes présentes.

— Cela fait beaucoup de chocolat, dit-il en se redressant. Je vais avoir besoin d'aide.

— Cool ! Tu es sûr ?

Lizzy glissa sa petite main dans la sienne.

— C'est l'heure du champagne ! annonça Ryan.

Il disparut dans la cuisine, et en ressortit avec deux bouteilles. Emily le suivait avec les verres. Au même moment, Alec entra.

Le cœur de Sky se mit à battre la chamade.

Elle était si contente de le voir, qu'elle aurait aimé traverser le salon et lui faire la fête, comme Cacao. Elle se contenta de lui sourire d'un air qu'elle espérait naturel.

— Du champagne ! Excellente idée ! dit-elle. Donne-moi une bouteille avec une paille. Non, je plaisante, précisa-t-elle avec un petit sourire.

Emily lui lança un coup d'œil soucieux, et elle trouva que ses deux amies avaient l'air un peu nerveuses.

Craignaient-elles qu'elle provoque une scène avec Alec ?

Avait-elle eu tort de se confier à elles ?

— Dans une minute, dit Alec en la regardant. Je veux d'abord parler à Sky en tête à tête. Vous pouvez nous accorder un moment ?

— Non ! déclara Brittany en s'asseyant lourdement sur le canapé. C'est Noël, Alec. Je ne vois pas ce que tu as à dire à Sky que nous ne puissions pas entendre.

Sky se demanda pourquoi elle lui lançait ce regard noir.

— Vous vous êtes disputés, tous les deux ?

— Non, répondit Alec en se tournant vers elle.

Un muscle tressautait sur sa joue, son regard était sombre.

— S'ils ne veulent pas nous laisser, sortons. Viens dans la cuisine.

Elle ne voyait pas du tout pourquoi Alec voulait rester seul avec elle. Mais elle ne voulait pas se retrouver seule avec lui.

Il y avait bien moins de chances qu'il remarque un changement chez elle lorsqu'ils étaient entourés par tous leurs amis.

— Pourquoi dans la cuisine ? Je suis mieux ici, à côté du sapin.

— J'ai besoin de te parler, Sky. Je préfère le faire en privé.

— C'est Noël, protesta Emily, d'un ton désespéré. Un moment

à vivre en famille, et entre amis. Quoi que tu aies à dire, Alec, cela peut attendre.

— C'est le moment de déboucher le champagne, Ryan, dit vivement Brittany.

Mais Ryan ne fit pas un geste.

— Ce qu'elles ne te disent pas, dit lentement Alec, c'est que j'ai surpris votre conversation.

Intriguée, Sky fronça les sourcils.

— Quelle conversation ? Tu veux dire…

Ses jambes se dérobèrent.

— Oui, cette conversation-là. Quand tu leur as dit que tu m'aimais, et que tu ne voulais pas que je le sache.

Le silence se fit autour d'elle.

Elle ne se souvenait pas d'avoir déjà été aussi mal à l'aise. C'était affreux. Humiliant. Ses joues s'enflammèrent.

— Mais comment ?

— J'avais mis le haut-parleur, marmonna Brittany. Em voulait écouter. Nous ne savions pas qu'il y avait une troisième personne. Tu peux nous tuer, si tu veux. Ou passer une annonce sur Internet pour trouver de nouveaux amis. Je paierai.

Sky enfonça les ongles dans les paumes de ses mains.

— Tu as entendu ? Quoi, exactement ?

— Tout, répondit-il en soutenant son regard. Chaque mot.

Elle aurait voulu disparaître sous le sapin, être avalée par la pile de cadeaux. Jamais elle ne s'était sentie aussi exposée. S'efforçant de conserver un semblant de dignité, elle haussa les épaules avec désinvolture.

— Bien. Nous voulions une relation basée sur la franchise, et nous l'avons. Tu sais ce que je ressens. Je suis sûre que tu as dû flipper en entendant cela ?

— C'est pour cela, que tu es retournée chez toi ? Parce que

tu étais amoureuse de moi et que tu craignais de ne pas pouvoir le cacher ?

S'il avait surpris leur conversation, il savait tout. Un peu plus de franchise ne pouvait aggraver la situation.

— Au début, oui. Je craignais que tu devines, et cela n'aurait pas été juste pour toi. Mais il ne m'a fallu que cinq minutes avec mes parents pour comprendre qu'en t'évitant je perdrais les personnes les plus importantes de ma vie. Ne t'en fais pas. Tout va bien.

Elle se tourna vers Ryan, essayant de détourner l'attention.

— Débouchons cette bouteille. Em ne peut pas boire d'alcool, donc je prendrai sa part.

— Pas encore, dit Alec en faisant un pas vers elle. Tu m'as dit la vérité. Maintenant, c'est à mon tour de parler.

C'était une chose qu'elle n'avait vraiment pas envie d'entendre. Elle pouvait lui dire la vérité sur ce qu'elle ressentait, mais elle ne pouvait pas l'entendre dire ce qu'il éprouvait, lui.

— Je sais que j'ai brisé les règles, Alec. J'avais dit que cela n'arriverait pas, et à l'époque je le croyais vraiment. Je ne t'ai pas menti. Rien de cela n'est ta faute, et il n'y aura pas de problème. Après Noël je devrai retourner à New York et toi tu partiras en Antarctique. Nous ne nous verrons pas pendant plusieurs mois.

Pour toute réponse, il tendit la main à Lizzy, qui était accroupie sous le sapin.

— Maintenant ? chuchota-t-elle d'un ton théâtral.

Il acquiesça d'un signe de tête, et elle se leva, un gros paquet dans les mains. Elle le tendit solennellement à Alec, qui le passa à Sky.

— Joyeux Noël.

Emily parut surprise.

— Nous avions décidé de distribuer les cadeaux après le déjeuner.

— Ceci n'est pas un cadeau de Noël, dit Alec en regardant Sky. Ouvre-le.

Pourquoi lui offrait-il un cadeau ? Et quel était le rôle de Lizzy ? Sky glissa les doigts sous le ruban, et ouvrit la boîte. Le papier tomba, révélant une doudoune d'un joli bleu pâle.

— Oh ! c'est magnifique. Je l'adore. Merci. Elle sera très utile pour les hivers dans le Maine, surtout si je ne peux plus emprunter la tienne.

— Tu ne la porteras pas dans le Maine.

Il lui parlait comme s'ils étaient seuls dans le salon. Personne ne dit un mot. Personne ne bougea.

— Tu disais que le mauvais temps importait peu, et qu'il suffisait d'être bien équipé. J'espère que tu seras toujours de cet avis quand tu grelotteras avec moi dans une tente, en Antarctique.

Elle avait du mal à comprendre ce qu'il voulait dire.

— Pourquoi grelotterais-je dans une tente avec toi ?

— Parce que tu vas partir avec moi. Du moins, je l'espère. Tu disais que tu voulais de l'aventure. Je t'offre l'aventure. C'est seulement pour quelques semaines. Mais après cela, j'irai en Islande avec une équipe de tournage pour un documentaire sur les Vikings. Si cela cadre avec tes projets, j'espère que tu m'accompagneras aussi. Les bijoux étaient très importants pour les Vikings, et je pense que ce documentaire t'intéressera.

L'Antarctique ? L'Islande ?

— Tu veux que je t'accompagne ?

Les questions tournoyaient dans sa tête, mais elle n'osait pas les formuler. Elle s'était déjà assez humiliée comme cela.

— Mais tu aimes faire tout cela tout seul. Tu n'aimes pas te sentir prisonnier, ou entravé.

— Je n'ai jamais considéré ta présence comme un obstacle. Et si je devais être prisonnier, j'espère que tu serais avec moi. En fait, je t'ajoute à la liste des articles indispensables à avoir avec moi, en cas d'alerte météo.

Elle sentit ses yeux s'embuer.

— Alec…

— C'est vrai, j'ai eu peur en entendant cette conversation téléphonique. Mais je n'ai pas eu peur parce que tu disais que tu m'aimais. Je le savais déjà. Je savais que tu m'aimais, mais je n'avais pas confiance en moi et je craignais de te faire souffrir. Je craignais de ne pas pouvoir te rendre heureuse. Après tout ce qui t'est arrivé avec tes parents, puis avec Richard, tu n'avais pas besoin qu'une autre personne vienne anéantir tes rêves. Et en ce qui concerne l'amour, tu as des rêves ambitieux, Sky. J'avais fini par me convaincre que la meilleure façon de t'aider à être heureuse, c'était de rester en dehors de ta vie. Et quand tu m'as annoncé que tu partais, je ne t'en ai pas empêchée. Même si te voir partir était la pire chose qui me soit arrivée.

— Alec…

— Ce jour-là, je me suis prouvé que je n'étais pas aussi égoïste que je le croyais. Si je l'avais été, je t'aurais retenue. J'ai cru mourir en te voyant franchir la porte. Puis j'ai surpris cette conversation au téléphone. Je t'ai entendue dire à tes amies que tu n'avais jamais été aussi heureuse qu'avec moi. Tu leur as dit que c'était grâce à moi. Ce sont les plus belles paroles que j'aie jamais entendues. Et puis, tu as dit que tu revenais pour Noël.

— Tu es sorti de la maison comme une fusée, murmura Brittany.

Alec hocha la tête, sans quitter Sky des yeux.

— Parce que les magasins n'allaient pas tarder à fermer. Il fallait que je fasse quelque chose pour te convaincre que tu n'étais pas la seule à éprouver des sentiments très forts. Les mots ne suffisent pas, nous le savons tous les deux.

— Tu éprouves des sentiments très forts ? murmura-t-elle, incrédule. Forts comment ?

Il s'approcha d'elle, et elle écarquilla les yeux en voyant son expression.

— Oh ! Alec…

Il l'embrassa.

Sa bouche était chaude et ferme. Il l'embrassa comme si elle lui était aussi indispensable que l'air qu'il respirait. Elle sentit sa force, la puissance de son corps quand il l'entoura de ses bras et l'attira contre lui.

Ils s'étaient embrassés des centaines de fois au cours des semaines précédentes. Mais cette fois c'était différent et elle ne savait pas pourquoi. Son esprit essayait de comprendre, c'était comme vouloir attraper des nuages, qui ne cessent de se dérober.

Dans un brouillard, elle entendit Lizzy glousser, et Brittany toussoter.

Finalement, Alec s'écarta.

— Mets ta doudoune, ma chérie.

Sa voix était rauque. Elle tremblait tellement que la veste lui échappa des mains.

— Désolée. Je n'ai plus de force.

Il prit le vêtement en souriant et l'aida à l'enfiler.

— Mets les mains dans les poches.

Son regard était si doux et chaleureux, qu'elle ne put détourner les yeux.

Elle fureta dans les poches, trouva une boîte dans la gauche, et une enveloppe dans la droite.

Emily étouffa une exclamation, et Brittany laissa fuser un petit rire.

— Sky, ignore l'enveloppe. Ouvre la boîte.

— Il y a un billet pour l'Antarctique dans l'enveloppe, dit Alec.

Il lui prit la boîte des mains, avant qu'elle ne lui échappe.

Sky contempla l'énorme diamant qui brillait de mille feux dans les lumières de l'arbre de Noël.

— Oh… Alec…

— Tu ne peux pas savoir à quel point il est terrifiant de choisir un bijou pour quelqu'un d'aussi talentueux que toi.

— Je l'adore. La bague est magnifique. Mais…

— Je ne voulais pas te faire ma demande en public, dit-il doucement. Mais comme tes amis n'ont pas voulu sortir, je n'ai pas le choix. J'espère que tu me pardonneras.

— Tu… tu me demandes en mariage ?

— Pourquoi sortirais-je ? lança Brittany en souriant. Je n'avais jamais rien vu d'aussi beau. Sky, si tu ne lui dis pas oui, je ne te le pardonnerai jamais.

Elle prit une photo avec son téléphone, et enchaîna :

— Alec, je publie cette photo sur Twitter, pour tes cent mille abonnés. Le sombre et cynique Alec Hunter s'appellera désormais « Alec la Guimauve ».

Sky le vit esquisser un sourire.

— Il y a des enfants, dit vivement Emily en emmenant Lizzy dans la cuisine. Allons surveiller la sauce aux cranberries. Brit, j'ai besoin de toi. Ryan, Zach…

Brittany se leva en soupirant.

— D'accord. Tu as raison. Mais j'exige un rapport complet, Sky. N'oublie aucun détail.

Leurs amis s'éclipsèrent et ils se retrouvèrent seuls dans le salon, avec le feu qui crépitait dans la cheminée et l'odeur du sapin.

Alec lui prit la main.

— Quand nous sommes partis nous promener, l'autre jour

chez mes parents, tu m'as expliqué que les bijoux avaient une signification. Qu'ils servaient à exprimer une émotion.

Il lui glissa l'anneau au doigt.

— Ceci veut dire que je veux passer ma vie avec toi. La bague te dit que je t'aime et que je te veux à mes côtés dans chaque aventure que la vie nous offrira.

Il lui prit le visage à deux mains et l'embrassa doucement.

— Dis quelque chose. N'importe quoi. Tant que ce n'est pas non.

Elle sentit le poids de la bague sur son doigt, et le bonheur qui lui gonflait le cœur.

— Tu me demandes vraiment en mariage ?

— Je veux passer le reste de ma vie avec toi. Peu m'importe que nous soyons mariés ou non. C'est toi que je veux, et non une cérémonie ou un document officiel. Nous serons ensemble, parce que c'est ce que nous voulons tous les deux. Parce qu'il n'y a pas une seule autre personne au monde avec laquelle nous voulons vivre cette aventure.

Il lui lissa les cheveux en arrière, avec un regard très doux.

— Bien sûr, si tu m'épousais cela empêcherait tes parents d'échafauder des plans d'avenir pour toi, et cela rendrait les miens très heureux. Mais nous prenons les décisions pour nous, et pour personne d'autre.

Nous.

Jamais un mot ne lui avait paru aussi beau.

— J'aime t'entendre dire *nous*.

— Moi aussi, j'adore ce mot. Je t'aime. Et ce *nous* sera merveilleux.

Une partie d'elle-même savait que dans la vie, les rêves se réalisaient rarement. Elle avait encore du mal à y croire.

— Je ne pensais pas tomber amoureuse de toi. Je m'amusais bien, voilà tout. Et soudain, alors que je m'amusais et que je parlais avec toi, j'ai compris que je ne voulais jamais cesser de le faire.

— Moi aussi.

— Tu es sûr ? Tu as dit…

— Je sais ce que j'ai dit. Et au début, c'est ce que je ressentais. Quand Brit m'a envoyé un message me demandant d'aller voir ton exposition, j'ai cherché une excuse pour ne pas y aller.

— Je te rappelais Selina.

— Un peu. Je te trouvais très séduisante et j'étais sur la défensive. L'été précédent, j'avais été grossier avec toi…

— Tu me tenais à distance.

Elle comprenait, à présent.

— Je croyais qu'une relation sérieuse impliquait des sacrifices. Qu'elle t'obligeait à faire des choix difficiles. Puis j'ai passé du temps avec toi, et je me suis rendu compte que personne n'était obligé de s'effacer, qu'il était possible de partager sa vie avec quelqu'un qu'on aime. Et ce quelqu'un que j'aime, c'est toi.

Elle écoutait, craignant encore un peu de rêver. Son esprit avait-il créé un scénario un peu fou, qu'elle prenait pour la réalité ?

— Quand j'étais avec toi, j'étais moi-même. Je n'essayais pas de t'impressionner, je n'éprouvais pas le besoin d'être quelqu'un d'autre que moi. Je ne craignais pas que tu me juges, et tu ne l'as jamais fait. Tu m'as appris à accepter ce que j'étais, et qu'il était normal d'avoir une passion et de vouloir la vivre. Tu n'étais jamais impatient, ni agacé. Tu m'as rendue tellement heureuse.

— J'avais peur de te faire souffrir, murmura-t-il contre ses lèvres. Je ne veux jamais te faire de mal.

Elle lui entoura le cou de ses bras.

— Je ne suis pas une fleur fragile, Alec. Je ne vais pas m'étioler dans le vent, ou me faner si tu oublies de m'arroser.

— Je sais. Je l'ai compris le soir où tu m'as menacé d'un coup de talon aiguille.

— Étant donné les circonstances, c'était très ingrat de ma part. Je suis étonnée que tu ne m'aies pas abandonnée sur place.

— Je n'aurais jamais fait cela.

— Je sais. Tu n'as pas voulu me laisser seule. Tu t'es comporté comme un héros.

— Ne me mets pas sur un piédestal.

— Non, je sais qui tu es, Alec, dit-elle en lui caressant le visage. Je sais que tu es déterminé et obsessionnel dans ton travail. Que lorsque tu as des élans d'enthousiasme pour ce que tu fais, tu n'as pas envie d'être dérangé. Quand tu travailles sur un projet, tu ne penses à rien d'autre. Tu te consacres totalement à ton travail, et la pensée que tu pourrais être interrompu te rend irritable. Tu prends cela pour de l'égoïsme, mais pour moi c'est seulement une preuve de concentration et le désir de faire du mieux possible. Je le comprends et cela ne m'agace pas, au contraire. C'est une des choses que j'aime et que j'admire chez toi.

Elle fit une pause, cherchant à s'expliquer.

— Si j'avais été seule, ce soir-là… j'aurais été dans le pétrin. Tu as fait ce qu'il fallait, même si cela te dérangeait. Je trouve cette attitude héroïque. Et tu as été gentil. Tu ne m'aimais pas beaucoup, mais cela ne t'a pas empêché d'être attentionné.

— Je t'aimais bien. En fait, je t'appréciais un peu trop. J'aimais ta fougue, ton énergie, ta façon de rire de tout, même de toi-même.

— Tu m'as emmenée chez tes parents, et pourtant tu ne devais pas en avoir très envie. Je crois que je suis tombée amoureuse de ta famille, avant de tomber amoureuse de toi.

— C'était réciproque. Ils t'adorent. Et ils vont t'aimer encore plus, maintenant.

— Appelons-les. J'ai envie de leur annoncer la nouvelle. Et ensuite, nous appellerons mes parents.

Il recula, en la dévisageant.

— Tu vas leur demander de ne pas annuler la réservation au Plaza pour le mois de juin ?

— Non. Nous ne nous marierons pas au Plaza. Nous nous marierons sur la plage. Nous mangerons des homards grillés du Club Océan, et des glaces de Summer Scoop. Avec tous nos amis, et les gens que nous aimons. Les invités prendront le ferry, et nous demanderons à John de nous laisser le décorer. À moins que… tu ne préfères le Plaza ?

— Un mariage sur la plage me paraît parfait.

Il se pencha pour l'embrasser.

— Tu es la personne la plus généreuse, et la plus belle que j'aie jamais rencontrée.

Ils entendirent du bruit derrière eux et se retournèrent.

Leurs amis étaient sur le seuil de la cuisine.

Les joues d'Emily étaient humides, Brit clignait les paupières, et Ryan souriait.

Alec leva les yeux au ciel.

— Il n'y a pas moyen de rester en tête à tête, ici ?

— C'est difficile, reconnut Zach.

Lizzy se faufila entre eux.

— On peut ouvrir les cadeaux, maintenant ? Sky, cette pile est pour toi.

Encore un peu étourdie, Sky regarda le sapin.

— Vous m'avez tous acheté des cadeaux ? Oh…

Mais Brittany secoua la tête.

— Tous ceux-là ont été apportés par Alec.

— Il en fait un peu trop, si tu veux mon avis, marmonna Ryan. De quoi avons-nous l'air ?

Emily glissa un bras sous le sien.

— Tu veux dire que tu as oublié de m'acheter un cadeau ?

— J'ai dû t'acheter une bricole ou deux. Mais cela n'a rien à voir avec la montagne de cadeaux qu'Alec a apportés. Alors, ne te fais pas trop d'illusions.

Mais il souriait, et Lizzy sautillait comme une puce.

— Il t'a acheté des tonnes de cadeaux ! Nous les avons choisis ensemble. Il me tarde que tu les ouvres, maman.

Le mot lui échappa naturellement, et Skylar regarda Brittany, puis Emily. Les yeux brillants, celle-ci prit la fillette dans ses bras.

— Nous devrions les ouvrir tout de suite. Je ne veux pas attendre. Je veux voir ce que tu as choisi.

Un autre changement dans leur petit groupe, songea Sky. Elle savait le bonheur que cela représentait pour son amie.

Lizzy plongea sous le sapin pour ouvrir ses cadeaux, et Brittany vint serrer Sky et Alec dans ses bras.

— Cette bague est splendide. Je suis tellement heureuse pour vous. Vous vous rendez compte ? Nous étions trois copines contre le monde entier, et maintenant nous sommes six !

— Sept ! rectifia Lizzy d'une voix fluette. Et neuf avec les chiens !

Emily échangea un coup d'œil avec Ryan, et Sky devina ce qu'ils pensaient. Bientôt, ils seraient dix.

Brittany sourit doucement.

— Notre petit cercle s'agrandit.

Sky fut parcourue d'un frisson. Les amitiés évoluaient, mais elles étaient toujours aussi authentiques.

Elle lança un coup d'œil à Alec, qui sourit d'un air entendu.

Il l'attira vers lui et l'embrassa doucement. Et cette fois elle comprit pourquoi ce baiser lui semblait différent. Il l'avait souvent embrassée par amitié, au plus fort de la passion, ou pour la réconforter. Mais il ne l'avait jamais encore embrassée par amour.

Jusqu'à maintenant.

Le baiser sembla pénétrer en elle, s'insinuer dans tout son être, et elle sut qu'elle avait attendu cette sensation toute sa vie.

Son cœur gonfla dans sa poitrine.

Elle avait vaguement conscience des rires autour d'elle, du bruit des papiers déchirés, tandis que ses amis se rassemblaient autour du sapin. Elle s'écarta pour murmurer :

— Je m'étais toujours demandé à quoi ressemblait l'amour.

— Et à quoi ressemble-t-il ?

Elle sourit, car maintenant elle savait.

— Il est fantastique. C'est comme un jour d'hiver, avec un ciel bleu d'azur et le manteau blanc de la neige. C'est un jour de Noël qui durerait toujours.

Remerciements

Je remercie toutes mes lectrices et tous mes lecteurs. Vous êtes nombreux à prendre le temps de m'envoyer un mail, ou un message sur Facebook. Vos commentaires, aussi gentils qu'encourageants, me réjouissent. Continuez de me faire signe !

Quand je vois mes livres en vente dans le monde entier, j'ai l'impression d'avoir réalisé mon rêve, grâce à l'équipe de Harlequin. Merci à Loriana Sacilotto, à Dianne Moggy, à Margaret Marbury et à Susan Swinwood pour leurs encouragements, et à toute l'équipe éditoriale qui a soutenu ma carrière. L'équipe de Grande-Bretagne a fait beaucoup pour présenter mes livres au plus grand nombre de lecteurs, et je vous suis réellement reconnaissante. Tout cela a commencé grâce à vous !

J'ai la chance d'avoir Flo Nicoll comme éditrice et je la remercie pour sa patience et son enthousiasme lorsque nous travaillons ensemble.

Je remercie mon agent Susan Ginsburg et l'équipe de Writers House pour tout ce qu'ils font.

J'ai la meilleure famille du monde, et je lui serai toujours reconnaissante de son soutien sans faille et de tous les délicieux repas qu'ils préparent lorsque je suis en retard dans mon travail.

Vous êtes les meilleurs !

Dans la même série :

Extrait

1

Robyn

Elle n'avait jamais osé espérer que ce jour arrive.

Quelqu'un de moins cynique verrait peut-être ça comme un miracle de Noël, mais Robyn ne croyait plus aux miracles. Elle était terrifiée, pourtant une autre sensation affleurait sous l'angoisse : l'espoir. Le kaléidoscope de ses émotions allait de pair avec les ondulations colorées qui chatoyaient dans le ciel. Ici, dans la Laponie suédoise, au nord du cercle arctique, l'absence de pollution et les nuits d'hiver limpides rendaient les aurores boréales fréquemment visibles.

Elle entendit la porte s'ouvrir derrière elle, le crissement de pas dans la neige, puis sentit les bras d'Erik l'enlacer.

— Tu devrais rentrer, il fait froid.

— Encore une minute. J'ai besoin de réfléchir…

C'était ici qu'elle avait toujours réfléchi le mieux, sur cette terre sauvage dominée par la nature, où un humain se sentait insignifiant sous l'étendue du ciel teinté de rose. Tout ce qu'elle avait fait d'idiot, d'égoïste, de risqué ou d'embarrassant au cours de sa vie perdait de son importance parce que cet endroit s'en moquait.

Les arbres ployaient sous le poids de la neige, qui scintillait de mille éclats bleutés et argentés. Robyn avait les joues engourdies et les cils gelés par le froid, mais seule comptait la beauté autour d'elle. Elle brûlait d'envie de sortir son appareil-photo, même si elle avait déjà de nombreuses images de la même scène.

Elle était venue ici pour échapper à tout ce qu'elle était et tout ce qu'elle avait fait, puis était tombée amoureuse de l'endroit et de l'homme. Apparemment, on pouvait se réinventer si on s'éloignait assez de tout son cercle de connaissances.

Erik tira sur la capuche du blouson de Robyn pour que sa tête soit mieux protégée.

— Si tu es en train de penser au passé, arrête.

Mais comment faire autrement ?

Robyn la rebelle.

Celle qu'elle était avant lui faisait l'effet d'une étrangère. C'était comme de se voir sur une vieille photo sans se reconnaître. Qui était cette femme ?

— Elle va venir ici. Je n'arrive pas à y croire. Elle avait trois ans la dernière fois que je l'ai vue.

Sa nièce. La fille de sa sœur.

Elle se souvenait d'un petit ange souriant aux joues roses et aux boucles blondes. Elle se rappelait son innocence, la sensation d'être acceptée et le bref espoir d'un nouveau départ, avant que Robyn ne gâche ça aussi, comme elle avait gâché tout le reste à l'époque.

Sa sœur lui avait ordonné de ne plus jamais les approcher. Il n'y avait pas eu de place pour Robyn dans la parfaite petite famille d'Elizabeth. Même maintenant, bien des années plus tard, le souvenir de cette dernière confrontation la rendait encore malade. Elle essaya d'imaginer la fillette adulte. Ressemblait-elle à sa mère ? Dès que Robyn pensait à sa sœur, ses sentiments devenaient confus. Amour. Haine. Envie. Irritation. Elle n'aurait jamais pensé qu'une seule relation puisse susciter toute cette gamme d'émotions. Elizabeth avait été l'enfant prodige. Une vraie petite princesse et, pendant quelque temps en tout cas, sa meilleure amie.

Le temps avait atténué la blessure, transformant la douleur intolérable en peine supportable.

Tout lien avait été rompu entre elles, jusqu'à ce que Robyn reçoive ce mail.

— Pourquoi me contacte-t-elle maintenant, après tout ce temps ? Elle a trente ans. C'est une adulte.

Une partie d'elle voulait s'en réjouir, mais la vie lui avait appris à être prudente. Il y avait sûrement autre chose en jeu que de simples retrouvailles. Et si sa nièce était en quête de réponses ? Et si elle n'aimait pas ce qu'elle apprenait ?

S'agissait-il d'une seconde chance… ou d'un autre désastre émotionnel imminent ?

— Tu vas pouvoir lui demander. En personne, répondit Erik. Mais je sais que ça te rend nerveuse.

— Oui.

Elle n'avait aucun secret pour lui, même s'il lui avait fallu du temps pour juger leur relation assez solide pour se confier.

— C'est une inconnue. Le dernier membre de ma famille encore en vie.

Sa sœur était morte deux ans plus tôt, tuée sur le coup en traversant la route. Le passé ne pouvait plus être réparé. La porte s'était refermée.

Erik resserra son étreinte.

— N'oublie pas que ta nièce a une fille. Ça fait deux membres de plus dans ta famille. Trois si tu comptes son mari.

Sa famille… Elle avait dû apprendre à vivre sans elle.

Robyn avait gardé ses distances, comme on le lui avait

ordonné. Elle ne les avait pas recontactés. Elle avait refait sa vie. Elle s'était reconstruite. Elle avait enterré le passé et s'était éloignée de son ancienne existence autant que possible. En ville, elle s'était souvent sentie prisonnière. Étouffée par son histoire. Ici, dans ces vastes étendues enneigées avec la nature sur le pas de sa porte, elle se sentait libre.

Puis le passé avait resurgi dans sa boîte mail.

Je suis Christy, ta nièce.

— Est-ce que j'ai eu tort de lui demander de venir ici ?

C'était la première fois qu'elle invitait le passé dans le présent.

— En dehors du fait qu'on ne se connaît pas, tu crois que ça va lui plaire ?

En arrivant ici, Robyn avait eu le coup de foudre. Le calme et la tranquillité. Les tourbillons lumineux bleu-vert dans le ciel, la lumière douce qui baignait le paysage à cette époque de l'année. Pour elle qui était photographe, cette lumière était une source infinie de fascination et d'inspiration. Il y avait ici des tons et des nuances qu'elle n'avait jamais vus ailleurs dans le monde. Du bleu nuit et du jade brillant. Du rose glacé et du rose chaud.

D'aucuns trouvaient la vie ici rude et difficile, mais Robyn avait connu bien des épreuves, et ce n'était en rien comparable. Le froid n'était pas qu'une mesure de température, c'était aussi une sensation. Et elle avait eu froid. Le genre de froid qui glaçait de l'intérieur et ne pouvait pas être soulagé par des vêtements en chlorofibres et une grosse parka.

Et puis il y avait la chaleur telle qu'elle la connaissait à présent avec Erik.

— Noël en Laponie ? demanda-t-il d'un ton amusé. Comment ça pourrait ne pas lui plaire ? En particulier avec une petite fille.

Dans quel autre endroit pourrait-elle jouer dans la neige, nourrir des rennes et faire du traîneau dans la forêt ?

C'était vrai, songea Robyn en contemplant les arbres. Ici, c'était le paradis pour un enfant qui aimait Noël, même si ça ne faisait pas partie des arguments de vente de leur entreprise. Elle avait peu d'expérience avec les enfants et n'avait jamais ressenti l'envie d'en avoir. Sa famille, c'était Erik. Les chiens. La forêt. Le ciel. Cette contrée sauvage, brutale et éclatante, où elle se sentait plus chez elle que n'importe où ailleurs.

La bâtisse principale avait été transmise de génération en génération dans la famille d'Erik, mais il avait développé le domaine pour attirer une clientèle haut de gamme. Ils accueillaient en général des voyageurs avertis en quête d'évasion. Des personnes au tempérament aventureux qui appréciaient le luxe, mais ne redoutaient pas de s'enfoncer dans la forêt glacée ou d'explorer les environs à ski ou en raquettes. En cas de besoin, Erik proposait ses services de guide, tandis qu'elle, en tant que photographe, montrait aux clients comment immortaliser les aurores boréales. Le phénomène étant imprévisible, elle avait donc appris la patience, à attendre jusqu'à ce que la nature lui donne ce qu'elle espérait.

À travers les branches enneigées, elle apercevait les lueurs de deux de leurs chalets, nichés plus loin dans la forêt. Il y en avait cinq en tout, baptisés en hommage à la vie sauvage arctique : Loup, Renne, Élan, Lynx et Ours. Chaque bâtisse était dotée de fenêtres allant du sol au plafond, qui offraient une vue époustouflante sur la forêt et le ciel. Le Snow Spa, qu'elle avait eu l'idée d'ajouter, remportait tous les suffrages. Ici, le maître mot était bien-être, et l'accent était mis sur la nature environnante. Sa petite équipe et elle utilisaient les ressources locales autant que possible. Les clients étaient incités à se séparer de leurs téléphones et de leurs montres.

Erik avait raison. C'était le lieu d'évasion idéal. La question qu'elle aurait dû poser n'était pas « Est-ce que ça va lui plaire ? » mais « Est-ce qu'elle va m'aimer ? ».

Elle eut un instant de panique.

— La dernière fois que j'ai vu Christy… Eh bien, ça s'est mal passé.

L'incident avec le chaton. Le souvenir de cette visite était gravé dans son âme. Malgré ses bonnes intentions, tout avait très mal tourné.

— À quel âge les enfants commencent-ils à se souvenir ? Va-t-elle se rappeler ce qui s'est passé ?

Pourvu que non… Même maintenant, bien des années plus tard, elle gardait encore en mémoire les derniers mots que sa sœur lui avait adressés.

« Tu gâches tout. Je ne veux pas de toi dans ma vie. »

Robyn se pressa contre Erik, qui resserra les bras autour d'elle.

— C'était il y a longtemps, Robyn. C'est de l'histoire ancienne.

— Mais les gens n'oublient pas l'histoire, tu ne crois pas ?

Qu'avait raconté Elizabeth à sa fille ?

Robyn la rebelle.

Que dirait sa sœur si elle la voyait aujourd'hui ? Heureuse. Mariée à un homme qu'elle aimait. Vivant au même endroit depuis des années. Gagnant bien sa vie, même si Elizabeth trouverait forcément son métier peu conventionnel.

D'après ce qu'elle savait, Christy était mariée, heureuse en ménage, et menait une vie idyllique à la campagne, comme sa mère avant elle.

Que dirait Elizabeth si elle savait que sa fille allait venir lui rendre visite ?

Extrait

Robyn frissonna et se tourna vers la maison.

Elizabeth aurait été contrariée, et si elle avait pu empêcher cette rencontre elle l'aurait fait. Elle n'aurait pas voulu que sa sœur empoisonne la vie parfaite de sa fille.

Composé et édité par HarperCollins France.

Achevé d'imprimer en septembre 2023.

FIRMIN-DIDOT

à Mesnil-sur-l'Estrée (Eure)

Dépôt légal : octobre 2023.

Pour limiter l'empreinte environnementale de ses livres, HarperCollins France s'engage à n'utiliser que du papier fabriqué à partir de bois provenant de forêts gérées durablement et de manière responsable.

Imprimé en France